Robin Schone

Autrice célèbre, elle incarne l'excellence de la romance historique érotique. Traduite dans une trentaine de pays, elle a reçu le prix Romantic Times qui récompense les œuvres les plus innovantes.

Les amants scandaleux

DE LA MÊME AUTRICE AUX ÉDITIONS J'AI LU

Les anges
1 – *L'amant de mes songes*
2 – *La femme de Gabriel*

ROBIN
SCHONE

LE CLUB – 1

Les amants scandaleux

Traduit de l'anglais (États-Unis)
par Camille Dubois

J'AI LU

J'AI LU POUR elle

Si vous souhaitez être informée en avant-première
de nos parutions et tout savoir sur vos autrices préférées,
retrouvez-nous ici :

www.jailu.com

Abonnez-vous à notre newsletter
et rejoignez-nous sur Facebook !

Titre original
SCANDALOUS LOVERS

Éditeur original
Brava Books, published by Kensington Publishing Corp, New York

1

Londres, 1886

Les douze membres du club des Messieurs et des Dames avaient pris place autour de la longue table en acajou.

Une doctoresse, un employé de banque, un journaliste, une maîtresse d'école, une militante, un architecte, une philanthrope, un comptable, etc.

James Whitcox était assis en bout de table. Les lampes à gaz jetaient des reflets d'argent dans ses cheveux châtains. Des pattes-d'oie encadraient ses yeux noisette, froids et perçants.

L'implacable vérité lui apparut soudain.

Pendant vingt-cinq ans, sa femme avait été la parfaite épouse, la parfaite mère de famille, la parfaite maîtresse de maison. Et elle était morte.

Seule.

Écrasée sous les roues d'une berline.

Il n'avait pas connu la personne qui avait porté son nom et lui avait donné deux enfants. Il avait tout ignoré de ses peurs, de ses rêves, de ses désirs...

Son reflet dans la fenêtre le regardait durement.

Ainsi donc, c'était cet homme-là que sa femme avait eu en face d'elle, tous les matins, à l'heure du petit déjeuner. Un étranger. James Whitcox. Époux. Père. Avocat. Membre du conseil de la reine.

La porte de la salle s'ouvrit brusquement. Une femme apparut. La main sur la poignée de cuivre, elle se figea. Elle avait des yeux verts. Le regard semblait triste. Le visage n'était pas jeune, mais il gardait beaucoup de fraîcheur. Des cheveux roux débordaient de son chapeau de paille. Elle était élégante avec son manteau à carreaux rouges et verts, sa longue jupe unie et son écharpe à pois.

Elle ne faisait pas partie du club des Messieurs et des Dames.

La porte lui échappa et rebondit contre le mur en faisant du bruit.

Elle rattrapa la poignée.

Elle avait des mains minuscules, gantées de cuir fauve.

D'une seconde à l'autre, elle allait refermer la porte et s'en aller.

James l'interpella.

— Madame ?

Elle le regarda d'un air interrogateur.

— En tant que femme, vous devez bien avoir un avis sur ce que les femmes désirent vraiment...

Sa voix, pour une fois, n'était pas celle du gentleman qu'on lui avait appris à être. Elle était rude, autoritaire.

Dans les yeux de la femme, la stupeur remplaça la tristesse.

— Je vous demande pardon ?

Elle parlait avec une pointe d'accent campagnard. Elle n'était pas de Londres.

Peu importent ses origines. James Whitcox ne lui demandait pas d'être raffinée. Il lui demandait juste de ne pas partir tout de suite. Et d'être, si possible, franche.

— Est-ce qu'elles désirent des caresses ?

Sa femme n'avait parlé que des dernières rumeurs qui circulaient en ville, de ses bonnes œuvres et de leurs enfants. Jusqu'ici, les membres du club des Messieurs et des Dames avaient discuté de la sexualité du point de vue de la biologie, de l'histoire, du droit, de la morale ou de la philosophie. Pas une seule fois il n'avait été question du simple désir.

Mais James avait des désirs.

Et cette femme ?

Il la considéra du même regard scrutateur qu'il avait coutume de poser sur les témoins qu'il interrogeait au tribunal.

— Oui, est-ce que les femmes ont envie que les hommes les touchent ?

Les autres membres du club étaient muets de stupeur – des hommes et des femmes qui en étaient encore à se demander quelle était la différence entre sexologie et sexualité !

— Qu'est-ce qu'elles éprouvent devant un phallus ? De l'attirance ou du dégoût ?

Dans la rue en contrebas, une fanfare jouait un air entraînant. Un fiacre passa en faisant grincer ses roues.

Dans la grande pièce aux murs tendus de velours grenat, le silence était absolu.

— Qu'est-ce donc exactement, insista James Whitcox, qui vous excite, vous les femmes ?

L'inconnue battit des cils.

— Madame, intervint Joseph Manning, le fondateur du club des Messieurs et des Dames, je vous prie d'excuser notre ami Whitcox, il a toujours eu un humour un peu spécial.

Aussitôt, la femme se tourna vers lui et entrouvrit les lèvres...

Pour accepter les excuses ? Ou bien pour demander son chemin ?

— Madame, dit à son tour James Whitcox, je vous prie d'excuser notre ami Manning. Il semble oublier que le but de notre club est de discuter des relations entre les sexes.

La femme se tourna de nouveau vers lui.

— Le Dr Burns, continua Whitcox en désignant la femme assise à sa gauche, est une adepte des théories de Darwin, tandis que M. Addimore (il indiqua d'un signe de tête le comptable assis à sa droite) s'intéresse aux thèses de Malthus sur la limitation des naissances. Cette jeune femme, poursuivit-il en montrant la voisine du Dr Burns, s'appelle Jane Fredericks ; elle est persuadée que le monde sera sauvé lorsque les femmes pourront voter. À côté d'elle, c'est Louis Stiles, architecte ; à le voir, il doit penser qu'un petit dessin vaut mieux qu'un long discours, car il parle peu et dessine tout le temps. Quant à Mme Clarring, la dame blonde assise à droite de M. Addimore, c'est une peintre qui a le don de dissimuler des allusions érotiques dans les plus chastes bouquets de fleurs et les plus innocentes corbeilles de fruits.

— Monsieur Whitcox ! s'exclama Ardelle Dennison. Ceci n'est pas acceptable !

James fit semblant de n'avoir rien entendu. Ardelle Dennison était belle, mais d'une beauté qui le laissait froid.

— Madame, poursuivit-il, lorsque vous avez poussé cette porte par inadvertance, j'étais sur le point de faire un exposé sur le divorce en Angleterre. Les lois qui régissent le divorce dans notre beau pays vous intéressent-elles ?

La femme étreignit la poignée de la porte.

— Non, merci.

— Et la théorie de la sélection naturelle selon le bon M. Darwin ?

— Je ne peux pas prétendre y connaître grand-chose, répondit-elle en rougissant un peu. Maintenant, je ferais peut-être mieux de...

M'en aller.

Mais James n'avait nulle envie de la laisser partir – pas avant de savoir si les étincelles dans ses yeux résultaient de la lumière extérieure ou d'un trouble intérieur.

— Et l'art érotique, cela vous intéresse ?

Il connaissait d'avance la réponse – la seule que puisse faire une honnête femme.

— Je n'en ai jamais vu.

— Ça vous intéresserait d'en voir ?

La femme rejeta brusquement la tête en arrière. Au même moment, les gens assis autour de la table s'exclamèrent d'une seule voix :

— Monsieur Whitcox !

Le ton était réprobateur.

— Vous, dit James en s'adressant à miss Palmer, en avez-vous déjà vu ?

La très digne Esther Palmer sursauta. C'était une institutrice maigrichonne et blafarde qui voyait des sous-entendus érotiques dans *absolument* tout ce qu'elle lisait.

Ses narines se pincèrent, ses joues devinrent violettes.

— Monsieur ! s'exclama-t-elle d'un ton outré.

James les regarda tous, l'un après l'autre : dix dans un fauteuil, le journaliste sur une chaise roulante. Il s'était renseigné sur chacun d'entre eux avant de rejoindre le club : cinq hommes, six femmes, tous célibataires, sauf Rose Clarring, dont le mari préférait noyer son chagrin dans l'alcool que de se réfugier dans ses bras.

— Nous avons déjà parlé de l'érotisme en art, dit-il en regardant plus particulièrement les jeunes femmes vêtues sévèrement de robes noires et coiffées de bonnets noirs. Mais combien d'entre vous, mesdames, ont déjà regardé un tableau coquin ou une photographie cochonne dans le seul but d'être excitées ?

Rougissant de colère, les femmes fixèrent le sol ou le plafond – n'importe quoi pour ne pas croiser son regard.

Elles savaient quoi répondre à un gentleman qui parlait courtoisement de tout et de rien. Elles ne savaient pas quoi répondre à un homme qui parlait crûment.

— Nous sommes ici pour discuter de sexologie, monsieur, dit sèchement Jane Fredericks. Pas de pornographie.

Il toisa la farouche féministe. Depuis sept mois qu'il était membre du club des Messieurs et des Dames, il n'avait jamais vu la moindre étincelle de chaleur dans ses beaux yeux gris-vert.

— Il ne vous est jamais venu à l'idée, ma chère demoiselle, que les femmes aimeraient peut-être mieux jouir que voter ? demanda-t-il d'un ton neutre.

Elle détourna le regard et ne répondit rien.

— Et, insista-t-il, je suppose que vous n'avez jamais eu envie de voir le genre d'images qui excite les hommes ?

— Non.

Le pire, c'est qu'elle avait l'air de croire ce qu'elle disait.

Quelques mois plus tôt, James aussi l'aurait cru.

Il se tourna vers la femme qui avait l'air d'attendre dans l'encadrement de la porte.

— Et vous, madame ? Vous auriez envie de voir des photographies érotiques ?

James se souvint des grosses sommes qu'il avait données à ses maîtresses et des bijoux somptueux qu'il avait offerts à sa femme. Pour les dédommager, en somme, d'avoir couché avec lui.

— Ou bien, reprit-il, pensez-vous que les femmes éprouvent spontanément du dégoût en face des choses qui excitent les hommes ?

La femme regarda la main gauche de James, et plus particulièrement l'alliance à l'annulaire, gage de respectabilité.

Le mariage lui avait ouvert bien des portes.

En échange, qu'avait-il apporté à sa femme ? se demanda-t-il. Une position sociale ? En tant que fille du premier lord du Trésor, elle avait eu une position éminente dans la société bien avant de l'épouser.

— Je pense, monsieur, dit la femme, que votre épouse serait mieux placée que moi pour répondre à vos questions.

La tête penchée, le visage à demi dissimulé par le large bord de son chapeau, elle fit un pas en arrière.

— Ma femme est morte, madame.

Les mots donnèrent l'impression de déchirer l'air.

Elle s'immobilisa et releva brusquement la tête.

Le regard de James attendait le sien.

— Je ne saurai jamais quelles caresses l'excitaient et quelles caresses lui déplaisaient. Je ne saurai jamais en quoi j'ai pu la décevoir, ou même si je l'ai déçue. Je ne saurai jamais ce qu'elle désirait, parce que je n'ai jamais posé la question.

— Qu'est-ce qui vous en a empêché ?

La réplique n'avait pas tardé. Mais la femme semblait toujours prête à fuir.

— Je crois que j'avais peur.

Les femmes autour de la table ravalèrent leur souffle. Un homme pouvait se permettre beaucoup de choses, dès lors qu'il n'avouait pas ses peurs.

— Et, ajouta-t-il, je ne suis toujours pas rassuré.

Une voix d'homme protesta :

— Selon moi…

James ignora l'interruption du comptable.

— J'ai quarante-sept ans, et je ne sais toujours pas ce que c'est que de serrer dans ses bras une femme passionnée. Et j'ai…

— Monsieur Whitcox, je vous en prie ! s'écria Jane Fredericks.

— Et, acheva James sans se laisser démonter, j'ai besoin de savoir s'il n'est pas trop tard.

La femme aux cheveux de feu était parfaitement immobile. Une onde de choc fit trembler la table : une porte venait de claquer à l'étage au-dessous.

— J'ai besoin de savoir si les hommes et les femmes ont les mêmes désirs. J'ai besoin de savoir si un homme et une femme peuvent vivre dans la même maison, coucher dans le même lit et être un peu plus que des étrangers l'un pour l'autre, ou bien si, dans le couple humain, le mensonge est fatal.

Il y eut des murmures autour de la table.

— Monsieur Whitcox, vraiment ! intervint Joseph Manning. Vous auriez pu nous faire grâce de ce mélodrame.

— J'ai seulement essayé d'être honnête, monsieur Manning, répliqua James Whitcox, tout son être tourné vers la femme figée sur le seuil.

S'adressant à elle, il dit d'une voix radoucie :

— Vous ai-je choquée, madame, avec ma franchise ?

Elle avait l'air perplexe.

— Si c'est le cas, répondit-elle, je vais m'efforcer de ne pas le montrer.

— Avez-vous peur de vos propres désirs, ou bien est-ce les désirs masculins qui vous semblent effrayants ?

— Monsieur, je ne peux pas répondre pour toutes les femmes.

— Madame, ce n'est pas non plus ce que je vous demande.

Il voulait juste qu'elle donne son sentiment personnel.

— De plus, je ne suis pas certaine de comprendre votre question, monsieur.

James se pencha en avant, comme s'il la mettait au défi d'être une femme de chair et de sang et non un parangon de vertu.

— C'est pourtant simple : je vous demande si vous avez envie qu'un homme vous touche ; si ça vous dégoûterait plutôt ; si, la nuit, vous avez envie qu'un homme vous fasse des choses dont une femme respectable n'est pas censée avoir envie. En un mot, je vous demande quels sont les désirs qui vous font perdre le sommeil.

Le mot « désirs » résonna dans la pièce comme une petite explosion.

Les six femmes autour de la table s'agitèrent sur leur fauteuil, chacune attendant que les autres avouent ce qu'elle-même répugnait à avouer.

— Eh bien, oui, je désire les caresses d'un homme, dit la femme d'une voix tranquille, mais pleine de résolution. Cela va de soi, non ? Pour autant, je ne désire pas les caresses de n'importe qui.

Le souffle coupé, James se rendit compte que c'était exactement la réponse qu'il avait espérée.

— Et caresser un homme ? Lui donner autant de plaisir qu'il vous en donne ? Le désirez-vous ?

La lourde table émit un grognement de protestation lorsque les cinq hommes se penchèrent pour mieux entendre la réponse.

Elle prit une profonde inspiration et sa poitrine généreuse souleva son manteau.

— Je crois que la plupart des hommes n'aiment pas qu'on leur donne du plaisir.

Ce n'était pas la réponse à laquelle James s'était attendu.

— Qu'est-ce qui vous fait dire ça ?

Le visage de la femme s'assombrit – à cause de mauvais souvenirs, sans doute.

— Le fait qu'il y a des hommes qui demandent pardon à leur femme chaque fois qu'ils la touchent.

Le cœur de James se serra douloureusement. Il s'était excusé d'être là chaque fois qu'il avait rejoint sa femme dans son lit. Pas de façon formelle, comme lorsqu'on bouscule quelqu'un par inadvertance. Il n'avait jamais dit : « Madame, je vous demande pardon » en se couchant sur elle. Mais il avait toujours pris garde à ne pas trop s'exciter, à ne pas ahaner ni grogner comme une bête en rut.

Leurs sexes étaient entrés en contact – pas leurs cœurs.

Son plaisir avait été gâté par le fait que sa femme ne le partageait pas. Elle s'était soumise par devoir. Il avait procréé par devoir. Le devoir avait fait d'eux des étrangers.

— Vous vous reprochez peut-être de n'avoir jamais satisfait votre défunte épouse, dit la femme. Apprenez, monsieur, qu'il n'y a aucune raison pour qu'une femme brûle de désir, seule dans son lit, au point d'en perdre le sommeil ! Les femmes se passent fort bien des hommes, le cas échéant. Elles ont des doigts, que je sache, et elles apprennent très jeunes à s'en servir.

James ravala son souffle.

— Vous vouliez savoir si les femmes ont les mêmes besoins que les hommes, dit-elle encore. Je crois bien que oui.

Les cloches de Big Ben carillonnèrent au loin, sans parvenir à couvrir sa voix.

— Je crois qu'il y a beaucoup de maris qui sont incapables de se contenter de ce que leur femme leur apporte, qu'il y a également beaucoup de femmes qui désireraient davantage que ce que leur mari est capable de leur donner. C'est la vie ; personne n'est coupable. Vous demandiez tout à l'heure, monsieur, si entre un homme et une femme le mensonge était fatal. Je pense que nous venons, vous et moi, de démontrer que non. Sur ce, mesdames et messieurs, permettez-moi de me retirer.

Déjà, elle battait en retraite. Cherchant à la retenir et ne trouvant rien de pertinent à dire, James Whitcox se contenta de lancer :

— Sauf votre respect, madame, je crois que vous vous défilez !

Elle s'immobilisa, la main sur la poignée de la porte à demi refermée. Des petites rides rayonnèrent aux coins de ses yeux, et soudain un sourire illumina son visage.

— J'ai quarante-neuf ans, monsieur. J'ai été mariée pendant trente-quatre ans. J'ai cinq enfants et huit petits-enfants. Tranquillisez-vous, ce que j'ai entendu ici n'a rien pour m'effrayer.

James était loin de partager sa bonne humeur.

Elle s'était donc mariée à quinze ans. Il en avait eu treize à l'époque ; pensionnaire au collège d'Eton.

Quelque chose brilla sur sa gauche : un reflet sur des lunettes.

Marie Hoppleworth – trente-six ans, éternelle étudiante – regarda attentivement la femme au manteau à carreaux qui s'attardait dans l'entrebâillement de la porte.

Cette personne lui semblait une énigme.

Qu'est-ce qui pouvait la pousser à parler aussi franchement à une douzaine d'inconnus, alors que les membres du club des Messieurs et des Dames avaient beaucoup de mal à parler franchement entre eux ?

— Vous n'êtes pas de Londres ?

Les yeux de la femme s'assombrirent.

— Non.

James avait été avocat pendant trop longtemps pour ne pas reconnaître ce regard – malgré son franc-parler, il y avait des choses qu'elle n'avait pas envie de dire.

— Et qu'est-ce qui vous amène dans cet antre de perdition ?

— L'envie de me changer les idées, répondit-elle posément. Et de m'amuser un peu.

— Sans votre mari ? demanda James d'un ton sec comme un coup de pistolet.

Elle était peut-être venue à Londres pour se chercher un amant.

Si c'était le cas, qu'aurait-il à lui reprocher ?

Rien.

Elle tressaillit.

— Je suis veuve, monsieur.

Une veuve qui ne portait pas le deuil.

Il avait eu une jeunesse focalisée sur l'ambition. La sienne avait été focalisée sur les enfants. Avait-elle envie de faire à quarante-neuf ans toutes les expériences qu'elle n'avait pas pu faire à quinze ?

Avait-elle entendu parler du club des Messieurs et des Dames et – comme lui sept mois plus tôt – était-elle là dans l'espoir d'apprendre des choses sur l'amour ?

La lèvre inférieure de la femme trembla – un peu comme celle d'une petite fille qui se retient de pleurer.

— Puis-je vous poser une question ?

James la dévisagea.

Aucune femme ne lui avait jamais fait de confidences ; aucune femme ne lui en avait jamais demandé.

Oh, oui, il avait très envie qu'elle l'interroge. Plus elle serait indiscrète, mieux cela vaudrait.

— Je vous en prie, murmura-t-il.

Elle rougit, en commençant par les pommettes – puis la couleur escalada son petit nez, envahit son menton et son cou.

— Où sont les toilettes, s'il vous plaît ?

2

Lorsque Frances ressortit des toilettes, il était là à l'attendre.

L'espace d'une seconde, quelque chose lui coupa le souffle. Le poids des regrets. Elle aurait voulu être jeune ; elle aurait voulu être belle. Elle aurait voulu être la femme dont cet homme avait manifestement besoin.

Une nouvelle fois, la porte lui échappa des mains et s'en alla claquer bruyamment contre le mur.

Pour empêcher que la même séquence se répète – elle qui s'excuse, lui qui questionne – elle bredouilla :

— Le robinet est coincé.

Il s'avança et lui tendit son parapluie.

— Tenez-moi ça une seconde, je vais voir ce que je peux faire.

Elle hésita. Il était bel homme. Pensait-il – à cause de sa franchise – qu'elle flirtait avec lui ?

Finalement, elle accepta le parapluie. Leurs mains se frôlèrent. La main nue de l'homme réchauffa la sienne à travers le gant de chevreau.

Frances leva les yeux.

Elle mesurait près d'un mètre soixante-dix ; elle n'avait pas l'habitude des hommes qui la dépassaient d'une tête. La bouche de James Whitcox était juste à la hauteur de ses yeux. Ses lèvres étaient bien ourlées et semblaient douces comme des pétales de fleur.

Brusquement, elle se rendit compte qu'elle l'empêchait de passer. Elle s'écarta. Il entra – et fit sa réapparition quelques secondes plus tard.

Frances baissa les yeux. Il portait un pantalon de laine, superbement coupé, qui moulait ses jambes longues et musclées.

— Voilà, c'est réparé, annonça-t-il.

Frances releva les yeux. L'écharpe autour de son cou était d'une blancheur éblouissante. Que pouvait-elle encore lui dire, après avoir avoué qu'elle avait envie d'être caressée et qu'elle n'avait pas besoin d'un homme pour se satisfaire ?

D'un geste raide, elle lui rendit son parapluie.

— Merci.

Après un signe de tête, elle partit. Avec un temps de retard, elle se rendit compte qu'elle s'en allait dans la mauvaise direction.

Il la suivit. La rattrapa.

Elle s'arrêta. Lui aussi.

Elle pivota. Sa poitrine trembla sous son corsage.

— Monsieur Whitcox ! dit-elle d'une voix un peu plus aiguë qu'à l'ordinaire.

— Oui ?

Son parfum était raffiné : un mélange de pin, de vétiver, de bergamote... et peut-être une petite note de musc.

Ils étaient à une dizaine de mètres d'un escalier. Il devait encore y avoir des gens dans le musée. Si elle avait besoin d'aide, quelqu'un, au rez-de-chaussée ou bien derrière l'une des nombreuses portes qui longeaient le couloir, l'entendrait sûrement. Elle n'avait pas besoin de s'affoler. Pourtant, son cœur battait comme s'il cherchait à s'échapper entre les baleines de son corset.

— Monsieur Whitcox, répéta-t-elle un ton plus bas, je me suis déjà excusée pour avoir interrompu votre exposé.

— Il n'y avait vraiment pas de mal, répondit-il. Si vous n'êtes pas passionnée par les lois qui régissent le divorce dans le Royaume, eh bien, moi non plus.

Il parlait sur un ton plaisant, mais son regard était d'une gravité inquiétante.

— Monsieur, j'ai répondu à vos questions. Je n'aurais peut-être pas dû, car certaines n'étaient pas convenables.

Il plissa les yeux.

— La franchise vous gêne ?

— Bien sûr, répondit-elle sans hésiter. La franchise n'est pas toujours une qualité. Quelquefois, c'est juste une impolitesse. Et, pour tout vous avouer, en temps ordinaire, je suis plus discrète.

— Moi aussi.

— Mais vous êtes un homme, fit-elle observer. Pour les hommes, ce n'est pas pareil.

— Les hommes aussi ont leurs mains et leurs doigts, répliqua-t-il.

Frances frissonna du haut en bas de l'échine.

— J'ai honte, monsieur Whitcox.

Le beau visage de James sembla s'illuminer de l'intérieur.

— Dans ce cas, permettez-moi de partager votre honte en reconnaissant qu'il m'arrive aussi de me satisfaire tout seul.

Frances aurait peut-être dû être choquée, mais il n'en fut rien.

Il avait de belles mains ; les doigts étaient longs et élégamment fuselés.

— Je ne suis pas votre femme, dit doucement Frances.

Le visage de James Whitcox s'assombrit aussi vite qu'il s'était éclairé quelques secondes plus tôt.

— Vous croyez que je vous ai questionnée parce que vous me rappeliez ma femme ?

— Pourquoi ? Ce n'était pas le cas ?

Au lieu de répondre, il lui retourna sa question.

— Et moi, est-ce que je vous rappelle votre mari ?

— Pas le moins du monde, assura Frances avec sincérité.

Son mari aurait été scandalisé si elle lui avait avoué qu'elle s'adonnait aux plaisirs solitaires. Au contraire, l'homme en face d'elle n'avait pas cillé.

— Dans ce cas, pourquoi m'avez-vous répondu ?

Son haleine sentait le caramel.

Le parfum sucré était plus fort que l'odeur vaguement déplaisante – mélange de poussière et de moisi – qui flottait dans l'air du musée.

— Peut-être, dit-elle sans trop réfléchir, parce que, là d'où je viens, les hommes ne s'inquiètent pas de savoir ce que les femmes désirent.

— D'où venez-vous ? demanda-t-il tout à trac.

La réponse était : « De Kerring, dans le Sussex. »

Frances avait beau être naïve, elle savait toutefois qu'une femme ne confie pas ce genre de détails à un inconnu.

— D'un petit village dans le Sud-Est.

Il rit doucement – mais son regard était trop intense et son corps dégageait trop de chaleur.

— Et vous pensez que les hommes qui vivent dans les petits villages du Sud-Est n'ont pas les mêmes désirs que ceux qui vivent à Londres ?

— Je pense, répondit-elle, le cœur battant, qu'il n'y a pas beaucoup de labours ni de pâtures à Londres.

Les hommes que Frances avait connus avaient été des gentlemen-farmers – son père, son mari et, à présent, ses deux fils – tous stoïquement résignés à leur sort.

Pas comme cet homme.

— C'est pourquoi, reprit-elle en pointant fièrement le menton, il n'est pas absurde de penser que les campagnards sont différents des citadins.

— Les hommes de votre petit village du Sud-Est, dit-il d'un air narquois, qu'attendent-ils des femmes, exactement ?

Frances sourit au souvenir de son timide mari dont les besoins avaient été aussi peu sophistiqués que ceux de la terre sur laquelle il trimait.

— Ils les épousent. Ils n'en demandent pas davantage, et il ne faut pas leur en demander davantage.

— Mais vous auriez volontiers accepté davantage.

— Non, dit-elle catégoriquement.

Elle n'était pas prête à se plaindre de son mari.

— Je n'ai jamais désiré autre chose que ce que j'avais, ajouta-t-elle à mi-voix.

Des applaudissements, étouffés par l'épaisseur des murs, se firent entendre dans une pièce au bout du couloir.

Il y avait donc encore des gens quelque part dans le musée.

— Ce sont vos yeux, dit-il soudain.

Frances battit des paupières.

— Je vous demande pardon ?

— Vous avez les yeux aussi limpides que ceux d'un enfant. On n'y discerne aucune ruse, aucun faux-semblant.

Cela remontait à quand, la dernière fois qu'un homme l'avait complimentée sur ses yeux – ou n'importe quelle autre partie de sa personne ?

Elle entrouvrit les lèvres – avec l'intention de rectifier ses paroles : « Mes yeux sont clairs, monsieur, pas limpides… »

Au lieu de cela, elle dit :

— Vous sentez le caramel.

Et elle le regretta aussitôt.

— Les procès sont longs, expliqua-t-il. Comme moyen de combattre l'ennui, j'ai découvert les caramels. Je suis drogué aux caramels comme d'autres à l'opium.

— À ma connaissance, fit Frances, il n'y a que deux sortes de gens qui fréquentent les tribunaux : les criminels et leurs victimes. Dans quelle catégorie vous situez-vous ?

De nouveau, le visage de James Whitcox parut s'éclairer de l'intérieur – et Frances s'en réjouit.

— Il y a aussi les avocats, corrigea-t-il. Même si le public a parfois tendance à les confondre avec les criminels.

Frances n'avait encore jamais rencontré d'avocat.

— Les caramels, c'est bien bon, reprit James, mais ça ne me dit pas pourquoi vous vous êtes contentée d'une demande en mariage.

Pourquoi une fille de quinze ans n'avait-elle pas la sagesse d'une femme de quarante-neuf ?

— Sans doute, monsieur Whitcox, parce que les autres filles s'en contentaient, répondit Frances, et que je n'avais pas l'esprit rebelle.

Il se déplaça d'un quart de tour et son visage disparut dans l'ombre.

— Vous avez dit que vous étiez venue à Londres pour vous amuser ?

Frances serra son réticule contre son ventre. Quel curieux personnage ! Qu'attendait-il d'elle ?

— Oui, c'est ce que j'ai dit.

— Et vous vous êtes amusée ?

— Oui, répondit Frances sans mentir.

Elle avait visité des dizaines de parcs, de musées, de monuments – il devait y en avoir des centaines d'autres qui attendaient sa visite.

— Notre club des Messieurs et des Dames vous a-t-il divertie ?

— Eh bien, je l'ai trouvé...

Elle hésita entre « stimulant » et « terrifiant ».

Finalement, elle se contenta de :

— ... intéressant.

— Alors, vous trouverez peut-être de l'intérêt à vous joindre à nous ?

Un bruit sourd se fit entendre, suivi d'un autre. Des pas. Ils étaient accompagnés d'un cliquetis caractéristique. Quelqu'un montait l'escalier – quelqu'un qui s'aidait d'une canne.

— Êtes-vous en train de dire, monsieur Whitcox, que je devrais m'inscrire au club ?

Il dissimula son regard derrière ses paupières.

— Oui.

— Pourquoi ?

Elle était fort surprise. Il était un fringant quadragénaire. Elle était une vieille grand-mère. Ils n'avaient absolument rien en commun.

— Parce que vous êtes la seule femme que je connaisse qui ait eu le courage d'avouer ses désirs.

Frances repensa aux visages scandalisés des cinq messieurs et des six dames.

— Je ne crois pas que les membres du club soient prêts pour le genre de conversations franches et honnêtes que vous me proposez.

— Au contraire, rétorqua James Whitcox. Mlle Hoppleworth a trouvé votre franchise très rafraîchissante.

Frances resta muette de surprise pendant une seconde.

— Qui est Mlle Hoppleworth ?

— La secrétaire.

Frances se souvint de la brune aux lunettes rondes, accrochée à son stylographe en argent comme à une bouée de sauvetage.

— Comment savez-vous qu'elle m'a trouvée... rafraîchissante ?

— Elle me l'a dit.

Frances hoqueta de stupeur.

— Vous avez parlé de moi ?

— Oui, répondit-il, l'air impénitent.

Les bruits de pas dans l'escalier résonnaient toujours aux oreilles de Frances. Le fait qu'on ait parlé d'elle – et qu'on l'ait trouvée « rafraîchissante » – était à la fois exaspérant et, en un certain sens, flatteur.

Elle resta pensive un instant. Dans son idée, les messieurs de la ville n'invitaient pas les dames de la campagne à adhérer à des clubs où l'on discutait de sexualité.

— Et M. Manning ? Et les autres membres ? Qu'en diront-ils ?

Le regard de l'avocat était impénétrable.

— Peu importe ce qu'ils diront. *Moi,* j'espère que vous vous joindrez à nous. Ça devrait suffire.

Elle voyait le reflet de son propre visage dans les pupilles de James Whitcox. Pâle, toutes ses rides effacées, elle ressemblait à la jeune femme qu'elle avait été.

— J'arrive de ma campagne, monsieur Whitcox. Je n'ai pas eu de gouvernante et je ne suis pas allée au collège. Que pourrais-je apporter au club des Messieurs et des Dames ?

Frances avait étudié dans une petite école sous la férule d'un maître presque aussi ignorant que ses élèves. Les théories de Darwin et de Malthus ne faisaient pas partie de son bagage. Elle savait lire, écrire et compter – tout ce dont une fille avait besoin pour tenir son ménage.

— L'éducation importe peu, dit-il.

Frances était bien placée pour savoir que ce n'était pas vrai. L'éducation séparait les hommes et les femmes aussi sûrement que l'âge, la fortune ou l'expérience.

— Nous parlons de choses qui ne s'apprennent pas à l'école, ajouta James Whitcox. L'amour, le désir, la passion…

— L'amour, le désir, la passion, répéta Frances. Et vous croyez que j'aurais des choses à vous apprendre là-dessus ? murmura-t-elle.

— Oui.

Frances songea avec regret à sa lointaine jeunesse tout à fait dépourvue de passion. Une image de son mari passa devant ses yeux. Il s'était éteint dans son sommeil, aussi discret pour mourir qu'il l'avait été pour vivre.

— J'ai eu mon premier enfant à seize ans, dit-elle.

Et, depuis lors, elle n'avait plus éprouvé de joies ni de chagrins qu'à travers ses enfants.

— Je n'ai strictement rien à dire sur la passion, enchaîna-t-elle. Je ne l'ai pas connue. Je sais ce que c'est que d'être une épouse, une mère de famille, une grand-mère… Mais je ne sais pas ce que c'est qu'être une femme.

Elle vit dans ses yeux qu'il avait compris.

— Mais vous avez envie d'être une femme, répliqua-t-il d'une voix rauque.

À présent, les pas ne faisaient plus le même bruit. Ils ne gravissaient plus un escalier ; ils avançaient sur un parquet.

La gorge de Frances se serra.

— Oui, admit-elle, j'en ai envie.

Elle ne voulait plus seulement se réjouir des joies des autres, s'attrister des tristesses des autres. Elle voulait ses propres rires, ses propres larmes. Pour une fois, elle voulait une vie bien à elle.

— Vous m'avez demandé si vous me rappeliez ma femme, dit-il brusquement.

Elle avait demandé cela… mais elle n'était pas sûre d'avoir envie de connaître la réponse.

Les inconnus sont censés échanger des propos sans conséquence. La conversation dans laquelle ils étaient engagés n'était pas sans conséquence. Ils échangeaient des confidences.

— J'ai été marié pendant vingt-quatre ans, poursuivit James Whitcox. Elle est morte renversée par une berline pendant que je lisais un rapport devant la Chambre des communes.

Les bruits de pas et le cliquetis de la canne se rapprochaient.

— Je savais qu'elle avait prévu d'aller faire des courses, mais je ne savais pas où. J'aurais voulu avoir du chagrin mais, lorsque l'on m'a montré son corps, tout ce que j'ai vu, c'est une étrangère.

Frances aurait voulu consoler l'avocat, mais elle ne trouva pas les mots.

— A-t-elle été heureuse, je n'en sais rien, reprit-il. Et je ne le saurai jamais. Elle m'a donné deux enfants. Je croyais que ça suffisait pour remplir une vie : se marier, avoir des enfants, entretenir convenablement sa famille.

Frances devina la fin de la phrase et son cœur se serra.

— Mais ce n'est pas vrai.

Les yeux de Frances s'emplirent de larmes.

— Je croyais que j'étais un homme. En fait, j'étais un mari, un père, un avocat. Mais je n'étais pas un homme.

Frances ne comprenait que trop bien ce genre de souffrance.

— Mais vous avez envie d'être un homme, dit-elle d'une voix haletante.

3

— Madame Hart ?

Frances sursauta lorsqu'on l'appela par son nom.

Elle pivota brusquement, le cœur battant.

Le conservateur du musée – petit et maigre, des cheveux gris qui allaient en se raréfiant, un visage raviné par d'anciens chagrins – était appuyé sur une canne. C'était lui qu'ils avaient entendu monter péniblement l'escalier.

— Madame Hart, monsieur Whitcox, dit-il en les saluant tour à tour. Comment allez-vous ?

— Comment allez-vous, monsieur Hamon ? répondit James Whitcox.

Frances trouva qu'il avait la voix étrangement calme pour quelqu'un qui venait de mettre sa vie sens dessus dessous.

Le conservateur les avait-il entendus ?

Elle avait été en train de s'incliner vers l'avocat, comme aimantée par lui. Que serait-il arrivé si personne n'était venu les interrompre ?

— Bonjour, monsieur Hamon, fit Frances avec un sourire forcé.

Le conservateur était un des rares Londoniens dont elle connaissait le nom. C'était un homme très cultivé ; cependant, pas une seule fois il ne l'avait regardée de haut à cause de son manque d'éducation.

— Madame Hart, je vous cherchais, dit-il. Je vous dois des excuses, parce que la conférence du professeur Pearson sur les fossiles est annulée.

Il venait de la surprendre dans une situation compromettante, et cependant il n'y avait pas de réprobation dans ses yeux.

— C'est... C'est désolant, balbutia Frances.

— Je vais le remplacer, précisa M. Hamon. J'ai en réserve une causerie sur les trésors de la peinture italienne. Me ferez-vous l'honneur d'y assister ?

— Hélas, je me sens un peu lasse. Je crois que je vais passer une soirée tranquille à la maison et me coucher de bonne heure.

Elle avait chaud et, en même temps, froid – comme une jouvencelle.

Désirable. Désirante.

Ou alors, c'étaient les effets du retour d'âge, pensa-t-elle, mi-figue mi-raisin.

— Je comprends, répondit le conservateur. Maintenant, si vous voulez bien m'excuser, je dois aller préparer la lanterne magique. J'ai des reproductions de tableaux sur des plaques de verre, vous voyez ? Bonne journée, madame. Au revoir, monsieur.

— Au revoir, monsieur Hamon, dit Frances.

Il avait déjà commencé à s'éloigner, ses talons claquant sur le parquet, le bout ferré de sa canne rendant un son plus sec.

La présence de l'avocat, tout près d'elle, était toujours aussi troublante.

— Madame Hart ?

À présent, il connaissait son nom.

Ça ne changeait rien. Et, en même temps, ça changeait tout. Une inconnue peut bien faire part de ses désirs à un inconnu, mais certainement pas une veuve de quarante-neuf ans dénommée « Mme Hart ».

— Oui, monsieur Whitcox ?

Il était tout proche. En même temps qu'elle l'entendait, elle sentait son souffle dans son oreille. Avec chaque mot, une bouffée d'air tiède...

Le conservateur redescendit l'escalier. Ses pas continuaient de battre une mesure à trois temps.

Toc ! Toc ! *Clic !* Toc ! Toc ! *Clic !*

James se planta devant Frances. Son écharpe blanche brillait dans la pénombre du couloir.

— Les fossiles vous intéressent donc ?

La vraie réponse était non.

— Oui, répliqua Frances en le toisant, comme si elle le mettait au défi de se moquer d'elle.

Il eut l'air de soupeser sa réponse.

Inexplicablement, Frances prit la mouche.

— Une femme a bien le droit de s'intéresser à autre chose que sa famille et sa maison.

— Mais oui, assura l'avocat sur un ton vaguement amusé. Cela est certain.

Se moquait-il d'elle ? La trouvait-il ridicule ? pitoyable ? Elle aurait voulu pouvoir lire la réponse sur son visage, mais le bord du chapeau en cachait une moitié et l'autre était mal éclairée.

Peut-être que, dans son idée, les veuves se cherchaient partout un homme pour remplacer celui qu'elles avaient perdu ?

— Je ne suis pas en train de vous faire du charme, dit-elle d'un air pincé.

Elle se rendit compte qu'elle aurait mieux fait de se taire. Mais c'était trop tard pour ravaler ses paroles.

— Ça tombe bien, répliqua imperturbablement l'avocat. Les charmeuses ne m'intéressent pas.

On n'entendait plus les pas du conservateur. Au loin, une porte claqua.

Non, les hommes ne s'intéressaient pas aux charmeuses. Enfin, pas aux charmeuses de quarante-neuf ans ! Ils voulaient des jeunettes, capables de leur donner des enfants.

Frances avait compris son brave homme de mari ; que pouvait-elle comprendre à un grand bourgeois de la capitale ?

Rien.

Elle était obligée de le reconnaître.

— Je ne savais pas qu'un homme et une femme pouvaient se parler de cette façon, murmura-t-elle.

Sur le visage de l'avocat, une émotion se laissa discerner malgré la pénombre.

— Moi non plus.

Frances sentait battre son sang à ses tempes.

Pulsations. *Pulsions.*

— Y a-t-il une différence entre la sexologie et la pornographie ? demanda Frances en repensant à ce qu'avait dit Mlle Fredericks.

— Oui.

Pas le moindre doute dans la voix de James Whitcox, pas la moindre hésitation dans son regard.

Frances n'avait jamais entendu le mot « sexologie » et n'avait jamais vu un objet érotique. Comment pourrait-elle savoir où se trouvait la limite entre les deux ?

— Tout à l'heure, vous avez posé une question, dit-elle, sa voix résonnant dans le couloir.

— J'en ai posé plus d'une. À laquelle pensez-vous ?

La gorge de Frances se serra.

— Vous m'avez demandé si j'avais envie qu'un homme me touche ou si ça me dégoûterait plutôt.

— Je me souviens, dit James. Eh bien ?

Frances sentit se hérisser les petits cheveux sur sa nuque.

— Eh bien, non, monsieur Whitcox, je ne suis pas dégoûtée à l'idée qu'un homme me touche.

En tout cas, elle n'était pas dégoûtée à l'idée qu'il la touche, *lui* !

— Vous aimeriez voir des photographies érotiques ?

Elle se souvint de son visage impassible lorsqu'il avait demandé à Mlle Fredericks si elle n'avait jamais eu envie de voir le genre d'image qui excite les hommes. Elle se souvint aussi du regard hostile de la jeune femme quand elle avait répondu non.

Des bruits se répandirent dans le couloir - gros rires d'hommes, ricanements de femmes.

— Oui, dit Frances, j'aimerais beaucoup en voir.

Le visage de l'avocat s'éclaira. Mais son regard ne s'adoucit pas.

— Samedi prochain, madame Hart.

Des gens passèrent autour d'eux dans un concert de talons claquant sur le parquet. Un maladroit toucha la cheville de Frances avec sa canne.

— À deux heures, ajouta James en forçant la voix pour se faire entendre au milieu de la cohue.

Cette fois, Frances reçut un coup de coude dans les côtes, qui lui fit mal, malgré les baleines de son corset.

Le regard de l'avocat la clouait sur place.

La foule, pourtant, l'entraîna, comme un torrent arrache un arbre sur la berge et l'emporte au loin.

Ces hommes et ces femmes étaient jeunes. Ils étaient encore loin de connaître les angoisses de la cinquantaine.

Le trouble de Frances était à son comble.

Il voulait être un homme. Elle voulait être une femme.

Pourquoi ne pas accepter son invitation ?

Frances, sa décision prise, se retourna.

4

Elle chercha des yeux l'avocat et ne le vit nulle part.

Un instant plus tôt, Frances avait humé un mélange de pin, de vétiver et de bergamote. Tout à coup, elle respirait l'odeur de moisi et de renfermé qui flottait dans le musée.

Il faisait de plus en plus sombre. Une armée de talons – fins talons de femme, solides talons d'homme – dévalaient l'escalier de bois en claquant.

Elle se demanda quelle paire de talons, au milieu de ce tintamarre, appartenait à l'avocat.

Un sentiment de solitude lui serra le cœur.

Elle lui avait dit qu'elle était à Londres pour s'amuser. Elle ne lui avait pas dit qu'elle ne s'était jamais sentie aussi seule qu'au milieu de ces millions d'inconnus.

Elle ne lui avait pas dit non plus qu'elle devenait peu à peu étrangère à elle-même.

Tout doucement, à pas comptés, comme si elle avait marché sur une fine pellicule de glace, elle s'engagea dans l'escalier. Ses mains étaient moites dans ses gants de chevreau ; par contraste, la rampe était dure et sèche.

À chaque marche, Frances repensait à l'avocat et aux confidences qu'ils avaient échangées.

Il était veuf. Depuis combien de temps ? Il ne l'avait pas dit. Il ne lui avait pas demandé non plus depuis combien de temps elle était veuve.

Il avait avoué qu'il se satisfaisait tout seul quelquefois. Comment un homme s'y prenait-il pour se satisfaire tout seul ? Elle n'en savait rien.

Soudain, elle se trouva devant un drôle d'animal, avec le corps d'un chameau, la couleur d'un léopard et un cou démesurément long qui s'effilait vers une tête surmontée de courtes cornes velues.

Avant de venir à Londres, elle n'avait jamais imaginé qu'il puisse exister des animaux plus gros et plus exotiques que l'éléphant qu'on voyait une fois par an à la foire de Chichester. Pourtant, il y en avait un là, trois fois plus grand qu'elle.

Frances se trouva des affinités avec l'immense girafe. La pauvre bête aussi était loin de chez elle. Peut-être avait-elle même eu des girafons ?

Elle se pencha pour déterminer le sexe de la girafe.

Où étaient passés les organes qui auraient permis de le savoir ?

Frances fronça les sourcils. Ces drôles d'animaux faisaient forcément des petits. L'éléphant de Chichester avait beau être châtré, cela se voyait encore que c'était un mâle.

Elle se pencha un peu plus.

Soudain, elle se souvint de l'endroit où elle se trouvait – dans un lieu public – et de ce qu'elle était en train de faire – regarder sous le ventre d'une girafe de huit mètres de haut.

Elle se redressa brusquement. Son cœur palpita.

Se retournant, elle vit un homme. Il était grand et mince, vêtu d'un manteau noir, coiffé d'un chapeau melon.

Il avait de beaux yeux clairs – verts ou bleus ? Difficile à dire, à cette distance.

Son visage, encadré par des favoris châtain-roux, était impassible. Dans sa main droite, il tenait une sacoche de cuir bordeaux.

Frances entrouvrit les lèvres… Mais pour dire quoi ?

À la campagne, les hommes et les femmes étaient à l'aise avec la sexualité des animaux – même s'ils n'étaient pas forcément à l'aise avec la leur. En ville, c'était plutôt le contraire.

Qu'est-ce qu'une campagnarde comme elle pouvait dire pour justifier son comportement aux yeux de ce citadin ? Rien.

Frances s'en alla.

Chemin faisant, elle passa devant une enfilade de vieilles armures cabossées, un sarcophage ébréché, quelques fossiles noircis.

Enfin, elle aperçut la lourde porte vitrée à encadrement de cuivre qui marquait la sortie.

Tandis qu'elle s'en approchait, une rousse avec un chapeau de paille et un manteau émergea de l'épaisse couche de verre et donna l'impression de venir à sa rencontre : son reflet.

À travers la porte, elle vit passer devant le musée un flot ininterrompu d'hommes en chapeau melon, de femmes coiffées de bibis à aigrettes, de ravissantes petites filles habillées en dames et de garnements en costume marin qui trottinaient en poussant devant eux des cerceaux.

Au moment où Frances poussait la porte, un omnibus couvert d'affichettes s'arrêta devant le musée. Des gens en descendirent.

Personne ne lui adressa le moindre signe d'amitié, personne ne la montra du doigt non plus, car personne ne la connaissait.

Elle se redressa bravement. Il y avait de la solitude dans l'anonymat. Mais il y avait aussi de la liberté. Ici, dans la ville la plus peuplée du monde, personne ne se souciait de sa conduite.

L'avocat avait dit que Londres était un antre de perdition.

Frances se refusait à croire que le plaisir était nécessairement synonyme de perdition.

5

Mary Bartle.

James connaissait son âge : trente et un ans. Il connaissait son lieu de naissance : Oxford. Il savait qu'elle était accusée d'avoir – avec la complicité d'Evan Keaton, son amant de vingt-six ans, pharmacien – empoisonné son mari.

La vie de cette femme était entre les mains de deux hommes. Le procureur général prouverait qu'elle était coupable, ou bien James prouverait qu'elle était innocente. Comme deux acteurs de théâtre, ils allaient jouer avec les émotions du public – les ouvriers et les petits-bourgeois, postés dans la tribune qui surplombait le box des accusés ; les aristocrates, sur les bancs qui leur étaient réservés à la gauche de la cour.

Dissimulée par le plateau de la table, James glissa une main dans la sacoche près de lui sur le banc et attrapa un de ses chers caramels.

Il eut un pincement au cœur en repensant au plaisir sur le visage de la veuve Hart lorsqu'il lui avait dit qu'il n'était ni criminel ni victime, mais avocat. Jusqu'ici, la révélation de son métier avait provoqué toute sorte de réactions, mais jamais de la joie.

Il se redressa, son caramel au creux de la main, et se demanda si elle avait visité Old Bailey. Construit sur le site de l'ancienne prison de Newgate, le palais de justice figurait parmi les attractions touristiques. Son histoire était jalonnée d'innombrables flagellations, mutilations et pendaisons – sans parler de la peine « forte et dure », qui consistait à empiler des pierres sur la poitrine des récalcitrants jusqu'à ce qu'ils avouent tout ce qu'on voulait. Sombre époque, pensa James.

Il se souvint alors de ce qu'avait écrit un dénommé Jones, quelques années plus tôt, dans un livre intitulé *Joyeusetés de la vie londonienne*.

Old Bailey a le mérite d'être compact. On peut y être détenu, jugé, condamné, exécuté et enterré sans avoir à quitter le bâtiment. Autrefois, il fallait au moins sortir pour se faire pendre, mais à présent la potence est installée dans la courette pavée qui se trouve entre le tribunal et la prison. Tout se passe comme si vous étiez jugé dans le salon, enfermé dans la cuisine et pendu dans l'arrière-cour.

La dernière pendaison publique avait eu lieu devant Old Bailey. James se souvint que le procès s'était tenu dans cette même salle. Son père, haut magistrat, avait tenu à ce qu'il y assiste, vu l'énormité de l'affaire. James avait dix-huit ans à l'époque. On jugeait un certain Michael Barrett, indépendantiste irlandais accusé d'avoir posé une bombe contre le mur de la prison de Clerkenwell afin de permettre l'évasion de deux camarades. L'évasion avait échoué, mais il y avait eu douze tués et une quarantaine de blessés dans les taudis environnants.

Barrett fut pendu le 26 mai 1868. La corde au cou, pâle mais digne, il déclara qu'il était innocent mais qu'il donnait volontiers sa vie pour sa patrie bien-aimée. Deux mille Anglais entonnèrent un chant patriotique lorsque la trappe s'ouvrit sous ses pieds…

Le juge toussota. Il s'impatientait. Le jeune avocat d'Evan Keaton n'en finissait pas de fouiller dans ses papiers. Il était rouge comme une pivoine.

— Votre Honneur, dit-il en brandissant le document qu'il avait fini par trouver, avant que la cour ne décide d'une mise en accusation, je me présente devant vous en qualité de conseil de monsieur... euh, je veux dire, du dénommé Keaton.

Il s'interrompit, le temps d'avaler une goulée d'air, tandis que sa pomme d'Adam s'agitait sous la peau de son cou comme un ludion dans une bouteille.

— Votre Honneur, reprit-il, vous êtes au courant des déclarations dudit Keaton, ainsi que de celles de mes estimés confrères, Me Lodoun, avocat de la Couronne, et Me Whitcox, qui représente les intérêts de madame... enfin, de la dénommée Bartle. Pour des raisons évidentes, et étant bien entendu qu'il n'entre pas dans mes intentions de compliquer ni de retarder la procédure, je présente une requête afin que les deux cas soient dissociés et que les deux prisonniers fassent l'objet de procédures distinctes.

Le public remua et murmura. Ni les ouvriers, ni les petits-bourgeois, ni les aristocrates n'avaient envie d'entendre parler de procédures distinctes ; ils voulaient entendre parler de lubricité et d'assassinat.

— Je devine vos raisons, maître Lockwood, dit le juge.

Avec son visage austère surmonté d'une perruque à vingt-trois rangs de boucles, il avait l'air d'un pharaon – un pharaon sans barbe.

— Je devine vos raisons, répéta-t-il, et je les comprends. Elles sont évidentes pour quiconque a lu le dossier.

James aussi avait prévu l'abandon des poursuites contre Evan Keaton. Le jeune amant de Mme Bartle, pour peu qu'on renonce à l'accuser de complicité, ferait un excellent témoin à charge.

Dans le box de la presse, les morceaux de fusain s'activaient sur les papiers à dessin. Demain, les journaux publieraient des caricatures de quelques-uns des acteurs de cette scène.

La veuve Hart lirait-elle les journaux ? se demanda James. Que penserait-elle de son rôle dans ce procès ? Serait-elle contente de le revoir ?

— Votre Honneur, dit James en feignant l'indifférence, je ne m'oppose pas à la requête de mon estimé confrère.

En se rasseyant, il croisa un regard vert, extraordinairement fixe et froid.

Jack Lodoun, procureur général, membre du Parlement et du conseil de la reine, portait une courte perruque blanche – en tout point semblable à celle de James et du jeune avocat – d'où dépassaient des favoris broussailleux, roux sombre.

James avait plusieurs fois été opposé à lui dans les prétoires. Mais jamais Lodoun – de quelques années plus jeune que lui – ne lui avait manifesté autre chose que cette froide cordialité qui convient à un procureur de la reine.

Pourquoi cette hostilité soudaine ?

Le procureur général détourna le regard.

— Votre Honneur, dit-il d'une voix sèche, la cour n'a pas besoin d'examiner la requête de Me Lockwood. Moi aussi, j'ai lu attentivement le dossier. Et j'ai décidé d'abandonner les poursuites contre M. Keaton, faute de preuves suffisantes pour obtenir une condamnation.

James regarda le procureur général. Sa colère, quel qu'en ait été le motif, était passée.

Ils savaient aussi bien l'un que l'autre que les sentiments personnels n'avaient pas leur place dans cette enceinte.

Le juge répondit tout bas qu'il ne prendrait sa décision concernant Evan Keaton que lorsqu'il aurait statué sur le cas de Mary Bartle.

James regarda vers le box des accusés. Mary Bartle était immobile, les yeux baissés. La lividité de son teint était accentuée par les lampes. Un bonnet noir couvrait ses cheveux ; une robe noire lui étranglait le cou.

Toute sa vie tenait dans le dossier posé devant son avocat.

Son mariage avec un riche marchand avait été arrangé par un père tyrannique, qui avait sans doute profité des largesses de son gendre. Maintenant, il tournait le dos à sa fille.

Où serait-elle aujourd'hui si elle avait pu se choisir elle-même un mari ?

Une voix inconnue vint interrompre le cours de ses pensées.

— Je me dois de signaler à la cour que, concernant M. Evan Keaton, je suis l'un de ses amis.

James se tourna vers le juré qui venait de parler.

— Ce n'est pas un motif de récusation, dit le juge.

— Le ministère public n'a pas d'opinion sur cette question, intervint le procureur général. Toutefois, je me permets de vous faire observer, Votre Honneur, qu'il y a de fortes chances pour qu'Evan Keaton soit appelé à témoigner. Il n'est donc pas souhaitable qu'un de ses amis figure dans le jury.

James observa le juré en question. Son visage était pâle, et de grosses gouttes de sueur constellaient son front.

C'était peut-être un ami d'Evan Keaton, peut-être pas. Une chose était certaine : il ne tenait pas à faire partie du jury.

Aucun homme n'a envie d'admettre qu'une femme est capable de préméditer le meurtre de son mari tout en continuant à coucher avec lui.

— Très bien, bougonna le juge. Vous êtes, monsieur, récusé par l'accusation. Veuillez vous retirer.

Le juré se leva. Quelqu'un d'autre prit sa place.

— À présent, dit le juge, les inculpés plaident-ils coupables ou non coupables ?

— Non coupable, balbutia Mary Bartle.

James n'eut pas besoin de la regarder pour savoir qu'elle était terrifiée.

— Non coupable, Votre Honneur, lança Evan Keaton d'une voix bien posée.

James n'eut pas besoin de le regarder pour savoir qu'il était soulagé. Ce n'est pas lui qui allait être « jugé dans le salon, enfermé dans la cuisine » et, très probablement, « pendu dans l'arrière-cour ».

James se souvint de la réprobation qui avait accueilli ses questions au club des Messieurs et des Dames. Comme s'il pouvait en être affecté, alors que la vie d'hommes et de femmes dépendait quotidiennement de sa capacité à ne pas se laisser influencer par l'opinion des autres !

Cependant, il n'était pas indifférent à l'opinion d'une certaine veuve de quarante-neuf ans.

Son besoin d'être une femme, plutôt qu'une épouse et une mère ; son envie d'aller voir ce qu'il y avait en dehors des étroites limites de sa famille ; la manière dont elle avait compris et accepté les choses qu'il lui avait avouées – tout cela l'émouvait.

Les jurés prêtèrent serment.

Un greffier donna lecture de l'acte d'accusation.

Le crâne de James le démangeait, comme si une colonie de fourmis rouges avait élu domicile sous sa perruque.

L'air sentait l'encaustique, l'huile de macassar, l'eau de Cologne, la sueur, la crasse et le désespoir.

La veuve Hart avait senti la vanille et la femme.

Elle croyait que la passion était quelque chose qui s'apprend.

Sept mois plus tôt, il aurait été d'accord avec elle.

Il savait à présent que ce n'était pas vrai.

Le jeune avocat, enhardi depuis que le procureur général avait décidé d'abandonner les poursuites contre son client, était en train de s'adresser au juge.

— Votre Honneur, je vous demande de ne pas renvoyer M. Evan Keaton devant le grand jury.

Cette fois, ce n'était pas la timidité qui enflammait ses joues, mais l'enthousiasme. James se demanda pourquoi il n'avait jamais rien éprouvé de tel. Même à ses débuts, il avait été cynique. Sans doute parce qu'à dix-huit ans, il avait assisté à la pendaison d'un innocent.

Le juge prononça enfin la relaxe d'Evan Keaton. Affichant un air de triomphe, le jeune avocat enfourna des quantités astronomiques de paperasses dans sa sacoche et quitta la scène.

Le procureur général se leva, sa robe de soie noire miroitant à la lueur des lampes.

Un frisson parcourut l'assistance. La pièce allait enfin débuter.

Plus passionnantes que les histoires d'amour, il y a les histoires d'amour qui s'achèvent par un meurtre.

James attrapa une poignée de caramels et en ôta d'avance l'emballage.

— Votre Honneur, messieurs du jury, commença le procureur général, il m'incombe de vous exposer les faits qui justifient l'acte d'accusation dont on vient de vous donner lecture. Je vais vous décrire comment la dénommée Mary Bartle a délibérément, perversement et de sang-froid provoqué la mort de l'infortuné Thomas Edwards Bartle. Afin de pouvoir donner libre cours à sa lubricité dans les bras d'un jeune homme – et pour nulle autre raison que celle-là : satisfaire d'illicites désirs charnels – elle a empoisonné le brave et gentil mari qu'elle avait juré devant Dieu d'aimer et de chérir tout au long de sa vie. Mais, avant d'entrer dans les détails, je vous dois des explications concernant ce qui vient d'arriver à M. Evan Keaton...

Le dos bien droit, les pieds à plat sur le sol pour se caler car la soie des robes avait tendance à glisser sur le bois des bancs, James mit un caramel dans sa bouche.

Les jurés regardaient le procureur général ; James regardait les jurés.

Alors que le club des Messieurs et des Dames tenait à compter parmi ses membres autant de femmes que d'hommes, la loi anglaise n'avait pas tant de scrupules. Mary Bartle, une femme, allait être jugée par douze hommes. Des hommes à qui le procureur avait recommandé de la condamner comme criminelle, mais d'abord comme adultère.

James ne croyait pas que le désir chez une femme soit immoral par nature.

Il avait bien observé la réaction des jurés. Eux, par contre, avaient l'air de le croire.

Les jurés numéros deux, trois, cinq, huit, neuf, dix et douze avaient gobé les imprécations du procureur contre les femmes qui donnent libre cours à leur lubricité.

La veuve Hart avait redouté de se joindre à une société où l'on discutait exclusivement des relations entre hommes et femmes.

À juste titre.

James froissa machinalement son papier de bonbon.

Au club des Messieurs et des Dames, une femme ne risquait rien à révéler ses désirs, sinon peut-être un regard méprisant ou une méchante remarque. Devant un tribunal, c'était une autre paire de manches : ce genre de franchise pouvait valoir une amende, un emprisonnement ou – dans le cas de Mary Bartle – la mort par pendaison.

6

Le petit maillet claqua contre la table.

— La séance est ouverte, annonça M. Manning.

Ses cheveux noirs et sa moustache étaient domestiqués par une épaisse couche d'huile de macassar.

— Nous vous écoutons, monsieur Whitcox, dit-il.

L'avocat n'avait pas besoin d'huile de macassar. Premièrement parce qu'il n'avait pas de moustache, et deuxièmement parce que ses cheveux légèrement bouclés tenaient tout seuls.

— Mesdames et messieurs, commença-t-il, permettez-moi de vous présenter Mme Hart.

Douze paires d'yeux la toisèrent.

Frances retint son souffle.

Pour une Mlle Hoppleworth qui l'avait trouvée « rafraîchissante », il y en avait sans doute une demi-douzaine qui avait pensé le contraire.

Frances inclina poliment la tête.

— Bonjour.

M. Manning lui rendit son salut.

— Madame Hart ?

Elle tourna brusquement la tête vers James Whitcox. Dans la lumière crue des lampes, les yeux noisette de l'avocat brillaient comme deux gouttes d'or en fusion.

— Laissez-moi vous présenter les membres du club des Messieurs et des Dames, poursuivit-il. Voici Mlle Marie Hoppleworth.

Frances ressentit tout de suite de la sympathie pour la femme qui avait approuvé sa franchise.

— Comment allez-vous, madame Hart ? Je suis la secrétaire.

Ses bésicles lui donnaient un air sévère. Elle tenait dans une main un registre et dans l'autre un stylo.

— Auriez-vous l'obligeance de me donner votre prénom ? Pour mon compte rendu.

L'estomac de Frances se noua.

Elle avait appartenu à un atelier de broderie mais la femme du vicaire n'avait jamais tenu de registre. Et les réunions n'avaient pas commencé par un coup de maillet.

Frances donna son prénom.

Une goutte d'encre noire perla au bout de la plume du stylo.

— Épelez votre nom de famille, s'il vous plaît.

Frances épela.

James Whitcox désigna ensuite la jeune femme à la droite de la secrétaire.

— Et voici Mlle Jane Fredericks.

Celle-ci avait de beaux yeux gris-vert et des cheveux frisés qui devaient se sentir à l'étroit dans son bonnet.

— Je suis pour le vote des femmes, déclara-t-elle d'emblée sur un ton de défi. Je crois à l'émancipation des femmes.

Le cœur de Frances se mit à battre plus vite. Jane Fredericks ne devait pas être beaucoup plus vieille que l'aînée de ses filles. Il n'était jamais venu à l'idée de Frances qu'étant mère et grand-mère, elle puisse ressentir le besoin de « s'émanciper ».

— Je ne serais pas ici, mademoiselle Fredericks, dit Frances, si je ne croyais pas que les femmes aussi ont le droit de rechercher le bonheur.

Instinctivement, elle se tourna vers l'avocat. Était-il pour le vote des femmes ?

Il lui opposa un visage indéchiffrable.

— M. Louis Stiles, annonça-t-il en désignant l'homme assis à la droite de Jane Fredericks.

Frances n'en vit d'abord que le sommet du crâne : une ligne de peau blanche entre deux portions de cheveux noirs très pommadés.

— Comment allez-vous, madame Hart ? marmonna-t-il sans cesser de griffonner dans un carnet à dessin. Vous avez été très courageuse samedi dernier, je vous tire mon chapeau.

— Eh bien, je vous remercie, monsieur Stiles, répondit Frances en lui souriant.

Vint le tour de la femme assise à droite du jeune dessinateur.

— Mme Rose Clarring.

Ah oui, se souvint Frances, la peintre qui glissait des allusions érotiques dans les bouquets de fleurs et les corbeilles de fruits !

— Comment allez-vous, madame Hart ?

La belle jeune femme sourit. Mais cela ne suffit pas pour effacer la tristesse de ses yeux pervenche. Ses cheveux blonds brasillaient sous un chapeau noir. Frances lui donna une trentaine d'années. Pour être aussi triste, peut-être était-elle veuve, elle aussi.

— Il me semble avoir compris que vous étiez nouvelle à Londres, dit Rose Clarring. Je serais ravie de vous faire visiter certains endroits pittoresques. J'adore Hyde Park.

Frances fut émue par cette marque de gentillesse.

— Merci, madame Clarring. Comptez sur moi pour profiter de votre offre.

— Et maintenant, dit James, voici John Nickols.

Il avait des yeux noirs et des cheveux noirs : le regard était morne et les cheveux un peu trop longs. Quel âge pouvait-il avoir ? Trente-cinq ? Quarante ?

— Je ne distingue pas de pitié dans vos yeux, madame Hart, grinça-t-il.

Prise au dépourvu par cette attaque, Frances resta sans voix un instant. Elle respira profondément en comptant jusqu'à cinq.

— Pourquoi devriez-vous m'inspirer de la pitié, monsieur Nickols ?

— Parce que je suis infirme, tiens ! répliqua-t-il brutalement.

Frances demeura bouche bée. L'homme avait l'air trop intelligent pour lui en vouloir de se tenir sur ses deux jambes alors qu'il était cloué dans un fauteuil roulant. Ce n'était pas l'aigreur qui expliquait son agressivité. Il craignait son jugement, voilà tout. Car il avait sans doute connu le mépris, la moquerie, le rejet. Son corps était peut-être diminué, mais c'était surtout son âme qui était meurtrie.

— Monsieur, il y a sûrement des gens qui pensent que, pour une femme, avoir mon âge, c'est une infirmité. Je suis une grand-mère de quarante-neuf ans et je ne vois pas ce qui pourrait vous empêcher, vous, un homme dans la force de l'âge, de vous intéresser aux relations sexuelles.

Le cœur serré, elle s'attendit à une rebuffade.

Au lieu de cela, John Nickols la regarda droit dans les yeux et, des profondeurs de son rude visage, émergea un sourire.

— Touché, madame Hart !

L'avocat la tira par la manche.

— Voici Mlle Ardelle Dennison, dit-il en désignant cette fois une femme d'une trentaine d'années, d'une beauté extraordinaire mais au regard dur et à l'expression légèrement dédaigneuse.

— Je suis l'une des assistantes du conservateur du musée, madame Hart, c'est pourquoi nous sommes autorisés à nous réunir ici.

— De tous les endroits intéressants que j'ai visités à Londres, ce musée est mon préféré, assura Frances, et je suis certaine, mademoiselle Dennison, que vous y êtes pour quelque chose.

Ardelle Dennison resta insensible au compliment.

Une berline passa en grondant dans la rue, comme pour souligner l'affront.

L'avocat s'empressa d'intervenir.

— À présent, madame Hart, permettez-moi de vous présenter M. Joseph Manning, le fondateur de notre club.

Frances étreignit son réticule de cuir.

— Soyez la bienvenue, madame Hart, fit M. Manning tandis que ses yeux gris, aussi peu chaleureux que ceux d'Ardelle Dennison, disaient le contraire. Si j'en suis le fondateur, comme M. Whitcox vient de le rappeler, c'est que j'ai toujours cru aux mérites de la dialectique...

Frances ne savait pas ce qu'était la dialectique, mais elle se doutait qu'il ne la croyait pas capable de la pratiquer.

James Whitcox présenta ensuite un jeune homme. Avec ses cheveux blonds, ses yeux bleu porcelaine et ses joues rondes, Frances lui trouva une mine de chérubin.

— Et voici M. Thomas Pierce.

— Autant vous le dire tout de suite, lança le jeune homme, je n'ai aucune sympathie particulière pour les femmes dans votre genre.

Frances demeura muette un court instant.

— Et cela correspond à quoi dans votre esprit, monsieur, « les femmes dans mon genre » ?

Les bonnes joues de Thomas Pierce s'empourprèrent.

— Des coquettes, répliqua-t-il. Des filles qui perdent leur temps dans les boutiques et dépensent bêtement leur argent en vêtements et en colifichets.

Ce disant, il posa un regard accusateur sur sa robe de velours et sur la plume de faisan qui ornait son chapeau.

— En tout cas, je vous remercie, monsieur Pierce, répondit Frances avec suavité, car cela faisait longtemps qu'on n'avait pas parlé de moi en disant « fille ». Je considère cela comme un hommage à ma coiffeuse et à ma couturière, étant évident que je ne suis plus de première jeunesse.

Dans la rue, un marchand ambulant passa en criant pour attirer le chaland.

Une mince jeune femme se présenta elle-même.

— Je suis Esther Palmer, dit-elle. Je suis institutrice dans une institution de jeunes filles. À vrai dire, nous ne cherchons pas à en faire des savantes ; nous leur donnons surtout des leçons de savoir-vivre… ce qui n'est jamais superflu, n'est-ce pas ?

Mlle Palmer était-elle en train de suggérer que Frances aurait bien besoin, elle aussi, de leçons de savoir-vivre ? Dans ce cas, Esther Palmer serait la cinquième personne à lui témoigner de l'hostilité. Il n'en restait plus que deux. Frances avait les mains moites et luttait contre la tentation de les essuyer sur sa jupe.

Un coup de cloche dans le lointain annonça le quart. Ou peut-être la demie.

Combien de temps ces réunions duraient-elles ?

Frances regarda l'homme assis à la droite de la professeur. Des favoris encadraient son visage émacié ; une perruque roussâtre tentait vainement de dissimuler sa calvitie. Il inclina la tête.

— George Addimore, pour vous servir, madame Hart.

Ce témoignage de courtoisie fut comme une bouffée d'air frais pour Frances. Le nom lui disait quelque chose. Après réflexion, elle se souvint de ce qu'avait dit l'avocat samedi dernier :

— *M. Addimore s'intéresse aux thèses de Malthus sur la limitation des naissances.*

— Comment allez-vous, monsieur ? répondit respectueusement Frances. J'ignore tout des théories de votre M. Malthus. Comment propose-t-il de limiter l'accroissement de la population ?

— Par la contraception, madame Hart.

Encore un mot inconnu.

Frances prit une profonde inspiration.

— Cela veut dire quoi, « contraception », monsieur Addimore ?

Le long visage de George Addimore devint écarlate.

— Il parle des moyens propres à éviter la conception, intervint Marie Hoppleworth.

Frances se tourna vers la secrétaire.

La jeune femme ne semblait pas disposée à expliciter.

— Par contraception, chère madame Hart, déclara James Whitcox, on désigne les dispositifs dont les hommes... ou les femmes... se servent pour éviter qu'une relation sexuelle n'entraîne une grossesse.

Dans la rue, un bruit strident se fit entendre : le coup de sifflet d'un bobby.

— Il paraît qu'une femme qui allaite a moins de risques qu'une autre de tomber enceinte, hasarda Frances. Mais je ne vois pas de quels, euh... dispositifs vous parlez.

— Des condoms, dit l'avocat.

— Qu'est-ce que c'est ?

— Des sortes d'étuis en caoutchouc.

— Et ça s'utilise comment ? demanda candidement Frances, provoquant quelques ricanements.

Comme personne ne se proposait pour répondre, ce fut encore James Whitcox qui se dévoua.

— Cela s'enfile sur le pénis.

Avant son mariage, en fouillant dans le grenier de ses parents un jour de pluie, elle était tombée sur trois gros volumes qui portaient le titre plutôt intimidant d'*Encyclopædia Britannica,* sous-titrés « Dictionnaire des arts et des sciences ». Dans le premier volume, datant de 1768, il n'y avait pas moins de cent soixante-cinq pages sur l'anatomie humaine.

À cet instant, elle retrouva le même genre d'excitation que la première fois qu'elle avait vu la représentation d'un sexe masculin.

Elle avait une quinzaine d'années, à l'époque.

— Il y a aussi des dispositifs qui se fixent dans le vagin.

Frances chercha des yeux la femme qui venait de parler.

— Madame Hart, intervint James Whitcox, permettez-moi de vous présenter le Dr Sarah Burns.

Frances se souvenait de celle que l'avocat, samedi, avait sommairement désignée comme une « adepte des théories de Darwin ».

L'accueil de la doctoresse était suffisamment froid pour décourager les questions.

— Comment allez-vous, madame Hart ?

— Comment allez-vous, mademoiselle Burns ?

Frances se demandait ce qu'elle allait pouvoir encore dire ou faire – mais peut-être en avait-elle déjà trop dit ou trop fait.

À la limite de son champ de vision, elle vit James Whitcox qui se penchait sur sa sacoche – dans le mouvement, son manteau se tendit sur son dos, révélant des épaules étonnamment larges et musclées. Lorsqu'il se redressa, il tenait un paquet de cartes postales illustrées.

Frances sentit des picotements entre ses cuisses.

— Au lieu d'une conférence sur les lois anglaises concernant le mariage et le divorce, dit l'avocat, regardant Frances mais s'adressant à la cantonade, j'ai pris la liberté d'apporter quelques photos pour stimuler la discussion.

— Monsieur Whitcox ! s'insurgea Joseph Manning. Nous avons décidé samedi dernier que ce genre de choses n'étaient pas à mettre sous les yeux des dames.

— Pardonnez mon aplomb, monsieur Manning, déclara Frances, afin que l'avocat ne subisse pas seul les conséquences d'une initiative dans laquelle elle estimait avoir sa part de responsabilité. C'est à nous autres femmes d'en juger et, pour ma part, j'ai envie de voir ces photos.

Les lèvres de l'avocat frémirent : il se retenait de sourire.

— Bravo, madame Hart.

Frances resta bouche bée.

Cette fois, il sourit franchement.

Il n'avait pas souri une seule fois la semaine dernière. Ce sourire métamorphosait l'austère homme de loi en séducteur.

S'arrachant à la contemplation de l'avocat, elle regarda la photo qu'il venait de lui glisser dans la main.

Et elle ouvrit des yeux ronds.

7

La photo représentait une belle brune. Elle ne portait rien d'autre que son sourire aguicheur.

Frances n'avait jamais vu une chose pareille.

Assise sur un fauteuil, les cuisses sur les accoudoirs, la femme exhibait tous ses appas.

Les seins, le nombril…

Frances posa le regard sur le triangle de poils noirs au bas du ventre et se figea.

La femme écartait les lèvres de son sexe avec les doigts.

Dans la leçon d'anatomie de cent soixante-cinq pages, les organes génitaux de la femme étaient décrits, mais il n'y avait pas la moindre gravure.

Frances regarda fixement le petit bouton rose qui pointait entre les lèvres.

Le clitoris de la femme était dur.

Comme le sien.

Elle sentit sur elle le poids de douze paires d'yeux. Qui la surveillaient. La jugeaient. Mesuraient l'effet d'une photo érotique sur une grand-mère de quarante-neuf ans.

Elle releva les yeux.

Par-dessus son carnet à dessin, Louis Stiles l'observait attentivement.

Leurs regards se croisèrent. Aussitôt, il devint tout rouge.

— J'aimerais bien voir cette photo, madame Hart, s'il vous plaît, dit Marie Hoppleworth en tendant une main maculée d'encre. Enfin, ajouta-t-elle narquoisement, si vous n'en avez plus besoin.

Tâchant d'avoir l'air naturel, Frances fit passer la photo à la secrétaire.

Une main d'homme se posa sur la sienne.

Frances serra les cuisses pour faire cesser les picotements.

L'avocat avait des doigts plus longs et plus puissants que les siens. Les tendons saillaient légèrement sous la peau. Des poils très noirs dépassaient du poignet de la chemise.

Frances eut besoin de plusieurs secondes pour comprendre ce qu'il y avait sur la nouvelle carte postale qu'il lui proposait.

Une femme à quatre pattes, le jupon retroussé jusqu'à la taille et les pantalons baissés, montrait un fessier généreux. Une autre femme, entièrement nue – en fait, une toute jeune fille, avec des hanches étroites et presque pas de seins – se tenait derrière elle, la main levée.

Frances fut estomaquée.

— Vous trouvez ça excitant, une femme qui donne la fessée à une autre ?

— Lorsque j'imagine une femme en train de claquer les fesses nues d'une autre femme, oui, je trouve ça excitant, répondit l'avocat.

— Si vous avez fini, madame Hart, dit Sarah Burns.

Les joues de la doctoresse étaient rose foncé. Peut-être était-elle excitée, elle aussi, à l'idée d'une femme donnant la fessée à une autre. Ou alors, c'était l'idée d'un homme donnant la fessée à une femme qui l'excitait.

Ou peut-être, pensa Frances tandis que sa respiration devenait de plus en plus haletante, c'était l'idée de donner la fessée à un homme qui la mettait dans tous ses états…

— Je veux bien jeter un coup d'œil à votre carte postale, mademoiselle Hoppleworth, dit une voix de femme à l'autre bout de la table.

Rose Clarring tendit une main blanche et fine. Son visage, sous son bonnet noir, était écarlate.

Frances observa d'un œil étonné les trois femmes qui, pas plus tard que la semaine dernière, n'avaient pas été capables de regarder l'avocat dans les yeux lorsqu'il leur avait demandé si elles aimeraient voir des images érotiques et qui, aujourd'hui, s'échangeaient des cartes postales pornographiques.

Lorsqu'elles les étudiaient, elles n'avaient pas l'air outrées.

L'avocat fixa Frances. Dans ses yeux, une question : était-elle dégoûtée par ce qu'elle venait de voir ?

Choquée, oui. Surprise, indéniablement. Mais dégoûtée ?

Elle s'empara de la troisième carte postale.

Une belle brune projetait ses seins en avant.

Frances avait allaité cinq enfants. Elle avait une poitrine généreuse.

Comme celle de la femme sur la carte postale.

Elle fut fascinée par les mamelons. Ils étaient sombres et grands. Ils semblaient durs. Prêts pour une bouche de bébé.

Ou pour la bouche d'un amant.

Une fois de plus, elle ressentit d'agréables picotements entre ses jambes.

— Mademoiselle Hoppleworth ?

Frances se dépêcha de faire passer la carte postale à la secrétaire, qui lui adressa un regard de connivence. Elles n'avaient peut-être pas le même âge ni la même éducation, mais elles avaient les mêmes curiosités.

Parfaitement consciente qu'elle était observée comme une bête curieuse – et possiblement dangereuse – Frances accepta la quatrième carte postale.

Une femme était couchée sur un lit, nue ; ses belles jambes étaient écartées ; un objet cylindrique projetait son ombre sur sa cuisse droite.

— Qu'est-ce qu'elle a dans la main ? demanda Frances, les joues en feu.

— On appelle ça un « consolateur de veuves », répondit James Whitcox.

Frances se sentit concernée – n'était-elle pas veuve ?

— Et ça sert à quoi ?

— À remplacer le défunt, répliqua l'avocat sur un ton pince-sans-rire.

Frances resta bouche bée. James expliqua :

— La femme se l'enfonce à l'endroit où le mari enfonçait jadis son membre, si vous voyez ce que je veux dire.

Une volée de cloches se fit entendre dans le lointain.

Frances ne put s'empêcher de regarder de nouveau la carte postale.

L'objet long et gros avait effectivement la forme d'un phallus.

Et la femme semblait sur le point de le glisser entre ses petites lèvres, dans la fente obscure.

Brusquement, Frances éprouva le désir d'en glisser un dans sa propre fente.

Vite, elle fit passer la carte postale à la secrétaire.

Vite, l'avocat lui en donna une autre.

La cinquième carte postale représentait deux femmes, une brune et une blonde. La tête de la blonde était enfouie entre les cuisses de la brune. La brune, la tête en arrière, fermait les yeux. Elle aimait visiblement ce que son amie était en train de lui faire.

En voyant cela, Frances éprouva des fourmillements jusqu'au bout de son clitoris. Elle imagina un certain avocat aux cheveux châtains en train de blottir sa tête entre les cuisses d'une certaine dame rousse et de lui embrasser le sexe.

Le plaisir procuré par un tel baiser devait être extraordinaire : la femme n'avait qu'à se laisser faire.

L'avocat, pendant ce temps, guettait ses réactions. Il avait l'air d'attendre quelque chose. Mais quoi ?

Sans mot dire, il lui donna une sixième carte postale... une septième... une huitième... une neuvième... une dixième...

Frances attendit la onzième.

Les belles mains de l'avocat étaient vides.

Les membres du club des Messieurs et des Dames étaient tous occupés à admirer la Femme sous toutes ses formes : les maigres, les grassouillettes, avec des petits seins, des gros, des hanches amples ou étroites. Chacune exposant sans honte sa nudité, fière d'être désirable, heureuse d'être désirée.

L'avocat avait dit que les cartes postales étaient là pour stimuler la discussion.

— Il n'y a pas d'hommes sur vos photos, mon cher maître, dit Frances. Pourquoi ?

— Pour la bonne raison, chère madame Hart, répondit James Whitcox sur le même ton sucré, que la vue des hommes ne m'excite pas autant.

Tandis que la vue des femmes, oui. Des femmes qui montraient leurs seins et leurs fesses. Des femmes qui s'enfonçaient dans le corps des consolateurs de veuves.

— Donc, ces cartes postales sont conçues pour exciter les hommes, et eux seulement ?

— Oui, admit James Whitcox.

— Mais, insista Frances, puisque le genre humain est composé d'hommes *et* de femmes, ne serait-il pas judicieux d'en prévoir pour exciter les deux sexes ?

Des paillettes d'or brillèrent dans les yeux noisette de l'avocat.

— Vous aimeriez voir des photographies d'hommes, madame Hart ?

La seule réponse honnête était oui.

— Euh, ce serait quand même, euh... mieux, balbutia-t-elle. Vous ne préféreriez pas les regarder avec une femme, monsieur Whitcox ?

— Ce genre de photos n'est pas fait pour être regardé avec une femme, intervint John Nickols.

Frances se tourna vers lui. Une lueur facétieuse dans son regard noir tempérait la rudesse de ses traits.

— Les hommes achètent ce genre de choses pour les regarder pendant qu'ils se masturbent, poursuivit-il en brandissant la photo de la brune qui exhibait son sexe. Si une femme se trouvait là, ils n'auraient pas besoin de cela pour enflammer leur imagination.

— Si j'ai bien compris, dit la secrétaire, Mme Hart pense que les femmes, le cas échéant, apprécieraient de voir des photos érotiques.

— Vous aimez voir des femmes nues, mademoiselle Hoppleworth ? demanda sèchement Joseph Manning.

— Pas particulièrement, monsieur Manning, même si je trouve ça instructif, répondit Marie Hoppleworth. Mais j'avoue que ça m'intéresserait de voir des photos d'hommes nus. Les femmes aussi ont besoin de stimuler leur imagination.

Joseph Manning devint écarlate.

— La pornographie est la mère de la prostitution, lança Jane Fredericks.

— Les filles qui font le trottoir, mademoiselle Fredericks, répliqua John Nickols, ne s'intéressent sûrement pas à la pornographie... Croyez-vous que les marins pêcheurs ou les mineurs de charbon collectionnent des photos de poissons ou de terrils ?... La prostitution est un fléau, d'accord, mais allez en chercher la cause ailleurs que dans ces inoffensives photographies !

Les yeux de Jane Fredericks lancèrent des éclairs.

— Si les hommes ne produisaient pas de pornographie…

— La prostitution n'est pas le sujet, mademoiselle Fredericks, l'interrompit Marie Hoppleworth. La semaine dernière, M. Whitcox nous a demandé si les femmes éprouvaient du désir. Nous ne serions pas là, mesdames, si ce n'était pas le cas. Pourquoi le nier ? Mme Hart n'a pas peur de le dire. Qu'est-ce qui nous empêche de faire comme elle ?

Frances, qui ne s'était pas attendue à être citée en exemple, baissa les yeux.

— Si nous éprouvions du désir, déclara Ardelle Dennison, nous n'aurions aucun scrupule à l'avouer. Mais nous avons des valeurs morales. L'éducation libère les femmes des entraves de la lubricité. Nous ne sommes pas des bêtes, *nous* !

Frances fut obligée de se sentir visée.

Big Ben sonna une fois… deux fois… trois fois. La réunion durait depuis plus d'une heure.

— Cela vous paraîtra peut-être curieux, mademoiselle Dennison, répliqua Frances, mais, d'où je viens, nous pensons que les gens éduqués ont plutôt tendance à se dévergonder.

Ardelle Dennison pinça les lèvres.

— Quant à vous, poursuivit Frances en se tournant vers Jane Fredericks, dans mon village, vous seriez accusée d'incitation à la débauche. Parce que, dans mon village, les hommes et les femmes se tiennent chacun d'un côté de la piste de danse, et ils parlent entre eux plutôt que de se mêler aux membres du sexe opposé. Ils ne comprendraient pas qu'une femme puisse appartenir à un club comme celui-ci et continuer à se considérer comme une honnête femme.

— C'est pour ça que vous avez envie de faire partie du club des Messieurs et des Dames, madame Hart ? demanda Thomas Pierce sur un ton sarcastique. Pour vous dévergonder ?

Frances le regarda attentivement : il avait peut-être un visage angélique, mais son expression était plutôt démoniaque.

— Dans trois mois, j'aurai cinquante ans, lui dit-elle. Alors, jeune homme, même si j'en avais envie, je peux vous assurer que mon corps a passé l'âge des fariboles.

— Cependant, madame Hart, fit Joseph Manning d'un air moqueur, vous êtes ici. Pourquoi ?

Oui, au fait, pourquoi ?

— Dites-moi, monsieur Manning, pensez-vous, comme M. Pierce, que je sois une coquette ?

— Ma foi, oui, répondit franchement Joseph Manning.

— Parce que j'aime les jolis vêtements ?

— Une belle garde-robe n'a jamais enrichi l'esprit de personne.

— Cependant, monsieur Manning, vous êtes vêtu avec élégance.

La rougeur qui colonisait ses joues se répandit sur son cou.

— L'argent que je dépense pour mes costumes, c'est le mien, madame Hart.

— Vous êtes marié, monsieur Manning ?

— Non. Je n'ai pas rencontré celle qui m'aurait donné envie de sauter le pas.

— Pourquoi ?

Joseph Manning se rembrunit.

— Est-ce parce que vous n'avez pas rencontré une femme à votre hauteur, reprit Frances, le cœur battant, ou bien parce qu'une servante revient moins cher qu'une épouse ?

Autour de la table, beaucoup de gens restèrent bouche bée.

— Les servantes exercent un métier honorable, lança Manning.

— Mais les servantes n'ont pas beaucoup de temps pour se cultiver, répliqua Frances. Parce qu'elles sont trop occupées avec leur patron. Une épouse, c'est pire. Elle s'occupe non seulement de son mari, mais de ses enfants et de sa maison. Elle s'efface devant tous les autres. Si la servante est malade, c'est l'épouse qui prend le relais. Si un enfant pleure, c'est l'épouse qui le console. Si un enfant est malade, c'est l'épouse qui le soigne. Si quelque chose dans la maison a besoin d'être réparé, c'est l'épouse qui s'en occupe, on ne va pas déranger le mari pour si peu.

Joseph Manning ouvrit la bouche.

Pour la contredire ? Pour lui river son clou ?

Elle ne chercha pas à le savoir.

— Ne trouvez-vous pas, poursuivit-elle, qu'une épouse a droit aux mêmes gratifications qu'une servante ? Si elle passe son temps libre à courir les boutiques de modistes plutôt que les bibliothèques, ne trouvez-vous pas, monsieur Manning, que ça la regarde, elle seule et personne d'autre ?

8

— Monsieur le président, dit Marie Hoppleworth, si ma mémoire est bonne, la semaine dernière nous avons promis à M. Whitcox de rencontrer Mme Hart. Maintenant que c'est fait, je propose que nous votions en faveur d'une adhésion de Mme Hart au club des Messieurs et des Dames.

Frances se tourna vers l'avocat, sidérée. Il avait l'air plutôt content de lui.

Il lui avait demandé si elle serait éventuellement d'accord pour adhérer au club des Messieurs et des Dames. Mais il n'avait jamais rien affirmé. C'était elle – avec sa naïveté toute campagnarde – qui avait supposé que, pour devenir membre, elle n'aurait qu'à assister à la réunion suivante.

— J'entends bien, répondit Joseph Manning.

Les lampes à gaz sifflaient et pétaradaient. Les voitures à cheval ne cessaient de passer dans la rue, avec force claquements de sabots et grincements de roues.

— Y a-t-il quelqu'un d'autre pour soutenir la demande de Mlle Hoppleworth ? ajouta-t-il d'un ton sec et saccadé.

— Moi, fit l'avocat.

— Moi, dit John Nickols presque en même temps.

— Soit, marmonna Joseph Manning. La question de l'adhésion de Mme Hart au club des Messieurs et des Dames est mise aux voix.

— Tous ceux qui sont pour, expliqua Marie Hoppleworth, stylo en main, n'auront qu'à dire oui à l'appel de leur nom. Monsieur Whitcox ?

— Oui.

La plume du stylo de la secrétaire crissa sur le papier.

Frances se cramponna au bord de la table. Elle passait en jugement sans rien pouvoir faire d'autre qu'attendre le verdict.

— Docteur Burns ? demanda la secrétaire.

— Oui, répondit la doctoresse en desserrant à peine les dents.

— Monsieur Addimore ?

Ses joues étaient de la même couleur que les oranges sanguines.

— Oui.

— Mademoiselle Palmer ?

Les pommettes d'Esther Palmer étaient écarlates et son nez, plutôt violet.

— Oui.

— Monsieur Pierce ?

Il y avait de la lassitude dans ses yeux bleus.

— Oui.

— Monsieur Manning ?

Joseph Manning hésitait, de toute évidence.

— Oui, déclara-t-il finalement.

— Mademoiselle Dennison ?

La très belle Ardelle se tourna vers M. Manning, qui acquiesça d'un petit signe de tête, cheveux et moustache resplendissant dans la lumière.

— Oui, dit-elle alors.

— Monsieur Nickols ?

L'homme en fauteuil roulant n'hésita pas une seule seconde.

— Oui.

— Madame Clarring ?

Ses yeux pervenche étaient toujours aussi tristes.

— Oui.
— Monsieur Stiles ?
— Oui.
— Mademoiselle Fredericks ?

Un nuage attristait les yeux gris-vert de Jane Fredericks.

— Oui.

— Quant à moi, je vote également oui, annonça Marie Hopplewoth. Conséquemment, ajouta-t-elle en faisant courir la plume du stylo sur son registre, j'inscris au procès-verbal de la séance d'aujourd'hui, samedi 17 avril 1886, que Mme Frances Hart a été élue à l'unanimité membre du club des Messieurs et des Dames.

Frances n'arrivait plus à respirer.

Six hommes et six femmes venaient de l'accepter dans leur club.

Malgré son âge. Malgré son manque d'éducation.

Remontant ses lunettes sur son nez, la secrétaire reprit la parole.

— Le club des Messieurs et des Dames a été fondé pour discuter des relations entre hommes et femmes. Mais il faut bien avouer qu'avant aujourd'hui, nous n'avions jamais véritablement atteint ce but. Selon moi, Mme Hart ainsi que M. Whitcox ont fixé les termes dans lesquels il convient de parler de sexualité.

Frances ressentit un pincement au cœur en entendant son nom accolé à celui de l'avocat.

— On ne peut pas parler pertinemment de sexualité, enchaîna Marie Hoppleworth tout en promenant son regard sur l'assistance, si l'on ne parle pas de désir. M. Whitcox nous a demandé si nous autres femmes étions dégoûtées par les choses qui excitent les hommes. Alors, je pose la question : vous, messieurs, êtes-vous dégoûtés par les choses qui excitent les femmes ?

Une chose était sûre : il n'y avait pas de dégoût dans les yeux de l'avocat.

— M. Whitcox a eu l'amabilité d'apporter des cartes postales érotiques afin d'éclairer nos petites lanternes, mesdames, poursuivit Marie Hoppleworth d'une voix ferme. Nous devrions en faire autant. Je propose que, lors de nos prochaines réunions, chacune d'entre nous vienne avec des choses susceptibles, euh... d'enrichir le débat.

Tout le monde parut consterné.

Les hommes n'avaient aucun problème pour se procurer des objets érotiques, ils n'avaient pas besoin de se cacher pour acheter des cartes postales illustrées et des consolateurs de veuve.

Pour les femmes, c'était sans doute moins facile.

— Je ne... enfin, c'est-à-dire... balbutia la jolie Rose Clarring. Je ne connais aucune boutique où l'on vend le genre d'objets susceptibles de... euh, d'éveiller la curiosité des femmes.

— Il y a des boutiques spécialisées, intervint Joseph Manning, mais une femme respectable ne pourrait guère s'y aventurer sans risques.

— Par contre, je connais quelques libraires de renom qui vendent ces choses, dit narquoisement John Nickols. Vous aussi, sans doute.

Joseph Manning devint tellement rouge qu'il sembla sur le point d'éclater.

Frances en conclut que cet homme, qui condamnait sévèrement l'érotisme en public, l'appréciait sans doute en privé.

— Il y a des choses qui peuvent s'acheter chez l'apothicaire, dit Sarah Burns. Les condoms, par exemple. Ça pourrait intéresser les femmes.

— Docteur Burns ! s'exclama George Addimore sur un ton faussement outragé. Et pourquoi ne nous demandez-vous pas d'ouvrir nos braguettes, pendant que vous y êtes ? Voilà assurément quelque chose qui pourrait intéresser ces dames !

Cela fut suivi d'un silence embarrassé – que Jane Fredericks trouva le moyen de rompre.

— Je me charge d'apporter un préservatif, dit-elle.

— Certaines féministes désapprouvent l'usage des condoms, fit John Nickols. Selon elles, en limitant les risques de maladies vénériennes et de grossesses non désirées, ils incitent les honnêtes femmes à se laisser compromettre.

— Ces féministes-là en font peut-être un peu trop, monsieur Nickols, j'en conviens, répondit Mlle Fredericks. Mais elles essaient au moins d'améliorer la condition de la femme.

— Je ne vois pas en quoi les enfants illégitimes et la syphilis améliorent la condition de la femme, chère mademoiselle Fredericks, intervint Marie Hopplewoth sur un ton ironique. Vous avez dit à maintes reprises tout le mal que vous pensiez de Malthus et de ses disciples. Et maintenant, vous seriez prête à apporter un préservatif ? Je ne comprends pas.

— C'est pourtant simple, mademoiselle Hoppleworth ! répliqua Jane Fredericks, blême de colère. Mon père n'aurait jamais contaminé ma mère s'il avait pris la peine de s'en procurer.

Après cette confession, un silence de plomb s'abattit sur l'assistance.

Frances eut l'impression de comprendre la réaction de Mlle Fredericks. La jeune femme avait hérité à la fois de la colère de sa mère et de la culpabilité de son père.

À eux tous, combien de noirs secrets les membres du club cachaient-ils ?

— Et vous, madame Hart, qu'allez-vous apporter ? demanda Esther Palmer.

— Ma foi, je n'en sais rien encore, répondit Frances d'une voix enrouée car elle commençait à avoir la bouche sèche. M. Nickols aura peut-être la bonté de me recommander l'adresse d'une librairie où je pourrai me procurer des cartes postales susceptibles de… hum ! d'émoustiller le sexe faible.

— Moi aussi, j'aimerais me rendre dans une de ces librairies, déclara Marie Hoppleworth avec assurance. M. Nickols aura peut-être la bonté de nous accompagner, qui sait ?

Le visage olivâtre de John Nickols devint brique.

— Ce serait une joie et un honneur, mademoiselle Hoppleworth.

— J'irais bien avec vous, dit Rose Clarring.

Cette fois, dans son regard mauve, la curiosité avait remplacé la tristesse.

— Enfin, ajouta-t-elle humblement, si je ne suis pas de trop…

— Nous sommes le Club des Messieurs *et* des Dames, intervint Thomas Pierce. Je propose que chacun de nous se rende dans cette fameuse librairie et en rapporte quelque chose pour la prochaine réunion.

— Ne dites pas de bêtises, monsieur Pierce, fit Joseph Manning dont les yeux gris lançaient des éclairs. Vous savez très bien que ces boutiques n'ont pas le droit de vendre ce genre de choses. Et vous, monsieur Nickols, en tant que journaliste, vous êtes bien placé pour savoir que c'est dangereux. S'il y avait une descente de police dans la boutique, nous irions tous en prison.

— Je suis prêt à prendre le risque, monsieur Manning, répondit John Nickols.

— Moi aussi, dit Thomas Pierce.

— Très bien ! rugit Joseph Manning. Il est donc entendu que notre prochaine réunion se tiendra dans une boutique d'objets érotiques. Pas d'objection ?

— Tout ceci est ridicule ! protesta Ardelle Dennison. Je ne vais pas mettre en péril ma réputation et mon emploi, sous prétexte que certains membres de ce club se sont découvert une passion pour l'érotisme.

— Vous connaissez le règlement, mademoiselle Dennison, répliqua l'avocat.

— Je suis un des membres fondateurs de ce club, monsieur Whitcox, rétorqua Mlle Dennison. Le règlement, j'ai contribué à le rédiger.

— Alors, il est inutile de vous rappeler, dit Marie Hoppleworth, que vous avez le droit d'être en désaccord avec la majorité mais que, si vous refusez de vous plier à ses décisions, il ne vous restera plus qu'à démissionner. C'est bien cela, monsieur le président ?

Ardelle Dennison avait brutalement perdu de sa superbe. Elle avait l'air groggy.

Joseph Manning, quant à lui, était pétrifié.

— C'est bien cela, mademoiselle Hoppleworth, confirma-t-il d'une voix sans timbre.

Une lueur de triomphe transperça les lunettes de la secrétaire.

— Dans ces conditions, je propose que nous passions au vote.

Chacun donna son avis. Quand vint son tour, Frances hésita. Toute sa vie, elle avait scrupuleusement respecté la loi. Que diraient ses enfants si elle atterrissait en prison ? Pour avoir acheté de la marchandise érotique, qui plus est !

— Je vote... oui.

La secrétaire nota sa réponse dans le registre et annonça :

— Oui, à l'unanimité.

— J'aurais une question, si vous le permettez ? dit timidement Frances.

L'avocat se pencha vers elle.

— Nous vous écoutons, murmura-t-il.

Soudain, Frances se rendit compte qu'il serait là, lui aussi. Il verrait à quoi elle réagissait. Tout comme elle avait vu à quoi il réagissait. Et il saurait pourquoi elle préférait ceci plutôt que cela. Parce qu'elle serait bien obligée de s'expliquer.

— Je... voudrais savoir quand aura lieu cette sortie. Et dans quelle librairie.

9

— Madame Hart, dit James Whitcox en l'aidant à remettre son manteau, vous voyez bien que vous n'aviez aucun souci à vous faire.

— À quel propos, monsieur Whitcox ? demanda Frances.

La main de l'avocat lui semblait lourde sur son épaule, et son souffle chaud lui chatouillait l'oreille.

— Eh bien, ne vous avais-je pas dit que je voulais que vous fassiez partie du club et que c'était tout ce qui comptait ?

Thomas Pierce s'approcha à son tour de la grande patère où ils avaient tous accroché leurs manteaux.

— Bien joué, madame Hart, dit-il avec une pointe d'amertume dans la voix et quelque chose de dur dans ses yeux presque trop bleus.

Avant qu'elle ne songe à répliquer, ayant récupéré manteau et chapeau, il s'éloigna.

Bientôt, ce fut la cohue autour de la patère.

— Cette petite escapade, c'est une riche idée que vous avez eue là, madame Hart ! s'exclama Marie Hoppleworth. J'ai hâte d'être à mercredi !

Pas très grande, elle dut se mettre sur la pointe des pieds pour décrocher son manteau. Après un bref salut à l'avocat, elle s'en alla. Par la porte que Thomas Pierce avait laissée ouverte, un courant d'air s'engouffra, qui faillit emporter le chapeau de paille de Frances.

— Merci pour cette discussion, dit à son tour Rose Clarring en renversant un peu la tête en arrière, car elle avait une quinzaine de centimètres de moins que Frances. C'était très instructif. Je suis impatiente de vous revoir.

Frances frissonna de contentement.

— Moi aussi, madame Clarring, répondit-elle. Moi aussi.

Son manteau à la main, Jane Fredericks toisa Frances mais ne dit rien. George Addimore vint récupérer son parapluie. Son visage était presque aussi rouge brique que ses favoris.

— Merci beaucoup, madame Hart, dit Sarah Burns. Grâce à vous, ce fut passionnant.

Si elle avait incliné la tête vers Rose Clarring et Marie Hoppleworth, qui étaient plutôt petites, elle dut la lever vers la doctoresse, qui la dépassait de dix centimètres.

— C'est moi qui vous remercie, docteur Burns, répliqua courtoisement Frances. Dites-moi : tout à l'heure, à propos des condoms, vous avez mentionné des dispositifs qui se fixent dans le vagin. Vous n'avez pas dit comment cela s'appelait…

— Diaphragme de Mensinga, répondit laconiquement la doctoresse.

— Je vous souhaite la bienvenue au club des Messieurs et des Dames, chère madame Hart, dit Louis Stiles en s'inclinant.

La ligne qui séparait ses cheveux en deux n'était plus blanche, comme tout à l'heure, mais rouge.

— Merci, monsieur Stiles. Vous savez ce qui me ferait plaisir ? Qu'un de ces jours, vous me montriez quelques-uns de vos dessins…

Pour incroyable que cela paraisse, la raie qui partageait son crâne en deux devint plus rouge encore.

Son énorme carton à dessins sous le bras, Louis Stiles se faufila entre Frances et l'avocat.

— Je vais vous aider, monsieur Stiles, proposa Esther Palmer.

Elle attrapa le manteau de Louis Stiles sur la patère et le lui tendit. Frances se retint de rire. Le jeune homme mesurait plus d'un mètre quatre-vingts et la jeune femme atteignait péniblement un mètre cinquante. Elle ne lui arrivait même pas à l'épaule.

— Madame Hart, monsieur Whitcox, dit-elle, ce fut une journée à marquer d'une pierre blanche. Vous m'avez, comment dire ? *libérée* – oui, c'est ça, libérée.

Frances en eut les larmes aux yeux. Elle n'aurait jamais pensé avoir un jour un effet libérateur sur qui que ce soit, et certainement pas sur une maîtresse d'école.

— Pardon, madame Hart, fit une voix d'homme dans son dos. Je voudrais récupérer mon vestiaire.

— Monsieur Nickols ! s'exclama Frances en s'écartant. Je vous prie de m'excuser. Je vais me faire toute petite. Allez-y !

— Vous faire toute petite ? répéta John Nickols. Surtout pas, madame Hart ! Nous autres, membres du club des Messieurs et des Dames, sommes trop heureux de vous avoir parmi nous ! Vous êtes une formidable recrue ! Prenez toute la place que vous voudrez, ce n'est pas moi qui trouverais à y redire...

Lorsqu'il eut récupéré son pardessus et son chapeau melon, il fit pivoter son fauteuil.

— Voulez-vous que je vous appelle un fiacre, madame Hart ?

— Non merci, monsieur Nickols. Je vais prendre l'omnibus.

— Très bien. Nous nous reverrons donc mercredi prochain à la librairie Bailey.

Après avoir respectueusement touché le bord de son chapeau, il s'en alla.

Frances se tourna vers l'avocat.

— Eh bien, monsieur Whitcox, dit-elle avec un petit sourire, ce fut une bonne journée. Je vous remercie de m'avoir fait connaître le club des Messieurs et des Dames.

Ils sortirent ensemble. Derrière eux, la salle était baignée de lumière. Devant eux, le couloir était plongé dans l'obscurité.

Au loin, les roues du fauteuil de John Nickols grinçaient sur le parquet.

L'ascenseur était d'un côté, l'escalier de l'autre. Frances partit vers l'escalier.

Des formes émergèrent de la pénombre : portes, rampe, boule d'escalier…

La grille de l'ascenseur claqua.

Frances ne savait quoi penser des membres du club des Messieurs et des Dames. Parfois, ils l'avaient effrayée ; parfois, ils l'avaient exaspérée. Mais, avant tout, ils l'avaient revigorée.

Exactement comme l'homme qui se trouvait en ce moment à son côté.

Tout en marchant, elle enfila ses gants de chevreau.

— Auriez-vous baissé les bras s'ils avaient voté contre mon admission ?

— Je ne suis pas du genre à baisser les bras, assura James Whitcox.

— Comme tous les avocats, je suppose ?

— Comme tous les *bons* avocats, nuança-t-il.

— Vous ne perdez pas souvent ?

— Je ne perds *jamais*.

Il ne se vantait pas.

— Nous pourrions vraiment finir en prison, comme l'a dit M. Manning ? demanda Frances.

— Mais oui, répondit-il simplement.

Elle s'arrêta, posa la main sur la boule de l'escalier et se tourna vers lui.

— Vous connaissez mon prénom, dit-elle. Et j'ignore le vôtre.

Il s'arrêta à son tour. À l'ombre de son chapeau, son regard noisette paraissait presque noir.

— Je m'appelle James.

Son haleine sentait le caramel. Son écharpe blanche scintillait. Sous sa veste ouverte, son gilet empiétait sur son pantalon noir à la coupe impeccable.

Frances baissa les yeux devant l'homme qui l'avait observée en train de regarder des photos de femmes nues.

— Alors, comme ça, l'idée d'une femme en train de se faire claquer les fesses par une autre femme, vous exciterait plutôt ? lança-t-elle sans réfléchir.

— Oui, répondit-il d'une voix neutre.

— Et cela vous arrive-t-il d'imaginer, monsieur Whitcox, que c'est votre derrière qui reçoit la fessée ?

10

Une étincelle de malice brilla dans l'œil de l'avocat.

— Et vous, chère madame Hart, dit-il, quand vous vous masturbez, à la place de vos doigts, vous arrive-t-il d'imaginer un bon gros phallus ?

Frances eut l'impression que l'air gelait dans ses poumons.

— Non, répliqua-t-elle, outrée. Certainement pas !

— Pourquoi ?

Elle se força à répondre.

— Parce que cette part du corps de la femme ne lui appartient pas.

Le regard de James Whitcox s'assombrit.

— À qui appartient-elle donc ?

— À un homme.

— Une jeune fille préserve sa virginité pour son futur mari ?

— Oui. Et ensuite, elle lui donne des enfants.

Sur ce, Frances pivota dans un tourbillon de velours. Elle n'avait pas fait trois pas que l'avocat la rappela.

— Madame Hart ?

Elle s'immobilisa au sommet de l'escalier. Un couple, au rez-de-chaussée, admirait la girafe.

— Oui, monsieur Whitcox ?

Sa voix était méconnaissable.

— Vous m'avez demandé s'il m'était arrivé d'imaginer que c'était moi qui recevais la fessée.

Frances se retourna.

— Oui. Et alors ?

Le cri d'un bébé retentit, amplifié par les sols de marbre et les plafonds voûtés.

— Jusqu'à aujourd'hui, la réponse était non.

— Et maintenant ?

— Maintenant, je ne suis plus sûr de rien.

Troublée par cet aveu, Frances s'engagea dans l'escalier. James Whitcox la laissa partir.

Elle avait l'impression que le musée n'était plus tout à fait le même. Les armures cabossées n'avaient pas changé. Ni le sarcophage romain. Ni le fossile.

Mais quelque chose avait changé.

Sans un regard pour son reflet dans la porte, Frances sortit du bâtiment.

Quelques gouttelettes lui mouillèrent les joues.

Elle leva les yeux.

Du ciel grisâtre suintait une pluie mêlée de suie.

Frances aperçut un omnibus qui démarrait.

— Attendez-moi, s'il vous plaît ! cria-t-elle au cocher.

Son chapeau à la main, sa poitrine et son sac se balançant, elle courut. L'attelage s'arrêta.

Les flancs de l'omnibus étaient couverts de réclames. Frances connaissait certains produits : le fameux cirage Propert, le savon Hudson, la sauce Yorkshire Relish, *la meilleure et la moins chère du monde.*

Ayant sorti de son sac l'indispensable pièce de deux pennies, elle monta dans l'omnibus. L'air empestait l'eau de Cologne bon marché et la sueur. Les habits humides sentaient le chien mouillé.

L'omnibus redémarra.

Frances s'assit sur une banquette et regarda par la vitre.

Elle vit d'abord un homme en haut-de-forme jeter une piécette à un jeune mendiant, qui l'attrapa au vol. L'homme portait un costume rayé. Il abritait sous son parapluie une femme fort jeune, fort jolie et fort élégante. Leurs deux corps se mouvaient harmonieusement.

Frances se demanda ce que ce serait d'explorer Londres en compagnie d'un tel homme. Un homme qui l'abriterait de la pluie. Un homme avec qui partager la chaleur du soleil.

Un jeune couple était assis au dernier rang, juste derrière elle.

La jeune fille ricana.

Le gentleman au chapeau haut de forme et son élégante compagne avaient disparu. À leur place, sur la vitre, Frances ne vit plus qu'un peu de buée et le reflet de son visage.

— Non, Molly, dit le jeune garçon. Tu vas nous faire expulser.

— Voyons, Jerry, personne n'en saura rien, répondit la jeune fille. Le voir, c'est tout ce que je demande... Oh, regarde comme il est bleu ! C'est à cause du froid, monsieur Hornsby ?

Frances essuya la vitre et fit de son mieux pour ne pas écouter la conversation des jeunes gens.

Mais ce n'était pas facile. Elle avait remarqué que les citadins avaient tendance à parler comme s'ils étaient entourés de sourds.

— Je crois bien que oui, madame Hornsby. Prenez-le dans votre main pour le réchauffer.

— Comme ça, monsieur Hornsby ?

Elle partit d'un rire clair – trop juvénile pour appartenir à une femme mariée.

Frances se demanda si elle avait jamais eu ce genre de rire insouciant.

Dans la rue, une vieille femme était prostrée sous une porte cochère. Un petit marchand ambulant passa. Elle n'eut pas un regard pour lui ; il n'eut pas un regard pour elle.

— Oh oui, madame Hornsby. Comme ça ! Tu peux même y aller un peu plus fort. Ça ne va pas se casser.

— C'est chaud, Jerry. Et mon Dieu, comme c'est doux ! Je n'en reviens pas ! C'est doux comme de la soie.

— Serre-le bien, dit le jeune garçon d'une voix qui devenait plus rauque. Vas-y, fais-le cracher, comme je t'ai montré.

La jeune fille partit d'un petit rire suraigu.

— Comme ça, Jerry ?

L'omnibus s'arrêta. Personne ne descendit. Personne ne monta.

Le garçon poussa un grognement.

— Passe-moi ton mouchoir, Molly. Je n'ai pas envie de tacher mon pantalon.

Frances tressaillit.

Le garçon et la fille étaient-ils vraiment en train de faire ce qu'elle croyait ?

Cette fois, elle tendit l'oreille.

— Regarde, il est devenu violet... comme une quetsche bien mûre, murmura la fille. Il grossit... Jerry, est-ce que je te fais mal ?

— Non... Oh, Molly... Là, c'est bien... Surtout ne t'arrête pas !

— Est-ce que je vais le faire gicler, Jerry ?

Frances se rendit compte qu'il y avait quelque chose de changé dans la voix de la jeune fille. C'était à présent une voix de femme – la voix d'une femme heureuse de donner du plaisir.

Frances ne put s'empêcher de la jalouser.

Pour sa légèreté. Pour son audace.

Pour sa jeunesse.

Voilà ce qu'elle avait perdu en se mariant à quinze ans.

Soudain, un sentiment d'horreur remplaça la jalousie. Frances se leva d'un bond. Était-elle en train de perdre la tête ? Elle avait aimé son mari, ses enfants, ses petits-enfants. Elle n'aurait pas voulu d'une autre vie.

L'omnibus s'arrêta.

La tête dans les épaules, sans un regard pour le jeune couple, Frances se dépêcha de descendre.

La pluie cessa aussi brusquement qu'elle avait commencé.

D'une main qui tremblait un peu, Frances sortit de son sac la clé de la maison qu'elle avait louée pour la saison. Elle poussa la porte. Une bonne odeur de grillade accourut du fond de l'office pour lui souhaiter la bienvenue.

Un rire de petite fille se fit entendre dans le salon.

Le cœur de Frances cessa de battre : il n'y avait pas d'enfant dans cette maison.

À moins qu'une de ses petites-filles ait décidé de lui rendre visite...

— Monsieur Denton ? cria Frances, sa voix résonnant dans le grand vestibule vide. Madame Jenkins ?

Pas de réponse.

Frances connut un instant de panique. Elle n'était pas prête à revoir sa famille. Elle avait encore besoin de temps.

Un bruit métallique se fit entendre. Elle traversa le vestibule, remonta le couloir et s'arrêta devant le salon.

La double porte était fermée.

Après avoir pris une profonde inspiration, elle l'ouvrit.

M. Denton était à genoux devant la cheminée. Il avait une petite pelle à la main. Mme Jenkins, son bonnet et son tablier d'une blancheur immaculée, était debout derrière lui. Elle tenait une brosse.

Le majordome avait soixante-douze ans, la gouvernante soixante-six.

— Madame Jenkins, dit Frances. Il me semble avoir entendu rire. Aurais-je de la visite ?

Mme Jenkins se tourna vers elle, les joues en feu.
— C'est la cheminée qui siffle, madame, répondit-elle avec son fort accent irlandais. M. Denton et moi, nous nous en occupons.

Frances se souvenait de ce qu'elle avait entendu. Ça n'avait pas ressemblé au sifflement du vent dans la cheminée.

— Voilà, c'est tout propre, monsieur Denton, fit la gouvernante. Donnez-moi cette pelle.

Elle raccrocha sa brosse et la pelle au râtelier, à côté des tisons.

— Voulez-vous une tasse de thé, madame ? dit-elle en se retournant.

Le vieux majordome se redressa avec une souplesse étonnante pour un homme de son âge.

— Volontiers, madame Jenkins, répondit Frances. C'est très gentil de votre part.

— Mais pas du tout, madame. Je suis là pour ça.

Frances s'écarta pour laisser sortir le majordome et la gouvernante. Le majordome revint un court instant plus tard.

— Le courrier, madame, annonça-t-il, un plateau à la main, sa tête, auréolée de cheveux blancs, respectueusement inclinée.

Frances n'eut pas besoin d'ouvrir la lettre pour savoir qui l'envoyait ; elle reconnut l'écriture de l'adresse. C'était l'aînée de ses petites-filles, Megan, sept ans, la seule femme de la famille qui ait hérité de ses cheveux roux.

Elle était espiègle, intrépide. Elle était la plus chère au cœur de Frances.

Bientôt, ce serait une femme.

Frances commençait à sentir le poids des ans.

Assise dans un fauteuil, elle s'apprêta à déchirer l'enveloppe. Une lame de bronze se matérialisa sous son nez.

— Merci, monsieur Denton, murmura-t-elle en acceptant le coupe-papier.

En ville, ce n'était décidément pas comme à la campagne. À la campagne, elle n'avait pas de majordome. Et la servante n'aurait jamais songé à lui apporter un coupe-papier.

— Y a-t-il encore quelque chose que je puisse faire, madame ?

— Non. Vous pouvez disposer.

Elle ouvrit l'enveloppe. La pâle lumière du jour entrait par la fenêtre. Tenant la lettre à bout de bras – la vue qui baisse est aussi un symptôme de l'âge – Frances la lut et la relut.

Chère grand-maman,

Tu me manques. J'ai tes lettres, mais ce n'est pas comme de causer. J'ai attrapé un poisson hier. Il était vraiment gros. Je te l'aurais montré si tu avais été là. Quand reviens-tu ? Ça fait des semaines et des semaines que tu es partie. Je sais que grand-père te manque et maman nous dit d'être patients, mais à nous aussi il manque et ce n'est pas pour ça qu'on s'en va ! Je t'en prie, reviens.

11

— M. Bartle est tombé malade le 8 décembre 1885, soit vingt-trois jours avant sa mort, dit James Whitcox en consultant ses notes. Est-ce exact, docteur Dudley ?

— Tout à fait exact, maître.

George Stewart Dudley, témoin de l'accusation, avait l'air calme.

— Qu'avez-vous trouvé lorsque vous avez pratiqué l'autopsie ?

— Nous, c'est-à-dire le Dr Leach, qui m'a demandé de l'assister, et moi, avons diagnostiqué un empoisonnement au mercure.

James le regarda de biais.

— Et pourquoi donc M. Bartle aurait-il souffert d'empoisonnement au mercure ?

— Je suppose, monsieur, que c'est parce qu'il en a ingéré.

Il y eut des rires dans l'assistance.

George Stewart Dudley afficha un air satisfait : il avait eu l'intention d'amuser la galerie.

Les douze hommes du jury s'agitaient sur leurs bancs. La journée avait été longue. Ils étaient pressés de rentrer chez eux pour dîner. Quant à James, il était pressé d'aller retrouver Frances Hart à la librairie Bailey.

— C'est plausible, en effet, docteur Dudley, dit-il en souriant gentiment au témoin. Et pourquoi donc M. Bartle aurait-il ingéré du mercure ?

Le médecin fit une moue dédaigneuse.

— Je n'en sais rien, monsieur, et comme je ne l'ai jamais connu que mort, je n'ai guère eu l'opportunité de lui poser la question.

Une nouvelle fois, le Dr Dudley cherchait à mettre les rieurs de son côté. Mais les réactions furent molles. Le public aussi était fatigué. Le procès avait commencé samedi dernier. On était mercredi, et James n'avait pas encore prononcé son exposé liminaire.

Il sourit au trait d'esprit du témoin. Chacune de ses mimiques, chacun de ses gestes, chacune de ses paroles était calculé.

— M. Bartle souffrait-il d'une maladie avant le 8 décembre de l'année dernière ?

— Comment le saurais-je, monsieur ? répondit le médecin en détournant les yeux.

Il cachait quelque chose. Exactement comme Frances Hart. James savait ce que le Dr Dudley cachait. Peut-être finirait-il par découvrir les secrets de la veuve.

— Je n'étais pas son médecin de famille, ajouta Dudley d'un ton sec.

James transpirait sous sa perruque et il commençait à perdre patience.

— Mais vous êtes quand même un peu médecin, malgré tout ? insista-t-il.

Le témoin lui lança un regard indigné.

— Objection, Votre Honneur ! intervint le procureur général. Ce n'est pas le Dr Dudley qu'on juge ici. Encore un peu, et mon estimé confrère va le traiter de charlatan !

— Objection retenue.

Le juge jeta discrètement un coup d'œil au bouquet posé devant lui, dans lequel il avait caché sa montre. Les brassées de fleurs odorantes dans les tribunaux étaient les vestiges d'un temps où l'eau courante et les salles de bains étaient encore plus rares qu'à ce jour.

— Maître Whitcox, reprit le juge, l'air sévère sous sa perruque de pharaon, je vous invite à ne plus mettre en doute les compétences du témoin.

— Telle n'était pas mon intention, Votre Honneur, répliqua James avec ce sourire penaud qu'il avait eu le temps de perfectionner en vingt-cinq ans de carrière. Et si c'est l'impression que j'ai donnée, je vous en demande pardon.

Il avait simplement voulu que le médecin le regarde de nouveau. C'était fait. Et ce n'était pas mauvais d'entendre le procureur général rappeler aux douze jurés les inattaquables compétences du médecin.

— Docteur Dudley, dit James d'un ton léger, dans le traitement de quelles maladies recommande-t-on l'ingestion de mercure ?

— Objection, Votre Honneur !

Le juge fronça les sourcils.

— Pour quelle raison, maître Lodoun ?

— Il est acquis que le décès de M. Bartle a été provoqué par un empoisonnement au chloroforme, dit celui-ci d'une voix ferme. S'il souffrait éventuellement d'une des maladies qui se traitent au mercure, cela n'a rien à voir avec l'affaire.

— Permettez-moi d'être en désaccord avec le procureur général, fit cordialement James. L'état de santé de M. Bartle a tout à voir avec l'affaire, ainsi que je le démontrerai prochainement. En attendant, puis-je encore compter sur l'indulgence de la cour pendant une petite minute ?

— Soit, maître Whitcox, acquiesça le juge. Une petite minute.

Il jeta un nouveau coup d'œil à sa montre. Tous les mercredis, l'honorable Justin Aaron dînait chez sa fille et jouait aux dames avec ses petits-enfants.

— Objection rejetée, maître Lodoun, reprit le juge. Maître Whitcox, poursuivez.

— Je répète donc ma question, docteur Dudley, dit James. Dans le traitement de quelles maladies recommande-t-on l'ingestion de mercure ?

— Eh bien, il y en a plusieurs...

Le témoin avait été bien préparé. Il allait falloir lui tirer les vers du nez.

— Docteur Dudley, fit James en forçant la voix pour être entendu de tout le monde, est-il exact qu'on utilise le mercure dans le traitement de la syphilis ?

Les dames hoquetèrent.

Même si les maladies vénériennes étaient très répandues à Londres, les femmes bien élevées faisaient semblant d'être choquées lorsqu'on en parlait devant elles.

Les jurés se penchèrent pour écouter la réponse : les vices des hommes étaient presque aussi intéressants que ceux des femmes.

— Oui, répondit le médecin à contrecœur. On utilise quelquefois le mercure dans le traitement de la syphilis.

— N'est-il pas également exact, docteur Dudley, que M. Bartle en était atteint ?

— Objection, Votre Honneur ! aboya le procureur général.

— Sur quelles bases, maître Lodoun ? rétorqua le juge.

— De telles informations pourraient induire le jury en erreur, Votre Honneur. Dans cette affaire, c'est Thomas Edwards Bartle, la victime. Même s'il avait contracté une maladie vénérienne avant sa mort, cela n'aurait rien à voir avec les faits. Il a été assassiné, monsieur, délibérément, perversement et de sang-froid. Je requiers que, pour une bonne administration de la justice, vous fassiez effacer du procès-verbal la dernière question de Me Whitcox.

— Je vous assure, Votre Honneur, intervint doucement James, que la malencontreuse maladie de

M. Bartle a, hélas ! tout à voir avec les faits. Les maladies de ce genre ne s'attrapent pas n'importe comment. Je suis sûr qu'en remontant à l'origine de la maladie de M. Bartle, nous serons à même de déterminer qui est vraiment le coupable et qui est vraiment la victime dans cette affaire... et ce, pour une bonne administration de la justice.

Le juge regarda sa montre, puis le jury.

— Très bien, maître Whitcox, dit-il. Objection rejetée, maître Lodoun. Quant à vous, docteur Dudley, pour une bonne administration de la justice, veuillez répondre à la question de l'avocat de la défense.

— Oui, c'est vrai, admit le Dr Dudley d'un ton pincé. M. Bartle souffrait de la syphilis. Mais, s'empressa-t-il d'ajouter, ce n'est pas de cela qu'il est mort.

James savait fort bien de quoi Thomas Edwards Bartle était mort.

— Merci, docteur Dudley, dit-il.

— Il n'est pas mort non plus d'un empoisonnement au mercure, insista le médecin. Il est indubitablement mort d'un empoisonnement au chloroforme.

— Ce sera tout, docteur Dudley, trancha James avec un sourire sarcastique.

Le témoin, sans s'en rendre compte, avait apporté de l'eau à son moulin ; il n'avait plus qu'à quitter la scène.

— Plus de question, Votre Honneur, dit-il en se retournant vers le juge.

Le procureur général se leva.

— Si vous le permettez, Votre Honneur, j'aurais encore quelques questions à poser au témoin.

— Demain, maître Lodoun, vous pourrez poser toutes les questions que vous voudrez, dit le juge d'un ton aigre. Pour l'heure, la séance est levée.

Le procureur pâlit.

— Votre Honneur...

— J'ai dit : demain, maître Lodoun.

Le claquement d'un maillet vint ponctuer la phrase.

— La séance est levée, répéta le juge. Elle reprendra demain à dix heures.

James se dépêcha de rassembler ses papiers et de les ranger dans sa sacoche.

— Vous avez l'air pressé, Whitcox...

Le public, en s'en allant, se bousculait aux portes.

— Le monde entier est pressé, Lodoun.

— Le monde entier sauf vous, dit Jack Lodoun. Les salles d'audience, c'est toute votre vie.

— Qu'est-ce qu'il y a, Lodoun ? Vous êtes nerveux ? lança James d'un ton de légère moquerie. Vous avez peur de ce que je vais dire dans ma déclaration liminaire ?

Pendant de longues secondes, James observa Lodoun, qui se tenait debout de l'autre côté de la table des avocats.

Lodoun était un peu moins grand que Whitcox, mais plus svelte et sans le moindre poil gris dans les abondants favoris qui dépassaient de sa perruque. Et puis, il avait de très expressifs yeux verts, dont la nuance changeait selon l'éclairage ou son humeur.

— Si je vous ai offensé, Lodoun, dites-le-moi : en cas de besoin, je n'hésiterais pas à vous présenter des excuses, ironisa James. Si vous êtes mécontent parce que je n'ai pas l'intention de vous laisser pendre ma cliente, c'est au juge Aaron qu'il faut vous adresser.

Sur ce, James s'extirpa de derrière la table et se redressa. Plus tard, il chercherait les raisons du comportement étrange du procureur général. Pour l'heure, il avait mieux à faire.

Il s'apprêta à partir.

— Vous ne gagnerez pas, cette fois, Whitcox.

James ôta sa perruque. Un providentiel courant d'air vint rafraîchir sa nuque moite de sueur. Il se passa la main dans les cheveux.

— Je gagne toujours, Lodoun.

— C'est tout ce qui compte pour vous, pas vrai ?

James Whitcox repensa aux innombrables causes qu'il avait plaidées. Lui était-il arrivé souvent d'éprouver de la sympathie ou de la pitié pour un innocent ? Avait-il jamais regretté d'avoir fait acquitter un coupable ?

— C'est mon métier, non ? dit-il d'un ton indifférent. Et je vous rappelle que c'est aussi le vôtre...

L'accusation accusait. La défense défendait. Il n'y avait pas à sortir de là.

James quitta la salle d'audience. Le procureur général ne le suivit pas.

Sa perruque dans une main, sa sacoche dans l'autre, sa robe lui battant les mollets, il s'engagea dans l'interminable couloir.

Une question lui revint en mémoire tandis qu'il marchait : « Quand vous vous masturbez, à la place de vos doigts, vous arrive-t-il d'imaginer un bon gros phallus ? »

Il avait dit cela sans réfléchir. La riposte de Frances lui avait semblé extraordinaire. Il n'y avait eu ni colère dans ses yeux, ni regret dans sa voix. Elle apaisait ses sens – rien à redire à cela – mais elle aurait eu l'impression de commettre une espèce d'adultère si elle avait pris du plaisir avec un amant imaginaire !

Cette Mme Hart n'était vraiment pas banale !

En arrivant devant son bureau, il vit de la lumière sous la porte. Croyant à un intrus, il entra sans bruit. Ce n'était que son secrétaire.

— Pas encore parti, monsieur Tristan ? Je croyais que vous aviez quelque chose de prévu ce soir ?

— Oh, monsieur ! Vous m'avez fait une de ces peurs ! s'écria le jeune homme en sursautant.

Avery Tristan travaillait pour lui depuis deux ans. Il avait les deux qualités requises : efficacité et discrétion. Sous son manteau à carreaux, il portait le traditionnel costume noir des secrétaires.

— Je m'en allais, expliqua-t-il, et puis je me suis rendu compte que j'avais oublié de noter quelque chose. Alors j'ai rebroussé chemin. Mais je n'en ai que pour une seconde.

James posa sa sacoche sur un fauteuil et sa perruque sur le buste antique qui lui servait de porte-perruque.

— Prenez tout votre temps, monsieur Tristan. J'ai un rendez-vous ce soir.

— Un rendez-vous, monsieur ? s'étonna le secrétaire. Je ne me souviens pas d'avoir noté quelque chose pour ce soir…

— Pas ce genre de rendez-vous, monsieur Tristan, dit James avec une nuance d'ironie dans la voix.

— Oh ! fit le secrétaire en rougissant. Je comprends.

James ôta sa robe et la pendit à une patère.

— Avez-vous trouvé le temps de jeter un coup d'œil au dossier Hart, monsieur ?

James avait fait faire une petite enquête sur Frances Hart. Il n'éprouvait aucune gêne particulière. Il était avocat, et les avocats qui ont une conscience ne vont pas loin, c'est bien connu. Le dossier était sur son bureau. Il en avait pris connaissance pendant les suspensions de séance. La vie de Frances Hart tenait en peu de pages, mais qui étaient très instructives.

— Oui. Y a-t-il quelque chose d'autre, monsieur Tristan ?

— Non, à part que le secrétaire de Me Lodoun a demandé une copie du dossier médical de Mme Bartle. J'ai juste dit que je vous ferais part de sa requête.

Était-ce seulement cela qui avait chiffonné le procureur général ? Parce qu'il avait pensé qu'on lui cachait des choses ?

— Faites-le-lui parvenir demain matin, dit James.

De toute façon, c'était trop tard pour que Lodoun en tire profit. L'accusation avait déjà cité tous ses témoins.

Demain, il ferait citer les siens.

Mais avant cela, au programme de ce soir, il y avait Frances Hart.

12

La peur lui serrait la gorge. L'excitation lui durcissait les pointes des seins.

Le grelot au-dessus de la porte tinta joyeusement et les bruits de la rue envahirent la librairie Bailey.

Frances se retourna.

Deux jeunes élégantes entrèrent. Aucun policier ne les suivait.

Une fois la porte refermée, le silence revint.

Huit membres du club des Messieurs et des Dames circulaient entre les tables chargées de livres en faisant semblant de ne pas se connaître. M. Whitcox n'en faisait pas partie.

Frances prit un livre – n'importe lequel – et se mit à le feuilleter pour se donner une contenance. John Nickols s'arrêta près d'elle.

— Madame Hart ?

Frances tressaillit. Le livre faillit lui échapper des mains.

— Pardon, madame Hart, je vous ai fait peur.

— Non, monsieur Nickols, répondit-elle à voix basse, c'est moi qui suis exagérément nerveuse.

— Vous voyez la porte au fond de la boutique, celle vers laquelle Mlle Hoppleworth se dirige en ce moment ? Lorsqu'elle sera entrée, laissez passer une minute et puis suivez-la.

Frances sentit une tension au creux de son estomac.

— Mais nous ne sommes pas tous là, monsieur Nickols, protesta-t-elle.

Le regard de John Nickols s'emplit d'ironie.

— Je ne pense pas que les autres viendront.

Ardelle Dennison, Jane Fredericks ou Joseph Manning, peut-être.

— Mais M. Whitcox…

Une haleine tiède lui caressa la nuque.

— Il est ici, madame Hart.

Frances se sentit mal à l'aise. Était-ce l'excès de lumière qui l'incommodait ? Ou l'odeur d'encre et de cuir ?

Ou l'homme derrière elle ?

— Monsieur Whitcox, dit-elle, le cœur battant, la respiration haletante. Je ne vous ai pas vu arriver.

— Vous étiez occupée.

— Je suis désolée, murmura-t-elle.

Mais elle n'aurait pas su dire à quoi elle pensait en disant cela : à la fille de dix-sept ans qui se sentait abandonnée par sa grand-mère, ou à la jeune mariée de quinze ans qui n'avait jamais pris de plaisir dans le lit conjugal.

— Ce serait plutôt à moi de m'excuser, fit James Whitcox. Je suis en retard, mais l'audience n'en finissait pas.

Il y avait des gouttes d'eau dans la chevelure de l'avocat.

— Il pleut dehors ?

— Non. J'ai pris une douche.

— Vous êtes repassé chez vous ?

— Non. J'ai un bureau au palais, avec toutes les commodités.

L'haleine de James Whitcox ne sentait pas le caramel, mais la poudre dentifrice.

— Venez me voir quand vous voudrez, ajouta-t-il.

— Je dois suivre Mlle Hoppleworth, annonça Frances en faisant semblant de ne pas remarquer le sous-entendu.

Qu'allait penser le journaliste ?

— M. Nickols vous montrera le chemin... ajouta-t-elle.

Mais le journaliste était parti.

James Whitcox lut à haute voix le titre du livre qu'elle tenait.

— *Éléments de science sociale,* par le Dr George Drysdale.

En souriant finement, il s'enquit :

— Vous vous intéressez au contrôle des naissances ?

— Euh... euh... balbutia Frances.

Elle n'aurait jamais cru qu'un livre intitulé *Éléments de science sociale* puisse traiter du contrôle des naissances.

— Vous n'aviez pas lu le sous-titre ? dit James. « Religion physique, sexuelle et naturelle : exposé sur la véritable cause et sur le remède des trois principaux maux de la société : la pauvreté, la prostitution et le célibat ».

— Pour la pauvreté et la prostitution, je ne dis pas, mais je ne me serais jamais doutée que le célibat puisse être aussi nuisible à la société, murmura Frances, mi-figue mi-raisin, en reposant le livre. Maintenant, je dois suivre Mlle Hoppleworth.

— Je vais avec vous.

— Je crois que M. Nickols préférerait que nous y allions un par un.

— C'est absurde ! s'exclama James en lui prenant le bras. Nous avons l'air d'un couple tout à fait honorable. Personne ne s'intéressera à nous, je peux vous l'assurer.

Elle serra le poing.

Il la touchait.

Elle le touchait.

Finalement, elle se raisonna : les hommes et les femmes marchaient bras dessus bras dessous. Cela n'avait rien d'intime. Et puis, les hommes dans la force de l'âge ne cherchaient pas à devenir intimes avec des femmes de cinquante ans.

Même si les femmes en question le souhaitaient peut-être.

James se mit en marche, et Frances se força à le suivre. À chaque pas, son sein frottait contre son bras. Ils franchirent une porte sur laquelle on lisait : *Littérature ancienne.*

Mlle Hoppleworth était absorbée dans la contemplation d'une étagère chargée de livres qui ne pouvaient être qu'en grec ou en latin, langues que Frances ignorait mais que James Whitcox connaissait sans doute.

— Vous ne trouvez pas bizarre que cette boutique se trouve juste en face du palais de justice ? questionna Frances.

— Ce n'est pas bizarre, c'est *pratique,* rectifia James. Comme ça, les juges et les avocats n'ont qu'à traverser la rue pour s'approvisionner.

— Vous y étiez déjà venu, monsieur Whitcox ?

— Non. D'ordinaire, je vais à celle qui se trouve près du Parlement.

Frances fut surprise.

— Il y a une boutique d'érotisme près du Parlement ?

— Des boutiques comme celle-ci, il y en a à peu près partout dans Londres, madame Hart, commenta James sur un ton amusé. Les parlementaires aussi ont le droit de s'amuser.

Juges... avocats... parlementaires ?

Frances passa par un moment de révolte. Que d'hypocrisie !

— Mais alors, pourquoi sont-elles illégales ?

— Ah, madame Hart ! répondit James avec humour. Le plaisir y perdrait beaucoup s'il n'était pas un péché, non ?

Frances ouvrit des yeux ronds.

— J'ai peur de ne pas comprendre, monsieur Whitcox.

— Si le plaisir charnel n'était pas un péché, intervint Marie Hoppleworth, alors, les femmes auraient les mêmes droits que les hommes.

— Selon vous, ces boutiques sont illégales pour empêcher les femmes de conquérir le droit de vote ? demanda Frances avec incrédulité.

— Ces boutiques sont illégales, dit James sur un ton mi-sérieux mi-plaisant, parce que ce sont les hommes qui commandent et qu'ils veulent des femmes innocentes, chastes et pudiques.

— Ils veulent surtout des femmes réduites en esclavage, renchérit Marie Hoppleworth. Ils nous asservissent en contrôlant nos ventres. Ils n'ont même pas de comptes à rendre lorsqu'ils nous assassinent. Des maris qui tuent leur femme impunément, il n'y a que ça dans ce pays ! Vous en connaissez, n'est-ce pas, maître Whitcox ?

L'avocat fit la moue, mais ne dit rien.

Thomas Pierce s'approcha.

— Vous arrivez bien, lui lança Marie Hoppleworth. Nous étions en train de nous demander si la libéralisation de l'érotisme pourrait contribuer à l'émancipation des femmes.

Thomas Pierce, pris au dépourvu, rougit et bredouilla.

— Eh bien, euh... comment dire ? Je n'en sais rien. Mais j'ai quand même du mal à croire que le ferment de la révolution puisse se trouver au-dessous de la ceinture.

— Dans ce cas, à quoi peut bien servir le club des Messieurs et des Dames, monsieur Pierce ? demanda Frances.

Trois paires d'yeux se tournèrent vers elle.

— Oui, continua-t-elle, le but n'est-il pas d'apprendre des choses sur la sexualité afin de vivre mieux ?

— Et que pourrions-nous apprendre ici qui nous permettrait de vivre mieux ? questionna Thomas Pierce.

Rose Clarring survint. Elle arborait un sourire aussi éclatant que son regard bleu.

— M. Pierce ne croit pas qu'il y ait grand-chose de bon à apprendre dans ce genre de boutique, lui annonça Mlle Hoppleworth. Qu'en pensez-vous ?

Rose Clarring rajusta son élégant bonnet noir.

— Si c'est ce que vous pensez vraiment, monsieur Pierce, pourquoi vous êtes-vous donné la peine de venir jusqu'ici ?

— Ah ! madame Clarring, repartit Thomas Pierce, je suis juste curieux de voir ce qui va intéresser Mme Hart.

— Eh bien, moi, j'ai déjà appris quelque chose d'intéressant, dit la secrétaire.

— Quoi, mademoiselle Hoppleworth ? s'étonna Frances.

— Le prix d'un consolateur de veuves.

Frances n'avait pas pensé qu'on puisse trouver autre chose que des cartes postales dans cette boutique.

Elle regarda l'avocat.

Dans ses yeux clairs et vifs brillait une lueur amusée.

Un par un, les autres membres du club des Messieurs et des Dames s'agglutinèrent dans la petite pièce. Bientôt, on manqua de place et d'oxygène.

Frances, tout près de James Whitcox, percevait la chaleur de son corps, respirait son haleine parfumée à la poudre dentifrice.

— *Le plaisir y perdrait beaucoup s'il n'était pas un péché…*

Elle était étrangement nerveuse, comme si elle risquait d'apprendre dans cette boutique quelque chose qui changerait le cours de sa vie. C'était impossible, évidemment.

Tous les visages feignaient l'indifférence. Mais leurs teints colorés disaient le contraire.

La poignée tourna.

John Nickols entra sur son fauteuil roulant. Des hommes en costumes de tweed, un jeune et un vieux – Frances estima que c'étaient des vendeurs – le suivaient. Ils refermèrent la porte derrière eux.

— Écartez-vous de l'étagère, dit le journaliste.

Plus facile à dire qu'à faire.

Le plus jeune des vendeurs fit pivoter la bibliothèque dont les étagères étaient couvertes de livres richement reliés.

Les femmes firent *oh !* Les hommes restèrent muets.

— Mesdames et messieurs, reprit John Nickols en montrant l'escalier qui venait d'apparaître, je vous présente l'entrée de l'enfer.

13

— À vous l'honneur, madame Hart, dit M. Nickols. Car c'est grâce à vous que nous sommes ici ce soir.

Frances était tellement tendue qu'elle avait du mal à respirer. Devant elle, un escalier de pierre plongeait vers le sous-sol.

Très raide. Sans rampe.

Si elle trébuchait, elle ne pourrait se rattraper nulle part. Et ses jambes qui flageolaient !

Prudemment, marche après marche, une main appuyée contre le mur, elle descendit.

Il faisait sensiblement plus frais que dans la boutique.

Arrivée au pied de l'escalier, elle regarda autour d'elle. Finalement, cette librairie secrète ressemblait beaucoup à la librairie publique, avec ses tables à tréteaux séparées par des allées.

Un jeune homme blond vint à sa rencontre.

— Puis-je vous aider, madame ?

Il portait le même costume de tweed que les vendeurs du rez-de-chaussée.

Elle se redressa fièrement.

— J'aimerais voir une sélection de cartes postales, si c'est possible.

Dans le regard du jeune vendeur, elle ne distingua aucun signe de désapprobation – pas même de surprise.

— Mais certainement, madame... Par ici...

Consciente d'être observée par les autres clients, Frances suivit le jeune vendeur.

S'arrêtant devant la table la plus longue – et la plus fréquentée –, il s'inclina.

— Vous n'avez plus qu'à faire votre choix, madame.

Évitant soigneusement de croiser les regards des cinq messieurs qui se trouvaient près de la table, elle contempla d'un œil navré les innombrables boîtes de cartes postales.

— Attendez !

À voix basse, elle demanda :

— Avez-vous des photos sur lesquelles on voit... des hommes ?

Le vendeur fit le tour de la table, tapant sur quelques boîtes en passant.

— *Cinq contre un. Papa et maman. Exotiques. Hommes-femmes. Parties carrées. Entre nous*...

— Merci, murmura Frances, cramponnée à son sac à main. Dans tout ça, si je ne trouve pas mon bonheur...

Mais le vendeur était déjà parti.

Deux personnes, derrière elle, chuchotaient. Frances reconnut l'une des voix – celle de Sarah Burns, la doctoresse – mais pas l'autre. Le dos raide, elle s'avança pour piocher une carte postale dans l'une des boîtes désignées.

On y voyait une jeune femme en train d'enfiler un bas, tout en lançant une œillade aguicheuse à l'appareil photo. En regardant mieux, Frances s'aperçut que le modèle n'était pas une femme mais un homme.

La surprise lui coupa le souffle.

Un long pénis projetait son ombre sur la jarretière de dentelle. Frances lui trouva une forme curieuse, le gland plutôt petit par rapport à la hampe.

Elle eut une bouffée de chaleur.

Relevant les yeux, elle rencontra le regard de l'homme qui se trouvait juste en face d'elle, de l'autre côté de la table.

Avec son chapeau melon, ses cheveux argentés, sa moustache montante, il avait l'air de quelqu'un de respectable.

— Bonjour, dit Frances poliment. Le temps est plutôt doux pour un mois d'avril, vous ne trouvez pas ? Mais j'ai l'impression que ça va se gâter...

Le visage impassible, sans un mot, il s'en alla. Les quatre autres messieurs s'éloignèrent également, les yeux baissés sur les boîtes de cartes postales alignées sur la table.

Frances en déduisit que cela ne se faisait pas de lier conversation dans ce genre d'endroit.

Un peu gênée, elle rangea la carte postale dans la boîte marquée *Hommes-femmes* et en choisit une au hasard dans la boîte *Entre nous*.

Elle comprit ce que cet « entre nous » voulait dire en y voyant trois hommes entièrement nus et pas de femme. Le premier, chevelure noire et moustache broussailleuse, à genoux sur un prie-Dieu, se penchait pour embrasser sur la bouche un jeune blondinet. Le troisième, également jeune et blond, s'apprêtait à donner des coups de canne sur le derrière de l'agenouillé. Il dardait vers l'appareil photo une splendide érection.

Son sexe était long et épais.

Très long. Très épais.

Le bulbe semblait gros comme un poing.

— Oh, là, là ! fit quelqu'un tout près d'elle.

Frances tourna la tête et vit Rose Clarring, bouche bée.

Irrésistiblement, le regard de Frances revint se poser sur la photo des trois hommes.

— Belle composition, n'est-ce pas ? dit Rose Clarring à mi-voix.

— Très belle, confirma Frances en ravalant sa salive.

Rose Clarring piocha une carte postale dans la boîte *Cinq contre un* et Frances, après avoir rangé la sienne, inventoria la boîte marquée *Papa et maman*. Du coin de l'œil, elle vit les quatre gentlemen qui prenaient le large.

Sur les photos qu'elle avait tirées du paquet, il y avait des couples en train de faire l'amour dans diverses positions. Elle s'imagina facilement à la place des femmes et en eut la chair de poule sur les bras, des frissons dans le dos et des fourmillements dans les cuisses.

Esther Palmer vint interrompre ses rêveries. L'institutrice plongea une main décidée dans la boîte étiquetée *Exotiques* et lui donna un coup de coude au passage.

Frances ravala son souffle. Maintenant, elle comprenait pourquoi les conversations n'étaient pas les bienvenues dans ce genre d'endroit. Les cartes postales ne servaient pas seulement à agrémenter la masturbation. C'était des fenêtres ouvertes sur les désirs secrets des gens.

Elle se dépêcha de remettre en place celles qu'elle avait à la main.

James Whitcox, de l'autre côté de la table, ne regardait pas les cartes postales, mais *elle*.

Il avait remarqué son trouble.

Peut-être voyait-il une rousse flamboyante avec une belle poitrine et une taille fine. Mais Frances savait bien qu'elle avait quarante-neuf ans et que c'était le corset et la tournure qui faisaient tout.

Elle s'en alla voir un peu plus loin. Des hommes qui se trouvaient sur son passage lui lancèrent des regards furtifs.

En tournant dans une allée, elle faillit buter contre George Addimore, qui était penché sur une vitrine.

Samedi, elle verrait ce qu'il avait acheté – et ce que tous les autres avaient acheté.

Et elle, qu'aurait-elle à montrer ?

Thomas Pierce était curieux de savoir ce qu'elle allait trouver d'intéressant dans une boutique de pornographie.

La réponse était : rien !

Son attention fut attirée par des livres : *Lettres d'un ami parisien ; La Leçon d'anatomie d'une doctoresse ; La Nuit de noces ou les Combats de Vénus ; Les Fredaines de Betsy ; Sept belles histoires de ma maîtresse ; Les Égarements d'un jeune bourgeois...*

Elle se cogna la hanche contre un coin de la table et ravala un cri. De petites bouteilles s'envolèrent.

Elle en rattrapa une, mais en rata cinq.

Les joues en feu, elle s'agenouilla pour les ramasser. Le tapis lui griffa les genoux. Ses gants la gênaient.

Un vendeur – le même qui lui avait montré les cartes postales – vint à la rescousse.

— Vous vous êtes fait mal, madame ?

— Non, ça va.

Elle ramassa l'une des bouteilles... qui lui échappa des mains.

— Je suis désolée, murmura-t-elle.

— Ne vous en faites pas, madame, dit le vendeur en récoltant les bouteilles dispersées sur le tapis. Il n'y a rien de cassé.

Si, il y avait *quelque chose* de cassé.

Son corps ne serait plus jamais ce qu'il avait été. Elle éprouvait du désir, mais elle n'avait aucun moyen de le satisfaire.

Frances se releva, une bouteille à la main. C'était un joli flacon avec un bouchon de cristal. Sur l'étiquette, on lisait : *Huile de Margot.*

— C'est du parfum ? demanda-t-elle. Je le prends.

C'était le moins qu'elle pouvait faire, après avoir tout mis sens dessus dessous.

Elle releva les yeux. Ce vendeur lui avait désigné des cartes postales érotiques sans sourciller. Et maintenant, il avait l'air d'hésiter à lui vendre un banal flacon de parfum.

— Ce n'est pas du parfum, madame.

Stupéfaite, Frances regarda le flacon.

— Qu'est-ce que c'est, alors ? Une sorte de... médicament ?

Elle avait entendu parler de ces potions qui venaient au secours des virilités défaillantes, et qu'on appelait, sauf erreur, « aphrodisiaques ».

— Non, madame, dit le vendeur d'une voix morne, ce n'est pas cela non plus.

Frances releva les yeux.

— Mais alors, qu'est-ce que c'est ? demanda-t-elle sur un ton agacé.

— C'est une huile.

Oui, l'huile de Margot. C'était marqué dessus !

Frances se retint de répliquer.

— En fait, précisa le jeune homme, c'est un lubrifiant.

Lubrifiant ? Un mot nouveau ! Un de plus ! À ce train-là, elle allait bientôt devoir acheter un dictionnaire !

— Qu'est-ce, jeune homme, qu'un lubrifiant ?

14

— Vous sentez la vanille.

Frances Hart se retourna. Son aigrette vert et or tremblota. Elle croisa craintivement les bras sur sa poitrine.

— Je vous demande pardon ?

Son haleine faisait de la buée dans la lumière du lampadaire. Ses cheveux roux brillaient comme du cuivre sous son chapeau de paille.

— Je disais que vous sentiez la vanille, répéta James.

Ce soir, Frances s'était approchée des noirs secrets de la plus grande ville du monde. Mais, malgré ce qu'elle avait vu, elle se refusait à croire que le plaisir soit nécessairement synonyme de perdition.

Elle détourna les yeux.

— Parmi mes produits de toilette, aucun n'est parfumé à la vanille.

— Je ne parle pas de l'odeur de votre savon, je parle de l'odeur de votre peau.

— Vous aimez l'odeur de la vanille ?

— Surtout son goût, répliqua-t-il avec une gravité appuyée.

— Mon petit-fils adore le flan à la vanille, dit Frances.

Elle feignait l'indifférence, mais son cœur palpitait. James Whitcox n'avait besoin que d'un sous-entendu pour lui inspirer des désirs et des sentiments qu'elle n'était pas encore prête à partager.

Par bonheur, pensa-t-elle, il faisait sans doute trop sombre pour qu'il puisse les lire sur son visage.

Après un intervalle, il s'enquit :

— Ce que vous avez vu dans la boutique vous a choquée, n'est-ce pas ?

— Mais non, pas du tout.

— Pourtant, vous êtes toute chose.

À contrecœur, elle soutint son regard.

— Je suis en train de digérer le fruit défendu... et c'est peut-être un peu lourd pour moi.

James Whitcox esquissa un sourire.

— Méfiez-vous, madame Hart, il est peut-être véreux.

— Trop tard, monsieur Whitcox, répondit-elle.

Le sourire de James s'effaça brusquement.

Des écharpes de brouillard jaunâtres s'enroulaient autour du lampadaire. L'air était froid et humide.

Il n'avait pas envie que Frances aille seule par les rues de Londres à cette heure de la nuit.

Un fiacre venait dans leur direction, ses deux lanternes auréolées d'un halo.

— Voulez-vous que je l'appelle ?

— Un omnibus ne va pas tarder à passer.

— Vous aimez voyager en omnibus, madame Hart ?

— Et vous, monsieur Whitcox ?

— Je n'y suis jamais monté.

Frances eut un hoquet de surprise.

— Pourquoi ?

Oui, pourquoi ? songea-t-il. Comme si l'on avait toujours besoin de raisons pour faire ce que l'on fait.

Pourquoi n'avait-il pas demandé à sa femme quelles caresses elle préférait ? Pourquoi Frances n'avait-elle pas attendu davantage de son mari qu'une alliance ?

— Je n'en ai jamais ressenti la nécessité, répondit-il simplement.

— Ils sont économiques.

James n'avait pas envie de lui mentir.

— Je n'ai jamais eu besoin de faire des économies.

Il était né dans une famille riche. Il s'était marié dans une famille riche. En plus de vingt ans de carrière, il avait pratiquement doublé sa fortune.

Son argent, pensa Frances, était un obstacle de plus entre eux.

Des grincements de roues et des bruits de sabots chassèrent le silence.

— Dans la boutique, demanda James lorsque le fiacre fut passé, avez-vous trouvé quelque chose d'intéressant ?

— Oui.

— Qu'est-ce que c'est ?

— Vous le verrez bien samedi, répliqua Frances en faisant la mystérieuse.

James baissa la tête jusqu'à ce que l'aigrette qui ornait le chapeau de Frances lui chatouille le front.

— Tout à l'heure, Mlle Hoppleworth a laissé entendre que vous aviez défendu des maris qui avaient assassiné leur femme, rappela Frances. Est-ce vrai ?

James s'était douté qu'elle finirait par poser la question. Pendant la réunion de samedi, elle avait démontré, avec grâce et courtoisie, une belle intelligence. Cette intelligence méritait une réponse honnête.

— Je suis avocat de la défense. Les hommes et les femmes que je représente sont soupçonnés d'avoir commis quelque crime. C'est le devoir du procureur général de les accuser, c'est mon devoir de les défendre, c'est le devoir du jury de les juger.

— Mais il vous est arrivé de représenter des clients en sachant pertinemment que c'était des... assassins ?

— Oui.

— Et que se passe-t-il si le jury estime qu'ils ne sont pas coupables ?

— On les relâche.

— À cause de vous ?

— Oui, dit James.

Il attendit la suite. Elle allait le trouver cynique. Elle allait peut-être même lui tourner le dos.

Les cils de Frances brillaient comme de l'or dans la lumière du lampadaire.

— Le procureur général se trompe parfois quand il accuse quelqu'un d'un crime, dit-elle.

James reprit espoir.

— Oui, il se trompe parfois.

Il était notoire que bon nombre d'innocents – et d'innocentes – avaient été pendus au nom de la justice.

— Donc, on peut dire que, grâce à vous, des gens accusés à tort et qui risquaient la corde ont été libérés, conclut-elle.

— On peut le dire.

Cela aurait été facile de mentir. Elle voulait croire qu'il avait de nobles motivations. Mais James n'était pas prêt à mentir. Pas maintenant. Pas à cette femme. Il souhaitait qu'elle s'attache à lui pour ce qu'il était vraiment.

— Mais, reprit-il, ce n'est pas parce que l'accusé est innocent que j'accepte une affaire.

— Alors, pourquoi l'acceptez-vous ?

— Parce que le dossier de l'accusation me semble mal ficelé et que j'estime pouvoir gagner.

C'était la stricte vérité.

— Vous m'avez dit que vous gagniez toujours. C'est vrai ?

Il l'avait dit – à Frances, quelques jours plus tôt ; à Jack Lodoun, le soir même.

— C'est vrai, je gagne toujours.

— Si j'ai bien compris, résuma Frances, peu importe qu'une personne soit coupable ou innocente, tout ce qui compte à vos yeux, c'est que son dossier soit « mal ficelé ».

James grimaça. Elle avait eu tôt fait de trouver le point sensible.

— Frances...

C'était la première fois qu'il l'appelait par son prénom.

— Frances, répéta-t-il plus doucement en se penchant vers elle, leurs souffles se mêlant, vous ne me connaissez pas.

— Mais si, je vous connais... monsieur Whitcox.

Elle avait failli l'appeler James et s'était ravisée au dernier moment.

Il fut un peu déçu, mais le seul fait qu'elle ne le repousse pas était quand même encourageant.

— Vous ne savez que ce que j'ai bien voulu vous dire, rappela-t-il avec une brutale franchise.

Elle savait qu'il était veuf, qu'il avait des enfants, qu'il était avocat. Elle savait quel genre de photos érotiques l'excitait. Elle savait maintenant qu'il n'avait pas d'idéal. Mais elle ne connaissait rien de sa vie privée.

Frances se passa la langue sur les lèvres – rose foncé dans la lumière incertaine du lampadaire.

— Qui n'a pas ses petits secrets, monsieur Whitcox ?

Il savait tout ce qu'il y avait à savoir sur Frances Eleanor Goodrich Hart. Son passé. Son présent. Il voulait qu'elle sache tout ce qu'il y avait à savoir sur James Gordon Whitcox, septième du nom.

Il commença par le passé.

— Ma femme m'a donné une fille le jour de mon vingt-sixième anniversaire.

Frances lui avait dit qu'elle avait eu son premier enfant à seize ans – elle ne lui avait pas dit si c'était un garçon ou une fille.

— Je lui ai offert un collier de perles, poursuivit-il, et puis je suis allé dîner avec le grand chancelier.

Le mari de Frances, d'après le détective privé, avait été un brave homme. Bon mari, bon père. Tout ce que James n'avait jamais été.

— Lorsque ma femme a mis au monde mon fils, je venais d'avoir vingt-huit ans, continua-t-il sur le même ton. J'étais au tribunal, en train d'essayer d'éviter la potence à une pauvre petite putain, lorsqu'on vint m'avertir qu'elle était en travail. Je pris le temps d'achever ma plaidoirie, puis je courus lui acheter un collier de diamants.

Une goutte d'eau dégoulina dans son cou. C'est alors qu'il se rendit compte que la brume s'était transformée en crachin.

— Quatre ans et une fausse couche plus tard, ma femme me pria de lui épargner les désagréments du devoir conjugal.

Frances, sans parler, le regardait.

James se pencha pour la protéger.

De la pluie. De la vérité.

— Le lendemain, pendant une suspension de séance, reprit-il, j'ai demandé à un architecte en vogue de lui construire une maison sur Queen's Gate.

Frances écarquilla les yeux.

Queen's Gate était la rue la plus huppée de Londres. Elle l'avait visitée. Elle avait peut-être même vu la maison dont il parlait.

— Je veux que vous sachiez que j'ai connu des femmes après mon mariage, dit James.

— Après que votre femme vous a refusé son lit, s'empressa d'ajouter Frances.

— *Avant.*

Son ton était âpre. Pour ça comme pour le reste, il ne se cherchait pas d'excuse. Frances ravala bruyamment son souffle.

— Vous avez consacré votre vie à votre famille, j'ai consacré mon argent à la mienne, déclara James, soulignant d'une phrase tout ce qui les différenciait.

— Ma vie, murmura Frances, c'est tout ce que j'avais à donner.

— Ma vie à moi, dit James, c'était mon métier. Mais maintenant…

— Mais maintenant ? insista Frances.

— Maintenant, ça ne me suffit plus.

Il s'interrompit. Sous le bord de son chapeau, l'ombre et la lumière se disputaient ses prunelles.

— Pourquoi tenez-vous à me dire tout ça, monsieur Whitcox ?

Un omnibus approchait – quatre roues qui grinçaient et les innombrables grelots des harnais qui tintinnabulaient.

— Si j'ai pris des maîtresses, ce n'est pas parce que j'avais envie de coucher avec des femmes plus jeunes, Frances.

— Pourquoi les avez-vous prises, alors ?

Ce n'était pas une simple question : elle le sommait de s'expliquer.

— À cette époque, je pensais qu'il n'était pas convenable qu'un homme importune sa femme avec sa lubricité.

Après un bref silence, il ajouta :

— Ce n'est plus ce que je pense aujourd'hui.

Le crachin mouillait leurs chapeaux et s'infiltrait dans l'encolure de leurs manteaux.

— Vous avez fait à votre femme des cadeaux somptueux ; moi, j'ai donné des enfants à mon mari, résuma Frances.

— Nos épouses n'ont pas l'occasion de nous connaître, nous autres hommes, pour la bonne raison que nous ne nous connaissons pas nous-mêmes, dit-il d'une voix sourde. Mais j'ai envie que vous me connaissiez, Frances.

Père. Avocat.

Homme.

— Et, ajouta-t-il, j'ai envie de vous connaître.

Mère. Grand-mère.

Femme.

L'omnibus s'arrêta le long du trottoir. James se résigna à laisser partir Frances, alors qu'il souhaitait la serrer dans ses bras, la caresser, l'aimer comme elle n'avait jamais été aimée, comme il n'avait jamais aimé.

— Je ne veux pas d'une amourette, conclut-il tandis que le désir lui tordait les entrailles. Ce sont des jeux d'enfants. Ce que je veux, c'est une femme avec qui faire l'amour et qui y prenne autant de plaisir que moi.

15

Derrière elle, les rênes de cuir claquèrent contre les flancs des chevaux et l'omnibus redémarra.

Elle rentra la tête dans les épaules car il pleuvinait toujours. Un homme passa en courant, abrité sous un grand parapluie.

Dès qu'elle eut ouvert la porte de sa maison, le majordome vint à sa rencontre.

— Bonsoir, madame Hart, dit-il. Quel temps !

— Bonsoir, monsieur Denton.

Le majordome la regarda d'un air inquiet.

— Vous êtes toute pâle, madame. Quelque chose ne va pas ?

— Non, tout va très bien, monsieur Denton. Je suis juste un peu fatiguée. Et trempée.

Et j'ai peur car j'ai des décisions à prendre, aurait-elle pu ajouter.

— Voulez-vous du thé ? Ça vous réchauffera.

— Non merci, monsieur Denton.

Sans réfléchir, elle partit vers l'escalier.

— Je pourrais peut-être vous débarrasser de votre manteau, la rappela le majordome. Mme Jenkins le mettra à sécher près de la cheminée.

— Oui, c'est une bonne idée.

— Vous êtes certaine que tout va bien, madame Hart ?

— Sûre et certaine, merci, répondit-elle en lui tendant son manteau. Bonne nuit.

Elle s'engagea dans l'escalier. Le tapis était vieux. Les marches étaient vieilles. La lumière de deux lampes à huile tremblotait au premier étage. L'éclairage au gaz n'avait pas dépassé le rez-de-chaussée. Le loyer était abordable parce que la maison était en piteux état.

Frances entra dans sa chambre. Des braises crépitaient dans la petite cheminée.

« Ce que je veux, avait dit James Whitcox, c'est une femme avec qui faire l'amour et qui y prenne autant de plaisir que moi. »

Elle n'avait pas su quoi répondre. Elle était juste montée dans l'omnibus.

Il ne s'était sans doute pas attendu à une réponse.

Frances referma la porte et tira le verrou.

Dans l'âtre, des flammèches bleu et jaune léchaient l'obscurité.

Le lit était couvert d'une courtepointe en patchwork de plusieurs nuances de gris. Il était flanqué d'une robuste table de nuit.

Frances posa son sac sur le lit et ôta ses gants. Elle fouilla dans le tiroir de la table de nuit jusqu'à ce qu'elle trouve la boîte d'allumettes et alluma la lampe à huile.

Quatre murs beiges sortirent de l'obscurité.

Elle secoua l'allumette pour l'éteindre et la jeta dans la cheminée. Puis elle remit en place le verre de lampe et régla la flamme.

Debout devant la glace de l'armoire, elle ôta les épingles qui tenaient son chapeau.

Jusqu'ici, sa vie avait dépendu d'un homme – son père d'abord, puis son mari. Maintenant, il n'y avait plus personne pour prendre les décisions à sa place. Ironiquement, les plumes de l'aigrette avaient pris la forme de points d'interrogation.

Frances accrocha son chapeau au portemanteau et déboutonna son corsage. Dans l'échancrure apparurent du coton blanc et du satin rose.

Sa chemise dissimulait chastement sa gorge mais son corset accentuait sa poitrine, sa taille et ses hanches. Elle eut l'impression de voir les épaules d'une vieille femme greffées sur le tronc d'une jeune. C'était ridicule.

On frappa discrètement à la porte. Elle se raidit.

— Oui ?

— Voulez-vous une tasse de thé pour vous réchauffer, madame Hart ? dit une voix à travers la porte.

Cette fois, c'était la gouvernante. Frances prit une profonde inspiration. Ce n'était pas de thé dont elle avait besoin !

— Non merci, madame Jenkins.

— Très bien, madame. Bonne nuit.

Les pas de la gouvernante s'éloignèrent dans le couloir.

En tremblant, Frances se mit à dégrafer son corset.

La liberté avait un prix...

16

— Messieurs du jury, le devoir qui m'incombe aujourd'hui est de défendre la femme que vous voyez ici, dans ce box, abandonnée de tous.

James regarda tour à tour les douze jurés, comme s'il s'adressait à chacun d'entre eux. Mary Bartle n'avait pas d'amis. Elle avait besoin d'eux.

Le public s'impatientait. Il voulait des turpitudes et du scandale – et James allait lui en fournir. Mais, pour l'heure, il ne pensait qu'au lien qu'il devait tisser entre douze hommes et une femme.

— Selon le représentant de la Couronne, le malheureux Thomas Bartle est mort empoisonné. Deux questions, dès lors, se posent. S'agit-il d'un empoisonnement au chloroforme et, si c'est le cas, le poison lui fut-il administré par Mme Bartle ?

Il marqua une pause pour donner le temps aux jurés de mesurer l'importance de leur rôle.

— S'agissant de la première question, reprit James, je suis d'accord avec mon estimé confrère de l'accusation. Je ne conteste pas le fait que Thomas Bartle soit mort d'un empoisonnement au chloroforme. En revanche, la seconde question mérite d'être débattue. Me Lodoun prétend qu'Evan Keaton est l'amant de Mary Bartle, et nous demande de croire qu'une femme qui ne respecte pas les liens sacrés du mariage ne respecte rien, et que de l'adultère au meurtre il n'y a qu'un pas, vite franchi.

Pour les douze jurés, l'infidélité conjugale était un crime en soi : une femme adultère déshonorait son mari et lui faisait perdre tout prestige dans la société.

— Mais M. Keaton était-il l'amant de Mary Bartle ?

Le procureur général avait assené ses certitudes. Il s'agissait à présent de semer le doute.

— Vous savez, grâce à moi, que M. Bartle était atteint de la syphilis. Je vais maintenant vous apprendre un certain nombre d'autres choses. Premièrement, il était atteint de la maladie avant d'épouser Mary Bartle. Deuxièmement, Mary Bartle est désormais atteinte de syphilis et c'est avec son mari – dans l'honnête et sacro-saint lit conjugal – qu'elle a contracté la maladie.

Les jurés numéros deux, cinq et six furent choqués d'apprendre que Mary Bartle avait la syphilis. Les jurés numéros un, quatre, sept et onze furent horrifiés d'apprendre que Thomas Bartle avait, en connaissance de cause, contaminé sa femme.

— Troisièmement, Evan Keaton n'est pas atteint de cette terrible maladie qui a amplement mérité son surnom de « nouvelle peste ». Messieurs, je vous le demande : comment M. Keaton pourrait-il être l'amant de Mary Bartle, s'il n'a pas la syphilis ?

Les jurés numéros huit et dix parurent hésitants. La logique leur soufflait qu'un pharmacien, renseigné sur les dangers des maladies vénériennes et ayant accès aux condoms, pouvait avoir couché sans risque avec Mary Bartle. D'un autre côté, ils répugnaient à imaginer un jeune homme en bonne santé s'accouplant avec une femme malade.

Les jurés numéros trois, neuf et douze restèrent convaincus de la culpabilité de l'accusée. C'est à eux que James s'adressa.

— Je vous apprendrai encore que Thomas Bartle était au troisième stade de la maladie. C'est le dernier, celui durant lequel la mort intervient. Il n'y en a pas de quatrième. Dans une tentative désespérée de sauver sa vie, car M. Bartle savait pertinemment que la syphilis était en train de le tuer, il chercha à se soigner. Plusieurs médecins lui dirent qu'il aurait dû y penser plus tôt, que c'était trop tard. Cependant, et cela se comprend, il prit des sels mercuriels... avec les conséquences que l'on devine : perte des cheveux, perte des dents, déformation de la langue, abondante sécrétion de salive – j'en passe et des meilleures...

James continua en s'adressant spécifiquement au neuvième juré.

— Les médecins ont témoigné devant vous des effets fatals du chloroforme, mais ils ne vous ont pas parlé des souffrances qu'endurent les syphilitiques, de plus en plus atroces à mesure que la maladie progresse. Ils ont omis de vous décrire les ravages qu'elle provoque sur l'esprit. La syphilis fait déraisonner, délirer. Je citerai, quant à moi, des témoins qui vous apprendront que Thomas Bartle avait le feu dans les articulations et que ses os se brisaient tout seuls. Ils vous diront aussi que ses tortures n'étaient pas seulement physiques mais morales et que, la nuit de sa mort, il a exprimé des remords d'avoir contaminé Mme Bartle, sa femme, et a imploré le pardon de Dieu.

James se tourna vers le douzième juré.

— Me Lodoun nous a bien dit que c'était le chloroforme, non le mercure ou la syphilis, qui avait provoqué la mort de Thomas Edwards Bartle. Dès lors, la question se pose : d'où venait ce chloroforme ? Selon Me Lodoun, il appartenait à Mme Bartle. Veuillez noter, messieurs les jurés, que la syphilis, outre les maux dont je vous ai parlé, provoque des tumeurs. Or, la semaine précédant sa mort, M. Bartle a vu un chirurgien qui lui a donné du chloroforme avant de lui ôter l'une de ces tumeurs.

De nouveau, James regarda les jurés l'un après l'autre, cherchant à mesurer l'effet de ses arguments.

— Imaginez, messieurs, le soulagement éprouvé par M. Bartle lorsqu'il se trouva sous l'effet du chloroforme et que ses souffrances, pour la première fois depuis longtemps, lui laissèrent un peu de répit. Certes, une perquisition a révélé que Mme Bartle possédait une bouteille de chloroforme. Elle l'avait achetée, sur les conseils de M. Keaton, en prévision d'une petite opération chirurgicale qu'elle devait subir le 2 janvier. Il s'agissait là encore de l'ablation d'une tumeur syphilitique. M. Keaton a assuré qu'il n'avait vendu à Mme Bartle qu'une seule bouteille, témoignage confirmé par l'inventaire de la pharmacie où il travaille. Or cette bouteille, lors de la perquisition, a été trouvée pleine, pas même débouchée. Et dire que tout cela ne suffit pas pour instiller le doute dans l'esprit de mon estimé confrère de l'accusation ! Mais, me direz-vous, on peut acheter du chloroforme dans n'importe quelle pharmacie de Londres. Justement !

James laissa passer un silence avant de poursuivre.

— Voici, selon moi, comment les choses se sont passées. C'est *Thomas* Bartle, et non *Mary* Bartle, qui a fait l'acquisition du chloroforme qui l'a tué. En proie à des souffrances épouvantables, il a tendu la main vers le produit censé le soulager. Mais la syphilis égare la raison. Il ne s'est plus souvenu de la manière dont s'administre le chloroforme, et il l'a ingéré. Ou alors, il a pensé qu'un produit qui lui faisait de l'effet quand il le respirait lui en ferait davantage s'il le buvait. M. Bartle est mort, comme l'a fait judicieusement remarquer le compétent et spirituel Dr Dudley. Nous ne saurons donc jamais *pourquoi* il a bu le chloroforme. Nous ne saurons jamais si c'était pour en finir une bonne fois avec ses souffrances, ou bien s'il ne cherchait qu'un soulagement passager.

James fixa tour à tour les jurés neuf et douze.

— Mais, ce que nous savons, c'est que Mme Bartle n'est pas responsable de la mort de son mari.

M. Bartle était à l'article de la mort lorsqu'il a bu le chloroforme. C'est votre devoir, messieurs les jurés, de prendre en considération les faits que je porte à votre connaissance. Posez-vous la question suivante : pourquoi Mary Bartle aurait-elle risqué la potence en assassinant un moribond, alors qu'il lui suffisait d'attendre un mois ou deux, six au grand maximum ? Un urgent besoin de vengeance, me direz-vous ? Et depuis quand se venge-t-on de quelqu'un en abrégeant son martyre ? Voilà pourquoi, messieurs, il me sera facile, le moment venu, de démontrer l'innocence de Mary Bartle car, quelles que soient les bonnes raisons qu'elle aurait pu avoir de tuer son mari, elle en avait de meilleures de *ne pas* le tuer !

Les douze jurés, comme un seul homme, se tournèrent vers l'accusée.

Ils pensaient ce que James avait souhaité qu'ils pensent : Mary Bartle était à la fois victime des circonstances et de son mari.

James avait déjà gagné le procès, avant même d'avoir appelé à la barre un seul de ses témoins.

Jack Lodoun était blanc de rage.

Il avait perdu. Il le savait.

James n'éprouvait aucun sentiment de triomphe.

Mary Bartle ne mourrait pas sur la potence. Mais elle mourrait quand même. Tout doucement. Sur un lit de douleur. Des suites de l'incurable maladie que lui avait inoculée son mari – l'homme qui avait juré devant Dieu de l'aimer et de la chérir tout au long de sa vie.

Et Frances Hart, qu'en aurait-elle pensé ?

17

Le vigoureux coup de maillet résonna aux quatre coins de la grande pièce.

Frances sursauta. D'agréables frissons lui escaladèrent l'épine dorsale.

Ils avaient partagé des émotions en allant visiter cette boutique d'érotisme malgré les risques. Ils allaient maintenant partager leurs pensées et leurs sentiments en parlant des objets que les uns et les autres avaient achetés.

— La séance est ouverte, annonça Joseph Manning.

— Merci, monsieur Manning, dit Marie Hoppleworth d'un ton sec. Je regrette que nous ayons été privés du plaisir de votre compagnie mercredi dernier à la libraire Bailey.

— Il y a des cas de force majeure, mademoiselle Hoppleworth, rétorqua Joseph Manning sur un ton courroucé. J'étais souffrant.

— Alors, répliqua la secrétaire sur le même ton, Mlle Dennison et Mlle Fredericks ont dû attraper le même mal que vous.

— Rien ne nous oblige à assister à toutes les réunions, lança Ardelle Dennison avec aigreur.

— Tout à fait exact, mademoiselle Dennison.

Les joues de Marie Hoppleworth s'empourprèrent – sous l'effet de la colère, peut-être, ou seulement parce qu'elle se réjouissait de l'affrontement à venir.

— La semaine dernière, poursuivit-elle, M. Pierce nous a proposé de nous retrouver à la libraire Bailey et d'en rapporter un objet qui nous aurait paru intéressant. Aujourd'hui, nous allons en discuter, et j'espère, comme l'a dit Mme Hart, apprendre des choses qui nous serviront à vivre mieux. Par qui allons-nous commencer ? Mme Hart, peut-être ?

Le cœur de Frances fit un bond dans sa poitrine. Elle n'était pas encore prête à se dévoiler.

— Je, euh... je... balbutia-t-elle.

John Nickols vint à son secours.

— Pourquoi ne pas commencer par vous, mademoiselle Hoppleworth ? lança-t-il.

La secrétaire toisa le journaliste.

— Volontiers, monsieur Nickols.

Frances se pencha en avant pour mieux voir. Du coin de l'œil, elle remarqua que Rose Clarring en faisait autant.

Marie Hoppleworth sortit de son grand sac de toile, au lieu du consolateur de veuves auquel Frances et Rose Clarring s'étaient attendues, un vieux livre.

— J'ai choisi une pièce de théâtre.

— Je suis déçu, mademoiselle Hoppleworth, fit John Nickols d'un ton gentiment moqueur. Un banal bouquin ! J'étais persuadé que vous seriez capable de dénicher quelque chose d'épatant !

— Excusez-moi, monsieur, repartit la secrétaire en devenant pourpre, mais ce n'est pas n'importe quelle pièce de théâtre : c'est une comédie grecque, vieille de plus de deux mille ans, et dont le personnage principal est un godemiché.

— Je suis désolée, mademoiselle Hoppleworth, mais je ne sais pas ce qu'est un godemiché, commenta timidement Rose Clarring.

— Godemiché, c'est un des mots qui servent à désigner le consolateur de veuves, expliqua James Whitcox.

Il parlait à Rose Clarring, mais il regardait Frances.

— Dans ce cas, lui demanda Frances, pourquoi l'avoir appelé consolateur de veuves, samedi dernier, plutôt que godemiché, monsieur Whitcox ?

Il esquiva.

— Vous n'aimez pas les euphémismes, madame Hart ?

— C'est-à-dire que je n'en connais pas beaucoup.

— Allons, madame Hart, la taquina John Nickols, vous ne pouvez pas être aussi innocente que ça.

— Les femmes respectables n'ont pas le genre de vocabulaire auquel vous faites allusion, monsieur Nickols, le réprimanda Joseph Manning.

Marie Hoppleworth se dressa sur ses ergots.

— Vraiment, monsieur Manning ?

Joseph Manning fit une moue.

— Oui, vraiment, mademoiselle Hoppleworth.

— Choisissez un sujet, monsieur Manning.

— Je vous demande pardon ?

— Vous sous-entendez que, sous prétexte que vous êtes un homme, vous connaissez davantage d'expressions que moi. Il n'y a qu'une seule façon de le vérifier, n'est-ce pas ?

Les oreilles de Joseph Manning devinrent rouges.

— Je refuse de me livrer à un concours de vulgarités avec vous.

— Il n'y a pas à dire, vous êtes un parfait gentleman, monsieur Manning, intervint sarcastiquement John Nickols. Quant à moi, je serais ravi de faire assaut de vulgarité avec vous, mademoiselle Hoppleworth.

— Très bien, monsieur Nickols, acquiesça la secrétaire. Je vous laisse choisir le sujet.

— Merci mille fois, répondit le journaliste sur un ton plaisant. Mme Hart a eu le courage de nous rappeler que rien n'oblige les gens à s'infliger des privations et des mortifications. C'est pourquoi je vais choisir la masturbation, qui est comme le pavot qui endort nos peines. Masturbation masculine, pas féminine – je ne veux pas faire rougir ces dames ! Et je vais commencer par mon expression préférée, qui est : « épouser la veuve poignet ».

La secrétaire parut se troubler mais sa voix resta la même.

— Personnellement, je préfère « se secouer le bonhomme ».

Le regard de John Nickols pétillait de malice.

— « Foutre en main. »

— « Se polir l'os. »

— « Se donner une douce. »

— « Tromper la nature », répliqua la secrétaire.

— Si j'avais su que vous disposiez d'un pareil arsenal, je ne vous aurais peut-être pas défiée, mademoiselle Hoppleworth, dit le journaliste.

— Il y a beaucoup de choses que vous ignorez, monsieur.

John Nickols décida de frapper fort.

— « Se faire mousser le créateur. »

— « Jouer de la mandoline. »

— Ce serait plutôt pour les femmes, protesta John Nickols. Essayez autre chose.

— « Toucher la grosse corde » ?

C'était indéniablement masculin. La voix de John Nickols devint plus sourde.

— « Se faire une touche », riposta-t-il.

— « Se faire sauter la cervelle », dit Marie Hoppleworth.

— « Avoir la main occupée. »

— « S'astiquer le fourniment. »

Frances avait envie de rire, mais la tension qui régnait autour de la table l'en dissuada. Entre la secrétaire et le journaliste, ce n'était pas qu'une joute verbale.

— « S'amuser tout seul », lança John Nickols.

— C'est gentillet, dit Marie Hoppleworth.

— « Se suffire à soi-même » ? proposa de nouveau le journaliste.

— À peine meilleur !

— « En venir aux mains » ?

— Admettons.

— Allez-y, trouvez mieux, puisque vous êtes si maligne ! grommela John Nickols, piqué au vif.

— « Jouer à crache ou je t'étrangle » ; « jouer en solo sur la flûte à un trou » ; « se faire une gentillesse de collège » ; « dégourdir l'unijambiste », énuméra Marie Hoppleworth sans reprendre son souffle.

John Nickols la regarda curieusement.

— Ce n'est pas à l'université que vous avez appris tout ça.

— En vérité, non.

— Alors, où ?

— Dans un orphelinat, répondit posément la secrétaire.

Le cœur de Frances se serra.

La secrétaire, dans son orphelinat, avait connu le même genre de solitude et enduré le même genre de dédain que le journaliste sur sa chaise roulante.

Un mouvement brusque attira l'attention de Frances. Un étui en caoutchouc marron venait d'atterrir au milieu de la table.

— C'est ce que vous aviez tous envie de voir, n'est-ce pas ? s'exclama Jane Fredericks. Je suis curieuse de savoir en quoi un tel objet pourrait exciter l'intérêt des femmes. Je vous écoute.

Il y avait beaucoup de hargne et de douleur dans le regard de la jeune femme.

Thomas Pierce s'empara du condom.

— Merci, mademoiselle Fredericks.

— Profitez-en bien ! répliqua dédaigneusement Jane Fredericks.

— Je disais « Merci, mademoiselle Fredericks », répéta Thomas Pierce en s'amusant à tordre et à étirer le condom, parce que samedi dernier, grâce à vous, j'ai compris pourquoi je n'apprécie pas la compagnie des femmes.

Cette tirade fut accueillie par un tonnerre de protestations.

— Comment osez-vous ? s'exclama Ardelle Dennison.

— J'exige des excuses ! s'écria Marie Hoppleworth.

Même George Addimore s'en mêla.

— Alors ça, c'est le bouquet ! Je ne...

— Mon père est mort quand j'avais sept ans, continua imperturbablement Thomas Pierce. Et, depuis sa mort, il ne s'est pas écoulé une seule journée sans que ma mère me dise tout le mal qu'il fallait penser des femmes séduisantes et des hommes qui leur courent après. « Comme des chiens après des chiennes en chaleur », disait-elle.

Il planta ses yeux bleus dans les yeux gris-vert de Jane Fredericks.

— Samedi dernier, poursuivit-il tout en triturant de plus belle le malheureux condom, j'ai compris que mon père avait trompé ma mère. Lorsqu'il est mort, ma mère n'avait plus personne sur qui passer sa colère – personne, sauf moi ! Et si je n'apprécie pas la compagnie des femmes, mademoiselle Fredericks, c'est parce que ma mère n'a cessé de m'abreuver de sa rancœur et de son amertume.

— Qu'est-ce que cela a à voir avec moi ? demanda Jane Fredericks, sur la défensive.

— Je pense que, si vous êtes aussi furieusement féministe, aussi hostile aux hommes, expliqua posément M. Pierce, c'est parce que votre mère vous a transmis sa colère.

— Ma mère a de bonnes raisons d'être en colère, répliqua Jane Fredericks en s'échauffant. Elle se meurt à cause de mon père.

— Tous les hommes ne sont pas comme votre père, mademoiselle Fredericks.

— Vraiment, monsieur Pierce ? rétorqua Jane Fredericks sur un ton acerbe. Et *vous*, combien de fois avez-vous enfilé l'une de ces abominations afin de protéger une femme ?

Thomas Pierce se troubla. Ses joues de bébé devinrent tellement rouges que cela fit peine à voir.

— Je n'ai jamais été avec une femme.

Autour de la table, cet aveu provoqua toute sorte d'émotions : de la stupeur, de l'embarras, de la curiosité.

— Qu'avez-vous à répondre à cela, mademoiselle Fredericks ? dit Thomas Pierce, la gorge serrée. C'est comme ça que vous voudriez que nous soyons tous – des puceaux – afin de ne pas risquer de vous souiller, vous autres femmes, si chastes et si pures ?

Jane Fredericks baissa les yeux.

— Vous n'êtes pas le seul, monsieur Pierce.

C'était Louis Stiles qui venait de parler.

— Moi non plus, je n'ai jamais été avec une femme, précisa-t-il.

Frances le regarda. Il était penché sur son carnet à dessin. Une ligne plus rouge que jamais partageait en deux sa chevelure.

Frances ne savait pas si son mari était arrivé vierge au mariage. À vrai dire, elle ne s'était même jamais posé la question.

Elle se tourna vers Thomas Pierce.

— Dans la boutique, vous étiez curieux de savoir ce qui allait m'intéresser, rappela-t-elle. Je vous retourne le compliment. Qu'avez-vous choisi ?

Après un long moment, il glissa la main dans la poche de son veston et en tira une paire de petits objets en métal brillant, qui auraient pu être des bijoux.

— C'est joli, dit Frances pour l'encourager. Ce sont des boucles d'oreilles ?

— Le vendeur les a appelées des « pinces à tétons », expliqua Thomas Pierce. Cela s'accroche aux seins des femmes. Les douleurs provoquées ne sont pas sans agréments, paraît-il.

Frances se rendit compte soudain que son corset lui comprimait la poitrine. Thomas Pierce rangea les pinces dans sa poche.

— Quand j'étais gamin, continua-t-il, l'air penaud, ma mère m'affublait d'un ridicule costume marin et chaque dimanche nous allions nous promener dans le parc. Elle critiquait tous ceux que nous croisions, surtout les jolies femmes couvertes de bijoux et les hommes qui leur donnaient le bras. Mercredi, quand j'ai compris à quoi ces pinces pouvaient servir, je me suis dit que ce serait charmant si une femme les portait sous ses vêtements et que son amant soit le seul à savoir qu'elles sont là.

Un grincement de roues et des hennissements signalèrent le passage d'une calèche dans la rue.

Esther Palmer prit la parole.

— Et qu'avez-vous acheté, monsieur Stiles ?

La tête penchée sur un dessin que personne d'autre que lui ne pouvait voir, Louis Stiles sortit une gravure. James Whitcox la prit, la posa devant lui et l'examina pendant quelques secondes.

— C'est une œuvre d'art extraordinaire, monsieur Stiles, dit-il enfin.

— Oui. Et j'espère être capable de dessiner comme ça un jour.

Sans un mot, James passa la gravure à Frances.

Le dessin était assez simple. Mais les émotions qu'il provoquait n'avaient rien de simple. Frances en eut le cœur serré et des crampes dans les muscles du ventre.

La gravure représentait un couple qui venait de faire l'amour. La femme, sur l'homme, offrait sa croupe à la vue. Son sexe était légèrement entrouvert. Son amant la tenait tendrement par les hanches. Son pénis n'était pas très gros, un peu flasque. Frances lui trouva quelque chose d'attendrissant.

— C'est très beau, déclara-t-elle avec sincérité en passant la gravure à Esther Palmer. Je suis sûre qu'un jour vous serez capable d'en faire autant, monsieur Stiles. Vous avez la sensibilité qu'il faut pour ça. Et j'espère que vous nous le montrerez, que nous puissions tous profiter de votre talent.

— Et vous, docteur Burns, intervint George Addimore, qu'avez-vous acheté ?

Le visage de la doctoresse était aussi carré et rouge qu'une brique. Elle étala sur la table des lacets de cuir noir.

— Cela mériterait une explication, dit James Whitcox sur un ton pince-sans-rire.

— Je vais vous la donner, n'ayez crainte, bougonna Sarah Burns. Pour mon malheur, les hommes se sentent dominés par moi. Tout ça parce que je suis plus grande que la plupart d'entre eux. Mais j'aimerais bien être dominée de temps en temps, me sentir petite et vulnérable, comme les autres femmes.

Rose Clarring fixa les lacets d'un air perplexe.

— Dominée, docteur Burns ? Dans quel sens ?

Sarah Burns rentra la tête dans les épaules, comme si elle craignait des coups.

— Dans le sens de « ligotée », madame Clarring.

Machinalement, Frances se toucha le poignet. Elle n'aurait jamais pensé qu'une femme puisse avoir besoin de se faire attacher pour se sentir désirable.

Sarah Burns chercha à détourner l'attention sur quelqu'un d'autre.

— Et vous, monsieur Addimore ?

George Addimore passa un doigt dans son col.

— C'est un peu embarrassant à dire devant des dames...

— Bravo ! s'exclama Ardelle Dennison en faisant semblant d'applaudir. On ne ménagera jamais assez notre pudeur.

— D'un autre côté, répliqua George Addimore avec fureur, je vais m'en tenir aux règles de notre club.

Il plongea une main dans la poche de son manteau et en sortit un anneau d'ivoire – un peu grand pour être une bague, trop petit pour un bracelet.

Ardelle Dennison ouvrit des yeux ronds.

— Qu'est-ce que c'est ?

— Un anneau pénien, répondit-il.

Ardelle Dennison eut un mouvement de recul.

Frances se pencha, très intéressée.

— À quoi ça sert, monsieur Addimore ?

— Euh, euh, euh... balbutia-t-il.

James Whitcox se porta volontaire pour fournir des explications.

— Cela se fixe à la base du pénis.

Frances se souvint des hommes qu'elle avait vus sur les cartes postales, nus, le sexe en érection. Ils n'avaient pas porté le moindre bijou.

— Qu'est-ce qui peut pousser un homme à mettre ce genre d'anneau ? demanda-t-elle.

— Ça permet de garder l'érection après avoir éjaculé, expliqua John Nickols. Pour satisfaire la femme plus longtemps.

Frances prit une profonde inspiration.

— Et vous, monsieur Nickols, qu'avez-vous acheté ? questionna Marie Hoppleworth.

Sans un mot, le journaliste sortit de sa poche une carte postale, qu'il fit glisser au milieu de la table.

Frances vit une femme qui portait un loup de velours noir orné de plumes. À part le loup, elle était entièrement nue.

— Vous n'avez rien trouvé de plus excitant ? s'étonna la secrétaire.

— Je suis banal, mademoiselle Hoppleworth, répondit impassiblement le journaliste. Tout ce que je veux, c'est une femme.

— Qui cache sa figure ?

— Qui cache son dégoût, rétorqua tristement John Nickols.

Derrière ses lunettes, Marie Hoppleworth écarquilla les yeux.

— Pourquoi devrait-elle être dégoûtée, monsieur Nickols ?

— Quelle femme n'éprouverait pas du dégoût en face d'un homme qui vit constamment dans la peur ?

— De quoi avez-vous peur, monsieur Nickols ? s'enquit Rose Clarring avec compassion.

— Pourquoi croyez-vous que j'ai été le dernier à descendre l'escalier à la librairie Bailey, madame Clarring ?

Rose Clarring ne répondit rien.

— Il a fallu me porter parce qu'il n'y avait pas d'ascenseur, enchaîna le journaliste. J'ai peur de tomber dans les escaliers. Ou qu'un mauvais plaisant me pousse devant un omnibus. Ou qu'un voleur renverse ma chaise et m'abandonne dans le caniveau après m'avoir fait les poches.

Frances se tut, car elle ne connaissait aucune parole susceptible de le réconforter.

— Mon mari a attrapé les oreillons peu après notre mariage, dit soudain Rose Clarring en sortant de son sac une carte postale. Il voulait des enfants. Après les oreillons, naturellement, il ne pouvait plus en avoir. Un jour, il m'a dit que… qu'être intime avec moi sans l'espoir d'avoir des enfants, c'était comme… comme faire ce que cet homme est en train de faire.

Sur la carte postale, il y avait un homme nu. Debout face au photographe, il se masturbait, la tête légèrement rejetée en arrière, l'air ravi.

— Je l'ai piochée dans la boîte marquée *Cinq contre un,* expliqua Rose Clarring.

Frances ne trouva rien de répréhensible à la conduite de cet homme. Il se donnait du plaisir. Comme elle s'en était donné quelquefois.

Elle attendit de croiser le regard de Rose et commenta :

— Belle composition, n'est-ce pas ?

La jeune femme se cacha derrière sa main pour rire. Le souvenir de leur moment de complicité – deux femmes contemplant trois hommes nus en pleine orgie – faisait briller leurs yeux.

— Pour ça, oui, acquiesça Rose Clarring lorsqu'elle eut repris son sérieux.

Esther Palmer, ayant promené un regard sur les hommes et les femmes assis autour de la table, prit la parole.

— Je sais que je ne suis pas une jolie femme. Ma figure devient violette lorsque quelque chose me trouble. Toute petite, déjà, je devenais écarlate à la moindre sollicitation. Aucun homme ne voudra jamais m'épouser.

Frances, n'écoutant que son bon cœur, protesta.

— Mais ce n'est pas vrai, mademoiselle Palmer...

— Si, madame Hart, l'interrompit Esther. Je sais ce que je vaux. Je sais ce que l'avenir me réserve. J'enseignerai jusqu'à ce que je sois trop vieille pour le faire. Mais n'allez pas croire que je me lamente sur mon sort, parce que ce n'est pas vrai. Je considère que j'ai de la chance. Je pourrais ne pas avoir de métier et être obligée de vivre avec mes parents ou, pire encore, avec ma sœur, son ivrogne de mari et ses enfants mal élevés.

Elle marqua une pause, le temps de reprendre haleine. Les autres attendirent la suite en silence.

— Il y a longtemps que je me suis rendu compte que ça ne servait à rien que je garde ma virginité pour un mari. Pendant des années, je me suis servie d'une bougie. Mais j'avais envie de quelque chose qui se rapproche davantage d'un phallus – pour savoir ce que ça fait d'avoir un homme en moi. C'est pourquoi j'ai acheté ça.

Bravant le jugement des autres, elle posa sur la table un godemiché de cuir.

Le gland était légèrement plus gros que la hampe. Il mesurait une vingtaine de centimètres.

— J'ai lu quelque part que des jeunes filles, en Inde, se dépucelaient toutes seules avec des godemichés de pierre, hasarda Thomas Pierce.

Marie Hoppleworth entreprit de rassurer la maîtresse d'école.

— Les femmes ont toujours eu ce genre de besoin, dit-elle. Moi, de temps en temps, je me sers d'une saucisse. C'est à peu près de la même taille que votre consolateur et c'est beaucoup moins cher.

— Beaucoup de femmes perdent leur virginité en faisant un mouvement brusque, déclara Sarah Burns. Il est peu probable qu'un homme soit capable de déterminer si une femme est vierge ou pas.

Louis Stiles prit la parole, ce qui en surprit plus d'un.

— J'aurais peur de faire mal à ma femme le soir de nos noces, dit-il.

Frances remarqua que, tout en parlant, il fixait Esther Palmer.

— Un homme se masturbe et il s'imagine que sa main, c'est une femme, enchaîna-t-il. Ce n'est pas pour ça qu'il n'est plus puceau. Tant qu'il n'a pas connu le corps d'une femme, tant qu'il n'a jamais été dans une femme, il est puceau. Selon moi, vous êtes toujours vierge, miss Palmer. Vous avez encore ce présent à faire à un homme, celui de votre surprise, de votre émerveillement, la première fois qu'il vous pénétrera. Et je gage qu'il l'appréciera à sa juste valeur.

Frances fut impressionnée par la tirade du jeune homme, qui ressemblait bigrement à une déclaration d'amour.

Se rendant compte qu'il en avait trop dit, il retourna se cacher derrière son carnet de dessin.

— Qu'avez-vous acheté, monsieur Whitcox ? demanda Rose Clarring après un long silence.

Le cœur de Frances se mit à battre la chamade. C'était le moment qu'elle attendait depuis le début.

L'avocat sortit de sa poche une carte postale.

Sans quitter des yeux Frances, il posa la carte sur la table et la poussa vers elle.

Elle tressaillit en voyant ce que la photo représentait.

Un homme. Une femme.

Frances sentit sa nuque devenir moite sous ses cheveux. Sa respiration haletante soulevait ses seins. Une douce chaleur se répandit dans son bas-ventre.

Elle serra les cuisses. Cela n'arrêta pas les picotements autour de son sexe.

— La semaine dernière, madame Hart m'a demandé pourquoi il n'y avait pas d'hommes sur les cartes postales que j'avais apportées, dit l'avocat de sa belle voix habituée à résonner dans les prétoires. J'ai répondu que la vue d'un homme ne m'excitait guère. J'avais tort. La vue d'un homme et d'une femme ensemble est très excitante. Lorsque je regarde cette femme en train de se donner, croyez-le si vous voulez, j'ai l'impression de respirer l'odeur de son désir, comme si j'étais couché sur elle. Je n'ai qu'à regarder cette photo pour me retrouver à la place de l'homme. C'est moi qui caresse cette femme. C'est dans mes bras qu'elle se pâme...

En voyant le désir qui brûlait dans les yeux noisette de l'avocat, Frances fut bouleversée. Elle se sentait capable de satisfaire ce désir.

— Et vous, madame Hart, qu'avez-vous acheté ? questionna Thomas Pierce.

Après le moment qu'elle avait attendu, le moment qu'elle redoutait depuis le début ! Pendant de longues secondes, elle resta paralysée.

Douze paires d'yeux la vrillaient comme si elles cherchaient à la sonder jusqu'à l'âme.

Si elle faisait ça, elle aurait franchi le point de non-retour. Non, en fait, le point de non-retour, elle l'avait franchi depuis longtemps – depuis la première fois qu'elle avait parlé avec James Whitcox.

Elle sortit de son sac une bouteille enveloppée dans du papier de soie. Elle la déballa et la posa délicatement sur la table.

Le silence se fit dans la pièce ; les seuls bruits étaient le grondement des voitures et le sifflement des lampes à gaz.

James Whitcox fixa la bouteille. Il paraissait interloqué.

— De l'huile de Margot, dit-il dans un souffle. Du lubrifiant.

Frances se rendit compte qu'elle était le seul membre du club des Messieurs et des Dames à ne pas avoir su ce que « lubrifiant » voulait dire. Elle prit une profonde inspiration pour se calmer.

Comme Thomas Pierce l'interrogeait du regard, c'est à lui qu'elle s'adressa.

— Il y a deux semaines, M. Whitcox m'a dit que j'avais peur qu'il ne soit trop tard pour la passion. C'est curieux, parce qu'il ne me serait jamais venu à l'idée qu'il puisse être trop tard pour lui, alors que je croyais que, effectivement, il était trop tard pour une femme de mon âge.

— Pourquoi cela ? demanda James Whitcox.

— Parce que, à partir d'un certain âge, une femme n'est plus capable de sécréter, comment dire ? les indispensables fluides naturels.

Il plissa les yeux.

— Et, selon vous, c'était suffisant pour vous empêcher de connaître la passion ?

— Je pensais que c'était la façon qu'avait trouvée la nature pour me faire savoir que l'heure était venue de me consacrer à d'autres choses que le plaisir charnel.

— Et qu'en pensez-vous à présent, madame Hart ?

Frances essaya de ne pas céder à la panique.

— Je pense, monsieur Whitcox, que les femmes ont le choix et que, grâce à des produits comme l'huile de Margot, elles peuvent être aussi onctueuses que les jeunes, pour leur bien... et celui de leurs amants.

James Whitcox la regardait avec convoitise. Elle pouvait être aussi onctueuse qu'une jeune, d'accord, mais pouvait-elle être aussi ardente ? Évidemment non.

Ça ne l'empêchait pas d'avoir envie d'elle.

— Tout cela fut très instructif, dit Marie Hopplеworth, annonçant la fin de la séance. J'ai appris beaucoup de choses aujourd'hui. Et maintenant, si nous faisions des projets pour notre prochaine réunion ?

— Je propose qu'elle se tienne ailleurs que dans cet endroit lugubre, déclara John Nickols.

— J'approuve, fit James Whitcox.

— Un pique-nique, proposa Esther Palmer.

— Un dimanche, dit Rose Clarring, afin que nous ayons tout notre temps.

— Moi, je suis libre demain, annonça Sarah Burns.

— Demain, ça me va très bien, approuva George Addimore.

Ardelle Dennison fit la grimace : la salle de conférences du musée, c'était son idée, elle y tenait.

— Nous nous sommes réunis dans cette même pièce tous les samedis depuis deux ans...

— Et nous ne nous connaissons pas mieux les uns les autres que lors de notre première réunion, acheva Thomas Pierce.

Frances imagina un compromis.

— Rien ne nous empêche de pique-niquer demain, dit-elle, et de nous rencontrer ici samedi prochain.

— Excellente idée ! approuva la secrétaire. Rendez-vous ici samedi prochain. Qui a une idée de l'endroit où nous pourrions nous retrouver demain ?

— Pourquoi pas au Crystal Palace ? proposa James.

18

Il y eut des bruissements d'étoffe. Les chaises couinèrent pour exprimer leur soulagement. Cinq hommes et six femmes étaient en train de se lever. Seuls James Whitcox et Frances Hart restèrent assis.

James caressa le flacon d'huile de Margot.

— Vous vous en êtes servie ?

Frances soutint hardiment son regard.

— Oui.

Les bruits de la rue se mêlaient à leur conversation.

James dévisageait cette femme qui continuait à l'émouvoir comme il ne l'aurait jamais cru possible.

— Vous en avez passé sur votre sexe ?

Frances ne recula pas devant la vérité.

— Oui.

— Vous en avez glissé à l'intérieur ? supposa James.

Rose Clarring s'approcha.

— Madame Hart, monsieur Whitcox, cela vous dirait de venir avec nous prendre une tasse de thé ?

James répondit d'une voix forte, sans quitter des yeux Frances.

— Partez devant, madame Clarring, nous vous rejoignons.

Les joues de Frances devinrent roses.

— Nous serons au café qui fait le coin, précisa Marie Hoppleworth.

— Merci, mademoiselle Hopplewort, répliqua James en forçant encore la voix.

La lourde porte de la salle se referma.

James et Frances restèrent seuls. La pièce était bien éclairée. Pas de coin sombre où courir se cacher.

Une société secrète de deux membres.

— Les autres vont se douter de quelque chose, murmura Frances.

— Ils ont tous leurs petits mystères, dit James sur un ton désinvolte.

Caressant le bouchon du flacon, il répéta :

— Vous avez glissé du lubrifiant à l'intérieur de votre sexe ?

— Oui, acquiesça-t-elle sans s'émouvoir.

— Avec vos doigts ?

— Bah, oui.

Elle avait le don de répondre innocemment aux questions les moins innocentes.

James eut le souffle coupé.

Elle lui mettait le feu dans le bas-ventre.

— Combien de doigts ? demanda-t-il, poussé par une irrésistible curiosité.

Il voulait l'imaginer en train de se donner du plaisir.

— Trois, répliqua-t-elle tranquillement.

Les bruits de la rue continuaient à les accompagner en sourdine.

— Lesquels ? dit James. Montrez-les-moi.

Frances posa la main sur la table. Elle avait de petites mains.

Elle croisa le petit doigt et le pouce et montra les trois doigts restants.

— Vous y avez pris du plaisir ?

Le rose qui colorait les joues de Frances se répandit jusqu'à l'arête de son nez.

— Oui.

James se sentit de plus en plus oppressé.

— Je me souviens de vous avoir demandé s'il vous arrivait d'imaginer un phallus à la place de vos doigts, et vous m'avez répondu non.

— Reposez-moi la question, je vous ferai la même réponse.

— Mais vous vous êtes masturbée après la visite à la librairie ?

— Oui.

James essayait de paraître détendu, mais il était comme un chat sur la braise. Derrière lui, par la fenêtre, se déversait la pâle lueur du jour finissant.

— Vous m'avez dit que, lorsque vous regardiez votre femme, vous aviez l'impression de vous trouver en face d'une étrangère.

En voyant son épouse dans son cercueil, James s'était rendu compte qu'il ne connaissait pas davantage la femme qui lui avait donné deux enfants qu'il n'avait connu la jeune fille qu'il avait épousée.

— Moi, quand j'étais en face de mon mari, enchaîna Frances, je me sentais étrangère à moi-même. Je n'ai jamais pris la peine d'être autre chose qu'une épouse et une mère. Ma vie tournait autour de ma famille. Sans eux, je n'avais pas d'existence. Pourtant, lorsque mon mari est mort, j'ai continué d'exister.

James eut envie de la réconforter – mais il se retint : ce n'était pas de réconfort dont elle avait besoin.

— Je ne veux plus jamais me sentir étrangère à moi-même, James, vous comprenez ? murmura Frances.

Le cœur de l'avocat se dilata de joie en l'entendant prononcer son prénom.

— C'est pareil quand vous glissez vos doigts dans votre vagin ou quand vous touchez votre clitoris ?

Le souvenir du plaisir fit briller les yeux de Frances.

— Avec les doigts, c'est... comment dire ? plus intime.

James n'avait jamais exploré un sexe de femme. Il était curieux. Et Frances semblait disposée à partager son savoir avec lui.

Jusqu'ici, il n'y avait rien eu d'intime dans le plaisir qu'il avait connu.

Avec sa femme, il avait accompli un devoir.

Avec ses maîtresses, il avait assouvi sa lubricité.

En aucun cas il n'avait été ému.

— Et que ressentez-vous lorsque vous touchez votre clitoris ?

— J'ai l'impression qu'il a un cœur, répondit Frances avec un petit rire. Chaque fois que je le touche, il palpite.

— Laquelle des deux sensations préférez-vous ? questionna James en continuant de caresser machinalement le flacon de lubrifiant.

— Je n'en sais rien.

Les yeux de Frances se plantèrent loyalement dans ceux de l'avocat. Elle ne cherchait pas à finasser. Si elle disait qu'elle n'en savait rien, c'était vrai.

— La paume de ma main appuie sur mon clitoris quand j'enfonce mes doigts, expliqua-t-elle. Alors, j'ai du mal à faire la différence.

— Le bassin de l'homme aussi appuie sur le clitoris de la femme lorsqu'ils font l'amour, fit remarquer James.

Pourtant, il n'avait jamais fait jouir une femme. Serait-ce différent avec Frances Hart ?

Un homme pouvait-il satisfaire une femme alors qu'il ne cherchait qu'à se satisfaire lui-même ?

— Ça a quel goût ? s'enquit-il brusquement.

Frances écarquilla les yeux.

— Quoi ?

— L'huile de Margot.

— Je n'en sais rien.

James ôta lentement le bouchon de cristal, plongea le bout de son index dans le flacon et le tendit à Frances.

— Goûtez.

Elle se pencha et lécha la goutte d'huile.

— Ça n'a pas de goût, décréta-t-elle après avoir clappé de la langue.

— Vous savez que je n'ai jamais goûté un sexe de femme ?

Il n'eut qu'à la regarder pour savoir qu'elle n'avait jamais été goûtée.

— Pourquoi ? s'enquit Frances.

— On apprend aux femmes qu'elles doivent faire passer les besoins des autres avant les leurs, expliqua-t-il, et on apprend aux hommes à faire passer leurs besoins avant tout – c'est aussi simple que ça.

Il disait vrai. Elle n'avait cherché que le plaisir des autres tandis qu'il n'avait cherché que son propre plaisir.

— Plongez votre doigt dans la bouteille, enchaîna James.

Frances obéit.

— Pas juste le bout, insista-t-il. Plongez-le carrément.

L'air interloqué, elle enfonça son doigt dans le flacon jusqu'à la deuxième phalange.

— Maintenant, Frances, glissez ce doigt dans votre sexe, puis donnez-le-moi à sucer.

Frances ouvrit des yeux ronds de stupeur.

Le procès de Mary Bartle s'achèverait la semaine prochaine. Douze jurés décideraient du sort d'une femme qui, quel que soit leur verdict, ne connaîtrait plus jamais la joie d'être une femme.

James avait besoin de comprendre ce que c'était qu'être une femme. Vendue à un mari. Trahie par un mari. Dépendant du bon vouloir d'hommes égoïstes par nature.

— Je veux tout connaître de vous, Frances, expliqua-t-il. À commencer par la saveur de votre sexe.

Frances avait peur. Elle se sentait vulnérable.

Mais elle n'avait rien à lui refuser.

Elle s'avança sur sa chaise et glissa la main sous la table. Il ne pouvait pas voir ce qu'elle faisait, mais il entendait le froufrou de sa robe. Elle semblait embarrassée. Le moment où elle glissa son doigt dans son sexe se refléta dans la fixité de son regard.

Presque aussitôt, elle ressortit sa main de dessous la table et lui offrit un index tremblant.

L'huile faisait briller son ongle.

James se pencha et le lécha. Frances ravala son souffle. Lentement, il aspira le doigt et le suça avec application.

Il avait une délectable saveur de vanille.

Sa peau. Son sexe.

Il lui téta le doigt. Le regard de Frances devint flou.

Après un dernier coup de langue, James se redressa brusquement et reboucha le flacon.

— Venez. On nous attend pour le thé.

19

Leurs talons claquaient sur le parquet du couloir. Frances et James marchaient d'un même pas – un rappel du moment d'intimité qu'ils venaient de partager.

Elle avait glissé un doigt dans les replis secrets de son corps. Il avait goûté l'essence de sa féminité.

Dans le couloir, les appliques de cuivre lançaient de faibles lueurs. Frances regardait droit devant elle. Son sac se balançait dans sa main, le flacon d'huile de Margot en sûreté à l'intérieur.

— Étiez-vous vierge quand vous vous êtes marié ?

— Non, répondit James. La première fois que je l'ai fait, j'avais quinze ans.

À l'époque, Frances en avait eu dix-sept. Mariée depuis deux ans. Mère d'un enfant. Enceinte d'un deuxième. Et elle avait ignoré l'existence de James Whitcox.

— Et elle, était-elle vierge ?

— Je n'en sais rien.

La fille s'était-elle gardée pour un garçon qui ne s'était même pas rendu compte du cadeau qu'elle lui faisait ?

Frances n'avait pas saigné pendant sa nuit de noces. Avait-elle mis tous ses soins à préserver un hymen qui s'était déchiré tout seul lors d'un mouvement brusque ?

— Y a-t-elle pris plaisir ?

— C'était une femme de chambre ; elle m'a demandé cinq livres, dit James avec détachement. À l'époque, ça m'a semblé un marché honnête. Elle a retroussé sa jupe et s'est penchée en avant. J'ai baissé mon pantalon et, après avoir un peu tâtonné, j'ai trouvé le chemin. L'affaire n'a pas duré plus d'une minute.

Frances posa la main sur le pilastre de la rampe d'escalier.

En contrebas, la girafe la regarda avec ses yeux de verre.

— Vous pensez toujours que le marché était honnête ? demanda-t-elle.

— Le lendemain, ma mère a trouvé la pièce de cinq livres dans la poche de la fille et l'a renvoyée.

Frances ravala sa salive.

— Avez-vous dit à votre mère que la bonne n'avait pas volé l'argent ?

— Ce n'est pas pour vol que ma mère l'a renvoyée, répliqua-t-il brutalement.

Une femme élégante et un garçon en costume marin s'arrêtèrent au pied de l'escalier. Frances ne put s'empêcher de penser à Thomas Pierce.

— Qu'est-ce que votre mère a fait ?

— Elle a tout raconté à mon père qui, le soir même, m'a pris entre quatre yeux et m'a expliqué le commerce du sexe. Selon lui, j'avais donné beaucoup trop à la petite bonne : une livre aurait largement suffi.

Une fille avait perdu son emploi. Un garçon avait perdu son innocence. Pour cinq livres.

— Et y avez-vous pris du plaisir ?

— Pas particulièrement.

Le petit garçon en costume marin montra du doigt la girafe.

— Et le goût de mon doigt, vous l'avez aimé ?

— Il était vanillé, Frances.

Elle s'engagea dans l'escalier. James descendit derrière elle.

La gravure de Louis Stiles lui revint en mémoire.

Elle n'avait jamais imaginé sa toison mêlée à celle d'un homme. Son bon sens lui souffla que lorsqu'un couple avait une relation sexuelle, c'était inévitable. La chose devait avoir eu lieu un nombre incalculable de fois avec son mari. Il n'y avait aucune raison pour qu'à l'idée de ses poils mêlés à ceux de James Whitcox, son cœur batte la chamade et ses seins durcissent.

Il n'y avait aucune raison non plus pour que ses yeux s'emplissent de larmes en repensant à James Whitcox lui léchant le doigt.

— Pourquoi avez-vous proposé que nous nous réunissions au Crystal Palace ? s'enquit-elle d'une voix étranglée.

— Vous y êtes déjà allée ?

— Non.

Son guide touristique le décrivait comme un édifice regorgeant de merveilles botaniques et géologiques. Sauf que, dans son Sussex natal, ce n'était pas les arbres et les cailloux qui manquaient !

Ils arrivèrent au bas de l'escalier. Sous leurs pieds, le marbre froid et lisse remplaça le bois inégal.

Ils passèrent devant les armures, le sarcophage, le fossile – vestiges d'un temps à jamais englouti et cependant toujours présent. Ils sortirent dans la rue. Des berlines filaient en grondant. Les harnais constellés de petits grelots tintinnabulaient comme le traîneau de rennes de saint Nicolas. Des hommes en chapeau melon et des femmes en bibi à plumes se hâtaient. Des enfants couraient. Le vent charriait des odeurs de crottin et de fumée.

James Whitcox lui offrit son bras. Frances l'accepta. Une femme respectable pouvait, sans se compromettre, donner le bras à un homme respectable. Beaucoup de couples, autour d'eux, en faisaient autant.

Le café était tout proche, ils furent vite arrivés.

Rose Clarring les aperçut la première et leur fit signe. Instinctivement, Frances lâcha le bras de son compagnon, car tout le monde les regardait.

— Asseyez-vous, madame Hart, je vous en prie, dit John Nickols en lui tenant une chaise. Et vous aussi, monsieur Whitcox.

James déclina poliment l'offre du journaliste.

— Non merci, j'ai un rendez-vous que je ne peux pas me permettre de manquer.

Frances leva vers lui un regard interrogateur, auquel il ne réagit pas. Après un bref salut, il tourna les talons.

Elle le suivit des yeux. James n'était pas encore sorti du café qu'il lui manquait déjà.

— Mesdames, messieurs, moi aussi je dois m'en aller, annonça George Addimore. Je dîne avec un associé.

— Moi de même, il va falloir que je m'en aille, dit Rose Clarring. J'ai une course à faire pour ma mère.

— Il y a un nouvel employé à la banque, fit Thomas Pierce. Je dois passer voir comment il s'est débrouillé aujourd'hui.

— J'ai quelque chose à finir, déclara Marie Hoppleworth. J'avais prévu de m'en occuper demain mais demain, comme vous le savez, j'aurai mieux à faire.

— Il faut que je passe voir un malade, lança Sarah Burns.

— J'ai un article à relire, dit John Nickols.

— J'ai des devoirs à corriger, fit Esther Palmer.

Un par un, les membres du club des Messieurs et des Dames tirèrent leur révérence.

Frances, quant à elle, aurait eu des lettres à écrire. Mais comment expliquer à son fils de trente-trois ans ou à sa petite-fille de huit ans que ce n'était pas un inconsolable chagrin qui la retenait à Londres, mais le besoin d'être un peu seule ?

Louis Stiles dessinait.

— Puis-je voir ce que vous êtes en train de faire ? demanda Frances.

Doucement, à contrecœur, il retourna son carnet.

Il avait représenté les membres du club des Messieurs et des Dames pendant la discussion de tout à l'heure. Ardelle Dennison horrifiée à la vue de l'anneau pénien de George Addimore. Thomas Pierce triturant le condom. Esther Palmer en train de réchauffer son godemiché entre ses mains. Joseph Manning fasciné par la gravure.

Ce qui intéressa surtout Frances, ce fut le traitement que Louis Stiles avait réservé à James Whitcox. Il l'avait dessiné avec la bouteille d'huile de Margot à la main, l'air étrangement songeur.

20

La gare Victoria retentissait de mille cris. Les enfants pépiaient comme de petits oiseaux, les mamans réclamaient le calme, les papas grondaient.

Les dimanches anglais étaient consacrés à Dieu et à la famille.

James n'avait jamais passé beaucoup de temps avec sa femme. Il ne commettrait pas la même erreur avec Frances.

— Venez, dit-il en lui prenant le bras. Le train va bientôt partir.

Frances jeta un coup d'œil alentour.

— Où sont les autres ?

— Ils nous attendent.

— Mlle Fredericks est-elle venue ?

— Non.

— Et Mlle Dennison ? Et M. Manning ?

— Ils ne sont pas là non plus, répondit James. Ne soyez pas déçue, ajouta-t-il en la voyant s'assombrir. Certaines personnes n'aimeront jamais la compagnie de leurs semblables.

Bras dessus, bras dessous, ils contournèrent un groupe d'hommes, de femmes et d'enfants, familles d'ouvriers et familles de bourgeois mêlées, difficiles à distinguer dans leurs habits du dimanche.

— James ?

Il se pencha pour mieux l'entendre au milieu du bruit.

— Je vous ai lâché le bras précipitamment hier en entrant dans le café, dit-elle. J'espère que vous ne m'en voulez pas.

James ouvrit la bouche pour lui assurer que ce n'était rien. Mais il se rendit compte que ce n'était *pas* rien. Ce brusque mouvement de recul l'avait un peu meurtri. Mais il comprenait sa réaction, et il ne lui en voulait pas.

— Hâtons-nous, dit-il en lui tapotant affectueusement la main.

Leur train – un train bleu ciel, pour les petits trajets – crachait de la vapeur.

— Allez, hop !

Il l'aida à escalader le marchepied de métal. Le train était bondé. Il n'était resté de la place qu'en troisième classe, et c'était bien la première fois de sa vie que James voyageait en troisième classe.

— Venez ! leur cria Thomas Pierce. On va se serrer un peu.

L'employé de banque avait réussi à s'emparer d'une banquette près de la portière.

James s'assit à côté de Frances, lui tout de noir vêtu, elle portant un manteau à rayures vertes et grises.

John Nickols était assis sur une autre banquette, l'air triste. Marie Hoppleworth, à côté de lui, portait un bonnet noir. Son visage reflété dans la fenêtre ressemblait à une apparition fantomatique.

— Est-ce loin ? demanda Frances.

— Non. Une dizaine de kilomètres, répondit Rose Clarring.

Son chapeau noir était judicieusement incliné sur sa chevelure blonde. Cette jeune femme a du chic, pensa Frances.

— Je suis allée au Crystal Palace une fois quand j'étais petite, dit Sarah Burns, qui était assise sur la banquette derrière eux.

Frances se retourna ; son sein appuya légèrement contre le bras de James.

— À quoi cela ressemble-t-il ?

— C'est un palais d'expositions, expliqua Louis Stiles, retranché derrière son carnet à dessin.

— Vous verrez, il y en a pour tous les goûts, lança George Addimore.

— Selon moi, ce qui est fait pour plaire à tout le monde ne devrait plaire à personne, déclara Marie Hoppleworth sans tourner la tête, comme si elle parlait à son reflet dans la vitre.

— On y donne des concerts, dit Esther Palmer.

— On y tire des feux d'artifice tous les soirs, fit Rose Clarring.

James fit dévier la conversation avant que quelqu'un ne gâche la surprise qu'il avait en réserve pour Frances.

— Nous allons convenir d'un endroit où nous retrouver après le feu d'artifice. Au cas où nous serions séparés.

— Près de la grande porte ? suggéra Thomas Pierce.

— Va pour la grande porte, approuva James.

Un moment de silence gêné succéda à ce papotage. Après deux ans de réunions hebdomadaires, les membres du Club des Messieurs et des Dames étaient toujours des étrangers les uns pour les autres. À présent, ils essayaient de se rapprocher.

Tout cela grâce à l'honnêteté d'une seule femme.

James huma le parfum de Frances. Et se souvint de sa saveur.

Comme si elle avait deviné ses pensées, elle leva les yeux vers lui.

Son sein était tranquillement en train de s'imprimer dans le bras de James.

Le contrôleur annonça le prochain arrêt.

— Ne perdez pas votre ticket, lui souffla James, vous en aurez besoin pour entrer dans le palais.

Le train s'arrêta, les freins grincèrent, la locomotive cracha des nuages de fumée. Des gens descendirent, d'autres montèrent.

Un nouveau nuage de fumée et le train redémarra.

Quelques minutes plus tard, le contrôleur annonça Sydenham.

— C'est là que nous descendons, expliqua George Addimore.

John Nickols se crispa.

Il avait fallu beaucoup de courage à une femme de quarante-neuf ans, qui n'avait jamais quitté sa province, pour venir à Londres seule. Le journaliste avait besoin du même genre de courage que Frances pour s'aventurer chaque jour dans un monde qui n'était pas prévu pour les gens en fauteuil roulant.

James trouva le moyen de rassurer John Nickols.

— Monsieur Addimore, dit-il, M. Nickols descendra plus facilement du train s'il peut s'appuyer sur nous.

Les traits du journaliste se détendirent. Il acquiesça d'un hochement de tête.

Le train s'immobilisa dans l'épouvantable mugissement de ses freins. Le ciel disparut derrière d'épais nuages de vapeur.

Les yeux de Frances éclaboussaient de leur lumière la pénombre du wagon.

Sans un mot, James lui offrit son parapluie.

Le visage impénétrable, elle l'accepta. Hommes, femmes, enfants, tout le monde descendit sauf James, George Addimore et John Nickols.

— Prêt ? demanda James.

— Prêt ? demanda George Addimore.

John Nickols les prit par le cou. Il avait des bras musclés.

La force et la confiance unissaient ces trois hommes, chacun se fiant aux deux autres pour ne pas faillir.

Le contrôleur avait récupéré le fauteuil roulant et le tenait prêt, juste devant la portière. James et George Addimore y déposèrent prudemment le journaliste.

Frances rendit son parapluie à James.

Le ciel était gris. La pluie menaçait.

Les familles ouvrières partirent à pied. Les petits-bourgeois montèrent dans les omnibus qui attendaient de l'autre côté de la rue. Les gens fortunés prenaient des fiacres.

James s'apprêta à en héler un.

— Regardez ! s'enthousiasma Frances. Cet omnibus est à deux étages !

Cependant, John Nickols, Rose Clarring, Thomas Pierce, Sarah Burns et George Addimore partaient vers un cabriolet.

L'employé de banque et le comptable aidèrent le journaliste à y monter. Les deux femmes firent passer le fauteuil roulant au cocher pour qu'il le fixe sur le toit.

— Il n'est peut-être pas nécessaire d'aller s'entasser dans un omnibus, dit James.

— Je n'ai jamais voyagé sur le toit d'un omnibus, et je suppose que vous non plus, répliqua Frances en le regardant d'un air grave, presque solennel. Essayons ! Qu'en dites-vous ?

Un sourire incurva la bouche de l'avocat.

— J'en dis que j'ai très envie de faire des nouvelles expériences avec vous, madame Hart.

Elle lui répondit par un sourire taquin qui prouvait que le sous-entendu ne lui avait pas échappé.

James sortit de sa poche deux pennies et paya les tickets.

Marie Hoppleworth, Esther Palmer et Louis Stiles refusèrent de se joindre à eux. Ils s'installèrent à l'intérieur tandis que James montait à l'impériale avec Frances.

James prit place sur le banc du fond à son côté et savoura l'instant. L'air frais et humide lui caressait les joues. Frances l'enveloppait de sa chaleur et de son parfum.

— Regardez, Frances.

Il montra du doigt Crystal Palace, un bâtiment en fonte et en verre d'une surface de 90 000 mètres carrés – le plus vaste jamais construit, disaient les journaux.

— Et regardez ça aussi.

Deux gigantesques châteaux d'eau flanquaient le palais. Des montgolfières multicolores s'élançaient dans le ciel. Un grand huit dépassait des arbres. Frances fit seulement *Oh !* James la regarda. Elle avait l'air émerveillé.

Il espéra qu'elle aurait ce visage-là lorsqu'ils feraient l'amour.

Quand ils descendirent de l'omnibus, il y avait longtemps que la foule s'amassait devant la grille fermée – les enfants excités comme des puces, les mamans déjà lasses, les papas débordés.

Ceux qui avaient pris le cabriolet étaient déjà là. John Nickols attendait, un peu à l'écart, la mine soucieuse. Thomas Pierce, Rose Clarring, George Addimore, Esther Palmer et Sarah Burns se groupaient autour de lui.

Des odeurs de sucre chaud mettaient l'eau à la bouche.

De l'autre côté des grilles, sur les vastes pelouses, les marchands de sandwichs, de bière, de gâteaux et de bonbons finissaient d'installer leurs étals.

L'excitation grandit à l'approche d'hommes en uniforme. Les grilles furent ouvertes en grand. Les familles s'écoulèrent autour des membres du club des Messieurs et des Dames comme un cours d'eau autour d'un rocher.

John Nickols fit rouler son fauteuil vers le palais. Les roues tressautaient sur les pavés.

— Vous boitez, mademoiselle Hoppleworth, remarqua-t-il en fronçant le sourcil.

De fait, la secrétaire soulageait discrètement son pied gauche.

— Ce n'est rien, monsieur Nickols.

— C'est forcément quelque chose, répondit le journaliste, sinon vous ne seriez pas en train de boiter.

— Ma chaussure est lacée trop serré, c'est tout.

— Desserrez-la.

— C'est bien mon intention, répondit Marie Hoppleworth en claudiquant de plus belle. Dès que j'aurai l'occasion de m'asseoir quelque part.

— Je suis une chaise ambulante, mademoiselle Hoppleworth, rétorqua plaisamment le journaliste. À moins que vous ne préfériez continuer à souffrir ?

James regardait avec un mélange d'intérêt et d'amusement la passe d'armes entre la secrétaire et le journaliste.

Marie Hoppleworth devint toute rouge.

— Je n'ai pas l'intention d'exhiber ma cheville, monsieur.

— Nous allons nous placer autour de vous et faire écran, mademoiselle Hoppleworth, proposa Rose Clarring.

Celle-ci, Thomas Pierce, Esther Palmer, Louis Stiles, Sarah Burns et George Addimore formèrent un demi-cercle autour de la chaise de John Nickols, tournant le dos pour ne pas être indiscrets.

— J'ai l'impression qu'il va pleuvoir, dit James. Il y a des choses que j'ai envie de montrer à Mme Hart avant que le parc ne soit trop boueux. Nous serons revenus pour déjeuner.

— Où allons-nous manger ? demanda Rose Clarring en regardant la vaste étendue de gazon et d'allées.

— Il y a des cafés à l'intérieur, fit Thomas Pierce.

— Si le temps le permet, nous pourrions acheter de quoi pique-niquer et nous installer autour de la grande fontaine, suggéra Esther Palmer en montrant un jet d'eau qui s'élevait à une vingtaine de mètres.

Mais James avait commencé à entraîner Frances.

— Qu'est-ce que vous voulez me montrer ? demanda-t-elle d'une voix haletante.

— Mystère...

Le parc était immense. Il recelait beaucoup de surprises. Des statues. Des parterres. Des terrasses. Des fontaines.

Et puis, un homme qui réconfortait une femme.

Et puis, une femme qui donnait de l'espoir à un homme.

— Je ne suis jamais montée sur un grand huit, dit Frances en regardant un groupe d'enfants et d'adultes prendre place dans des wagonnets décorés de couleurs vives.

James l'entraîna plus loin.

— Il y a mieux par ici, promit-il. Fermez les yeux.

— Je ne peux pas marcher avec les yeux fermés, protesta-t-elle.

— Fermez les yeux quand même, Frances, murmura James en se penchant vers elle. J'ai une surprise pour vous.

Doucement, il lui caressa la joue.

Elle se crispa. Allait-elle le repousser ?

Non ! Elle ferma les yeux.

Il lui fit franchir une passerelle métallique.

— Maintenant, regardez.

Frances rouvrit les yeux, et la stupeur se peignit sur ses traits.

Elle se trouvait devant des sculptures représentant des dinosaures. D'abord, elle se demanda pourquoi il avait tenu à l'amener ici. Et soudain, elle se rappela que lors de leur première rencontre, elle avait prétendu s'intéresser à la préhistoire.

Et un pur ravissement succéda à la stupeur.

— Vous vous en êtes souvenu, murmura-t-elle, émue aux larmes.

— Je me souviens de tout ce que vous avez dit, Frances.

— On peut les voir de près ?

— Si quelqu'un essaie de nous arrêter, assura solennellement James, je lui ferai un procès. Et je peux vous garantir que je le gagnerai.

Frances éclata de rire – au fait, quand était-ce, la dernière fois qu'elle avait ri de si bon cœur ?

— Ils sont énormes ! s'exclama-t-elle en s'approchant d'un groupe de cinq dinosaures en briques. Ils s'appellent comment ?

James la suivit.

— Ce charmant garçon, là, dit-il en désignant une vilaine bête d'une dizaine de mètres de long, c'est un mégalosaure.

Tout en caressant la patte griffue du mégalosaure, elle montra un dinosaure qui avait une rangée d'écailles sur le dos.

— Et celui-là ?

Maintenant qu'il était humide à cause de la bruine, le ruban de soie turquoise de son chapeau semblait presque vert olive.

— Je n'en sais rien, reconnut James.

Il ne s'était jamais intéressé aux fossiles, jusqu'à ce qu'une certaine dame aux cheveux roux et aux yeux clairs y fasse allusion.

Elle passa sous le ventre du monstre et ressortit entre les pattes arrière, qui étaient plus hautes qu'elle.

— Qu'y a-t-il ? s'étonna James. Vous avez l'air dépitée.

— Il n'a pas de sexe.

James partit d'un rire sonore qui fit fuir les petits oiseaux occupés à boire dans la mare.

— Je voudrais voir le vôtre, demanda Frances tout à trac.

Au loin, les wagonnets du grand huit entamaient une descente vertigineuse avec force grincements et claquements. Les passagers poussaient des cris stridents.

James haussa les sourcils.

— Toute ma vie, j'ai cru que le sexe de la femme était un réceptacle, reprit-elle. L'endroit où les hommes déposaient leur semence pour que les femmes leur donnent des enfants.

James ne chercha pas à la contredire. Pour lui aussi, sa femme et ses maîtresses avaient été des réceptacles. La femme pour planter des enfants. Les maîtresses pour se décharger de son désir.

Il avait divisé sa vie - épouse, maîtresses, métier - comme les casiers sur le bureau de son secrétaire.

— J'ai eu cinq enfants, reprit Frances, et pourtant je ne sais toujours pas à quoi ressemble le sexe d'un homme.

James ne fut pas autrement surpris. La plupart du temps, les hommes prenaient soin de ne pas montrer à leurs épouses ce qu'ils étaient fiers d'exhiber devant leurs maîtresses.

— J'aimerais voir le vôtre, James.

Il éprouva un mélange de crainte et d'envie, comme devant un plaisir défendu. Au mieux, si on les surprenait, ils se feraient expulser du parc à coups de pied au derrière ; au pire, ils finiraient au poste.

James posa son parapluie contre le mégalosaure.

En s'avançant, il ôta ses gants et les enfouit dans la poche de son manteau. Elle se déganta aussi.

Il s'arrêta près elle, tournant le dos à la passerelle, et ouvrit sa braguette. Elle inclina la tête. Le bord de son chapeau masquait ses yeux.

Elle glissa la main dans l'entrebâillement du pantalon.

Au moment où la main de Frances entra en contact avec le sexe de James, ils ravalèrent leur souffle tous les deux.

Elle sortit le membre.

— Que ressentez-vous lorsque je vous touche comme ça ? murmura-t-elle alors qu'une buée s'échappait de ses lèvres.

— J'ai l'impression que mon membre a un cœur, répondit-il, faisant écho à ce qu'elle avait dit en parlant de son clitoris. Il palpite.

— Votre peau est douce.

Elle promena doucement sa main droite le long de la hampe, qui gonfla et durcit. En même temps, elle caressa le gland du bout de son index gauche. Le contact n'était pas très agréable – trop sec.

— Attendez, dit-il.

Elle s'arrêta et le regarda faire avec intérêt tandis qu'il humectait son gland avec sa salive.

— Maintenant, allez-y, dit James.

Elle recommença le va-et-vient le long de la hampe et les caresses sur le bout. Maintenant, son doigt glissait. James ferma les yeux pour mieux savourer. Bien des femmes avaient manipulé son sexe, mais aucune uniquement parce qu'elle en avait envie.

— Avec le gland lubrifié, c'est exquis.

— J'ignore tant de choses… soupira-t-elle.

— Mais vous avez le goût d'apprendre, répondit-il avec un sourire.

Lorsque le sexe de James sursauta plusieurs fois de suite, Frances s'immobilisa. Elle vit sa main constellée de gouttelettes d'un blanc nacré.

— Oh, James ! murmura-t-elle. James !

Elle passa une dernière fois le doigt sur le gland qui vibrait, et préleva une goutte de l'épaisse liqueur.

Haletant, James la regarda porter son doigt à sa bouche et le sucer.

— Vous m'avez goûtée, je vous ai goûté, dit-elle avec un sourire espiègle. Nous sommes quittes.

21

Le crachin se transforma soudain en pluie.

Frances souriait. Elle était euphorique. Une délicieuse saveur persistait sur la langue.

James avait un goût d'eau de mer.

Elle jeta un coup d'œil par-dessus l'épaule de James. Sur la passerelle, un homme et un garçon – sans doute un père et son fils – à l'abri sous un grand parapluie, admiraient les sculptures de dinosaures.

— Ils auraient pu nous voir, commenta-t-elle.

Le sexe de James était toujours au creux de sa main, tiède, en train de mollir. Elle le lâcha. Il l'essuya avec un mouchoir puisé dans sa poche.

— Non, la rassura-t-il. Je leur tournais le dos, et les dinosaures nous masquaient d'un côté et une haie de l'autre.

Silencieuse, presque recueillie, elle le regarda ranger son membre dans son caleçon.

Lorsqu'il reboutonna sa braguette, ses mains tremblaient. Mais ses yeux brillaient comme Frances ne les avait encore jamais vus briller.

— Il y a d'autres dinosaures par là, dit-il. Et ils sont splendides.

— Il pleut, fit-elle remarquer.

— Pas sous mon parapluie.

Ils échangèrent un sourire. Tous leurs soucis étaient provisoirement oubliés. La vie était belle.

James avait un parapluie, et Frances avait l'après-midi devant elle.

— Alors, oui, acquiesça-t-elle. Allons les voir, vos *splendides* dinosaures.

Blottis sous le même parapluie – tous deux un peu trempés et les souliers crottés – ils traversèrent le terrain des dinosaures. Ils s'étonnèrent que l'ancêtre du crocodile puisse avoir eu une aussi longue mâchoire. Ils trouvèrent drôle un troupeau de bêtes que James compara à de grosses grenouilles carnivores. La tête d'un dinosaure affleurait d'une mare boueuse. Par intermittence, un jet d'eau s'échappait de ses narines.

Ce n'était pas très amusant, mais Frances rit, pour le seul plaisir de rire.

James appuya sa main au creux de ses reins.

— Je ne l'aurais jamais cru possible, dit-elle d'une voix entrecoupée.

Le regard de James sous le rebord de son chapeau était clair mais impénétrable.

— Moi non plus.

Ni l'un ni l'autre ne parlait des dinosaures.

Non loin, un rire d'enfant retentit. Au-dessus de leurs têtes, un soleil d'un jaune délavé filtrait à travers le ciel gris.

— Il ne pleut plus, remarqua Frances.

Les cinq doigts de James imprimaient doucement leur marque au creux de ses reins.

— Et si nous allions boire une bière ? proposa-t-il.

Il y avait tant de joies simples qu'elle était prête à partager avec lui.

— Très volontiers, répondit-elle en esquissant un sourire.

Le train tanguait, ses roues de fer claquant contre les rails de fer. À chaque secousse, le bras de James frottait contre l'épaule de Frances. Elle repensait au trajet sur l'impériale de l'omnibus, au vent humide qui lui avait cinglé les joues. Elle repensait au mégalosaure – Dieu que cette bête avait eu l'air renfrogné ! Elle repensait à l'autre dinosaure, celui avec le dos hérissé d'énormes écailles. Mais, surtout, elle repensait au sexe de James, dur et gros, doux dans sa main, à la goutte de liqueur nacrée et au goût de sel qui subsistait sur le bout de sa langue.

Les membres du club des Messieurs et des Dames restèrent silencieux pendant le trajet de retour. Autour d'eux, les enfants geignaient, les parents s'avachissaient sur leurs sièges, épuisés.

John Nickols dans son coin feignait l'indifférence. Comme si Marie Hoppleworth ne s'était pas assise sur ses genoux, le temps de desserrer son lacet, pendant que trois femmes et quatre hommes les protégeaient du regard des passants.

Marie Hoppleworth dans son coin feignait l'indifférence. Comme si, après le déjeuner, elle ne s'était pas assise sur le marchepied du fauteuil de John Nickols et ne s'était pas servie de ses genoux comme accoudoirs pour traduire à haute voix la pièce qu'elle avait achetée à la librairie Bailey.

Ils arrivèrent à la gare Victoria.

Les passagers du train descendirent, les enfants piaillant de plus belle.

Comme à l'aller, James Whitcox et George Addimore aidèrent John Nickols à descendre.

— Merci, madame Hart, dit Rose Clarring avant de s'éloigner. Le feu d'artifice était splendide.

L'exquise Mme Clarring simulait la joie, mais ses beaux yeux pervenche reflétaient toujours la même incurable tristesse.

— Ce serait plutôt à moi de vous remercier, répondit Frances.

Mais Rose Clarring était déjà loin.

— Eh bien, bonne nuit, madame Hart, dit à son tour Esther Palmer.

Un sourire persistait sur ses lèvres. Il faut dire qu'elle avait ri de bon cœur pendant la lecture de la pièce – l'histoire d'une riche veuve qui faisait le tour de ses amies pour emprunter un godemiché et qui, rentrant chez elle les mains vides, s'offrait à un vagabond malpropre et laid... mais si bon coq qu'elle l'épousait !

Sarah Burns, Thomas Pierce, Marie Hopplewoth, George Addimore, Louis Stiles et John Nickols partirent seuls chacun de son côté – exactement comme ils étaient arrivés. Frances regarda s'éloigner Sarah Burns, une célibataire qui s'habillait comme une veuve – tandis qu'elle, quoique veuve, portait des couleurs vives.

Non loin, une locomotive poussa un sifflement assourdissant.

James rejoignit Frances et plaça la main au creux de ses reins.

— S'il est permis de parler de ses organes devant une dame, dit-il en souriant, j'ai l'estomac qui crie famine. Me ferez-vous le plaisir de souper avec moi ?

Si elle acceptait l'invitation de James Whitcox, ils partageraient sans doute bien davantage qu'un simple dîner.

Raison de plus pour accepter.

— Très volontiers, répondit Frances, intimidée.

22

Une file de voitures attendait devant les portes de la gare.

D'une main, James ouvrit la portière d'un fiacre ; de l'autre, il aida Frances à se hisser sur le marchepied.

Elle n'était pas habituée à tant de prévenance et de courtoisie.

Elle se glissa dans l'habitacle obscur. Le cuir des sièges était craquelé. Après avoir donné un ordre au cocher, James la rejoignit, son écharpe de soie blanche flottant au vent.

Elle se tassa pour lui faire de la place.

Mais ça ne suffit pas. Ils se retrouvèrent épaule contre épaule et hanche contre hanche.

Le fiacre démarra. Dans les tournants, il glissait sur les pavés boueux. Lorsqu'il s'arrêta, Frances jeta un coup d'œil par la fenêtre. Le trottoir luisait comme si on y avait semé des diamants.

— Nous sommes arrivés ? demanda-t-elle.

James se leva ; son siège couina.

— Oui, répondit-il en s'avançant sur la curieuse petite plateforme qui ornait ce genre de fiacre.

Il paya le cocher et se retourna vers Frances.

Sa silhouette se découpait devant le cône de lumière jaune qui tombait d'un lampadaire. Les ombres remodelaient son visage. Frances le regarda – cet homme avait cyniquement commis l'adultère ; cet homme faisait cyniquement acquitter des assassins. Grand bourgeois, homme du monde, il était tout ce qu'aurait dû fuir une simple femme comme elle.

Mais elle n'avait pas envie de le fuir, au contraire.

— Je vous aime bien, James, dit-elle.

— Vraiment ?

— Oui.

Autant qu'elle s'en souvienne, elle n'avait jamais rien éprouvé de tel pour personne.

Il lui tendit la main pour l'aider à descendre.

— Pourquoi ?

— Parce que je vous respecte.

Du bois craqua ; du métal grinça ; les grelots des harnais tintinnabulèrent. La jument s'agita.

— Mercredi, reprit Frances, vous avez dit que je ne vous connaissais pas. Mais ce n'est pas vrai. Je vous connais, James.

Frances connaissait les doutes, les peurs, les désirs qu'il avait éprouvés comme veuf, car c'était les mêmes qu'elle avait éprouvés depuis la mort de son mari.

James la prit par la taille.

— Venez.

Il la dirigea vers un restaurant. Le portier portait une livrée rouge agrémentée d'épaulettes dorées. Par les fenêtres à meneaux, on voyait la salle baignée de lumière. Le cristal étincelait. L'argenterie brillait. Des hommes en habits noirs et cravates blanches, des femmes couvertes de bijoux étaient assis autour de tables couvertes de nappes blanches.

— Ce doit être hors de prix, murmura-t-elle.

— Frances, vous n'êtes pas censée vous en préoccuper. Je vous ai invitée.

Elle se troubla.

— James, je ne m'attendais pas à manger gratis.

— Frances, il me revient de payer la note.

— James, je ne suis pas sous votre responsabilité.

— Frances, si c'était le cas, ça n'aurait rien d'atroce, sans doute ?

Elle eut un bref moment d'hésitation. Le pasteur, dans le Sussex, prêchait que la vérité rendait libre. Mais elle pouvait aussi blesser.

— James, la maison dans laquelle je vivais à Kerring appartenait à mon mari. Les vêtements que je portais appartenaient à mon mari. La nourriture que je mangeais appartenait à mon mari. Je dépendais d'un homme pour la satisfaction de tous mes besoins. Alors, oui, ce serait atroce si, après avoir vécu toute ma vie sous la responsabilité d'un mari, je devais passer sous la vôtre.

Elle marqua une pause avant de conclure :

— Je partagerais volontiers votre lit, James, mais pas votre fortune.

23

La porte s'ouvrit.

Une femme qui arborait un collier de rubis et un homme avec une écharpe de soie blanche autour du cou sortirent du restaurant, bras dessus bras dessous. James connaissait l'homme, un baron, membre de la Chambre des lords. Il connaissait aussi la femme, l'une de ses anciennes maîtresses.

— Bonsoir monsieur, bonsoir madame, dit l'homme aux épaulettes dorées en leur ouvrant la porte.

Aussitôt passé le seuil, ils se retrouvèrent environnés de mouvement et de bruit - le ballet des serveurs, les conversations, les rires, le cliquetis des couverts et le tintement des verres.

Un jeune homme vint à la rencontre de Frances.

— Voulez-vous que je vous débarrasse de votre manteau, madame ?

Elle hésita, peu habituée à ce genre de prévenance.

Le maître d'hôtel se matérialisa devant eux comme par enchantement.

— Monsieur Whitcox ! Quel plaisir ! Une table pour deux ?

James ôta son manteau et le confia au serveur qui avait déjà celui de Frances sur le bras.

— Nous voudrions un cabinet privé.

— Oh ! s'exclama le maître d'hôtel. Je suis navré, mais tous nos cabinets privés sont retenus.

James lui glissa un billet de vingt livres.

— En êtes-vous sûr ?

— En fait, vous avez raison, monsieur, il y a des gens qui se sont décommandés, dit-il en empochant le billet. C'est par là. Si vous voulez bien vous donner la peine...

James prit Frances par le bras et ils suivirent le maître d'hôtel. Un homme agrippa James par la manche lorsqu'il passa près de sa table.

— Whitcox ! Ça alors ! Je parlais justement de vous avec Lodoun il n'y a pas cinq minutes. J'étais sûr que vous refuseriez l'affaire Bartle. Un cas perdu d'avance, selon moi. Heureusement que je n'ai pas parié !

Frances leva vers James un regard interrogateur. Elle ignorait tout de cette affaire Bartle.

— Bonsoir, Baldwin.

À l'autre bout de la salle, James aperçut Jack Lodoun qui dînait en compagnie d'un couple – un rougeaud à cheveux gris et une femme qu'il ne voyait que de dos. Lodoun regardait fixement Frances. De son côté, Frances fit semblant de s'intéresser au dénommé Baldwin. Il avait une grosse bouille rubiconde surmontée d'une abondante chevelure poivre et sel. James fit les présentations. Charles Baldwin était avocat et député. La femme défraîchie et fardée assise en face de lui était Mme Baldwin. Baldwin était bavard, et sa femme plus encore. James veilla à ce que la conversation ne s'éternise pas.

— Mais, conclut-il, il n'entre pas dans nos intentions d'interrompre plus longtemps votre dîner.

Le maître d'hôtel attendait patiemment au fond du restaurant.

Avant de le rejoindre, James fut encore arrêté quatre fois. Quatre fois, il présenta Frances. Quatre fois, elle fut toisée froidement.

Enfin, ils se trouvèrent devant le cabinet particulier.

— Je vous en prie, dit le maître d'hôtel en ouvrant la porte et en s'inclinant.

Des lampes, accrochées à des appliques, brillaient. Au milieu de la pièce trônaient une table ronde couverte d'une nappe blanche et deux chaises. Un divan de velours rouge occupait le mur du fond. D'énormes fauteuils de cuir, également rouges, étaient placés dans les coins.

— On va venir prendre votre commande, déclara-t-il. En attendant, voulez-vous un apéritif ?

Frances s'assit sur le divan.

— Je veux bien un doigt de vin cuit, s'il vous plaît, dit-elle dans un filet de voix.

— Un doigt de vin cuit, répéta le maître d'hôtel.

Il était trop stylé pour trahir la moindre émotion. Chez les gens riches, les hommes passaient la commande, pas les femmes. Et les hommes comme James Whitcox ne commandaient pas de vin cuit sans préciser lequel.

Avec ses mains gantées de coton blanc, l'homme donna à Frances le menu gainé de cuir rouge.

— Puis-je me permettre de vous recommander notre malaga, très doux et très léger ?

— Va pour le malaga, répondit-elle.

— Pour monsieur ?

— La même chose que madame, répliqua James en se carrant dans l'un des fauteuils de cuir.

— Un serveur va vous apporter vos apéritifs dans un instant, promit le maître d'hôtel avant de s'en aller.

La porte se referma avec un petit claquement.

— C'est vraiment luxueux, dit Frances en considérant les appliques de bronze richement ouvragées, les tableaux aux murs, le mobilier, le vase de cristal au col étroit dans lequel était piquée une unique rose rouge. Vous venez souvent ici ?

— Assez souvent.

Sa vie avait changé depuis la mort de sa femme. Il travaillait en public. Il mangeait en public. Il couchait seul.

— Il n'y a pas les prix sur le menu, remarqua Frances.

James lui ôta son menu et lui donna le sien. Elle l'ouvrit.

— Pourquoi y a-t-il les prix sur le vôtre et pas sur le mien ?

— Parce qu'il y en a un pour les messieurs et l'autre pour les dames, expliqua-t-il.

Frances lut le menu en faisant la moue. Elle avait l'air surprise ou choquée, ou atterrée. James savait combien elle avait d'argent sur son compte en banque, mais il ne savait pas combien elle avait dans son sac.

— Et parce que ce sont les hommes qui paient, ajouta-t-il. Vous n'avez pas à être gênée. C'est la coutume depuis qu'il existe un sexe masculin, un sexe féminin et des restaurants. Une femme qui insisterait pour payer son écot créerait un dangereux précédent...

On frappa à la porte. C'était un serveur et le sommelier. Le serveur apportait les apéritifs. Puis, son calepin dans une main, son crayon dans l'autre, il prit la commande.

— Des huîtres pour commencer, Benjamin, dit James. Ensuite, nous verrons...

— Et comme boisson ? demanda le sommelier. Pour aller avec les huîtres, puis-je vous conseiller un vin blanc...

— Non merci, l'interrompit James. Nous allons nous contenter de votre meilleur champagne.

Le serveur revint bientôt avec un immense plateau sur lequel se trouvaient joliment disposés deux douzaines d'huîtres et des demi-citrons sur un lit de glace pilée. Il était suivi du sommelier qui apportait une bouteille de champagne dans un seau à glace en vermeil. Après avoir écarté le vase avec la rose, le serveur déposa le plateau sur la table tandis que le sommelier débouchait la bouteille, puis ils s'en allèrent.

James s'assit près de Frances. Le canapé se creusa sous son poids et elle glissa naturellement vers lui. Il prit une huître, l'aspergea de quelques gouttes de citron et, prenant garde à ne pas renverser le jus, la plaça devant la bouche de Frances.

— Buvez le jus et aspirez l'huître dans votre bouche.

Elle regarda attentivement la curieuse forme bleu-vert dans sa valve nacrée.

— James, ce n'est pas cuit !

Une lueur d'amusement s'alluma dans le regard de James.

— Tout à l'heure, ma semence non plus.

Frances resta muette un instant.

— Ouvrez la bouche, insista-t-il.

— Il y a longtemps que personne ne m'a fait manger, murmura-t-elle. Ça va me rajeunir.

— Vous n'en avez pas besoin. Vous êtes l'une de ces fleurs qui ne donnent aucun regret de ne pas l'avoir connue en bouton.

— Qu'est-ce que cela veut dire ? demanda Frances, car cette forme de galanterie ne lui était pas familière.

— Tout simplement que, lorsqu'on voit la femme que vous êtes devenue, on n'a aucun regret de ne pas vous avoir connue jeune fille.

Le compliment la fit rosir.

— Où en étions-nous ? reprit James. Ah, oui ! Ouvrez la bouche.

— Ce n'est pas écœurant ? s'inquiéta Frances.

— Non.

À contrecœur, elle aspira l'huître et s'empressa de l'avaler.

— Tss, tss, fit James en clapant de la langue. Il ne faut pas l'avaler, il faut la mâcher... Au moins deux coups de dents... Sinon, vous ne sentirez aucune saveur... et à quoi ça servirait que les ostréiculteurs se donnent tout ce mal ?

Cette fois, Frances mâcha consciencieusement. Cela avait un goût de citron et d'eau de mer.

— Ça vous plaît ?

Il adorait les huîtres, et il avait envie de lui faire partager sa passion.

— Oh, oui, répondit-elle après s'être essuyé la bouche. Je crois qu'avec quelques gouttes de citron, votre sperme aurait ce goût-là.

Le pénis de James se gonfla. Se penchant un peu pour dissimuler son érection, il prit une huître et un demi-citron.

— Je vais vous montrer comment faire.

Et, joignant le geste à la parole, il aspira l'huître, la fit tournoyer dans sa bouche et la mâcha consciencieusement deux ou trois fois avant de l'avaler.

— Les huîtres sont recommandées aux convalescents, dit-il. Et il paraît qu'elles sont aphrodisiaques.

— Cela veut dire quoi, « aphrodisiaque » ?

— Eh bien, répliqua-t-il en préparant l'huître suivante pour Frances, cela augmente le désir sexuel.

— Pour les femmes aussi ?

— Non, apparemment, répondit James sur un ton pince-sans-rire. Sinon, vous n'auriez pas besoin de poser la question.

Frances partit d'un rire perlé.

— Et les huîtres augmentent-elles votre désir ?

— Je n'ai besoin de rien pour augmenter mon désir quand je suis avec vous, répliqua-t-il du tac au tac.

James remplit deux coupes de champagne, en donna une à Frances. Elle commença par tremper ses lèvres dans son verre puis, le trouvant à son goût, elle le vida d'un trait en rosissant. Elle n'était pas femme à bouder son plaisir, et cependant James avait le sentiment qu'elle était plus complexe que bien des femmes qu'il avait connues.

— Le champagne et les huîtres se marient très bien, remarqua-t-il.

Il continua de la faire manger jusqu'à ce que, à la fin de la première douzaine, elle inverse les rôles. Un petit verre de malaga et une coupe de champagne avaient suffi à la griser. Elle devenait de plus en plus hardie.

— Vous m'avez dit que vous étiez égoïste avec les femmes, rappela-t-elle.

Occupé à mâcher une huître, il garda le silence.

— Cela vous était indifférent qu'elles jouissent ou pas ? insista-t-elle.

James but une gorgée de champagne.

— Franchement, oui.

Comme il semblait disposé à répondre, elle donna libre cours à sa curiosité – elle n'avait encore jamais connu d'homme à femmes.

— Vous aimiez les voir nues ?

— Pas spécialement.

— Mais vous aimiez au moins voir leur sexe ?

James prit les mains de Frances entre les siennes et les frictionna comme s'il cherchait à les réchauffer – alors qu'elles étaient déjà brûlantes.

— Non.

C'est le moment que choisit le serveur pour frapper à la porte.

— Non, répéta James catégoriquement. Par contre, j'aimerais voir le vôtre, Frances.

24

Le serveur frappa une seconde fois.

James lâcha doucement les mains de Frances, s'écarta un peu et lui dit d'entrer.

La porte s'ouvrit.

— Voulez-vous encore des huîtres, monsieur ?

— Non merci.

— Un plat ? Le chef a des soles qui...

— Non merci, Benjamin.

— Le dessert, alors ?

— Oui. Des profiteroles.

— Dois-je les apporter tout de suite ?

James se tourna vers Frances.

— Qu'en pensez-vous ? Doit-il les apporter tout de suite ?

— Non, répliqua-t-elle d'une voix étrangement rauque. Cela peut attendre.

— Bref, fit James en s'adressant au serveur mais sans quitter des yeux Frances, ce sera des profiteroles plus tard. J'ouvrirai la porte et je vous appellerai quand vous pourrez servir.

— Très bien, monsieur.

La porte se referma avec un discret claquement. Aussitôt, James reprit les mains de Frances dans les siennes.

— Il est parti, constata-t-elle.

Elle se souvint de l'homme et du garçon qui auraient pu les voir tandis que le sexe de James était au creux de sa main.

Mais ici, dans ce petit salon, il n'y avait pas de témoins gênants.

— Je ne, euh... je ne sais pas comment... balbutia-t-elle. C'est quand même moins indigne pour un homme que pour une femme...

— Quoi ?

— D'exhiber son sexe.

James fronça les sourcils.

— Dois-je comprendre que vous seriez prête à me montrer votre sexe, Frances ?

— Exactement.

Une des lampes jeta une lueur vive – à moins que ce n'ait été le regard de James.

— Les seins d'une femme font partie de son sexe, dit-il.

Quelques semaines plus tôt, Frances n'aurait pas été d'accord.

— Oui, c'est bien possible.

— Vous vous souvenez du jour où j'ai apporté des photos érotiques au club ?

Frances s'en souvenait fort bien. Une femme, jambes grandes ouvertes, un godemiché à la main ; cette autre femme qui écartait les lèvres de son sexe avec les doigts pour montrer son clitoris ; cette autre encore, à quatre pattes, jupon retroussé, fessier à l'air, et la toute jeune fille qui faisait semblant de lui donner la fessée...

— Vous vous rappelez la troisième photo que je vous ai fait passer ? enchaîna James. Celle où une belle brune projetait en avant une magnifique paire de seins ?

De celle-là aussi, Frances se souvenait fort bien. Elle avait admiré les immenses mamelons. Sur la photo sépia, ils avaient paru très sombres.

Elle acquiesça d'un battement de cils.

— Pourquoi vous êtes-vous empressée de la faire passer à Mlle Hoppleworth ? demanda James.

— Parce que j'étais embarrassée, reconnut-elle. En voyant cette poitrine de nourrice, j'ai d'abord pensé qu'elle était prête pour une bouche de bébé. Et puis, tout à coup, je me suis demandé ce que ça faisait d'être tétée par un amant.

— C'est cela qui vous a troublée.

— Oui, admit Frances en se troublant derechef.

James baissa les yeux.

— Que ressentiez-vous lorsque vous donniez le sein à vos enfants ? demanda-t-il en regardant fixement sa poitrine.

— Le fait d'allaiter, cela forge un lien spécial entre la mère et l'enfant, répondit Frances d'une voix mal assurée. Ce sont des moments de tendresse que je n'ai jamais rencontrés ailleurs. Pendant qu'elle allaite, le ventre d'une femme se contracte. Elle a l'impression que le bébé va puiser dans ses entrailles. Comme s'il cherchait à récupérer la nourriture dont il a été privé en naissant.

James lui pressa fortement les mains.

Frances retint son souffle. La tension était telle qu'elle s'attendait à ce que quelque chose explose : le verre des lampes, le vase, son propre cœur.

— Est-ce douloureux ? questionna James.

— Parfois.

James releva les yeux.

— Est-ce agréable ?

— Oui.

Il desserra légèrement son étreinte autour des mains de Frances.

— Vous disiez que vous aimeriez savoir ce que ça fait d'être tétée par un homme, au lieu d'un nourrisson.

— Oui, répondit-elle avec franchise. Mais c'est récent.

— Pourquoi pas plus tôt ?

Frances avait passé une huitaine d'années à allaiter. Le matin, le midi, le soir, dès l'aube, en pleine nuit.

— Dans mon idée, mes seins étaient pour mes enfants.

— Mais vous êtes prête à les partager avec moi.

Ce n'était pas une question.

Dans l'esprit de Frances, l'inquiétude le disputait au désir.

Elle avait vu les seins sur la photo. Elle avait vu les siens dans le miroir.

Aussi pleins les uns que les autres. Aussi lourds les uns que les autres.

Des mamelons appelant une bouche d'homme.

— Oui, dit-elle d'une voix égale, je suis prête à partager mes seins avec vous.

James écarta la table et se leva. Puis il arrangea les meubles à sa convenance, poussant la table dans un coin – les pétales de la rose s'envolèrent –, rapprochant un fauteuil.

Les joues rougies, il s'assit en face de Frances, sa veste moulant ses larges épaules, ses cheveux couleur de bronze sous la lumière des lampes, avec çà et là un fil d'argent.

— Maintenant, montrez-moi vos seins, Frances.

Tout à l'heure, dans le parc, caresser son pénis avait semblé presque innocent.

Mais l'homme assis en face d'elle dans le fauteuil n'avait rien d'innocent.

Frances commença à déboutonner son corsage.

Ses mains tremblaient. Comme les mains de James avaient tremblé lorsqu'il avait ouvert sa braguette.

Les yeux de James devinrent brûlants de désir à la simple vue d'un bout du corset.

— Vous ne portez pas de chemise ?

Elle se leva ; le corsage s'ouvrit.

— Non. Je ne porte pas de chemise.

Au cas où l'occasion se présenterait, elle avait voulu le moins d'obstacles possibles entre elle et les mains de James... Mais c'était difficile de montrer ce qu'on vous avait appris à cacher, sous prétexte que c'était des parties honteuses.

Elle ôta un à un les crochets du corset. James semblait fasciné par sa gorge. Il la contemplait avec un émerveillement qui donnait à son visage quelque chose de juvénile.

Finalement, dans ce salon, il faisait moins chaud qu'elle ne l'aurait cru. Un souffle frais passa entre ses seins. Elle se souvint d'un temps où ils étaient petits et ronds comme des pommes. Quand avaient-ils commencé à grossir ? Depuis quand ressemblaient-ils à des melons ?

Torse nu devant James, elle était sans défense.

Elle avait montré ses seins à ses bébés mais les bébés se moquent bien de la forme et de la taille ; tout ce qui compte, c'est le lait qu'ils sécrètent.

James se pencha en avant et posa une main sur son sein gauche et l'autre sur son sein droit.

— Mon Dieu, qu'ils sont fermes ! murmura-t-il.

Frances se força à baisser les yeux.

Elle le vit passer les pouces sur ses mamelons, puis les pincer entre le pouce et l'index.

— Je n'aurais jamais cru qu'une femme puisse avoir les tétons aussi durs, dit-il.

Et il embrassa le sein gauche. Elle eut l'impression d'une secousse électrique dont les effets se firent sentir jusque dans ses entrailles. Il embrassa l'autre sein, provoquant exactement les mêmes sensations, puis redressa légèrement la tête.

— Frances, murmura-t-il, pourquoi fermez-vous les yeux ?

— Je regrettais que mes seins ne soient pas aussi beaux qu'autrefois.

Il lui lécha un mamelon.

— Pourquoi ? demanda-t-il. Étaient-ils plus sensibles qu'ils ne le sont maintenant ?

Elle prit la tête de James entre ses mains pour l'inciter à continuer.

— Non, répondit-elle d'une voix haletante. Au contraire. Ils n'ont jamais été aussi sensibles que maintenant.

Il poussa un soupir puis goba le mamelon, savourant le goût et la texture. Elle se mit à fourrager dans ses cheveux.

— James, murmura-t-elle en se penchant vers lui, James…

Il mordilla le mamelon tout en pétrissant l'autre sein. Ensuite, il les couvrit tous les deux de petits baisers.

— Qu'est-ce que vous ressentez lorsque je vous tète ?

— C'est chaud, répliqua-t-elle banalement. Et c'est doux. C'est tellement exquis que c'est presque douloureux.

Elle passa le bout de son index sur ses lèvres avec une tendresse qui était plutôt celui d'une mère que d'une amante. Il poussa un grognement.

— Moi, dit-il, j'ai eu l'impression de savourer les battements de votre cœur.

Sa voix était mal assurée.

— Et ils avaient quel goût ?

— Un goût de vanille, évidemment.

Il ferma les yeux à demi. Ses longs cils projetèrent sur ses joues une ombre aux contours irréguliers.

— James, fit Frances, la gorge serrée, au bord des larmes, vous aurez beau dire, j'aimerais avoir encore mes seins de jeune femme – pour vous les offrir.

— Soyez sans regret, Frances.

— Pourquoi ?

Il regarda amoureusement les beaux gros seins dont les mamelons luisaient de salive.

— C'est cette poitrine-ci que je veux, expliqua-t-il. L'autre avait peut-être les perfections de la jeunesse, mais elle a été pour votre mari et vos enfants. Celle-ci, elle est pour moi seul.

La tête légèrement penchée, elle esquissa un sourire qui lui donna – pensa-t-il – un air de Madone.

— Maintenant, dit-il d'un ton décidé, je vais vous aider à vous rajuster et nous demanderons le dessert, qu'en pensez-vous ?

25

— C'est une maison que je loue, dit Frances lorsque le fiacre s'arrêta devant chez elle. Ce n'est pas très grand, pas très élégant, mais le thé est excellent, si le cœur vous en dit...

Ce n'était pas du thé qu'elle offrait.

James ignora le désir qui le tenaillait.

— Frances...

Le fiacre recula d'un tour de roue : le cheval trépignait déjà d'impatience.

— Je vois, dit-elle. Une autre fois, peut-être...

Elle ouvrit la portière. Le froid de la nuit s'engouffra dans l'habitacle. James la rattrapa par le bras.

— Attendez !

Lorsqu'elle se retourna, elle était pâle et semblait sur le point de pleurer. Il pouvait comprendre : elle avait balayé tous ses principes moraux pour s'offrir à lui et il la repoussait – du moins en donnait-il l'impression.

— Frances, le procès de Mary Bartle reprend demain après-midi et...

— Vous ne me devez pas d'explication, coupa-t-elle sèchement.

— J'estime que si, rétorqua-t-il d'une voix neutre alors qu'il tremblait de tout son être. La vie de cette femme est en jeu.

— Et, naturellement, vous devez être prêt à la défendre.

— C'est mon métier, Frances.

Elle ne se laissa pas amadouer.

— Je n'aurais jamais cru qu'un moment d'intimité pouvait rendre aussi vulnérable, soupira-t-elle.

— Moi non plus.

Il essaya de la prendre dans ses bras, mais elle tressaillit. Plutôt que de risquer d'être repoussé, il préféra ne pas insister.

— Dans ces conditions, je comprends que vous ne puissiez pas accepter mon invitation…

Mais elle affichait quand même un air pincé.

— Vraiment, Frances ?

— Oui, assura-t-elle. Bien sûr que oui.

— Je vous jure que je préférerais pouvoir l'accepter, cette… excellente tasse de thé.

— Au lieu de préparer votre plaidoirie ?

— Oui.

— Allez-vous quand même dormir un peu cette nuit ?

— J'ai un petit lit dans mon bureau au palais.

Par le passé, il y avait dormi plus souvent que chez lui.

— Je trouverai bien le moyen de me reposer deux ou trois heures, ajouta-t-il.

— Ce procès, vous allez le gagner ?

— Je gagne toujours, Frances.

Mais il n'en tirerait aucune satisfaction. Si ce n'était pas le bourreau qui tuait Mary Bartle, ce serait la maladie.

— Voulez-vous sortir avec moi demain soir ? proposa-t-il.

— Oui.

Habitué à ne pas trahir ses émotions dans les prétoires, il resta impassible.

— Je viendrai vous chercher à sept heures.

— Comment dois-je m'habiller ?

— Simplement.

— Faut-il que je dîne avant ?

— Surtout pas !

Il se pencha pour l'embrasser – assez lentement pour lui laisser le temps d'esquiver si elle le souhaitait. Mais, au contraire, elle vint à sa rencontre. Leurs lèvres s'effleurèrent, et ce fut tout.

— À demain, dit James. Je vous promets d'être gentil.

Frances sourit malicieusement.

— Et qu'est-ce qui vous fait croire, mon cher James, que j'ai envie que vous soyez gentil ?

26

— Vous pensez que nous devrions lui en parler, monsieur Denton ? demanda Mme Ellis, la vieille cuisinière.

Mais ce ne fut pas le majordome qui lui répondit.

— À quoi bon, madame Ellis ? dit sévèrement Mme Jenkins, la gouvernante. Vous croyez que ça lui fera plaisir d'apprendre qu'il y a des ragots qui circulent sur son compte ?

Moira Jenkins relut à haute voix l'entrefilet dans le journal.

Le célèbre avocat a dîné en tête à tête avec une accorte veuve, Mme Frances Hart. Une idylle serait-elle en train de s'esquisser, ou bien M. Whitcox s'emploie-t-il à dorloter une cliente ?

— Dorloter une cliente ! s'exclama la cuisinière. Est-ce que ça veut dire que Mme Hart est une meurtrière ?

— Dans la mesure où M. Whitcox ne défend que des gens accusés de meurtre, fit Roger Denton occupé à polir l'argenterie, je pense que c'est exactement ce que l'auteur laisse entendre.

— Mazette ! s'exclama Mme Ellis. Vous croyez qu'elle a fait ça ?

La gouvernante ouvrit le four pour vérifier la cuisson du pudding.

— Qui a fait quoi, madame Ellis ?

— La mère Bartle, répondit la cuisinière. Attention, je ne dis pas que son salopard de mari ne le méritait pas mille fois. C'est vraiment terrible, ce qu'il lui a fait. Mais on dit que M. Whitcox s'en moque, qu'elle soit coupable ou innocente. Il est cuit, le pudding ?

— Non, pas encore, répliqua la gouvernante après l'avoir piqué avec une fourchette. Mme Hart a dit qu'elle ne dînerait pas ici ce soir.

— Est-ce qu'elle va revoir cet avocat ?

— Ce n'est pas vos oignons !

— D'accord. Mais c'est quand même intéressant, insista la cuisinière en regardant le journal. Vous imaginez ça ? Notre Mme Hart sortant dans le grand monde...

— Et pourquoi pas ? fit la gouvernante en refermant le four. Mme Hart est une jolie femme.

— Et il est plutôt bel homme, renchérit Mme Ellis avec un soupir. Quand c'était encore de mon âge, ça ne m'aurait pas dérangée de faire des galipettes avec lui. Je me demande comment ils se sont connus. Ils ne sont pas du même milieu.

— Mme Hart sort beaucoup, ils se seront rencontrés dans un musée ou un théâtre, ou ailleurs... Ils ont certainement des goûts communs, dit la gouvernante en faisant des moulinets avec sa fourchette. Encore un peu de thé, madame Ellis ?

— Non merci, madame Jenkins, répondit la vieille cuisinière en se levant de sa chaise. Je crois que je vais aller faire une petite sieste. J'ai mon arthrose qui me taquine encore.

La cuisinière sortit en boitillant, et la porte de l'office se referma avec un petit bruit.

— Mme Hart a encore reçu deux lettres aujourd'hui, annonça le majordome sur un ton familier qu'il n'utilisait que lorsqu'il était seul avec la gouvernante.

— Pourquoi est-ce qu'ils ne lui fichent pas la paix ?

Le majordome rassembla l'argenterie et commença à la ranger.

— En tout cas, elle n'est plus la même qu'à son arrivée, dit-il.

Elle avait débarqué de sa campagne avec des cheveux ternes, des yeux cernés et flottant dans une atroce robe en laine grisâtre.

— Si, Roger, c'est exactement la même femme, dit la gouvernante. Elle a juste changé d'allure.

— Sa famille risque d'être d'un autre avis.

— Sa famille n'est pas à Londres.

— Les journaux de Londres ne sont pas lus qu'à Londres, Moira.

— Et alors ? répliqua la gouvernante. Une veuve qui dîne avec un veuf, où est le mal ?

— Mme Hart et M. Whitcox ne sont pas taillés dans le même bois.

— Pourquoi dis-tu ça ? Parce que c'est un grand avocat ?

— Parce qu'elle est innocente comme l'agneau qui vient de naître et que lui, il est sans scrupules.

La gouvernante sourit. Ses yeux pétillèrent et son visage se couvrit d'un réseau de joyeuses ridules.

— As-tu déjà reçu un coup de pied donné par un agneau, Roger ?

— Ma foi, non, Moira.

— Eh bien, je peux te dire qu'ils sont plus forts qu'ils en ont l'air.

— Vous avez le rapport d'expertise toxicologique, monsieur Tristan ?

Le secrétaire repoussa son assiette vide et fouilla dans sa sacoche de cuir fauve.

— Oui, monsieur. Le voici.

James prit le rapport – le blanc de la page se confondit avec le blanc de la nappe.

— Mme Bartle témoigne demain, dit-il en reposant sa tasse vide sur la soucoupe. Veillez à ce qu'elle porte un chemisier sans manches. Il faut que les jurés voient les tumeurs syphilitiques sur ses bras.

Le secrétaire acquiesça gravement.

— Oui, monsieur.

James se leva.

— À tout à l'heure au tribunal, monsieur Tristan.

Il s'apprêta à partir, mais son secrétaire le rappela.

— Oh, monsieur ?

À travers la fumée des cigares qui envahissait le restaurant du palais de justice, James regarda la pendule. Il était une heure moins le quart. L'audience commençait à une heure.

— Oui ?

— Vous avez un rendez-vous à cinq heures trente.

— Un rendez-vous avec qui ?

— M. Frowt.

L'un des détectives privés auxquels James avait quelquefois recours.

— Je ne me souviens pas d'être convenu d'un rendez-vous avec M. Frowt.

— Il a téléphoné ce matin.

— Eh bien, annulez, dit James. Et à l'avenir, monsieur Tristan, ne prenez plus de rendez-vous sans me consulter au préalable.

— Bien monsieur, répondit le secrétaire, l'air penaud.

James alla récupérer son manteau au vestiaire. Un homme était en train d'en sortir.

— Bonjour, Whitcox.

— Bonjour, Lodoun.

— Vous êtes rentré tard hier soir, mon cher maître, dit le procureur général. Auriez-vous rencontré une femme capable de vous éloigner de votre travail ?

Le procureur général aussi avait dîné avec une femme.

— Et vous ?

— Oui, j'ai rencontré une telle femme...

— Tous mes vœux de bonheur, fit poliment James.

— C'est un peu tard pour ça, murmura Jack Lodoun d'une voix sourde. Elle est morte.

— Mes condoléances, dit machinalement James après être resté coi un instant.

— C'est un peu tard pour ça aussi, mais merci quand même, répondit Lodoun d'un ton sec avant de tourner les talons.

James décrocha son manteau et le jeta sur ses épaules.

L'audience était prévue pour durer jusqu'à cinq heures. Hier, il avait passé la journée et la soirée avec Frances, au lieu de préparer le procès. Puis il avait passé la nuit et la matinée à travailler sur le dossier, au lieu de se préparer pour Frances.

Il rejoignit M. Tristan, qui l'attendait devant la porte. Le secrétaire le débarrassa de son manteau et lui donna sa robe et sa perruque, qu'il se dépêcha de mettre, car déjà dans la salle le greffier réclamait le silence au public qui bourdonnait d'impatience.

— Monsieur Tristan, dit James, vous direz à Peasebody de commander plusieurs douzaines de roses et de garder au chaud un dîner pour deux. Vous lui demanderez de faire un feu dans ma chambre à sept heures moins le quart, et vous lui direz qu'ensuite il pourra disposer.

James prit place sur le banc de la défense au moment même où le juge faisait son entrée.

Le juge s'assit. Tout le monde s'assit.

Tandis que le greffier faisait les proclamations d'usage, James sortit de sa sacoche les papiers dont il avait besoin – le rapport d'autopsie, le rapport d'examen toxicologique, etc.

Relevant les yeux, il regarda autour de lui.

Les jurés se donnaient des airs solennels.

Le juge essuyait ses lunettes.

Le procureur général l'observait curieusement.

27

Le coup frappé à la porte de sa chambre fit sursauter Frances.

— Une seconde, s'il vous plaît.

Son cœur tambourinait. Elle s'était préparée pour ce moment… et elle s'apercevait qu'elle n'était pas prête du tout.

Elle avait l'impression de se trouver au bord d'un précipice, avec derrière elle une étendue stérile et devant elle l'abîme.

Elle posa sur sa tête un bibi bleu marine, dans lequel elle piqua prudemment une épingle à chapeau. Elle attrapa sa cape, ses gants et son petit sac, et ouvrit la porte.

Le majordome écarquilla les yeux.

Son regard était-il approbateur ? désapprobateur ?

Que savait-elle des hommes et de leurs désirs ?

— Quelque chose ne va pas, monsieur Denton ? demanda timidement Frances.

Le majordome plaqua sur ses traits un masque d'indifférence.

— Si, si, tout va bien, madame Hart, assura-t-il. Un monsieur demande à vous voir. Il est dans le hall.

— Merci, monsieur Denton. Et…

Elle hésita une seconde.

— Oui, madame ?

— Ne m'attendez pas ce soir.

Le visage du majordome resta impénétrable.

— Bien, madame, dit-il en inclinant légèrement la tête.

Frances marqua un temps d'arrêt au sommet de l'escalier. Son chapeau à la main, James contemplait une vilaine gravure au mur. Elle lui avait dit que la maison était louée. Elle n'avait pas à avoir honte du mauvais goût des propriétaires.

Une marche couina, attirant son attention.

En silence, il la regarda descendre l'escalier. La soie bleu-vert de la robe chatoyait ; à chaque pas, elle laissait voir sa cheville, qu'elle avait fine et souple ; sa main baguée glissait sur la rampe.

Lorsqu'elle fut en bas, il lui prit des mains sa cape et la lui posa sur les épaules. Puis il rabattit devant ses yeux la voilette de son chapeau. Elle résista à la tentation de la relever. Les mariées portaient des voilettes, les jeunes filles sages – pas les veuves en rupture de ban !

— Je vous souhaite une bonne soirée, madame Hart, dit le majordome en ouvrant la porte. Au revoir, monsieur.

Frances s'immobilisa un instant sur le perron pour admirer la légère brume qui festonnait les arbres et les cheminées. À travers sa voilette, la nuit lui parut plus sombre qu'elle ne l'était en réalité.

La main de James se posa au creux de ses reins et il la guida jusqu'à un fiacre qui attendait.

Frances ne reconnut pas l'adresse qu'il donna au cocher.

— Où allons-nous ? demanda-t-elle.

James s'installa près d'elle.

— Vous verrez bien.

Frances enfila ses gants de cuir noir.

— Avez-vous réussi à dormir la nuit dernière ?

— Un peu.

— Où allons-nous, James ? redemanda-t-elle.

Cette fois, il répondit.

— À la maison.

Frances se crispa.

— Queen's Gate ?

L'emmenait-il dans la maison qu'il avait fait bâtir pour sa femme ?

— Queen's Gate, ça n'a jamais été chez moi.

Un brouillard visqueux était en train de se coller aux fenêtres du fiacre. Il allait bientôt pleuvoir.

— Chez vous, où est-ce ?

— J'ai acheté une maison.

— Vous avez *acheté* une maison ? répéta-t-elle.

— Pour nous, dit simplement James.

Frances ne fut pas certaine d'avoir bien compris.

— Vous avez acheté une maison pour que nous puissions y... être ensemble ?

— J'ai acheté une maison *pour nous,* oui, confirma-t-il.

Avant son mariage, elle avait habité dans la maison de ses parents. Une fois mariée, elle avait habité dans une maison qui appartenait à son mari et qui appartenait maintenant à son fils aîné.

À la mort de son mari, elle avait perdu la maison qu'elle avait entretenue pendant trente-quatre ans. Sa famille s'évertuait à lui demander de rentrer à la maison - mais le fait est qu'elle n'avait plus de maison.

— Quand l'avez-vous achetée ?

— Jeudi dernier.

Le lendemain de leur expédition à la librairie Bailey.

— Et si j'avais refusé de... de voir les dinosaures ?

Une giclée d'eau vint frapper les vitres du fiacre : il pleuvait.

— Alors, j'aurais revendu la maison.

Le fiacre s'arrêta. James sortit le premier et ouvrit son parapluie. Puis il tendit la main à Frances pour l'aider à descendre.

Il faisait trop sombre pour apprécier la façade de la maison. Tassé contre Frances sous son grand parapluie, James ouvrit la porte.

Un hall dallé de marbre était éclairé par un lustre dont les lames brillaient comme des escarboucles. Frances se rendit compte que le lustre était alimenté à l'électricité.

— Sommes-nous seuls ? questionna-t-elle lorsque James eut fini d'accrocher leurs vêtements à la patère.

— Oui.

Il s'approcha d'elle, la prit par les épaules et la regarda avec gravité.

— Savez-vous, Frances, que vous êtes terriblement belle ?

Belle, certainement pas. Terrible, peut-être bien.

— Je vous fais peur, James ?

Il détourna légèrement le visage.

— C'est peu dire. Vous me terrifiez.

Dans l'idée de Frances, un tel homme n'était pas facile à effrayer.

— Pourquoi ?

— Parce que, à cause de vous, j'ai perdu mon impassibilité légendaire, répondit-il avec une pointe d'ironie. J'éprouve des choses que je n'éprouvais pas auparavant. Ça peut être dangereux.

Dans les alentours, le carillon de Westminster sonna la demie de Dieu sait quelle heure.

— Qu'est-ce que vous éprouvez ?

— De l'espoir.

— L'espoir serait donc une chose terrible à éprouver ?

James sourit – des lèvres, mais non des yeux.

— Nous autres hommes ne valons guère mieux que des gosses, dit-il. Nous sommes tentés de casser nos jouets pour voir ce qu'ils ont dans le ventre. Quand c'est fait, nous ne sommes pas plus avancés et le jouet ne marche plus.

Il y avait tant de détresse dans le regard de James que le cœur de Frances se serra.

— Je ne suis pas un jouet, James.

— Mais je peux quand même vous abîmer.

Un frisson parcourut l'échine de Frances, de la nuque jusqu'au creux des reins.

— Les hommes ne peuvent abîmer que celles qui se laissent abîmer.

— Vous le croyez vraiment ? répliqua-t-il en la soupesant du regard. Vous croyez vraiment qu'une femme peut quelque chose contre les souffrances qu'un homme cherche à lui infliger ?

La pluie martelait implacablement la porte.

L'espace d'un moment, Frances avait oublié qu'il était avocat. Lui, il ne l'oubliait jamais. C'était son métier, comme il l'avait dit hier soir avant de la quitter. Et ce soir, il revenait vers elle la mémoire pleine des débats de la journée. Il pensait évidemment à Mary Bartle.

— Selon moi, il y a des choses qu'une femme peut faire pour atténuer ses souffrances, dit-elle prudemment.

Dans le regard de James, elle vit de la curiosité et pas la moindre émotion.

— Quelles choses, par exemple ?

— Je crois que si une femme prend sa vie en main au lieu de laisser les autres décider à sa place, elle doit au moins en éprouver de la satisfaction.

— Et si elle n'a même pas ce choix-là ?

Frances se demanda ce qui était arrivé à la femme qu'il défendait.

— Une femme a toujours le choix, James.

Pourvu qu'elle soit assez intelligente. Ou assez maligne. Ou assez expérimentée. Ou assez forte... Autant de qualités qui avaient toujours manqué à Frances.

— Et, une fois qu'elle a choisi ?

— Il vaut mieux subir les conséquences de ses propres décisions, répondit-elle gravement, que de subir les conséquences des décisions des autres.

Dehors, le grondement du tonnerre se mêla au bruit de la pluie.

— Si vous pouviez modifier un moment de votre vie, Frances, demanda James en la regardant droit dans les yeux, qu'est-ce que ce serait ?

Frances se souvint de la gravure que Louis Stiles avait apportée à la réunion. Un couple qui venait de faire l'amour. Le sexe de la femme, légèrement entrouvert. Celui de l'homme, au repos entre ses cuisses.

— Le soir de mes noces, dit-elle d'une voix blanche, j'étais étendue dans le noir, ma chemise de nuit retroussée jusqu'à la taille, attendant que mon mari me rejoigne. Je me souviens de m'être dit que le sexe de l'homme et celui de la femme devaient être vraiment très laids ; sinon, pourquoi coucheraient-ils ensemble dans l'obscurité et pourquoi se cacheraient-ils l'un de l'autre dans la journée ? Mais surtout, James, je me souviens d'avoir été allongée là. C'est tout ce qu'on attendait de moi. Que je ne bouge pas, la chemise retroussée jusqu'au nombril et les jambes écartées. Je n'étais pas censée apprécier ce qu'on allait me faire. Ce n'était pas censé me déplaire non plus. Peu importait ce que je ressentirais. Ma mère m'avait dit d'être docile. La docilité, c'était selon elle le plus beau cadeau qu'une femme pouvait faire à son mari – après son pucelage, bien entendu ! J'ai gobé ça sans me poser de questions.

— Vous étiez jeune.

— Ah bon ? s'exclama-t-elle avec amertume.

— Quinze ans, insista-t-il.

Mais sans conviction, car il savait que la passivité n'était pas une maladie qui passe miraculeusement avec le temps.

— D'un certain côté, James, avoua-t-elle, je regrette la période où je n'étais qu'une épouse et une mère.

C'était une vie confortable. Tranquille. Reposante.

Alors que ce n'était ni confortable, ni tranquille, ni reposant d'être une femme.

— Si je pouvais changer quelque chose à ma vie, reprit-elle, j'effacerais cette image qui est gravée dans mon esprit et qui me fait honte : moi, couchée dans l'obscurité, ma chemise de nuit retroussée, jambes ouvertes, immobile, retenant mon souffle, prête pour la pénétration.

28

— Cette nuit-là a décidé de toute ma vie.

Les épaules de Frances donnèrent l'impression de fléchir sous le poids des souvenirs : trente-quatre ans de soumission, trente-quatre ans de renoncement – à seule fin de donner un héritier mâle à un petit propriétaire terrien.

— Comme je voudrais pouvoir effacer cette image ! murmura-t-elle. Mais elle est gravée au feu dans ma mémoire.

Une trombe d'eau s'abattit contre la porte.

— Montons à l'étage, voulez-vous ? proposa James en la prenant par la main.

Les marches de marbre débouchèrent sur un parquet luisant comme un miroir. Un tapis bleu courait d'un bout à l'autre du couloir. Le premier étage, comme le rez-de-chaussée, était éclairé à l'électricité : une lumière jaune fusait des appliques de cristal et de bronze.

James ouvrit la première porte. Une odeur de fumée et de roses flottait dans l'air.

Frances lui lâcha la main et entra la première.

La décoration de la chambre venait d'être refaite. James la découvrit en même temps qu'elle : les tentures de soie verte ; les plinthes d'un vert plus soutenu.

Dans l'âtre, des bûches flambaient, des braises crépitaient.

— Je croyais vous avoir entendu dire que nous serions seuls, s'étonna Frances.

— Le majordome a allumé le feu avant de partir, expliqua James.

Il referma la porte et s'y adossa.

— Alors, ajouta-t-il, elle vous plaît, notre nouvelle maison ?

Frances regarda les belles marqueteries et les dorures de la commode, les deux fauteuils de velours, la méridienne aux coussins de soie bleue, les tapis aux riches couleurs, l'immense vase de cristal qui contenait au moins trois douzaines de roses de toutes les couleurs, la grande glace sur un châssis de bois. Et puis, trônant au milieu de la pièce, le lit, ouvert, avec ses draps de soie d'un vert si pâle qu'ils étaient presque blancs.

— C'est très beau, murmura-t-elle.

Elle s'approcha du bouquet de roses et le huma avec délectation.

— La couleur des murs s'harmonise plutôt bien avec celle de vos yeux, vous ne trouvez pas ? dit James.

Les murs ? Frances les regarda de nouveau – différemment.

— C'est vous qui avez choisi la décoration ?

— Seulement les tentures.

Un décorateur professionnel s'était chargé du reste.

— Mais, précisa-t-il, si le décor ne vous plaît pas, vous n'aurez qu'un mot à dire pour que je change tout.

Frances ne répondit rien. Elle avait dit qu'il ne lui rappelait pas son mari, mais en réalité James Whitcox ressemblait quand même un peu à David Hart. Son mari l'avait ligotée avec une famille ; James allait la ligoter avec sa tendresse et sa délicatesse.

Il se décolla de la porte et s'approcha jusqu'à ce que les seins de Frances pressent contre sa poitrine.

Elle baissa les yeux. Ses longs cils roux brillaient comme de l'or. Elle commença à lui déboutonner son gilet.

— Vous permettez ? dit-elle plaisamment.

James n'avait jamais déshabillé une femme. Il ne savait pas par où commencer.

— Vous permettez ? fit-il à son tour sur le même ton espiègle, en lui passant la main dans les cheveux.

Il ôta une à une les épingles qu'il trouva et les glissa dans sa poche. Une lourde mèche dégringola sur la joue de Frances.

— Merci, dit-elle.

— Pourquoi ?

— De préférer mes seins tels qu'ils sont maintenant plutôt que ceux que j'avais quand j'étais jeune.

James démêla les cheveux de Frances avec ses doigts écartés.

— Vous en doutiez ?

Elle en était à lui déboutonner sa chemise.

— Oui.

James appuya son front contre le sien et commença à défaire son corsage.

Frances posa la main sur sa braguette et palpa l'étoffe jusqu'à ce qu'elle sente la chair au travers. Elle déboutonna la braguette, sortit son membre et le caressa.

Le corsage s'ouvrit, révélant peu à peu un corset de satin blanc. Les doigts tremblants, il dénoua tous les lacets qui se présentaient. Rien ne se passa. Il défit un dernier lacet sur le côté. Alors, la tournure tomba sans bruit sur le tapis, emportant avec lui jupe, jupons et pantalons.

Pour la première fois, il put voir sa toison de bouclettes rousses au bas de son ventre.

Si elle continuait de le caresser comme ça, il allait jouir dans sa main !

Il posa les paumes sur ses joues et l'embrassa. Un simple effleurement des lèvres, pour commencer. Puis il glissa sa langue dans sa bouche. Il avait déjà embrassé des femmes, bien entendu, mais il n'avait jamais remarqué à quel point les incisives pouvaient être tranchantes.

Après avoir savouré l'infinie variété des textures, il s'écarta un peu et dit d'une voix haletante :

— La nuit dernière, je vous ai imaginée en train de vous masturber.

Elle renversa un peu la tête en arrière pour bien le regarder.

— La nuit dernière, c'est exactement ce que j'ai fait.

Il n'était pas le seul à respirer laborieusement.

— J'ai envie de vous voir jouir.

Sans le vouloir, elle lui caressait les lèvres avec son souffle.

— Je croyais que...

Elle laissa sa phrase en suspens. Elle avait cru qu'il la prendrait sans préambule. Comme son mari l'avait toujours prise.

— Je veux voir votre sexe, Frances, dit-il sans chercher à cacher la force de son désir. Ensuite, je veux voir comment vous vous donnez du plaisir.

Le regard de Frances était empli de perplexité. Elle n'était toujours pas convaincue qu'il préférait son corps de femme mûre à celui d'une jeune fille – mais elle allait lui accorder ce qu'il demandait.

Sa vue se brouilla.

— Vous me serrerez dans vos bras quand je jouirai ?

Doucement, avec le bout des pouces, il essuya les deux larmes qui étaient en train de couler sur ses joues.

— Oui.

— Il va me falloir mon huile de Margot, dit-elle. Elle est restée dans mon sac au rez-de-chaussée.

— J'en ai acheté. Le flacon est dans la table de nuit.

Une lueur s'alluma dans les yeux de Frances. Quel sens cela avait-il d'être aussi heureuse, simplement parce qu'il avait pensé à elle ?

— Tiroir du haut, précisa-t-il.

Elle se pencha pour ouvrir le tiroir. Elle avait un joli derrière. Un duvet roux était niché entre ses fesses. Le temps qu'elle prenne le flacon et se redresse, James s'était collé à elle.

Il faufila son membre entre ses fesses.

Elle ravala son souffle.

Il lui enleva son corsage et se mit à délacer le corset.

— Débouchez le flacon.

Elle obéit. Pendant ce temps, il continuait à ôter les attaches du corset – de plus en plus facilement. Il avait vite appris à débrouiller les mystères des dessous féminins. Le corset tomba.

— Posez le bouchon sur la table de chevet.

Elle se pencha, et le sexe de James se trouva coincé entre ses fesses rebondies.

Hier soir, il avait senti la finesse de ses os ; aujourd'hui, il la voyait.

La courbe des épaules était d'une grâce infinie. Le lobe de l'oreille émergeait de la chevelure, petit bout de chair rose perdu dans un écheveau de fils de cuivre.

— Plongez un doigt dans l'huile, commanda-t-il en accompagnant son bras pour sentir les muscles délicats sous la peau douce. Êtes-vous prête ?

— Oui.

— Allez-y.

Elle se pencha en avant. L'étau entre ses fesses se desserra.

Un réseau de traits rouges lui sillonnait le dos : les empreintes du corset. James les caressa.

Frances écarta les jambes.

— Où est votre doigt ? demanda-t-il.

— Dans la place.

Il se représenta le doigt, luisant d'huile de Margot, en train de s'enfoncer entre les parois.

— Combien de doigts avez-vous utilisés la nuit dernière ? Un seul ?

— Un pour commencer.
— Pour commencer ? répéta-t-il.
— Et puis un deuxième.
— Alors, utilisez-en deux maintenant.
Il ne pouvait pas voir ses doigts, mais il les imaginait. Plongeant dans le flacon. Ressortant du flacon, luisants. Plongeant dans son sexe, l'index, le majeur...
Elle écarta davantage les jambes.
Le membre de James tressaillit.
Il avait envie d'explorer Frances de toutes les façons possibles, de partager avec elle toutes les choses qu'il n'aurait jamais pensé partager avec une femme.
Ployant les genoux, il glissa son sexe entre ses jambes.
Lorsque le gland buta contre sa main, elle le prit délicatement et commença à le caresser. Sa main huileuse glissait à merveille le long de la hampe et sur les testicules.
Il ne pouvait plus bouger. Il ne pouvait plus respirer.
Si elle continuait à le caresser, il allait exploser. Si elle cessait de le caresser, il allait exploser.
La décision vint de Frances.
Avec lenteur – comme si c'était elle qui risquait de voler en éclats – elle se redressa.
— Je n'en peux plus, James...
— Alors, murmura-t-il d'une voix sourde, dites-moi ce que je peux faire pour vous soulager...

29

Frances franchit d'un pas chancelant la distance qui la séparait du lit.

Elle tremblait. En la voyant, James se mit à trembler aussi.

Elle s'assit sur le bord du lit et le regarda. Elle allait se mettre nue. Il ne pouvait pas faire moins. Sans la quitter des yeux, il se débarrassa de sa veste et de son gilet. Il ne la perdit de vue qu'une demi-seconde, le temps de faire passer sa chemise par-dessus sa tête.

Après avoir enlevé ses bretelles, il déboutonna sa ceinture. Lorsqu'il ôta son pantalon, ce fut avec une telle fougue qu'il emporta en même temps son caleçon et ses chaussures.

Frances le dévorait des yeux. Elle avait déjà vu son membre, mais pas encore ses testicules. Elle les voyait à présent se balancer pendant que James arrachait tout ensemble ses chaussettes et ses supports-chaussettes.

Se redressant, il s'immobilisa pour qu'elle puisse l'examiner à loisir.

Elle apprécia les longues jambes, les hanches étroites. Son regard s'attarda sur le sexe dressé et les bourses qui semblaient lestées de plomb. La taille était sans aucun doute plus épaisse qu'elle ne l'avait été vingt ans plus tôt, mais son ventre était encore plat. Sa poitrine était plutôt velue.

Un long moment s'écoula avant qu'elle ne le regarde de nouveau dans les yeux.

— Vous êtes un très bel homme, James.

— Vous êtes une très belle femme, Frances, dit-il en retour.

Elle trouva que c'était plaisant à entendre, mais quand même difficile à croire.

— Je suis en train de faire une tache d'huile sur vos draps.

— Sur *nos* draps, rectifia-t-il. S'ils sont fichus, il y en a d'autres dans l'armoire.

Il s'accroupit en face d'elle. Leurs deux corps étaient aussi différents que possible – il était ferme où elle était moelleuse, plat où elle était ronde, poilu où elle était lisse...

Lentement, il fit remonter ses mains le long de ses jambes gainées de soie blanche. Des jarretières roses encerclaient ses cuisses.

Lorsqu'il voulut lui écarter les jambes, elle résista d'instinct – avant de se laisser faire.

Les boucles de sa toison, collées par le lubrifiant, formaient des épis. Au milieu du nid auburn, les petites lèvres étaient rose clair.

— Quand je me masturbe, dit spontanément Frances, je caresse surtout mon clitoris.

James s'agenouilla.

— Faites voir.

Doucement, d'un doigt qui tremblait un peu, elle toucha le bout de son clitoris.

James changea encore une fois de position – il s'assit en tailleur, le tapis chatouillant ses testicules.

Avec deux doigts, il écarta les lèvres de son sexe. Autant le clitoris était rose – du même rose que ses joues lorsque quelque chose la troublait –, autant l'intérieur des nymphes était vermillon.

— Allez-y, caressez-vous.

Frances toucha le bouton.

— Votre clitoris est comme un petit pénis, dit-il, fasciné.

— Ou alors, c'est votre pénis qui est une espèce de gros clitoris, répondit Frances d'une voix bien timbrée.

James se demanda ce que Jane Fredericks penserait d'une idée aussi radicalement féministe.

Le petit bouton tournait et ployait sous le doigt. Bientôt, enduit de lubrifiant, il se mit à luire.

Soudain, le doigt disparut dans la fente. Le corps de Frances accepta facilement l'intrusion.

— Avec deux doigts, demanda James. Comme la nuit dernière.

Elle fit comme il disait. Son sexe s'ouvrit pour faire place à deux doigts au lieu d'un. James regardait, comme hypnotisé, les phalanges disparaître lentement, puis reparaître, puis disparaître de nouveau. Le plaisir que se donne une femme est le plus beau de tous les mystères, songea-t-il.

Elle ferma les yeux. Elle avait l'air recueilli. James n'avait jamais vu cette expression sur le visage d'une femme.

Soudain, elle s'immobilisa en poussant un petit cri.

Se redressant, James la renversa sur le lit et s'allongea près d'elle. Le bruit qu'elle faisait avec sa gorge ressemblait à un râle.

— Je vous ai vue jouir, dit-il en la serrant dans ses bras.

Elle haletait. Ses joues et sa gorge étaient rouges. Elle n'osait pas rouvrir les yeux.

— Venez sur moi, murmura James en se couchant sur le dos.

Doucement, elle se redressa. Une pensée vint assombrir son regard.

— Je voudrais que vous restiez sans bouger, James. Puis-je vous demander ça ?

Était-il prêt à lui laisser la maîtrise de la situation ?

— Oui.

Il la prit par les épaules et l'incita à s'installer à califourchon sur lui. Elle dissimulait son regard derrière ses paupières mi-closes. Ses cheveux de feu flottaient autour de sa tête.

Le membre de James se dressa entre les jambes de Frances, demandant l'asile.

Combien de fois était-elle restée immobile dans le noir, les jambes ouvertes, tandis que son mari lui enfournait un morceau de son corps dans le sien ?

D'une main poisseuse, elle attrapa le sexe de James.

— Il est à vous, Frances, dit-il d'une voix étranglée. Mon sexe est à vous.

— Vraiment, James ?

Elle n'avait pas l'air convaincue.

Il la prit par les hanches, qu'elle avait rondes et généreuses, et lui caressa les cuisses à travers les bas de soie.

— Oui, confirma-t-il.

— Et si j'ai envie de faire ça ? s'enquit-elle en frottant le gland de James contre son clitoris.

— Eh bien, je vous regarderai faire et je savourerai.

— Vous n'avez pas envie de me pénétrer ?

— J'ai envie de vous donner du plaisir, et je souhaite surtout que cette nuit ne vous laisse aucun regret.

Son gland palpitait contre le clitoris de Frances. Ou alors, c'était le clitoris de Frances qui palpitait contre son gland.

— J'ai un peu peur, James. Je ne sais pas ce qui se passera si vous me faites jouir.

— Il n'y a pas à avoir peur, Frances.

— Si ! Je n'ai jamais joui avec un homme en moi.

— Ne vous inquiétez pas pour ça. Nous verrons bien.

Un peu rassurée, elle se posta au-dessus du membre de James et se laissa descendre. Elle fit une petite grimace au moment où sa chair s'écarta pour laisser passer le bulbe, puis elle accueillit sans à-coup toute la longueur de la hampe.

Pour la première fois de sa vie, James dut lever les yeux pour regarder la femme avec laquelle il était en train de faire l'amour. Il vit les seins dressés, la toison pubienne de Frances mêlée à la sienne... Et puis, son propre sexe – surgissant du bas-ventre et disparaissant entre les cuisses de Frances – qui faisait comme un pont entre leurs deux corps.

Elle se mit à bouger, de bas en haut, de haut en bas.

Ses seins se balançaient au même rythme.

Le cadeau d'une maîtresse à son amant.

Elle s'accrocha à ses bras pour ne pas perdre l'équilibre.

— James... James... James... psalmodia-t-elle.

Se rendant compte qu'elle allait bientôt jouir, il projeta le bassin en l'air, la pénétrant aussi profondément qu'il le pouvait.

Elle absorba tout ce qu'il avait à donner.

Il donnait, elle prenait, jusqu'à ce que tout à coup il n'ait plus rien à donner. Il se figea, se cambra.

— Oh, mon Dieu, Frances !

Tendant les bras vers elle – agrippant à l'aveuglette une chair moelleuse, une peau chaude et moite, une chevelure drue – il libéra son sperme.

Lui qui n'avait pratiquement jamais perdu le contrôle de lui-même dans l'amour, réservant ses élans pour les prétoires, il était incapable d'arrêter le flot.

À chaque jet, il grondait et grognait comme l'animal qu'il avait toujours redouté de devenir.

30

Une bûche tomba des chenets. Frances se réveilla en sursaut. Elle se retrouva enveloppée d'obscurité et de chaleur.

— Rendormez-vous, murmura James.

Elle éprouva une sensation inaccoutumée entre les jambes.

James la tenait dans ses bras. Ses muscles étaient ceux d'un citadin – pas les muscles secs et puissants d'un homme qui cultivait ses terres. Il exhalait une odeur âcre, mélange de sueur et de parfum musqué. Elle essaya de se libérer.

— Ne partez pas, Frances.

— Je ne pars pas. J'ai juste besoin d'aller faire un brin de toilette.

Il desserra son étreinte. Frances lui enfonça ses ongles dans les flancs lorsqu'il retira son membre encore dur – car elle s'était endormie d'un coup, comme on tombe dans un précipice, avec James encore en elle !

Il alluma le lustre.

Elle était consciente que la lumière révélait crûment ses défauts. Pourtant, il n'avait pas l'air de remarquer les rides ni la peau flétrie.

— Moi aussi, j'ai besoin de me laver. En route !

Il sortit du lit. Tout nu, parfaitement à l'aise, il traversa la chambre. Frances le suivit des yeux – attentive aux mouvements des muscles de ses fesses – jusqu'à ce qu'il disparaisse dans la salle de bains. Bientôt, elle se leva pour le rejoindre... et faillit se tordre la cheville. James lui avait ôté sa jupe, son jupon, son corsage, son corset et le reste... mais il lui avait laissé ses chaussures et ses bas.

Elle se rassit, se déchaussa et fit rouler ses bas. Les jarretières avaient creusé une profonde empreinte autour de ses cuisses.

Les marques laissées par leur moment d'intimité étaient plus profondes encore.

Il l'avait fait jouir, sa semence avait fusé en elle... et elle ne savait pas où elle trouverait le courage de retourner à Kerring, désormais.

Elle alla le rejoindre. Le tapis était doux et tiède. Mais le carrelage de la salle de bains était dur et plutôt froid.

James l'attendait dans une niche de marbre. Ses cheveux mouillés paraissaient presque noirs. L'eau lui dégoulinait sur la poitrine, contournait son sexe en érection et s'écoulait ensuite sur ses cuisses.

— Venez, dit-il en tendant la main.

Frances entra dans la douche et se blottit contre lui. L'eau chaude lécha ses orteils. Les poils des jambes de James lui picotèrent les cuisses. Elle leva les yeux vers lui, cherchant à recréer la merveilleuse intimité qu'ils avaient partagée lorsqu'il avait été enfoncé en elle, si profondément qu'elle aurait été incapable de dire où cessait le corps de l'un et où commençait le corps de l'autre.

— Vous m'avez fait jouir, Frances, dit-il.

— Je sais, James. Je vous ai vu.

Il avait perdu le contrôle, son visage s'était déformé, puis il avait rué au point qu'il avait bien failli la désarçonner.

— Vous m'avez vu, répéta-t-il. Mais m'avez-vous *senti* ?

Frances fut submergée par l'émotion au souvenir de la brûlante invasion et de l'explosion de plaisir.

— Oui.

— Ça vous a fait quoi ?

— Votre gland s'est dilaté, votre membre a donné l'impression de trépigner, et puis il y a eu ces jets de liquide comme des coups de fouet...

— C'était douloureux ?

— C'était délicieux.

Au milieu d'un nuage de vapeur, il l'enlaça et la serra contre lui jusqu'à ce que la rigidité de son membre appuie contre la douceur de son ventre.

— Pourquoi ? demanda-t-elle.

La question semblait remonter du fond de son être.

— Pourquoi, quoi ?

— Pourquoi les mères apprennent-elles à leurs filles qu'elles doivent être soumises, au lieu de leur apprendre qu'elles doivent être heureuses ?

— C'est ce que vous avez fait avec les vôtres ?

— Oui, répondit tout bas Frances en rosissant de honte.

Une expression tendre épanouit les traits de James.

— Sept générations de Whitcox ont fait Cambridge, murmura-t-il, son souffle chaud se mêlant à la vapeur. J'ai été en stage à la Lincoln Inn Court, comme mon père et comme le père de mon père avant moi. Tout ce que j'attendais de mon fils, c'était qu'il suive le même chemin et qu'il épouse une riche héritière avec des relations utiles. Je voulais qu'il ait le même genre de vie que moi. Croyez-le si vous voulez mais, lorsque j'avais dix-huit ans, mon père m'a emmené voir une pendaison... Juste à temps, car ce fut la dernière pendaison publique ! La Couronne avait eu besoin d'un bouc émissaire et mon père le lui avait fourni...

Un sourire amer incurva les lèvres de James.

— En somme, reprit-il, mon père avait tenu à me montrer son chef-d'œuvre... Pour me donner l'envie de faire aussi bien que lui.

James était avocat de la défense, il représentait les gens accusés par la Couronne. Son père avait donc été procureur.

Il avait fait pendre des innocents.

James faisait remettre en liberté des coupables.

Le fils était l'inverse du père.

— Pourquoi faisons-nous ça à nos enfants ? demanda-t-elle d'une voix blanche.

— Parce que nous ne connaissons rien d'autre.

— Mais désormais, nous en savons davantage.

— Oui, admit-il pensivement. Désormais, nous en savons davantage.

Une nuit d'amour extraordinaire pouvait suffire à ensoleiller toute une vie, pensa Frances.

— Votre bouche, dit-il soudain, impérieusement.

Les yeux clos, elle lui tendit ses lèvres. Il l'embrassa. Elle se rendit compte que quelque chose se glissait dans sa bouche, quelque chose de chaud et de râpeux. Sa langue.

Sous l'averse de la douche, l'espace d'un court instant, plus rien n'exista sauf eux deux.

— N'oubliez pas cette saveur, dit-il en décollant à peine ses lèvres de celles de Frances. C'est la saveur de la passion.

— De la passion, répéta-t-elle d'une voix haletante. C'est ce que vous avez éprouvé avec moi, James ?

— Oui, répondit-il sans hésiter. Tournez-vous.

Elle obéit. Il se mit à la savonner. Elle avait lavé cinq enfants et huit petits-enfants, mais elle ne se souvenait pas d'avoir été lavée, même dans son enfance.

Pour James, c'était surtout l'occasion de la caresser partout : le dos, le ventre, les seins, les cuisses, les fesses...

Les yeux clos, Frances découvrait de nouvelles sensations.

Après l'avoir savonnée et rincée, il l'essuya avec une grande serviette. Puis, la prenant par la main, il la ramena dans la chambre.

Frances le regarda installer l'un des fauteuils devant le grand miroir.

— Que faites-vous ? s'étonna-t-elle.

Qu'avait-elle encore à découvrir ?

Il s'assit dans le fauteuil face au miroir et badigeonna son membre avec de l'huile de Margot.

— Venez, Frances.

Pendant quelques secondes, elle admira la hampe toute dure et terminée par un gros bulbe. Il la prit par les hanches et la fit pivoter pour qu'elle lui tourne le dos.

Elle se vit dans le miroir – une femme avec une abondante chevelure rousse, des hanches rondes et des seins généreux.

Il la fit asseoir sur ses genoux.

— Lorsque j'étais enfant, dit James en lui caressant le ventre, je voulais tout savoir du corps des femmes.

— Que vouliez-vous savoir précisément ? réussit-elle à articuler.

Il la plaqua contre son ventre.

— Je voulais savoir à quoi une femme ressemble. Je voulais voir une femme *comme ça*.

Il écarta ses jambes, entraînant les siennes.

Aussitôt, elle fut fascinée par le reflet de cette inconnue – une Frances qu'elle n'avait jamais vue.

— Je voulais regarder de près les pétales de chair nichés dans la toison. Je voulais voir leur couleur… Je voulais savoir à quel point c'était doux.

Dans le miroir, elle le vit lisser les petites lèvres – d'un rose nacré sur le pourtour, d'un rouge luisant à l'intérieur.

— Quand on est jeune, poursuivit-il, on ne sait pas qu'une femme possède un petit bouton ultrasensible, on ne sait pas si le passage est serré, on ne sait pas si c'est profond...

Dans la glace, Frances le vit faire tournoyer son doigt autour de son clitoris, puis frôler sa fente.

Ensuite, tout doucement, il glissa un doigt en elle... et deux... et *trois* !

Frances n'aurait su dire si l'invasion était agréable ou pénible. Tout ce qu'elle savait, c'était que quelque chose d'incroyable était en train de lui arriver.

Soudain, il la souleva et, au moment où elle s'y attendait le moins, il l'empala sur son sexe.

Frances ravala son souffle.

Une sensation de chaleur se répandit dans ses entrailles. Les poils de la poitrine de James lui chatouillaient le dos, sa toison pubienne lui picotait les fesses.

Elle ne pouvait plus parler. Tout ce qu'elle pouvait encore faire, c'était regarder ce qui se passait dans le miroir et savourer.

— Je ne suis plus jeune depuis longtemps, Frances, murmura James en l'embrassant dans le cou. Je sais que le sexe de la femme est un trésor. Je sais qu'il est beau et mystérieux à la fois. Regardez, Frances. Regardez et souvenez-vous que vous n'êtes plus cette jeune fille étendue dans le noir, attendant passivement le bon vouloir de son seigneur et maître...

Tout en remuant son bassin, il lui titilla le clitoris. Elle hoqueta de surprise. Poussa un petit cri et se mit à haleter. Elle n'allait pas jouir déjà ? C'était trop tôt ! En fait, non, ce n'était pas trop tôt...

La tête renversée en arrière, elle émit un long gémissement.

— Le plus beau cadeau qu'une femme puisse faire à un homme, Frances, c'est ça ! dit-il. Ni son pucelage ni sa docilité, mais un chant de pur plaisir.

31

Les rayons du soleil se déversaient à travers les rideaux.

Le jour était levé.

Il s'était douché, fait la barbe, habillé de pied en cap. Il n'avait que trop tardé.

James se pencha sur Frances et souleva doucement la mèche rousse qui lui barrait le front. La peur lui nouait les entrailles – la peur, et d'autres sentiments tout aussi primitifs.

Elle rouvrit doucement les yeux. Dans la lumière, ses longs cils auburn jetaient des reflets dorés.

James retint son souffle. Aurait-elle l'air triste ? Ou même dégoûtée ?

Mais non. Seuls les moments d'intimité partagés – l'invasion de son membre brûlant, les convulsions de l'orgasme – avaient laissé leur trace sur son visage et dans son regard. Elle avait l'air forte – de ce genre de force bien particulière qu'une femme puise dans la volupté.

Sa peur passa d'un coup. Désormais, le sentiment qui lui nouait les entrailles était facile à reconnaître : la tendresse.

Elle s'était donnée à lui sans réserve.

James l'embrassa sur les paupières pour qu'elle ferme les yeux et ne puisse voir le maelström d'émotions qu'elle provoquait en lui.

— Il faut que je m'en aille.

Il sentit les fines paupières frémir contre ses lèvres. Avant de se redresser, il resta un moment à humer ce parfum de vanille qui n'appartenait qu'à elle.

— Voulez-vous que je fasse monter un petit déjeuner ?

Frances se rendit compte que beaucoup de gens s'activaient déjà dans la maison.

— Non, merci.

Elle rosit légèrement et remonta les couvertures jusqu'à son menton, comme si les domestiques pouvaient voir sa nudité à travers les murs !

En souriant, James rabattit les couvertures et lui caressa la gorge.

— Quoi ? Vous rougissez ? Après tout ce que nous avons fait !

— Et si je rougissais *à cause* de ce que nous avons fait ?

Il écarquilla les yeux.

— Vous... Vous avez honte, Frances ? balbutia-t-il, inquiet.

Mais il y avait tout sauf de la honte dans le beau regard clair de Frances.

— Nous sommes peut-être des dinosaures, James, dit-elle, mais des dinosaures avec de beaux restes.

Il se pencha pour dissimuler son soulagement, lui baisa les seins, mordilla les moelleux reliefs des mamelons...

Puis il caressa son ventre, soyeux et tiède. Pendant ce temps, elle lui toucha la nuque : un simple effleurement qui fit tressauter le membre de James.

Il ne s'était jamais senti aussi proche d'une femme. Pour incroyable que cela paraisse, c'était comme si Frances était une partie de lui-même.

Il se redressa lentement, à regret.

— J'ai envie de rester ici.

Ça aussi, c'était incroyable : pour la première fois de sa vie, il répugnait à se rendre au tribunal.

Il adorait pourtant courtiser le public, manipuler les jurés. Écraser la partie adverse.

Triompher.

— Mais nous devons y aller, dit Frances d'une voix entrecoupée.

Leurs vies les attendaient.

Le carillon de Westminster glissa sa mélodie dans le sanctuaire de la chambre.

— Si vous voulez, nous pouvons partir dans le même fiacre.

En même temps, il en profita pour admirer la nudité de Frances à la lumière du jour – il connaissait désormais toutes les parties de son corps : les seins, les hanches, le ventre, les cuisses, les fesses.

Il la regarda de nouveau dans les yeux – des yeux de biche aux abois. Elle luttait manifestement contre la tentation de se cacher sous les couvertures.

— Vous êtes vraiment belle, Frances, déclara-t-il sur le même ton neutre qui sert à dire que deux et deux font quatre.

Elle ravala sa salive, ne sachant comment répondre à son compliment.

— Je vous aide à vous rhabiller ? proposa-t-il.

— Ai-je le temps de prendre une douche ?

— Si vous voulez partir en même temps que moi, non. Je devrais déjà être au tribunal.

— Mais, je suis toute... visqueuse.

Le membre de James durcit. Il savait exactement où elle était « visqueuse ».

Il se rendit dans la salle de bains et en revint avec une serviette mouillée, dont il se servit pour essuyer les restes de lubrifiant.

Frances posa sur lui ses beaux grands yeux.

— Je crois, dit-elle, que vous allez bientôt me faire passer l'habitude de rougir.

— C'est tout ce que je demande, assura-t-il.

En souriant, il lui tendit la main.

— Madame, si vous permettez ?

Acceptant son aide, elle sortit du lit, intimidée et ravie à la fois.

Frances enfila ses vêtements à mesure que James les ramassait : corset, jupons, tournure, jupe. Il lui démêla les cheveux tandis qu'elle reboutonnait son corsage. Les cheveux très fins s'accrochaient aux poils de la brosse. Elle n'eut pas besoin de miroir pour refaire son chignon, acceptant les épingles que James lui tendait une par une.

Il la fit asseoir dans un fauteuil et, agenouillé devant elle, il lui remit ses bas blancs et fit glisser les jarretières roses le long des cuisses. Il repensa au moment où les fesses de Frances avaient frémi contre son bas-ventre – lui, immobile ; elle, faisant des mouvements de va-et-vient.

Il laça ses bottines.

Il se doutait qu'elle repensait aussi à leurs étreintes, aux grognements et aux cris qu'ils n'avaient pu s'empêcher de pousser.

— Je nous ai vus dans le miroir, dit-elle soudain.

James n'avait pas vu leur reflet, car le dos de Frances l'en avait empêché.

Contrôlant ses émotions, il demanda :

— Et qu'avez-vous vu ?

— Vos bourses contre mon sexe.

Il ferma les yeux pour mieux imaginer la scène.

— Je les ai distinctement vues frémir au moment où j'ai joui, reprit-elle. C'était comme si elles avaient fait partie de moi.

James n'était pas quelqu'un de modeste, mais il se sentit tout petit devant Frances.

Se redressant, il lui offrit ses deux mains pour l'aider à se relever du fauteuil.

Elle fixa sa main gauche.

— Vous ne portez pas votre alliance, remarqua-t-elle.

Il l'avait ôtée avant de faire sa toilette, ce matin.

— Ce n'est pas un simple anneau, fût-il en or, qui fait la solidité du lien entre un homme et une femme, déclara-t-il.

Il avait trompé sa femme ; il ne concevait pas de tromper Frances.

— Venez !

Le majordome accueillit James au pied de l'escalier. Il ne manifesta pas la moindre surprise en voyant Frances à son bras. Il était vraiment très stylé.

— Le fiacre vous attend, monsieur.

— Merci, Peasebody.

Le majordome décrocha de la patère le manteau de Frances et le lui tendit. Elle lâcha le bras de James.

Il eut soudain froid, malgré son épais manteau de laine.

Peasebody tendit son sac à Frances. Lorsqu'elle le prit, son alliance brilla à son doigt.

Elle était à la croisée des chemins.

Qu'est-ce qui comptait le plus : le passé ou l'avenir ? Elle allait devoir choisir. Et personne ne pourrait décider à sa place.

Un fiacre attendait le long du trottoir.

— Je vous dépose ? demanda Frances comme s'ils n'étaient que de vagues connaissances sortant du théâtre. Ou bien c'est vous qui me déposez ?

— C'est moi qui vous dépose, répondit-il.

Elle monta dans le fiacre. James s'immobilisa sur le marchepied, le temps de donner au cocher l'adresse de Frances, puis il la rejoignit.

Pendant de longues secondes, les seuls bruits dans le sombre habitacle furent des grincements de roues, leur fiacre se mêlant à des dizaines d'autres dans la rue. Londres vaquait déjà à ses affaires.

— Vous portez les mêmes vêtements qu'hier soir, commenta finalement Frances.

— Vous aussi.

— Oui. La toilette est la même. Mais moi, je ne suis plus la même.

— Moi non plus.

Elle avait appris à recevoir ; il avait appris à donner.

Une roue du fiacre passa dans un nid-de-poule.

— Je ne sais pas si je pourrai vous voir ce soir, dit James d'une voix sourde. J'ai ma plaidoirie de demain à préparer.

— Je comprends, répondit-elle sobrement.

— Qu'allez-vous faire aujourd'hui ?

— Quelques courses.

— Envoyez un domestique.

Il n'aimait pas l'idée qu'elle aille se promener seule dans les rues. Londres était une ville dangereuse.

— C'est quelque chose que je dois faire moi-même.

James avait de bonnes raisons d'avoir peur. Le pire était toujours à craindre. Sa femme n'était-elle pas morte tout simplement d'un accident de la circulation ?

Et puis, dans son métier, il avait vu beaucoup de crimes ; il savait qu'il était impossible de protéger une femme dès lors que quelqu'un s'était mis en tête de lui faire du mal.

— Au fait, dit Frances, les photographies sur lesquelles on voit un homme se masturber, pourquoi les appelle-t-on des « Un contre un » ?

James se souvint de la réunion du samedi et de la carte postale apportée par Rose Clarring. C'était trois jours auparavant ; il avait l'impression que cela faisait trois siècles.

— Des *Cinq* contre un, rectifia-t-il avec un sourire dans la voix. À cause des doigts, qui sont cinq, alors que le petit oiseau, lui, il est tout seul.

Frances posa la main sur son entrejambe.

— Je cherche votre « petit oiseau », expliqua-t-elle d'un ton amusé.

Lorsqu'elle l'eut trouvé, elle commença à le pétrir et à le caresser à travers l'étoffe du pantalon.

— Et quels euphémismes emploie-t-on pour désigner le sexe de la femme ? demanda-t-elle.

Oh, il y avait beaucoup de mots pour ça.

Des mots gentillets. Des mots grossiers.

Les hommes avaient besoin des femmes ; alors, ils les craignaient – et ce que les hommes craignent, ils le rabaissent, ils le méprisent.

James n'avait pas envie que Frances évoque son propre sexe en termes péjoratifs.

Se penchant, il glissa une main sous sa jupe et remonta le long de la jambe.

— L'amoureux sillon, dit-il.

Il trouva la toison, dont les bouclettes étaient d'un roux plus sombre que les cheveux – il le savait maintenant.

— Quoi d'autre ?

— L'autel de la volupté...

Frances écarta les cuisses. Son clitoris se dressa.

— Le chemin du paradis, poursuivit-il en passant doucement le doigt sur les petites lèvres. Le champ de Vénus...

Il continua de caresser ce sexe dont tous les replis lui étaient désormais familiers.

— Il y a des formules un peu moins lyriques, mais tout aussi évocatrices : la boîte d'amourette, la chambre défendue...

— Ce n'est pas bien méchant, fit remarquer Frances.

— Aimez-vous mieux le bijou, le corridor d'amour, la bouche d'en bas ? Et que dites-vous de la tirelire, du pince-vit ? Je l'ai même entendu appeler la pièce d'habitation. Pour les hésitants, ce sera le petit je-ne-sais-quoi ou bien le comment-ça-s'appelle-déjà. Il y a aussi les timides, qui disent le cas, la chose... Et pour ceux qui n'ont pas de vocabulaire du tout, c'est le truc ou le machin...

Le fiacre s'arrêta.

— À la campagne, dit Frances, je l'ai entendu comparer à un champ de labour.

— Je veux bien être le soc.

— On l'appelle aussi terrier, garenne ou clapier…

— Tout ce que vous voudrez, aussi longtemps que je suis le lapin.

Elle éclata de rire. Un rire clair comme ses yeux. Un rire franc comme elle.

Les grelots accrochés au harnais du cheval tintèrent.

— Vous allez me promettre quelque chose, fit James en s'écartant.

Frances cessa brusquement de rire.

— Vous promettre quoi ?

Il repoussa la main avec laquelle elle continuait de lui caresser le sexe.

— Promettez-moi de ne laisser personne vous faire du mal.

Dans la pénombre, elle chercha son regard.

— Qui pourrait me vouloir du mal ?

— Pas la peine de le vouloir. Les gens se font du mal sans même s'en apercevoir, parfois.

Les amants. Les maîtresses. Les maris. Les femmes.

Les mères. Les enfants.

— Quand le mal n'est pas fait exprès, répliqua Frances avec candeur, alors, il ne dure pas.

32

— Mademoiselle Dennison ?

Ardelle s'immobilisa. Elle portait un splendide manteau noir, mais la plume qui surmontait son chapeau était d'une taille extravagante. Frances se souvint des coqs présentés à la foire, plus prétentieux les uns que les autres dans leurs petites cages, et elle sourit.

— Mademoiselle Dennison, répéta-t-elle en s'approchant, puis-je vous dire deux mots ?

— Cette partie du musée n'est pas ouverte au public, madame Hart, déclara Ardelle d'une voix plus froide que le blizzard.

Frances s'était attendue à être rabrouée.

— J'ai la permission de M. Hamon, répondit-elle. J'espérais que nous pourrions déjeuner ensemble.

— J'ai un rendez-vous d'affaires.

Les yeux dorés de Mlle Dennison étaient aussi glacials que sa voix.

— Alors, je ne vous retiens pas, dit Frances. Nous avons eu des prises de bec, mais je vous aime bien, et j'étais surtout venue pour vous exprimer ma sympathie.

La surprise se peignit sur le visage d'Ardelle Dennison.

— Je vous demande pardon ?

— M. Manning vous a causé du chagrin. Et, pour ça, je compatis.

Frances ne pouvait pas réparer ses torts vis-à-vis de ses filles, mais elle pouvait aider cette femme, qui était assez jeune pour être sa fille.

— Franchement, je ne vois pas de quoi vous parlez, dit Ardelle Dennison, revenue de sa surprise. Autant que je sache, M. Manning n'a rien fait pour me chagriner.

Dans le couloir mal éclairé, la belle Ardelle était réduite à une ombre.

— Je crois, mademoiselle Dennison, qu'une femme qui a un faible pour un homme ne peut qu'éprouver du chagrin lorsque cet homme annonce devant elle qu'il n'a pas rencontré une femme digne d'être épousée.

Ardelle Dennison devint livide. Elle n'avait pas oublié la conversation qui avait eu lieu une dizaine de jours plus tôt.

— Je sais qu'il vous a blessée, enchaîna Frances. Et je pense que vous devez vous sentir seule. Vous avez tort, mademoiselle. Vous êtes jeune. Vous êtes intelligente. Vous êtes belle. Vous n'êtes pas condamnée à la solitude. Sauf si c'est ce que vous souhaitez.

Mais peut-être qu'Ardelle Dennison ne savait pas elle-même ce qu'elle voulait.

Frances estima qu'elle n'avait plus qu'à s'en aller.

— Je ne vais pas vous retarder plus longtemps, dit-elle. J'étais juste venue pour m'excuser. Si je n'avais pas bêtement provoqué Joseph Manning, il n'aurait jamais prononcé ces paroles blessantes pour vous.

Elle se tourna pour partir, mais Mlle Dennison la rappela.

— Vous feriez quoi à ma place, madame Hart ?

Que de douleur dans cette voix !

Frances s'immobilisa.

— L'autre jour, dans l'omnibus, j'ai entendu un garçon et une fille… bien malgré moi : ils parlaient fort. Ils étaient très jeunes, dix-huit ans tout au plus. Ils jouaient au papa et à la maman et se donnaient du M. Untel et du Mme Unetelle. Au début, je les ai trouvés drôles. Jusqu'à ce que la jeune fille se mette à examiner le pénis de son petit copain.

Frances se rendit compte qu'elle venait de choquer Ardelle Dennison pour la deuxième fois en cinq minutes.

— C'était assez innocent, reprit-elle, la gorge serrée. La fille ricanait. Il n'y avait rien de sordide dans sa conduite, rien de vicieux. Elle était curieuse, c'est tout. Et puis, elle était audacieuse et elle avait envie de s'amuser. Mais je vous l'avoue, mademoiselle Dennison, l'espace d'un instant, j'ai détesté cette gamine. Parce que moi, à son âge, je ne riais pas comme elle, de ce rire clair et insouciant. Elle était en train de vivre quelque chose que je n'avais jamais vécu. Et j'en ai éprouvé de la rancœur. Je me suis dit : « Voilà ce que tu as perdu en te mariant à quinze ans. » J'ai jalousé sa jeunesse, j'ai jalousé sa fraîcheur, j'ai jalousé sa liberté. Mais surtout, j'étais amère parce que je n'ai jamais eu l'audace qu'il faut pour profiter simplement des joies de la vie.

Ardelle Dennison répondit avec dédain.

— Vous pensez que M. Manning serait ravi que je manipule ses parties intimes dans une voiture publique ?

— Je crois, dit prudemment Frances, que M. Manning vous admire.

Ardelle Dennison eut un mouvement de dégoût.

— Je m'en contenterai ! lança-t-elle. De toute façon, les hommes ne savent qu'admirer de loin ou mépriser de près.

Visiblement, la belle Ardelle avait rencontré de tels hommes, qui avaient pris des libertés avec elle avant de l'abandonner.

— *Ce n'est pas un simple anneau, fût-il en or, qui fait la solidité du lien entre un homme et une femme,* avait dit James.

— Alors, mademoiselle Dennison, vous devez vous poser sérieusement la question : suis-je prête à me contenter d'être admirée de loin ?

Après quoi, Frances s'en alla par un couloir qu'elle ne connaissait pas, descendit un escalier qu'elle ne connaissait pas, sortit par une porte qu'elle ne connaissait pas.

Dehors, les rayons du soleil se frayaient un passage entre de lourds nuages gris. L'air sentait le crottin, le pain frais et la fumée. Dans le Sussex aussi, ça puait. Mais, dans le Sussex, il n'y avait pas cette fébrilité…

Les marchands ambulants mélangeaient leurs cris. Une femme vendait des cerises. Un homme vendait des pierres à aiguiser. Un petit vendeur de journaux hurlait :

— Le procès de l'empoisonneuse !

On avait du mal à comprendre comment une voix aussi sonore pouvait surgir d'une aussi frêle carcasse. Ce n'était pas la première fois que l'attention de Frances était attirée par les cris des vendeurs de journaux. Il était souvent question de meurtre. Elle n'avait jamais cherché à en savoir plus.

— Son mari s'est-il empoisonné tout seul ? L'a-t-elle tué ? criait le gamin. Tous les détails ici ! Un penny !

Soudain, Frances comprit qu'il parlait de Mary Bartle.

Elle connaissait James Whitcox, l'homme, mais elle ignorait tout de James Whitcox, l'avocat.

Elle sortit une piécette de son sac.

Le gamin vint à sa rencontre.

— Bonne lecture, m'dame !

Ayant empoché le penny, il s'éloigna en hurlant de plus belle :

— Tout sur l'empoisonneuse ! Dernière édition ! Un penny !

Frances regarda le journal que le gosse venait de lui fourrer dans les mains. Un visage familier ornait la première page.

33

Derrière James Whitcox, le public s'en allait silencieusement. Devant lui, des policiers emmenaient Mary Bartle.

Elle avait déboutonné sa veste. Le public, les jurés, le juge – tout le monde avait hoqueté d'horreur en voyant les tumeurs syphilitiques qui lui rongeaient les bras.

Mary Bartle avait enduré leur dégoût sans broncher.

En la regardant dans les yeux, James avait compris pourquoi elle n'avait plus ni pudeur ni vanité : elle était moralement morte.

Un choc sourd le fit sursauter – c'était le procureur général qui venait de poser brutalement sa sacoche sur la table.

— Vous êtes vraiment prêt à tout pour gagner, Whitcox !

James referma sa sacoche.

— Oui.

— Ça vous fait quoi d'humilier une pauvre femme ? demanda Jack Lodoun avec dédain.

James le regarda d'un œil impassible.

— Ça vous fait quoi d'envoyer des innocents à la potence ?

La colère colora les joues du procureur.

— Mon métier ne consiste pas à poursuivre des innocents.

James se leva. Sa robe de soie s'agrippa à son pantalon de laine.

— Vous oubliez, Lodoun, que mon père a été procureur général.

Sur ce, James s'en alla pendant que Jack Lodoun restait cloué sur place.

Il retrouva son secrétaire dans son bureau.

— Monsieur, lui dit Avery Tristan, je suis en train de mettre la dernière main au brouillon de votre plaidoirie. Ensuite, je mangerai un morceau pendant que vous y jetterez un œil.

James et son secrétaire avaient prévu de travailler tard. Mais, pour l'instant, il aurait été incapable de se mettre à la tâche. Il ne pensait qu'à Mary Bartle. Mais il avait besoin de Frances Hart.

Il posa sa sacoche sur un coin de son bureau. Lorsqu'il ôta sa perruque, un courant d'air frais sécha la sueur qui lui rongeait le crâne.

— Finissez votre travail, monsieur Tristan. Je vais aller nous chercher quelque chose à manger. Qu'est-ce qui vous ferait envie ?

— Un sandwich au corned-beef.

James ôta sa robe, enfila son manteau et attrapa son chapeau.

— Monsieur ?

— Oui ?

— Vous avez été brillant de bout en bout dans cette affaire, et je ne pense pas qu'il se trouvera un seul juré pour la condamner.

Avery Tristan aurait déjà pu porter la robe et avoir sa propre clientèle, mais il avait choisi de devenir l'assistant de James pour parachever sa formation.

— Au fait, monsieur Tristan, vous ne m'avez jamais dit pourquoi vous vouliez être avocat.

— Mon père aimait bien sa matraque, monsieur.

Le père d'Avery Tristan avait commencé comme simple agent de police. Il était maintenant sergent.

Apparemment, Avery était bien placé pour connaître le mauvais côté de la justice : les pauvres qu'on persécute parce que c'est sans risque, les suspects qu'on bastonne jusqu'à ce qu'ils avouent...

— Je reviens dans une heure, annonça James.

— Très bien, monsieur.

La nuit tombait sur la ville. Un brouillard gluant épaississait l'obscurité. James releva le col de son manteau et traversa la rue.

La librairie Bailey était bondée. Un vendeur l'accompagna discrètement jusqu'au sous-sol. Il y vit beaucoup de visages connus. Chacun évitait de croiser le regard des autres.

— Vous désirez ? demanda un jeune homme.

James reconnut l'un des vendeurs qui avaient accueilli les membres du club des Messieurs et des Dames lorsqu'ils étaient venus en délégation.

Le vendeur le reconnut sans doute aussi, mais il ne laissa rien paraître.

— Je voudrais de l'huile de Margot.

— Un flacon ?

— Non, douze.

Il en voulait un dans chaque pièce de leur maison.

— Il ne m'en reste que deux ou trois, dit le vendeur en masquant sa surprise. Mais je peux vous en commander.

— D'accord.

— Quelque chose d'autre, monsieur ?

— Non merci, ce sera tout.

La première chose qu'il vit en sortant, ce fut, sur le trottoir d'en face, un vieux marchand de journaux qui grignotait sans entrain un morceau de tarte.

James commanda des sandwichs dans le café le plus proche. Il remarqua que le serveur évitait soigneusement de le toucher... comme si Mary Bartle lui avait inoculé son venin !

Lorsqu'il rentra dans son bureau, il fut accueilli par une bonne odeur.

— J'ai fait du café, dit Avery Tristan. En voulez-vous une tasse, monsieur ?

— Oui, répondit James en posant le paquet de sandwichs sur le bureau. Très volontiers.

Le secrétaire remplit une tasse.

— Les galeries étaient pleines à craquer, aujourd'hui. Les gens étaient tassés contre les murs.

— Le procès tire à sa fin, expliqua James. Ils n'ont pas envie de manquer le dernier acte.

Les gens aimaient voir les réactions de l'inculpé à la lecture du verdict.

— Avez-vous remarqué une femme au fond de la salle ? demanda M. Avery Tristan. Une jolie rousse avec un manteau à carreaux rouges et verts ?

Une jolie rousse avec un manteau à carreaux rouges et verts... James repensa à Frances lorsqu'elle avait poussé par erreur la porte de la salle de réunion ce samedi-là.

— Non, répondit-il tandis que son cœur se mettait à battre à coups redoublés. Non, je ne l'ai pas vue. Pourquoi ?

34

Frances rêvait qu'elle tenait la main de son mari ; soudain, la main sembla se désintégrer.

— Madame Hart ! Madame Hart !

Le bruit d'un martèlement lui parvint dans son sommeil, lointain et assourdi.

Frances se redressa brusquement.

— Je suis vraiment désolée, murmura-t-elle.

Le martèlement reprit.

Frances se rendit compte qu'elle était à Londres, et non dans le Sussex – et les chocs irréguliers, ce n'était pas le cœur de son mari en train de flancher, juste le majordome qui cognait à la porte.

Une douleur sourde entre ses jambes lui rappela la nuit passée avec James Whitcox.

Elle repoussa les couvertures.

Une lumière jaune orangé colorait la fenêtre.

La lune était basse dans le ciel. Ou alors, un lampadaire filtrait à travers les rideaux.

Les braises rougeoyaient dans la cheminée, mais il faisait quand même frisquet.

On était soit tard le soir, soit tôt le matin.

Quelqu'un tambourinait toujours à la porte.

— Madame Hart, dormez-vous ?

Frances attrapa la robe de chambre posée au pied du lit.

— Qu'y a-t-il, monsieur Denton ?

L'un de ses enfants avait-il envoyé un télégramme ?

— C'est M. Whitcox, madame, répondit le majordome d'une voix qui semblait rude à travers la porte. Il a insisté pour que je vous réveille.

James.

La peur lui serra les entrailles. Mais cela n'avait pas de sens. Si James était chez elle, il ne pouvait pas être blessé ou malade, évidemment. Il ne pouvait pas non plus être porteur de mauvaises nouvelles, puisque sa famille dans le Sussex ignorait son existence.

Frances ouvrit la porte, sa robe de chambre de flanelle grise flottant par-dessus sa chemise de nuit également en flanelle grise.

Le majordome, décoiffé, rhabillé à la hâte, fit un pas de côté. Il avait une bougie à la main.

Le tapis dans le couloir était froid et ne protégeait pas bien ses pieds contre la dureté du parquet. Les lampes à gaz ajoutaient leur lumière à la lueur vacillante de la bougie.

Frances s'immobilisa sur le palier.

James se trouvait au pied de l'escalier. Il affichait un air impassible. Sans un mot, Frances lui tendit la main. Il s'engagea dans l'escalier. Les marches couinèrent sous ses pas.

Frances eut un moment de doute. Le majordome savait qu'elle avait passé la nuit avec un homme mais là, il allait voir cet homme entrer dans sa chambre et ce n'était pas du tout la même chose.

Se redressant fièrement, elle prit James par la main et lui fit remonter le couloir jusqu'à la porte de sa chambre.

— Merci, monsieur Denton, dit-elle. Ce ne sera pas la peine d'attendre pour raccompagner M. Whitcox. Vous pouvez vous recoucher.

Le majordome écarquilla les yeux, puis il s'inclina.

— Très bien, madame. Faudra-t-il que je vienne frapper à la porte pour réveiller M. Whitcox ?

James répondit sur un ton tranquille.

— Oui, Denton. Réveillez-moi à sept heures.

— Très bien, monsieur.

James repoussa la porte qui se referma derrière lui avec un claquement presque imperceptible. La chambre parut rétrécir aux proportions d'un placard.

Frances chercha dans le tiroir de la table de chevet une boîte d'allumettes. Elle avait un peu honte de sa chemise de nuit en flanelle, vestige du Sussex.

— Avez-vous fini de préparer votre plaidoirie ?

James ne répondit pas à la question. Au lieu de cela, il dit :

— Je ne pouvais pas dormir.

Frances alluma une lampe. L'obscurité recula devant la flamme jaune et bleu qui jaillit de l'allumette. En même temps, une odeur âcre se répandit dans la pièce.

— Vous n'étiez pas fatigué ? murmura Frances en soulevant le globe d'une lampe à huile et en approchant l'allumette de la mèche.

— J'avais besoin de vous voir.

Il avait dit que son métier, c'était sa vie. Mais elle n'avait pas vraiment compris ce que cela signifiait jusqu'à ce qu'elle le voie dans la salle du tribunal, en robe noire et perruque grise, en train d'éplucher les gens comme des oignons, une couche après l'autre.

— J'ai l'impression de lui avoir porté le coup de grâce.

Frances comprit qu'il parlait de Mary Bartle. Elle la revit, le visage blanc et figé comme un masque mortuaire, le regard vide.

Elle souffla sur l'allumette pour l'éteindre et reposa délicatement le verre de la lampe.

— C'est la syphilis qui la tue, James, pas vous.

Dans les réunions du club des Messieurs et des Dames, ça n'avait été que le nom d'une maladie vénérienne. À présent, c'était une image que Frances n'oublierait jamais. James Whitcox non plus, lui qui bataillait pour sauver une femme qui ne pouvait pas être sauvée.

La lumière de la lampe révéla un lit en désordre – signe d'un sommeil agité.

— A-t-elle assassiné son mari ?

Frances n'avait pu s'empêcher de poser la question – tout en sachant d'avance la réponse.

— Désolé, je ne peux pas parler de ça.

Elle jeta l'allumette dans la cheminée. James ôta son manteau et son chapeau, et les posa sur un fauteuil.

— Mon lit n'est pas aussi confortable que le vôtre, murmura Frances.

— Vous y serez avec moi, ça suffira pour en faire le lit le plus douillet du monde, assura James en continuant de se déshabiller. Au fait, l'audience vous a-t-elle plu ?

— Oui, très instructive.

Elle avait appris des mots. Objection, Votre Honneur ! Objection retenue. Objection rejetée. Empoisonnement au chloroforme. Tumeurs syphilitiques.

— Ça ne vous a pas dérangé que j'y assiste ?

— Non, répliqua James. D'autant que je ne vous ai pas vue.

— Vous ne m'avez pas vue ?

— Non.

— Comment alors savez-vous que j'y étais ?

— Mon secrétaire vous a vue.

Frances se crispa.

— Il me connaît ?

— Il vous a décrite.

— Pourquoi ?

James ôta ses bretelles, passa les pouces dans la ceinture et descendit d'un seul coup son pantalon et son caleçon.

— Il a pensé que les autres femmes semblaient ternes à côté de vous.

— Il a vraiment dit ça ? murmura Frances, charmée par le compliment.

— Oui, répondit James en se retournant. Il a vraiment dit ça.

Frances ne put s'empêcher de regarder le membre de James, qui se dilatait à vue d'œil, le prépuce reculant pour révéler un bulbe rose foncé.

— Je ne vous ai pas remercié.

Le sexe de James tressaillit.

— Pourquoi ?

Au bout de son gland perlait la liqueur du désir.

— Pour avoir effacé l'image maudite de mon mariage.

Celle où elle était couchée dans la pénombre, les cuisses écartées, la chemise de nuit retroussée jusqu'à la taille, résignée.

James s'approcha, son sexe oscillant un peu à chaque pas.

— L'ai-je remplacée par une autre ?

— Oui, acquiesça Frances, les yeux mouillés de larmes.

Il lui ôta sa robe de chambre.

— Une image de quoi, précisément ?

Le cœur de Frances se mit à battre très fort au souvenir de leurs étreintes, peau nue contre peau nue.

— De vous... et de moi.

Après la robe de chambre, James commença à lui ôter sa chemise de nuit. Elle leva les bras pour lui faciliter la tâche. L'air frais lui enveloppa les fesses, les seins...

— Cette flanelle grise, dit-il, ce n'est vraiment pas seyant.

— Peut-être, mais c'est chaud.

— Maintenant que je suis là pour vous réchauffer, vous n'en avez plus besoin, murmura-t-il d'une voix sourde en la serrant dans ses bras.

Au contact de sa peau douce et tiède, de ses muscles fermes, de ses poils soyeux, Frances soupira de bonheur.

— Ce n'est pas une corvée de faire l'amour avec vous, James, chuchota-t-elle contre sa joue hérissée de barbe. C'est un plaisir. Vous serez toujours le bienvenu dans mon lit.

James lui soufflait son haleine dans l'oreille.

— Vous m'aimez bien, n'est-ce pas ?

La question était tellement absurde qu'elle en aurait ri si elle n'avait eu la gorge aussi nouée.

— Oui, j'ai beaucoup d'affection pour vous, répliqua-t-elle.

Il se détendit. Elle se pressa contre lui jusqu'à ce que ses seins s'écrasent contre son poitrail.

— C'est impardonnable, ce que j'ai fait à cette pauvre femme aujourd'hui, grommela-t-il.

— Vous avez fait ce que vous aviez à faire.

— Je n'ose imaginer ce que vous auriez ressenti à sa place, dit-il en parlant contre sa tempe.

— Je vous aurais remercié.

— Vraiment ?

— Oh, oui ! affirma Frances avec emphase, tout en lui caressant le dos.

— Vous viendrez dans mon bureau demain ?

— Ça vous ferait plaisir ?

— Les jurés vont tomber d'accord assez rapidement.

— Qu'est-ce qui vous fait croire ça ?

— Ils ne vont pas se résoudre à condamner une femme qui est déjà morte.

Même si elle était coupable.

35

James se réveilla en sursaut. Il ressentit d'abord une agréable sensation de chaleur. Elle lui entourait la taille ; elle avait passé sa jambe sur sa cuisse ; elle s'appuyait sur sa poitrine.

Un parfum de vanille flottait dans l'air.

Il ouvrit les yeux.

Ils avaient dormi ensemble.

Les rayons d'un pâle soleil traversaient les rideaux aux couleurs délavées.

Le feu dans l'âtre était éteint depuis longtemps. Il ne faisait pas chaud dans la chambre.

Doucement, prudemment, il écarta une lourde mèche rousse. La joue de Frances apparut, laiteuse, translucide dans la lumière du matin.

Il s'était demandé ce qu'elle allait penser du procès de Mary Bartle, et il avait sa réponse. Frances Hart n'avait pas fini de l'étonner.

Il lui déposa un petit baiser sur les lèvres. Aussitôt, elle rouvrit les paupières.

De longues secondes s'écoulèrent. Il y avait des bruits au rez-de-chaussée. On s'activait en cuisine ; sept heures n'allaient pas tarder à sonner.

— Je rêvais de vous, murmura Frances.

— Vous rêviez de quoi ?

— Je rêvais que nous faisions l'amour.

— Vous avez joui ?

— C'est sûrement ce qui serait arrivé si vous ne m'aviez pas réveillée, répondit-elle en affichant un air faussement courroucé.

Réveillée avec un baiser !

Comme dans *La Belle au bois dormant.*

Sauf que James n'était pas le prince charmant.

— Voulez-vous que je vous procure un orgasme pour compenser celui dont je viens de vous priver en rêve ?

— Oui, s'il vous plaît.

Il éclata de rire.

— Vous êtes une drôle de bonne femme, madame Hart.

— Je pense que vous êtes un drôle de bonhomme vous-même, James Whitcox.

Il l'embrassa sur le front, qu'elle avait doux et délicatement bombé.

— Où est l'huile de Margot ?

— Dans le tiroir du haut.

L'air froid mordilla ses épaules nues lorsqu'il se pencha vers la table de chevet. À chacun de ses mouvements, les ressorts du sommier grinçaient. Frances maintenait les couvertures en place sur son dos.

Le flacon était glacé.

S'enfouissant sous les couvertures, James réchauffa le flacon entre ses paumes, avant d'y plonger un doigt.

— Il fait meilleur chez vous, commenta Frances.

— Et le sommier fait moins de bruit.

Elle prit son membre et le caressa, tandis que James lui lubrifiait les petites lèvres avec le bout de son doigt.

Frances se mit à haleter. Déjà.

— James, dit-elle d'une voix saccadée, il y a des gens qui disent « faire l'amour » et d'autres qui disent « baiser », n'est-ce pas ?

— Oui.

Tout en parlant, ils continuaient de se caresser l'un l'autre.

— Et ce que nous faisons ensemble, ça peut s'appeler « baiser » ? demanda Frances.

— Dans une certaine mesure, oui.

— Dans quelle mesure ?

— Dans la mesure où cela suppose quelque chose d'instinctif, un élan…

Ce qu'il avait fait avec sa femme, il l'avait appelé « rapports conjugaux », et ce qu'il avait fait avec ses diverses maîtresses, il l'avait appelé « baiser ». Depuis qu'il connaissait Frances, il se rendait compte que, jusqu'ici, il avait seulement eu de froides « relations sexuelles ». Pour lui, « baiser » supposait des émotions et il n'en avait ressenti aucune.

— James, dit-elle en lui serrant un peu plus fort le sexe, vous me trouveriez effrontée si je vous demandais crûment de me baiser ?

— J'en serais ravi au-delà de toute expression, répondit-il en se couchant sur elle.

Les ressorts du sommier couinèrent atrocement.

— On va nous entendre, fit Frances tandis que, dans son regard, l'inquiétude le disputait au désir.

— Tout ce qu'ils entendront, c'est le lit.

Chaque coup de boutoir allait provoquer des grincements révélateurs. Un gentleman se serait arrêté là, plaçant la décence au-dessus de la passion. Mais il y avait longtemps que James ne se faisait plus d'illusions : il n'était pas un gentleman.

Le plaisir qu'elle avait à donner était un cadeau trop précieux pour qu'il le refuse. Il avait envie d'elle – et où aurait-il trouvé la force de résister à la tentation ?

— Il n'y a que moi qui vous entendrai haleter et gémir, murmura-t-il tandis qu'un nuage de buée argentée s'échappait de sa bouche. Il n'y a que moi qui vous entendrai crier mon nom quand vous jouirez.

36

Frances concentrait ses regards sur l'homme en robe de soie noire et perruque grise qui prononçait des mots terribles.

— ... délibérément, perversement et de sang-froid... assassiné avec préméditation l'homme qu'elle avait juré devant Dieu d'aimer et de chérir tout au long de sa vie.

James faisait semblant de se désintéresser de ce qui se passait autour de lui. Il prenait des notes. Sa robe noire et sa perruque grisâtre, bouclée comme une fourrure d'astrakan, ressemblaient beaucoup à celles du procureur.

Il lui avait expliqué dans le fiacre en venant qu'il y aurait d'abord le réquisitoire et qu'ensuite il plaiderait, le dernier mot revenant traditionnellement à la défense.

Ils s'étaient séparés dans le hall d'entrée, lui pour aller dans son bureau, elle pour se chercher une place dans la galerie.

La voix du procureur général résonnait dans la salle.

— Me Whitcox nous a dit que Mary Bartle n'avait pas de raison de tuer Thomas Bartle. Mon estimé confrère prétend que Thomas Bartle était mourant. Dans ces conditions, pourquoi Mme Bartle – une femme qui avait juré devant Dieu de l'aimer, de l'honorer et de lui obéir – se serait-elle donné la peine d'empoisonner un mari dont les jours étaient comptés ? Et puis, Me Whitcox a fait appel à notre pitié parce que, selon lui, Mme Bartle est en train de mourir de la même maladie qui, s'il faut l'en croire, a tué M. Bartle.

Frances regarda le box des accusés.

Mary Bartle était écroulée sur le banc, tête basse, yeux mi-clos, mains jointes. Les souffrances qu'elle avait endurées pendant ce procès devaient être intolérables.

— Thomas Bartle, selon mon estimé confrère, n'avait plus qu'un an à vivre. Mais il n'est pas Dieu, que je sache ! ironisa Jack Lodoun. Un médecin n'est pas Dieu. Ce qui reste à vivre pour un homme, aucun homme ne peut le prédire. Par exemple, combien de temps reste-t-il à vivre à Mary Bartle ? poursuivit le procureur général sur un ton enflammé. Qui d'entre vous, messieurs les jurés, oserait l'affirmer ? Mais, dites-moi, si vous étiez à la place de Mary Bartle, en train de mourir à cause d'une maladie que vous aurait inoculée votre mari – un homme qui avait fait serment de vous aimer, de vous honorer et de vous chérir – que feriez-vous ?

Plus Frances regardait le procureur, plus elle était sûre de l'avoir déjà vu quelque part.

— Mon estimé confrère affirme que Thomas Bartle était mourant, et que, par conséquent, Mary Bartle n'avait aucune raison de le tuer, continua-t-il. Après quoi, il nous informe que Mary Bartle aussi est mourante. Mais qui est en mesure de dire lequel, du mari ou de la femme, serait mort en premier si la nature avait pu suivre son cours ? M. Bartle aurait peut-être survécu à Mme Bartle. Ne serait-il pas logique qu'elle se soit dépêchée de l'assassiner pendant qu'elle le pouvait encore ? Quel meilleur mobile pour un meurtre que de punir celui qui vous a transmis la maladie qui est en train de vous tuer ? M. Whitcox a essayé de vous convaincre qu'une mourante n'irait pas tuer celui qui est responsable de sa mort. Allons, toutes les victimes rêveraient d'avoir l'opportunité de se venger de leur bourreau !

Le procureur général se pencha vers le box des jurés, l'air de dire : « Nous sommes entre hommes, parlons franchement. »

— Messieurs, reprit-il, nous n'avons pas la naïveté de croire que les femmes sont au-dessus des mauvais instincts qui affligent la nature des hommes. Elles ont des liaisons adultères. Elles éprouvent des désirs illicites.

Frances, se sentant visée, fit la grimace.

— Oui, poursuivit Jack Lodoun. Hypocrisie, mensonge, lubricité, tel est leur lot ! Mais, loin de s'arrêter en si bon chemin, à l'abri sous leurs beaux atours, protégées par leur modestie, elles tuent !

Il marqua une pause, pour reprendre son souffle – ou pour laisser le temps à sa tirade de faire son effet.

— Mary Bartle a tué son mari, conclut-il d'une voix tranquille. Peu importe *pourquoi.* Peu importe qu'elle-même soit mourante. Ne vous laissez pas égarer par la pitié. Ici, il est question de justice, pas de miséricorde. Mary Bartle a tué son mari, un point c'est tout. C'est votre devoir de la déclarer coupable, afin que justice soit rendue.

Les douze jurés avaient l'air mal à l'aise. Le procureur, après les avoir salués, retourna s'asseoir.

Frances regarda James. Il continuait de griffonner, comme s'il ne s'était pas rendu compte que son confrère avait fini. Puis, alors que la tension était à son comble, il reposa tranquillement sa plume.

Les mains à plat sur la table, il se redressa avec une lenteur calculée. Les poignets de sa chemise, d'une blancheur immaculée, dépassaient des énormes manches de sa robe.

— *C'est le devoir du procureur de les accuser,* avait-il déclaré en sortant de la librairie Bailey. *C'est mon devoir de les défendre. C'est le devoir du jury de les juger.*

Frances comprenait mieux à présent ce qu'il avait voulu dire.

Elle ne le voyait pas autrement que les membres du public : un homme d'âge moyen, bien rasé, les yeux insondables.

Sauf qu'ils ne voyaient pas sa passion. Tout ce qu'ils voyaient, c'était sa dignité.

Il n'y avait qu'elle pour le connaître vraiment.

L'homme qui lui avait révélé le plaisir.

L'homme qui faisait acquitter autant de coupables que d'innocents, pour compenser le mal causé par son père qui avait fait pendre autant d'innocents que de coupables.

— Messieurs les jurés, commença James d'un ton plus mesuré que celui du procureur général mais qui portait sans peine jusqu'au fond de la salle et jusqu'au sommet de la galerie, messieurs les jurés, depuis le début de ce procès, Me Lodoun n'a cessé de nous répéter que Mary Bartle avait assassiné son mari et qu'il nous mettrait la preuve sous le nez ! Hélas pour lui, il n'a jamais rien eu d'autre à nous montrer qu'une bouteille de chloroforme vide, laquelle bouteille, comme je vous l'ai révélé, n'appartient même pas à Mme Bartle. Me Lodoun vous a fait part de ses soupçons, il a essayé de vous rendre aussi soupçonneux que lui. Mais, pour prononcer un jugement, il faut autre chose que des soupçons. Aujourd'hui, Me Lodoun a supposé que Mary Bartle avait tué son mari pour se venger. Vous n'êtes pas obligés de fonder votre jugement sur des suppositions. Il vaudrait mieux des faits. Et en vérité, messieurs, il n'y a pas d'autres faits que ceux que j'ai portés à votre connaissance. C'est un fait que Thomas Bartle a contaminé sa femme. C'est un fait que M. Bartle ingérait du chloroforme pour soulager ses souffrances, des souffrances provoquées non seulement par la maladie mais par l'empoisonnement au mercure. C'est un fait que les jours de M. Bartle étaient comptés. Vous avez vu les rapports d'autopsie : il n'est pas nécessaire d'être Dieu pour se rendre compte que M. Bartle s'acheminait rapidement et douloureusement vers la mort. Le procureur général prétend que Mme Bartle a empoisonné son mari, mais il est à la peine quand il s'agit d'en fournir la preuve. Moi, dans ce box, je ne vois pas une meurtrière – juste une pauvre femme contre laquelle le sort s'acharne.

« Mon estimé confrère, poursuivit James Whitcox après une pause, a commencé par nous dire que Mme Bartle méritait notre mépris pour avoir entretenu une relation adultère. Maintenant, il prétend qu'elle est une criminelle. Oh, il ne dit pas positivement qu'elle a tué son mari. Il dit juste qu'elle ne peut pas *ne pas* l'avoir tué. Pourquoi ? Parce que c'est ce que tout le monde aurait fait à sa place ! Curieux raisonnement ! Quant à moi, je ne sais pas ce que j'aurais fait à la place de Mary Bartle ; je ne vous demande pas ce que vous auriez fait à sa place. Ce n'est pas nous qui sommes sur la sellette. Mary Bartle *est* sur la sellette, elle seule. Depuis sept ans, elle se meurt d'une maladie que son mari lui a inoculée. Cependant, elle a consciencieusement tenu la maison de Thomas Bartle. Hier, vous avez vu les tumeurs qui la rongent. Mary Bartle est mourante pour la seule et unique raison qu'elle a été une bonne épouse. Ce n'est pas elle qui devrait se trouver sur ce banc d'infamie, messieurs.

Les mains à plat sur la table, il conclut :

— Après avoir tourné les choses dans tous les sens, je ne vois pas comment je pourrais condamner Mary Bartle. Et vous ?

Au même moment, une main se posa sur l'épaule de Frances.

— Madame Hart ?

Elle sursauta. Le cœur battant, elle pivota.

Un beau jeune homme la surplombait.

— Je suis Avery Tristan, le secrétaire de Me Whitcox, dit-il d'une voix bien timbrée. À présent, le juge va rappeler quelques points de droit, puis les jurés vont se retirer pour délibérer. Me Whitcox m'a demandé de vous conduire à son bureau.

Le secrétaire de James, songea-t-elle. Autrement dit, le brave garçon qui avait estimé qu'à côté d'elle, les autres femmes semblaient ternes !

Frances se leva gracieusement. Elle se sentait observée. Les regards qui se posaient sur elle n'étaient pas tous bienveillants.

Elle s'arrêta dans l'encadrement de la porte.

— Le public va-t-il attendre ici jusqu'au verdict ?

Elle eut sa réponse. Les gens derrière elle se bousculaient déjà pour sortir. Aristocrates, bourgeois, ouvriers, ils semblaient tous animés de la même curiosité malsaine.

— Il y a toujours autant de monde ?

— Dans les affaires de meurtre, c'est en général le cas, mais celle-ci a vraiment eu beaucoup de succès.

Le secrétaire lui posa la main entre les omoplates et la guida vers un long couloir. Il avait un visage frais et lisse – quel âge pouvait-il avoir ? Vingt-quatre, vingt-cinq ans ?

— C'est votre premier procès ? reprit-il.

— Oui.

Frances contourna trois messieurs qui discutaient fiévreusement en faisant de grands gestes. Elle entendit des bribes de leur conversation :

— Coupable à coup sûr… pas une tête d'empoisonneuse… Ce n'est pas le mari la victime…

— Un homme est mort, une femme est en train de mourir, ajouta-t-elle en levant les yeux vers Avery Tristan. Drôle de spectacle, quand on n'a pas l'habitude !

— Je crois qu'on ne s'y habitue jamais, madame.

Frances remarqua qu'il parlait sur le même ton impassible que James. Était-ce les études de droit qui les avaient rendus stoïques, ou avaient-ils choisi le droit à cause de leur stoïcisme ?

— Il y a longtemps que vous travaillez pour M. Whitcox ? questionna-t-elle.

— Un peu plus de deux ans, madame.

— C'est quelqu'un de bien, dit Frances avec fermeté.

Le secrétaire posa sur elle son regard noir et insondable.

— Ce n'est pas moi qui dirai le contraire.

— Il accomplit une noble tâche, renchérit Frances avec emphase.

Le secrétaire s'arrêta devant une lourde porte et l'ouvrit.

— J'espère, madame Hart, être aussi bon que lui un jour.

— Vous êtes avocat aussi ?

— J'ai les diplômes, mais je n'exerce pas.

Il n'y avait pas de sourire sur ses lèvres, ni dans sa voix, ni dans son regard – il s'en tenait à la simple courtoisie.

— Maintenant, si vous voulez bien m'excuser, madame, il faut que je retourne dans la salle d'audience. Me Whitcox ne va pas tarder à vous rejoindre. Vous n'avez qu'à l'attendre ici.

Frances pénétra dans le bureau.

— Merci, monsieur Tristan, murmura-t-elle.

Mais la porte était déjà en train de se refermer.

La lumière filtrait à travers les épaisses fenêtres et se reflétait sur le parquet. La pièce, très grande, sentait la cire d'abeille et le café. Un divan de cuir noir était collé à un mur – celui sur lequel James avait souvent dormi, sans doute. Le mur d'en face était occupé par des bibliothèques dont les étagères étaient surchargées de livres richement reliés. Un porte-perruque, posé sur le bureau, semblait monter la garde. Derrière le bureau se trouvait un grand fauteuil et, devant, une paire de fauteuils plus petits.

Deux autres fauteuils, séparés par une table à thé, étaient tournés vers une monumentale cheminée de marbre noir dans laquelle des bûches flambaient.

La pièce était indéniablement masculine, et il y faisait chaud.

Frances ôta son manteau et l'accrocha à une patère à laquelle pendaient déjà le manteau de James et son écharpe.

La porte du bureau s'ouvrit.

James s'immobilisa dans l'embrasure, sa perruque dans une main, sa sacoche dans l'autre.

Ses cheveux mouillés de sueur frisaient.

Il scruta Frances des pieds à la tête, en s'attardant sur le bas-ventre. Elle rougit au souvenir du plaisir qu'il lui avait donné quelques heures plus tôt.

Après avoir posé sa perruque et sa sacoche, il écarta les bras. Sans se faire prier, Frances vint se blottir contre lui. D'une main, il la prit par la taille et de l'autre, par la nuque.

— Combien de temps cela va-t-il prendre ? murmura-t-elle.

— Pas bien longtemps.

Il l'embrassa sur la joue avant d'ajouter :

— Voici donc mon repaire. Est-ce qu'il vous plaît ?

— Oui, c'est très bien.

— Voulez-vous du thé ?

— Plus tard, peut-être.

Il l'embrassa encore une fois sur la joue, avant de la lâcher. Il ôta sa robe et la jeta sur le dossier d'un fauteuil.

— Enlevez votre chapeau et venez vous asseoir avec moi.

Frances se demanda combien de fois il s'était retranché ici pour attendre un verdict.

James se laissa choir dans l'un des fauteuils devant la cheminée. Il poussa un soupir de lassitude et le cuir couina.

— Où est M. Tristan ? demanda-t-elle en retirant de sa chevelure une aiguille à chapeau.

— Il est allé aux nouvelles. Il viendra nous chercher en temps utile.

Frances posa son chapeau sur le bureau – une charmante petite chose en paille avec un ruban turquoise et des plumes vertes et bleues – et s'apprêta à s'asseoir à côté de James.

— Non, pas ici ! dit-il en tendant le bras.

Frances s'immobilisa.

— Ici, précisa-t-il en se tapotant les genoux.

— Je suis un peu grosse pour ça, objecta-t-elle faiblement.

— Ne dites pas de bêtises !

D'autorité, il la prit par la taille et l'installa en amazone sur ses cuisses. Elle poussa un petit cri lorsque sa tournure glissa sur le côté.

— Mettez votre tête sur mon épaule et détendez-vous, reprit-il avec une pointe de tendresse.

— Comme une gentille petite épouse ? demanda Frances, sur un ton plaisant mais la gorge serrée.

Elle posa la tête sur l'épaule de James. Il avait le corps trop ferme et trop musclé pour faire un siège confortable. Elle laissa pendre son bras gauche. Ne sachant que faire de son bras droit, elle le passa autour de son cou.

James se mit à lui caresser la cuisse à travers ses jupes. Frances ravala son souffle.

— M. Tristan... commença-t-elle.

— ... n'entrera pas sans frapper, acheva-t-il.

Elle enfouit son visage dans ses cheveux et huma le parfum de savon et de musc. Ce moment de tendresse presque conjugal lui fit venir les larmes aux yeux.

— M. Tristan est-il au courant pour... pour nous ?

Comme souvent, James répondit à côté de la question.

— M. Tristan est un jeune homme très perspicace. Le moment venu, il fera un excellent avocat.

Frances glissa la main sous sa veste, entrouvrit sa chemise, dénuda un petit morceau de peau et le caressa du bout du doigt.

— Il a dit qu'il espérait être aussi bon que vous, un jour.

— Ah, il a vraiment dit ça ? fit James sur un ton légèrement surpris.

— Oui. Il a vraiment dit ça.

Dans la cheminée, une bûche crépita. Quelque part dans le bâtiment, une porte claqua.

— J'ai trouvé que le procureur était convaincant, dit Frances.

James avança les lèvres et déposa un bécot sur le bout de son nez.

— Oui, approuva-t-il. Lodoun s'est plutôt bien débrouillé… et même un peu trop bien, à mon goût.

Frances s'écarta légèrement pour le dévisager.

— Vous croyez qu'ils vont la condamner ?

— Non, je ne crois pas. Ou bien elle est innocente et c'est une sainte, ou bien elle est coupable et ce qu'elle a fait est tellement facile à comprendre qu'ils vont faire semblant de la croire innocente. Car, une fois qu'on a compris, on ne peut plus condamner, n'est-ce pas ?

Frances se souvint des paroles du procureur, et de la réplique de James.

— La plaidoirie que vous avez prononcée aujourd'hui, dit-elle en continuant de le caresser par l'entrebâillement de sa chemise, c'est celle que vous aviez préparée ?

— Pour une part, oui. J'ai improvisé le reste. C'est toujours comme ça. On ne peut pas se contenter de généralités. Il faut riposter précisément aux attaques du procureur général.

Frances le regarda avec tendresse. Il était fatigué. Ses yeux étaient cernés de bistre, des ombres s'incrustaient dans les creux de son visage.

Mais il avait l'air de se sentir bien avec elle.

Il était venu la rejoindre hier – non pour faire l'amour mais pour dormir. Cela voulait dire quelque chose.

Une flamme rougeoya dans l'âtre avant d'être avalée par les cendres blanches.

— Quand j'étais gamine, fit-elle, les gens autour de moi pensaient qu'une veuve qui ne s'enfermait pas dans son deuil jusqu'à la fin de ses jours était une dépravée et, si l'on m'avait demandé mon avis, j'aurais été d'accord avec eux.

Dans le regard de James, la curiosité s'éveilla.

— Et maintenant ?

— Maintenant, je suis en âge de forger mes opinions toute seule, et je sais qu'il existe différentes sortes d'amour.

Amour maternel. Amour filial. Chaste amour pour un fermier du Sussex. Amour passionné pour un bourgeois londonien.

Cette pauvre Mary Bartle n'avait connu qu'une caricature de mariage. James avait nié qu'elle ait eu un amant. Frances espérait qu'il avait menti. Elle espérait que Mary Bartle avait connu des moments de tendresse pour la dédommager de ses épreuves, de ses douleurs et de ses peines.

— Je sais maintenant que ce qui unit un homme et une femme, c'est l'amour, reprit Frances, la voix bien posée, le ton grave. *L'amour.* Pas un simple anneau d'or.

Et, sur ces mots, elle ôta son alliance.

37

Frances plaqua son petit sac contre sa poitrine et baissa la tête pour monter dans le fiacre.

Elle était anxieuse.

Le verdict avait été accueilli par un tumulte – surtout des hourras, mais aussi des huées.

— Le fiacre va faire le tour du palais de justice, annonça Avery Tristan. M. Whitcox vous rejoindra là-bas.

Frances avait la gorge sèche.

— Merci, monsieur Tristan.

— Ce fut une joie de faire votre connaissance, madame Hart, dit-il en refermant la portière.

Elle l'entendit donner des instructions au cocher, puis le fiacre s'ébranla. Son cœur battait la chamade. Elle se sentait comme une prisonnière s'enfuyant à la faveur de la nuit. Sauf qu'il ne faisait pas nuit. Un brave soleil perçait les nuages.

Le fiacre s'arrêta brusquement, tangua, finit par s'équilibrer.

La portière s'ouvrit.

— James ! s'exclama-t-elle comme si elle ne l'avait pas vu depuis une éternité.

— Allons déjeuner, dit-il tout à trac. Qu'est-ce qui vous ferait plaisir ?

— Des huîtres, répondit-elle sans réfléchir.

Hissé sur le marchepied, James parla au cocher. Ensuite, il s'assit à côté de Frances et referma la portière.

— Ce n'était... Ce n'était vraiment pas banal, balbutia Frances. Pourquoi tant de précipitation ? Et pourquoi tous ces mystères ?

James se carra sur la banquette.

— Je voulais que vous évitiez la foule, expliqua-t-il. Et je voulais éviter les journalistes.

Frances laissa échapper une exclamation de surprise.

Décidément, on ne s'ennuyait pas avec James Whitcox !

— Il y avait beaucoup de monde à la sortie du tribunal ?

— Une petite troupe.

Le verdict avait provoqué un chahut. James avait reçu autant d'éloges que de critiques.

— Ce genre de charivari est habituel après les grands procès, ajouta-t-il pour la tranquilliser.

De temps à autre, le fiacre passait dans un nid-de-poule, spécialité des rues de Londres.

— Vous avez gagné, le félicita Frances.

— Oui, répliqua James en mâchonnant le mot entre ses dents.

Il n'y avait pas la moindre note de satisfaction dans sa voix.

— Je suis contente, dit-elle sur un ton convaincu.

Il tourna la tête vers elle et la regarda curieusement.

— Pourquoi donc ?

— Parce que Mme Bartle est...

Le mot « innocente » resta coincé dans sa gorge. Mary Bartle pouvait aussi bien être coupable.

— Parce que ce n'est déjà pas humain, tout ce qu'elle a enduré.

Le fiacre s'immobilisa abruptement. Frances regarda par la fenêtre.

— Où sommes-nous ?

James ouvrit la portière et descendit. Ayant accroché son parapluie sous son bras gauche, il tendit sa main droite à Frances.

— Vous avez dit que vous vouliez des huîtres.

D'une main hésitante, elle lui attrapa les doigts.

— Je pensais que nous retournerions dîner au même endroit que l'autre fois, expliqua-t-elle.

— Ici, c'est bien meilleur.

Frances fit grise mine. Les rues étaient étroites, mal pavées. Les caniveaux étaient sales. Une espèce de brouillard verdâtre flottait au ras du sol. L'atmosphère était lugubre et vaguement inquiétante. D'ailleurs, le cocher n'avait pas l'air très rassuré non plus.

James sortit une pièce de sa poche et la lui jeta. Le cocher fouetta son cheval, qui détala aussitôt.

Frances eut beau regarder alentour, elle ne vit pas un seul restaurant. Ayant coincé son parapluie sous son bras, James lui offrit son coude.

Une boutique décatie arborait une enseigne grossièrement peinte et à demi effacée, sur laquelle on parvenait quand même à déchiffrer *Coquillages et Crustacés.* Une lampe brillait à travers la vitrine crasseuse.

— C'est là que... commença Frances, de plus en plus mal à l'aise.

— Ne vous laissez pas influencer par la devanture, déclara James en souriant. Ils ont les meilleures huîtres de Londres.

— Nous allons manger ici ?

— Bien sûr que non, répondit-il en ouvrant la porte.

Au-dessus de leurs têtes, une clochette rouillée gazouilla.

Des aquariums remplis d'eau étaient placés sur de solides étagères de métal.

Frances vit d'abord d'étranges créatures avec d'énormes pinces, des yeux à fleur de tête et des queues en éventail. Elles se bagarraient. C'était des combats inoffensifs, car leurs pinces étaient tenues fermées par de gros rubans en caoutchouc.

James partit dans la direction d'un réservoir rempli de coquilles grisâtres. Les huîtres, au restaurant, avaient été servies ouvertes. Frances comprit que celles qu'on vendait ici, il fallait les écailler soi-même.

— Qu'est-ce que vous allez vouloir, m'sieur dame ? demanda une voix enrouée et vulgaire.

Ils se retournèrent. Le marchand avait un gros nez couperosé et des yeux vitreux qui allaient bien avec sa voix.

— Trois douzaines d'huîtres, répliqua James. Et puis, quelques citrons.

— Ça marche.

Frances examina les divers aquariums pendant que le marchand emballait les huîtres.

— Qu'est-ce que c'est ?

— Des homards.

— On dirait qu'ils sont capables de vendre chèrement leur peau.

Une lueur amusée passa dans les yeux de James.

— On les ébouillante avant de les manger, ça les assagit.

Elle regarda les homards d'un peu plus près.

— Et c'est bon ?

— C'est délicieux.

Frances montra un aquarium où de grosses bestioles rondes et plates, à carapace orangée, brandissaient des pinces plus redoutables encore que celles des homards.

— Qu'est-ce que c'est ?

— Des crabes.

Elle soupira en songeant à toutes les choses qu'elle n'avait pas encore goûtées !

— Et voilà !

Frances se retourna vers le marchand qui était en train de poser un cageot sur le comptoir. Elle s'avança pour payer, rangea deux beaux citrons dans son sac et souleva le cageot.

— On y va ?

James entrouvrit les lèvres pour dire quelque chose, puis se ravisa. En s'inclinant, il ouvrit la porte, et la vieille cloche tinta. Ils sortirent. Ou bien elle était devenue paresseuse, ou bien les huîtres avaient fait des petits, mais en arrivant au premier carrefour, le cageot commençait à lui paraître lourd.

Une vieille voiture à quatre roues tirée par un mauvais cheval vint à passer. James lui fit signe. L'attelage s'arrêta.

— Votre carrosse, Majesté, dit ironiquement James en faisant une petite révérence.

La banquette était couverte de craquelures et mal rembourrée, mais Frances fut quand même heureuse de s'y asseoir. Elle reconnut l'adresse que James donna au cocher. Puis il s'assit près d'elle et referma la portière.

— Il a l'air de peser son poids, ce cageot, remarqua-t-il.

— Je n'aurais jamais cru que quelques huîtres seraient aussi lourdes.

— Ce n'est pas les huîtres, c'est la glace, dit James, amusé. Vous auriez été capable de le porter jusqu'où ?

Frances était une solide campagnarde, pas une fragile petite dame de la ville.

— Jusqu'au bout du monde, s'il l'avait fallu.

— Pourquoi ne me l'avez-vous pas donné, Frances ?

— Vous avez déjà votre sacoche et votre parapluie. Et puis, c'est moi qui ai tenu à manger des huîtres.

Une roue passa dans l'un des immanquables nids-de-poule. Frances bascula vers James, qui la retint solidement par les épaules.

— Savez-vous comment on fait le bonheur des domestiques ? demanda-t-il d'un ton curieusement espiègle.

Elle tourna la tête – ses lèvres se retrouvèrent proches de celles de James.

— Non. Comment ?

— En leur donnant un jour de congé.

— Nous avons toute la journée ?

— Et la nuit. Et demain, si ça vous chante.

— Si ça me chante ? répéta-t-elle.

Ses yeux s'emplirent de larmes. C'était ce qu'elle désirait le plus au monde !

— Il va falloir que j'avertisse mes domestiques, sinon ils vont s'inquiéter.

— Nous enverrons un messager.

— Je vais avoir besoin de vêtements de rechange.

— Vous lui ferez une liste et il vous rapportera ça.

La vie était simple quand on avait beaucoup d'argent.

— Pourquoi avez-vous renvoyé le fiacre ? demanda-t-elle.

— Question de discrétion.

— Je ne comprends pas.

— Eh bien, supposez que quelqu'un m'ait vu monter dans le fiacre et qu'il ait relevé le numéro. Ce serait un jeu d'enfant de retrouver le cocher et de lui faire dire où il m'a conduit. Et je ne veux pas qu'on sache où nous habitons.

Les hôtels particuliers sur Queen's Gate étaient protégés par un portail en fer forgé et des murs de brique ; leur nouvelle maison n'avait ni grille ni clôture.

Frances connut un moment de crainte.

— Ce serait dangereux si quelqu'un venait à connaître cette adresse ?

— Dangereux, non, répondit-il calmement. Mais ennuyeux. Les journalistes sont de vraies plaies quand ils veulent s'en donner la peine.

Frances préféra ne pas se souvenir des invectives qu'elle avait entendues dans la salle d'audience.

— Vous devez avoir faim, dit-elle.

— Pourquoi dites-vous ça ?

— Parce que vous avez commandé *trois* douzaines d'huîtres.

Un sourire éclaira le visage de James.

— Hé ! Je vous rappelle qu'elles sont aphrodisiaques, Frances...

38

— Voilà, annonça Frances. J'ai nettoyé les coquilles. Avez-vous fini avec les citrons ?

Le tranchant d'une lame s'enfonça dans le bois de la table de la cuisine.

— Maintenant, oui.

Il flottait dans l'air un mélange de sensualité et de bonheur domestique, comme s'ils étaient à la fois époux et amants.

Debout devant l'évier, Frances, une coquille grisâtre et rugueuse dans sa main gauche, protégée dans un torchon, et un robuste petit couteau dans sa main droite, s'apprêtait à ouvrir sa première huître.

— Allez-y, ce n'est pas bien difficile, dit James pour l'encourager. Il y a des oiseaux qui y arrivent sans outil, rien qu'avec leur bec.

— Ça tombe bien, il y a des gens qui disent que j'ai une cervelle d'oiseau.

— Mais, attention, tenez-la bien droite, recommanda James.

— Je sais. Il ne faut pas renverser l'eau.

— Maintenant, introduisez la lame dans la charnière.

— Elle est où, la charnière ?

— Du côté pointu.

En prenant garde de ne pas se blesser, elle glissa la lame entre les deux valves.

— Maintenant, faites pivoter le couteau.
Frances essaya.
— Elle résiste.
— C'est qu'elle est fraîche.
À force d'insister, la coquille finit par s'entrouvrir. Dans l'entrebâillement, Frances aperçut l'huître, d'un blanc mat.
— Maintenant, le muscle, dit James.
— Qu'est-ce que c'est ?
— Ça.
James le lui montra du doigt.
— Coupez-le, commanda-t-il. Attention ! Il faut que la lame racle la coquille du haut. Pour ne pas risquer d'abîmer l'huître...
— Elle n'est plus vivante, n'est-ce pas ?
— Bien sûr que si.
— Mais la glace...
— Les huîtres adorent grelotter.
Il prit celle que Frances venait d'ouvrir et la piqua avec son couteau.
— Vous voyez bien qu'elle est vivante ! dit-il lorsque l'huître se rétracta.
— Mais vous lui avez fait mal ! protesta naïvement Frances.
— Bien sûr, repartit James en souriant. D'ailleurs, vous l'avez entendue comme moi : elle a crié !
Au restaurant, l'écailler avait ouvert les huîtres. Glace ou pas, elles avaient paru mortes. Celle-ci était indéniablement vivante.
Elle commença par boire l'eau. Le rebord de la coquille était coupant contre ses lèvres. Puis elle goba l'huître et la mâcha consciencieusement.
— C'est bon ? demanda James avec tendresse.
— C'est... enthousiasmant, répondit Frances.
Elle continua d'ouvrir les huîtres tandis que James s'éclipsait. Lorsqu'elle passa dans la salle à manger avec les huîtres sur un plateau, James avait mis la

table pour deux et placé une bouteille de champagne à rafraîchir dans un seau à glace. Il avait aussi tiré les doubles rideaux et allumé des bougies, créant une atmosphère intime.

Ils s'assirent l'un en face de l'autre, et mangèrent et burent en silence : unis par une tendre complicité, ils n'avaient pas besoin de paroles.

James regardait Frances ; Frances regardait James.

Pendant un temps, cela leur suffit.

Il fut le premier à rompre le silence.

— Vous êtes belle.

— Je me sens belle quand je suis avec vous, répondit-elle dans un souffle.

Belle, oui. Et vibrante. Et passionnée.

Autant de choses qu'elle n'aurait jamais pensé être.

James était franc avec elle ; elle était franche avec lui. Elle affichait la tendresse qu'elle éprouvait pour lui ; il ne faisait pas mystère du désir qu'elle lui inspirait.

Comme dans un rêve, elle se leva, contourna la table et vint s'agenouiller entre les jambes de James. Ses jupes et ses jupons protégeaient ses genoux contre la dureté du parquet.

James souleva d'un doigt son menton et l'embrassa sur la bouche. Frances battit des paupières lorsqu'il passa la langue à l'intérieur de ses lèvres, provoquant des sensations inouïes, qui la firent trembler.

Pleine de gratitude, elle décida de lui rendre au centuple le plaisir qu'il lui prodiguait si généreusement.

Elle mit les mains à plat sur ses cuisses, les frotta, les caressa, puis elle chercha son sexe à travers l'étoffe du pantalon et du caleçon. Pour lui faciliter la tâche, il voulut se déboutonner, mais elle l'en empêcha.

— Non ! Laissez-vous faire !

Elle défit la braguette, puis dénoua le cordon du caleçon.

— Quand on aime, après avoir vu, il faut toucher, expliqua-t-elle sur un ton coquin. Voir sans toucher, c'est un genre de torture particulier. Il y a un nom pour ça...

— Je suppose que vous voulez parler du supplice de Tantale ?

— C'est ça.

Tandis que, d'une main, elle tenait écartée la ceinture du caleçon, Frances glissa son autre main dans l'ouverture, entre le tissu et la peau.

Elle rencontra d'abord la toison pubienne, drue et soyeuse. Puis sa main s'aventura plus bas, très doucement, pour ne pas griffer.

Le membre était là, déjà dur et dilaté. Au moment du premier frôlement, ils ravalèrent leur souffle tous les deux.

— Où est la bouteille d'huile de Margot ? demanda Frances.

— Pas la peine. L'autre fois, dans le parc du Crystal Palace, nous nous en sommes passés.

Oui, elle s'en souvenait.

Il s'apprêtait à s'humecter le gland avec sa salive, mais elle l'arrêta de nouveau. Elle tenait à tout faire elle-même.

Après avoir bien mouillé le gland, elle le caressa du bout de son pouce, qui glissa sans heurt sur la fine pellicule de salive.

— Encore une fois, j'ai l'impression que mon membre a un cœur, dit James d'une voix entrecoupée.

Frances empoigna la hampe et commença un mouvement de va-et-vient. Elle s'amusait à regarder le gland disparaître dans le prépuce puis resurgir, plus gros, plus rose, plus luisant, plus désirable que jamais.

— Tout ça, c'est bien beau, dit-elle d'un ton étrangement léger, mais je vous l'ai déjà fait dans le parc de Crystal Palace. Il pleuvait, il faisait frisquet et nous risquions d'être surpris. Maintenant, nous sommes au chaud, au sec, et seuls. Ce que j'avais envie de vous faire là-bas, je vais vous le faire ici... enfin, si vous n'y voyez pas d'inconvénient.

— Je devine ce que c'est, ma bonne amie, et je ne risque pas de refuser.

Elle passa le bout de sa langue sur le gland pour l'humecter davantage, puis elle le prit dans sa bouche, entre la langue et le palais.

Lorsque ses maîtresses lui avaient fait cela, James avait toujours réussi à garder son sang-froid. Une fois même, il avait lu du coin de l'œil un journal ouvert sur la table voisine.

Mais là, c'était Frances. Les lèvres de Frances. La bouche de Frances. La langue de Frances.

Il débarquait dans un autre monde.

Son pantalon et son caleçon l'entravaient. Il les descendit au-dessus des genoux pour pouvoir écarter les cuisses librement. Frances avait une main libre. Il s'en saisit délicatement et la posa sur ses bourses. Sans comprendre, obéissant à un mystérieux instinct, elle se mit à les lui pétrir, tout en continuant à manipuler la hampe et à sucer le bulbe. James se figea dans une attitude étrange, les yeux clos, le masque grimaçant. Au milieu des délices qu'elle lui prodiguait, il paraissait souffrir.

Pourtant, nul cri ne lui échappa, il ne se trémoussa pas. Le premier moment de stupeur passé, il savourait tranquillement. Il la prit par les cheveux, mais se contenta de les caresser. Il ne lui appuya pas brutalement sur la tête, comme cela lui était arrivé avec d'autres.

Encore une fois, ce n'était pas n'importe quelle femme, mais Frances. *Frances.*

Soudain, ne se contrôlant plus, il s'agita, gémit.

Un curieux grognement jaillit de sa gorge – ni cri de douleur à proprement parler, ni cri de plaisir non plus, plutôt un mélange des deux : le cri d'un homme emporté par la violence de l'extase.

Au même moment, son sperme jaillit dans la bouche de Frances.

Elle n'eut pas le plus petit mouvement de recul.

Au contraire, lorsqu'elle eut recueilli le liquide gluant et salé, elle le fit tournoyer dans sa bouche et s'en délecta longuement avant de l'avaler.

39

Ils avaient visité la Tour de Londres, le musée de Madame Tussauds, la National Gallery et, pour finir, ils étaient retournés au Crystal Palace.

James commençait à être las. Mais pas Frances.

— Où allez-vous chercher toute cette énergie ?

Elle le regarda avec gravité.

— Ce doit être les huîtres.

James renversa la tête en arrière. Ses éclats de rire se mêlèrent aux criailleries des enfants et aux réprimandes des mamans et des nounous.

— J'adore vous entendre rire, fit Frances en lui prenant le bras.

Le cœur de James se serra.

— Et moi, j'adore vous entendre crier mon nom.

— Ça, c'est indéniablement à cause des huîtres.

James plissa les yeux.

— Je me rends, dit-il. Qu'est-ce qui vous ferait plaisir ?

— Un petit tour en ballon, répliqua Frances sans hésiter.

— D'accord, allons-y !

Pendant l'ascension, James prit Frances par la taille et ensemble ils regardèrent le sol s'éloigner sous leurs pieds et les gens rétrécir.

— Regardez, James !

Elle montrait du doigt les dinosaures ; vus d'ici, ils avaient l'air de jouets.

Il concentra son attention sur Frances – pas sur les dinosaures dans leur marigot, ni sur le vent qui secouait la nacelle, ni sur le feu qui gonflait d'air chaud le ballon.

Elle avait les joues rouges. Elle avait l'air de s'amuser comme une folle.

Jusqu'ici, il avait ignoré que le plaisir pouvait être douloureux et que la douleur pouvait être une source de plaisir. À chaque fois qu'il était avec Frances, il enrichissait son catalogue de sensations.

Il lui sembla qu'elle se penchait dangereusement par-dessus le bord de la nacelle. Alors il la saisit par la taille et la plaqua contre lui, jusqu'à ce que sa tournure s'écrase contre son ventre et que les plumes de son chapeau lui chatouillent le nez.

— Regardez, Frances. Regardez la fontaine, là-bas !

Le jet d'eau ressemblait à un panache de fumée effiloché par le vent.

Un sentiment de paix comme il n'en avait peut-être jamais connu, envahit le cœur de James. Il n'y avait pas de juge à amadouer. Pas de jurés à impressionner. Il y avait juste Frances, qui semblait heureuse.

— Et maintenant, madame ? demanda-t-il quand le ballon fut redescendu sur terre.

Elle leva vers lui un regard brillant de joie.

— Ça vous a plu ?

Avant de répondre, il lui caressa la joue. Sa peau était brûlante, comme lorsqu'elle avait envie de faire l'amour.

— Vous êtes avec moi, murmura-t-il. C'est tout ce qu'il me faut.

— Comme c'est curieux ! s'exclama-t-elle soudain d'une voix haletante.

James passa par un instant d'inquiétude.

— Qu'est-ce qu'il y a de curieux ?

— Je ne peux pas vous voir ou vous toucher sans me souvenir.

— Vous souvenir de quoi ?

— De vos poils, qui sont un petit peu rugueux sur la poitrine alors qu'ils sont si doux au bas de votre ventre ; de votre langue, tellement brûlante quand nous nous embrassons ; de votre sexe quand vous me pénétrez...

Un enfant passa près d'eux à toute vitesse en poussant devant lui un cerceau.

— C'est très bien, ça ! s'exclama James en continuant de lui caresser la joue. J'ai justement envie que vous vous souveniez de moi.

Il lui prit la main, la posa au creux de son bras et proposa :

— Si nous allions faire un tour dans le palais ?

La lumière qui se reflétait sur les immenses surfaces de verre était éblouissante. Le bruit des fontaines couvrait tous les autres bruits. Le vent mêlé de gouttelettes fouettait les joues.

Frances admirait les jardins ; James admirait Frances.

Une lourde porte de verre se referma sans bruit derrière eux. Au-dessus de leurs têtes, le dôme de verre était soutenu par d'énormes arcs d'acier.

Au vacarme des jets d'eau succéda le plaisant gazouillis d'une petite fontaine qu'ornaient des lions de pierre.

— Cela sent délicieusement bon, dit Frances.

— Ils parfument l'eau, expliqua James.

— Ce parfum, ils le vendent ?

— Je suppose que oui.

Le palais était moins fréquenté que le dimanche. L'écho s'emparait des claquements de leurs pas sur le parquet et les répercutait dans tous les coins du vaste bâtiment.

— James ! s'exclama soudain Frances en montrant du doigt une statue plus grande que nature. Il n'a pas de feuille de vigne !

Il sourit en se souvenant des premières réactions du public devant l'impudique apollon.

— Lorsqu'ils l'ont installé, les gens ont poussé les hauts cris, expliqua-t-il. Un excité a même essayé de l'émasculer à coups de marteau ! Pour empêcher l'irréparable, un journal satirique a demandé à ses lecteurs d'envoyer leurs vieux slips au Crystal Palace...

Le rire de Frances éclata, frais et pur.

James lui caressa le dos, avant de poser la main au creux de ses reins.

— Moi aussi, j'adore vous entendre rire.

Cela l'émouvait presque autant que les petits cris qu'elle poussait juste avant de jouir.

James voulait que leur maison porte l'empreinte de Frances. Il proposa d'acheter des meubles et il la guida jusqu'à un immense magasin dans l'aile ouest.

— Voyez-vous quelque chose qui vous plaise ? demanda-t-il tandis qu'ils passaient devant des alignements de chaises, de divans ou de lampes.

Frances n'était pas dupe de son petit manège.

— J'aime votre... enfin, *notre* maison telle qu'elle est, James.

Mais elle ne la considérait toujours pas comme la sienne.

Quelque chose d'insolite attira l'attention de James : derrière un écran transparent, un assemblage de tuyaux d'où s'échappait une poussière d'eau.

Il s'arrêta pour voir de près le curieux dispositif.

Un vendeur s'approcha. Il avait le nez luisant, le cheveu maigre et l'œil inquiet.

— Monsieur, dit-il d'une voix fluette, c'est un système de douche. À la fois simple et efficace. Et absolument sans danger. L'eau chaude et l'eau froide se mélangent en avant de la pomme de douche, et les graduations sur le robinet rendent impossible de se brûler. Les quatre colonnes verticales, aux quatre coins de la cabine, sont perforées et les jets sont très fins. Elles sont ajustables en hauteur, de façon à procurer une agréable sensation de massage sur tout le corps, quelles que soient la taille et la corpulence de la personne…

James observa le dispositif pendant un instant.

— Je n'ai jamais rien vu de tel, reconnut-il.

— Ma foi, monsieur, c'est le dernier cri, assura fièrement le vendeur.

James ne réfléchit pas longtemps.

— C'est bon, je le prends, dit-il d'une voix neutre.

— Oh, alors là, monsieur ! s'exclama le vendeur sans chercher à cacher sa joie. C'est un excellent choix. Je suis certain que vous-même et madame votre épouse en serez satisfaits. Pour les parois, il ne vous reste plus qu'à choisir entre le marbre et l'ardoise.

— Qu'allez-vous préférer, Frances ? demanda James.

Elle hésita un instant entre la simplicité de l'ardoise et le luxe du marbre. Finalement, après avoir pris une profonde inspiration, elle dit :

— Je veux bien voir les échantillons de marbre.

Pour James, ce fut une petite victoire, car c'était la première fois qu'elle acceptait d'imprimer sa marque sur leur maison.

Frances choisit un marbre incarnat veiné de blanc qui s'assortirait avec le carrelage de la salle de bains.

L'installation fut fixée à la semaine suivante.

— On rentre à la maison, déclara James en prenant Frances par la taille.

Elle ne dit rien jusqu'à ce qu'ils soient dans le train.

— Le vendeur a pensé que j'étais votre femme.

Dans l'esprit de James, c'était presque vrai – il n'y manquait que l'acte de mariage.

— Oui, dit-il seulement.

Le train finit par s'arrêter dans d'assourdissants grincements. Des nuages de vapeur se répandirent dans l'air, masquant la lumière.

Main dans la main, ils sortirent de la gare par une porte latérale.

— Voudriez-vous une glace avant de rentrer ? proposa James.

Les yeux étincelants de joie, Frances accepta.

Les rues étaient pleines de vie. Les passants se hâtaient de rentrer dîner ; les vendeurs ambulants proposaient des tourtes et des petits pains.

James prit Frances par les épaules et la fit entrer dans une pâtisserie pleine de monde. Une table était libre au fond de la salle. Ils s'y installèrent.

Les yeux de Frances se posèrent sur un journal qui traînait.

— Que se passe-t-il ? s'étonna James en la voyant pâlir.

Inquiet, il suivit son regard.

Le titre s'étalait sur toute la largeur de la première page : *Décès de Mary Bartle.*

40

James déplia le journal.

L'article était illustré par deux photographies. L'une de Mary Bartle, les mains jointes sur le bord du box des accusés, les yeux baissés, l'air résigné. L'autre de James, perruque sur la tête.

— Bonjour m'sieur dame, pour vous qu'est-ce que ce sera ?

La voix du serveur, un peu efféminée, peinait pour se faire entendre parmi le brouhaha des conversations.

— La spécialité du jour, poursuivit-il, c'est...

Soudain, il s'interrompit et resta bouche bée un instant.

— Mais... Mais... balbutia-t-il quand il eut recouvré l'usage de la parole.

— Oui, quoi ? fit James en cachant mal son agacement.

— Mais c'est vous, l'avocat ! s'écria le serveur d'une voix devenue stridente. Celui qui a permis à l'empoisonneuse de s'en tirer !

Toutes les têtes se tournèrent vers eux.

Du coin de l'œil, Frances vit un homme – bouille ronde et rose, cheveux noirs, luisants d'huile de macassar – repousser sa table et se lever précipitamment en sortant de la poche de sa veste à grands carreaux un bloc-notes et un crayon.

— Partons d'ici, vite ! lui dit James en la prenant par le bras et en l'entraînant vers la sortie.

L'homme à la veste à grands carreaux fendit la foule et leur coupa la route.

— Où étiez-vous mercredi soir, maître Whitcox ? demanda-t-il sur un ton narquois. Saviez-vous que Mme Bartle avait des envies de suicide ?

James zigzagua entre les tables, Frances sur ses talons. Les gens les suivaient des yeux. Frances était gênée car elle détestait se faire remarquer.

— Votre cliente s'est pendue le jour même où vous lui avez évité la potence ! Ça vous fait quoi ?

Le ton du journaliste n'était plus seulement narquois mais acerbe, presque agressif.

La porte n'était plus très loin.

— Pensez-vous que justice soit faite ? poursuivit le journaliste, acharné à les suivre. Avec qui étiez-vous lorsque Mary Bartle se passait la corde au cou ?

James et Frances sortirent dans la rue. Le journaliste aussi.

— Vous sentez-vous responsable de sa mort ?

James fit signe à un fiacre, qui s'arrêta au milieu de la rue. Ils se dépêchèrent d'y monter. Encore une fois, le journaliste les suivit.

— A-t-elle laissé une lettre ? A-t-elle avoué son crime ? Quelle a été sa réaction quand elle a été acquittée ?

James ordonna au cocher de démarrer.

— Et ne vous arrêtez pas tant que je ne vous aurai rien dit.

La portière du fiacre se referma en claquant. Frances posa la main sur son cœur, qui battait la chamade. Le journaliste hurla encore quelque chose, qu'ils n'entendirent pas.

Le fiacre tourna dans la première rue qui se présenta, puis dans la suivante. Lorsqu'il estima qu'ils avaient assez roulé, James ouvrit la trappe du toit et dit au cocher que ça suffisait.

Le fiacre tangua avant de faire halte. Sans un mot, James ouvrit la portière et descendit. Quand il lui tendit la main, Frances s'en empara comme quelqu'un en train de se noyer s'empare d'une bouée, car ses jambes flageolaient.

La rue était déserte. Le soir tombait. Le bruit de leurs pas était étouffé par le tapis de brume qui ouatait les trottoirs.

James s'arrêta brusquement.

Surprise, Frances regarda le garçon assis sur le perron d'une maison, en train de dévorer un sandwich. Une affiche de la *Pall Mall Gazette* était appuyée contre le mur tout près de lui.

James jeta une piécette sur les genoux du gosse et se pencha pour cueillir un journal sur le tas posé entre ses pieds. Le journal sous le bras, il fit signe à un autre fiacre.

— Ce n'est pas la première fois que ça vous arrive, dit Frances.

James répondit laconiquement « Non », avant de s'écarter pour la laisser monter dans le fiacre.

Frances se sentait perdue. Elle ne comprenait rien à la loi, mais elle comprenait encore moins l'attitude du journaliste. À un moment, elle avait même cru que ce grossier personnage allait grimper dans le fiacre avec eux !

À la lueur de la petite lampe qui se trouvait dans un coin, James, mâchoires serrées, lut le journal.

Les roues du fiacre grinçaient atrocement.

Frances repensa au journaliste. L'une de ses questions avait eu un je-ne-sais-quoi de menaçant :

— *Avec qui étiez-vous lorsque Mary Bartle se passait la corde au cou ?*

La porte de la maison s'ouvrit avant même que James ne l'ait atteinte, comme si le majordome avait guetté leur retour.

Frances se laissa débarrasser de son manteau – à contrecœur, car elle était frigorifiée.

— Ah, Peasebody ? fit James en donnant son parapluie au majordome.

— Oui, monsieur.

— Ai-je besoin de vous dire qu'un domestique qui mentionnerait mon nom en relation avec cette adresse serait mis à la porte immédiatement ?

Le visage de Peasebody ne changea pas d'expression. Frances se demanda s'il existait quelque part une école où l'on enseignait aux majordomes cette imperturbable courtoisie.

— Non, monsieur.

— Qui plus est, ajouta James, si cela devait arriver, je veillerais personnellement à ce que la personne concernée ne retrouve jamais de travail nulle part.

— Je comprends, monsieur.

James et Frances montèrent l'escalier. Dans la chambre, aucun feu ne brûlait dans la cheminée et elle était toujours gelée. Il referma la porte avec le pied, se déchaussa et se laissa paresseusement tomber sur le canapé.

Après avoir ôté sa tournure, Frances vint se percher sur le repose-bras du canapé. James, aussitôt, la prit par la taille et la fit asseoir sur ses genoux, l'enveloppant dans sa chaleur.

— Je suis désolé, lui murmura-t-il à l'oreille.

Elle renversa la tête en arrière jusqu'à la poser sur son épaule.

— Désolé ? répéta-t-elle. Pourquoi ?

— Je n'avais pas envie de vous faire vivre des choses comme ça.

— Des « choses comme ça », vous avez dû en vivre souvent.

— Oui.

— Maudits journalistes, dit Frances, la gorge serrée.

James se mit à lui déboutonner son corsage.

— Effectivement, dans le journal, ils disent qu'elle s'est pendue. Le plus triste, c'est que beaucoup de gens vont penser que justice est faite...

Elle pivota et passa un bras autour de son cou.

— C'est désolant, murmura-t-elle.

— Une femme très sage m'a dit un jour quelque chose que je n'oublierai pas de sitôt, fit James en lui frôlant la nuque avec ses lèvres.

— Qu'est-ce que c'était ?

Un nouveau bouton sortit de sa boutonnière. Le corsage de Frances s'entrouvrit davantage. L'air frais qui s'engouffra dans l'entrebâillement lui donna la chair de poule.

— Eh bien, elle a dit qu'il valait mieux subir les conséquences de ses propres décisions que de subir les conséquences des décisions des autres.

Fallait-il comprendre qu'il valait mieux se pendre soi-même que d'être pendu par le bourreau ? Ou qu'il valait mieux une mort rapide qu'une longue agonie – la corde plutôt que la syphilis ?

Autant de questions qui n'auraient jamais de réponse.

— J'ai envie de faire l'amour avec vous, Frances, reprit James d'une voix sourde.

C'était vrai : elle sentit son membre à travers plusieurs épaisseurs d'étoffe. Il était déjà dur.

Elle finit de déboutonner son corsage et le jeta à l'autre bout du divan.

James avait besoin d'elle, mais Frances avait tout autant besoin de lui. Elle avait besoin de lui pour donner un sens aux souffrances que les gens s'infligent les uns aux autres.

Les maris. Les femmes.

Les mères. Les enfants.

Sans prévenir, des doigts longs et forts s'attaquèrent au corset, qui rejoignit bientôt le corsage au bout du divan.

James commençait à trembler de désir. Frances se leva pour ôter elle-même le reste de ses vêtements.

Elle n'en eut pas le temps. James glissa ses mains brûlantes sous ses jupes. Lorsqu'il l'eut retroussée jusqu'à la taille, la prenant par les hanches, il la fit asseoir à califourchon sur ses cuisses. Son sexe surgit de sa braguette et se glissa dans la fente des pantalons de Frances.

Elle le sentit soudain contre les lèvres de son sexe.

— L'huile de Margot...

— Pas besoin !

D'une main, il la tenait par la taille ; de l'autre, il guidait son membre. Elle s'ouvrit à lui, et bientôt ils ne firent plus qu'un.

Comment ferait-elle sans lui lorsqu'il faudrait rentrer dans le Sussex ?

Comment ferait-il sans elle ? Qui le réconforterait ?

— C'est toujours un choc quand vous me pénétrez, dit-elle d'une voix entrecoupée tandis que sa chair s'écartait pour faire place à celle de James.

— Je vous fais mal ?

— Non.

Ce n'était pas tout à fait vrai. Le gland de James lui paraissait énorme. Elle s'agrippa à ses cheveux – ses boucles acajou, mêlées d'imperceptibles fils d'argent.

— J'ai besoin de sentir votre cœur battre, chuchota-t-il en lui embrassant un sein.

Il entrouvrit les lèvres, goba le mamelon, le mordilla, l'étira. Frances trembla ; un frisson électrique la parcourut du bout de son sein jusqu'au tréfonds de ses entrailles. Elle chercha son souffle.

— Voilà tout ce que j'aime, approuva James d'une voix rauque. Lorsque vous vous mettez à haleter.

Du bout de la langue, il taquina de nouveau le mamelon.

Elle cessa de respirer.

— J'ai besoin de sentir que vous seriez capable de mourir pour moi.

Mourir pour lui ? Frances avait l'impression que c'était justement ce qu'elle pourrait faire.

Son sein était pour ainsi dire en train de fondre dans un cercle de feu : c'était la langue de James qui tournoyait autour du mamelon.

— Mais surtout, dit-il encore, j'ai besoin de sentir que vous ne seriez pas capable de vivre sans moi.

41

— Quand avez-vous appris le suicide de Mary Bartle, monsieur Tristan ?

Le secrétaire venait de faire du café, dont la bonne odeur emplissait le bureau.

— Hier matin, dans le journal.

James accrocha son chapeau et son manteau à la patère.

— Avez-vous cherché à me joindre ?

James avait un téléphone chez lui. Il ne décrochait pas lui-même ; cela faisait partie des attributions du majordome.

— Non, monsieur.

Le secrétaire ne semblait pas prêt à s'en excuser.

— Pourquoi ? demanda James.

De toute façon, même s'il avait été informé, il serait resté où il était, avec Frances.

— Vous étiez en congé, répondit Avery Tristan en s'approchant, une tasse de café dans chaque main. Depuis deux ans que je travaille avec vous, je ne vous ai jamais vu vous reposer.

— Et vous pensez que j'ai besoin de vacances ?

— Oui, monsieur, répliqua résolument le secrétaire.

James n'avait jamais aussi bien dormi que dans les bras de Frances.

— Mme Bartle a-t-elle cherché à nous joindre ?

— Non, monsieur.

— Avez-vous contacté son avoué ?

James n'avait pratiquement pas de contact avec ses clients en dehors du prétoire. Un avoué faisait le lien avec la police et rédigeait des comptes rendus.

— Oui, monsieur.

— C'est lui qui l'a raccompagnée chez elle. A-t-elle laissé entendre qu'elle projetait d'en finir ?

— Il a dit que non, monsieur.

La mère de Mary Bartle était morte, son père l'avait abandonnée. Elle n'avait pas d'autre famille. Tous les témoins de moralité avaient été des amis de son mari ; elle n'avait aucun ami personnel. Lui épargner la fosse commune, c'était bien le moins que James pouvait faire pour elle.

— Veillez à ce qu'elle ait un enterrement décent.

— Bien, monsieur.

James accepta la tasse que lui tendait Avery Tristan et s'assit dans un fauteuil. Le café fumait.

Il pensa que ce soir, il irait dîner chez Frances.

— Vous avez reçu une lettre du procureur général, annonça Avery Tristan.

— Lodoun ? Qu'est-ce qu'il veut ?

— Jack Lodoun n'est plus procureur général, monsieur.

James tiqua.

— Ah bon ?

— Il a démissionné, expliqua Avery Tristan à travers la fumée qui montait de sa tasse.

Le prix de la défaite.

Le secrétaire tapota le journal qui couronnait la pile de courrier.

— Je pense qu'il y a des choses là-dedans qui pourraient vous intéresser, monsieur.

La vieille maison sentait le citron et le beurre chaud.

Le majordome débarrassa James de sa sacoche, de son parapluie, de son manteau et de son chapeau.

— Comment va Mme Hart, Denton ?

— Très bien, monsieur.

— Je n'aimerais pas que des gens se mêlent de troubler sa tranquillité.

— Moi non plus, monsieur.

— Les journalistes s'invitent quelquefois chez les particuliers.

Sur le visage de Denton, pas un muscle ne frémit.

— Je vous assure, monsieur, que je suis tout à fait capable de repousser les intrus. Tant que je serai ici, personne ne forcera la porte de cette maison.

James esquissa un sourire. Les bons majordomes avaient du tempérament. Denton était un bon majordome.

— Dans le cas où un incident quelconque surviendrait, il faudrait me contacter sans tarder, n'est-ce pas ?

Le majordome empocha la carte de James.

— Vous pouvez compter sur moi, monsieur.

Un bruit dans l'escalier attira l'attention de James.

Frances portait une robe de velours vert – nulle couleur ne mettait mieux en valeur sa peau de rousse.

— Le dîner est-il prêt, monsieur Denton ? demanda-t-elle en rosissant sous le regard approbateur de James.

— Bientôt, madame. Vous avez encore le temps pour un apéritif.

— Merci.

James disait « s'il vous plaît » et « merci » parce que cela lui permettait d'obtenir plus facilement ce qu'il voulait – une politesse de surface – et non parce qu'il éprouvait du respect. Il se rendit compte que la courtoisie de Frances, au contraire de la sienne, était sincère.

Il la suivit dans le couloir jusqu'au salon.

Les tentures étaient décolorées mais propres. Le parquet était couvert d'éraflures mais soigneusement ciré. Des braises rougeoyaient dans l'âtre. Les chenets brillaient.

Frances s'immobilisa devant une table d'appoint.

— Combien avez-vous de serviteurs ? questionna James à brûle-pourpoint.

Elle se retourna, un verre dans chaque main.

— Trois. Il y a M. Denton, le majordome, Mme Jenkins, la gouvernante, et Mme Ellis, la cuisinière.

James prit le verre qu'elle lui tendait, dans lequel brillait un liquide doré.

— Votre maison est impeccablement tenue, dit-il.

— Merci. Je le leur répéterai. Ça leur fera plaisir.

Le cœur de James se serra. Il n'avait pas connu beaucoup de belles personnes, tant physiquement que moralement, et Frances était l'une d'entre elles. Il eut envie de l'embrasser.

— L'autre jour, au restaurant, j'ai commandé du malaga et vous en avez pris aussi, rappela-t-elle. Comme vous avez eu l'air d'apprécier, j'en ai acheté. Le marchand m'a recommandé celui-ci, qui s'appelle « Vieil or ». J'espère qu'il vous plaira.

James le huma avant de le goûter en clappant de la langue : c'était effectivement délicieux.

— Excellent choix, proclama-t-il. On a l'impression de boire des rayons de soleil.

Après un instant, James se rendit compte qu'il ne pouvait pas se taire plus longtemps, même s'il était tenté. Ne sachant comment lui apprendre la vérité avec ménagement, il alla droit au but.

— Votre nom est dans le journal d'aujourd'hui.

La *Pall Mall Gazette,* le journal de John Nickols.

Le journaliste qui les avait harcelés dans la pâtisserie, furieux d'avoir été éconduit, s'était vengé. Il avait écrit que James Whitcox, le grand avocat, avait été occupé à badiner avec une certaine Frances Hart, veuve de son état, tandis que Mary Bartle se pendait.

— Oui, dit Frances en se rembrunissant. J'ai acheté le journal quand je suis sortie faire quelques courses.

Elle avait été au courant. Et cependant, elle l'avait bien accueilli.

— Cela aussi fait partie de ma vie, soupira James. La loi. La foule.

Les journalistes.

Elle fit tournoyer son vin dans son verre.

— Comment connaissait-il mon nom ?

James s'était posé la même question.

— On a parlé de nous dans la page des potins mondains.

— Quand ?

L'échotier les avait vus ensemble au restaurant.

— Lundi dernier.

Frances se sentit trahie.

— Et vous ne m'en avez rien dit ?

— Je n'en savais rien, se défendit James. Je ne lis pas les potins mondains.

— Comment l'avez-vous appris ?

— Par M. Tristan.

Un soupçon traversa l'esprit de Frances.

— Vous saviez qu'il y aurait des commérages lorsque vous m'avez emmenée dans ce restaurant ?

— Je savais qu'il y avait un risque.

— Et vous m'avez quand même présentée sous mon nom.

— Le pire, avec ces fouinards, c'est d'avoir l'air de faire des cachotteries. Nos petits secrets, c'est leur fonds de commerce, Frances.

— Je n'ai pas de petits secrets, répliqua-t-elle.

Elle mentait.

— Alors, vous n'avez rien à craindre.

Il mentait.

Frances ferma les yeux.

— Je me sens seule sans vous, murmura-t-elle.

Il lui ôta son verre, le posa à côté du sien et la serra dans ses bras.

— Je suis là.

— Mais vous n'y serez pas toujours.

James poussa un soupir de soulagement lorsqu'à son tour elle le prit par la taille.

— Quand je suis au palais et que je vous manque trop, venez me rejoindre : je trouverai toujours le moyen de me libérer.

— Allez-vous dormir ici ? demanda-t-elle craintivement.

Il la serra fort dans ses bras, au risque de lui faire mal.

— J'ai la ferme intention de passer toutes mes nuits avec vous.

42

— Madame Hart, vous avez de la visite.

— C'est M. Whitcox ? demanda-t-elle, tout heureuse.

— Non, madame.

Frances ne put s'empêcher d'éprouver une petite déception – même si c'était absurde. Elle et James avaient prévu de se retrouver pour la réunion du club.

— Je descends dans une seconde, monsieur Denton.

— Ne vous inquiétez surtout pas, madame Hart, lui dit Mme Jenkins. M. Denton et moi, nous allons garder la maison pendant le week-end.

La gouvernante devait avoir entendu le lit grincer, sinon mardi, du moins la nuit dernière. Et elle avait sûrement remarqué qu'elle ne portait plus son alliance. Frances éprouva un profond sentiment de gratitude.

— Merci, madame Jenkins.

La gouvernante recula d'un pas.

— Pourquoi, madame ?

Parce que vous vous abstenez de juger la conduite d'une veuve de quarante-neuf ans. À la place, Frances répondit :

— Vous et M. Denton avez rendu mon séjour à Londres très agréable.

— Allons, allons, madame Hart ! s'exclama la gouvernante en la voyant tout émue. Vous n'en avez pas encore fini avec nous.

— Madame Hart ? intervint le majordome. Votre visiteur…

— Oui, bien sûr, répliqua Frances, vaguement penaude. Qui est-ce, monsieur Denton ?

Mais le majordome se contenta de s'écarter pour qu'elle puisse passer.

Frances s'immobilisa au sommet de l'escalier.

— Où est…

L'homme dissimulé par le pilastre de la rampe d'escalier fit un pas de côté.

Frances eut le souffle coupé en le voyant apparaître dans la lumière.

Elle avait toujours su que ça finirait par arriver. Mais elle ne s'était pas attendue à ce que cela arrive si vite.

43

Au loin, une grosse cloche bourdonna pour la seconde fois. Il était deux heures. Aussitôt après, un coup de maillet retentit.

— La séance est ouverte, annonça M. Manning.

Ses cheveux noirs et sa moustache luisaient comme des chaussures vernies dans la lumière de la lampe accrochée au-dessus de sa tête.

Après ce préambule, il ne dit plus rien. Les membres du club avaient beaucoup évolué récemment. Il n'était plus sûr de la marche à suivre.

La voix de Rose Clarring s'éleva.

— Savez-vous si Mme Hart va nous rejoindre aujourd'hui, monsieur Whitcox ?

Aucun besoin de demander pourquoi elle supposait que James serait au courant des projets de Frances. Tous les membres du club avaient lu la *Pall Mall Gazette.*

Le retard de Frances pouvait avoir mille et une raisons simples. James fut quand même inquiet.

— Elle aura eu un empêchement, dit-il.

Oui, mais quel genre d'empêchement ?

— Alors, nous nous passerons d'elle, décréta Joseph Manning.

Le fondateur ne serait sans doute pas mécontent si Frances quittait le club, pensa James, de plus en plus inquiet. Elle avait insufflé de la vie dans ces réunions mortellement ennuyeuses ; elle avait bousculé le protocole ; avec son honnêteté et sa spontanéité, elle avait eu raison de leur rigidité.

— Ce sera sans moi également, décréta James en attrapant sa sacoche.

La vie lui avait appris à suivre son instinct, et son instinct lui soufflait d'aller retrouver Frances le plus vite possible.

Dans la salle, le silence était complet. On aurait entendu une mouche voler. James enfila son manteau et vissa son chapeau sur sa tête. Attrapant écharpe et parapluie, il pivota, prêt à partir.

John Nickols l'arrêta dans son élan.

— Monsieur Whitcox ?

Il s'immobilisa, la main sur la poignée.

— Je vous présente mes excuses pour l'article que mon journal a publié.

James commença par se demander ce que le journaliste ressentirait si c'était son nom qui était imprimé dans le journal, si c'était sa vie qui s'étalait noir sur blanc aux yeux de tous. Puis il se souvint que John Nickols était passé par là, lui aussi – n'avait-il pas été poignardé alors qu'il enquêtait sur une maquerelle soupçonnée de fournir des gamines à ses clients ?

— Vous n'y êtes pour rien, monsieur Nickols, répondit-il. Vous ne me devez aucune excuse.

— Tenez-nous au courant ! recommanda Sarah Burns.

— Sans faute, répondit-il mécaniquement.

Sur ce, il ouvrit la porte et sortit.

Ce serait l'arrêt de mort du club, pensa-t-il, si Frances devait cesser d'y venir.

La pénombre du couloir s'harmonisait avec sa peur ; le soleil de la rue semblait s'en moquer. Un couple était en train de descendre d'un fiacre. Sans leur laisser le temps de refermer la portière, il s'y engouffra.

Le cocher fit vite, et James le récompensa d'un florin.

Arrivé devant la porte, il frappa frénétiquement avec le poing au lieu de se servir du heurtoir. La porte s'ouvrit. Denton poussa un soupir de soulagement en le reconnaissant.

— Ah, monsieur Whitcox ! Dieu merci, c'est vous !

La réaction du majordome ne fut pas pour le rassurer ; au contraire, elle le troubla davantage.

— Où est Mme Hart ?

— Au premier.

James monta les marches quatre à quatre. La porte de la chambre était fermée. Il l'ouvrit.

Frances était debout devant la grande glace, les bras levés, en train de fixer une plume d'autruche à son chapeau de paille.

C'était ce même chapeau qu'elle avait porté lors de leur première rencontre – sans la plume d'autruche.

James se rendit compte qu'elle n'avait pas beaucoup de chapeaux. Le peu qu'elle avait, elle les modifiait avec des nouvelles plumes et de nouveaux rubans. L'apparence de Frances ne devait rien aux couturières, aux coiffeuses ou aux modistes. Sa chaleur, son charme, elle ne les devait qu'à elle-même.

James referma doucement la porte derrière lui.

Il remarqua que le lit qu'il avait quitté quelques heures plus tôt était fait. Le plaisir qu'ils avaient partagé persistait cependant, dans l'atmosphère de la chambre.

Frances ne regarda pas dans sa direction, mais elle savait qu'il était là.

Après avoir jeté son parapluie et sa sacoche sur un fauteuil, il s'approcha. Dans le miroir ovale, il la vit.

Les traits du visage et le regard trahissaient la même douleur.

Ce spectacle lui fendit le cœur.

Il s'était douté qu'un jour, quelqu'un viendrait lui faire du mal. Ce qu'il n'avait pas prévu, c'est qu'il en souffrirait autant.

Doucement, il la prit par la taille – une taille souple et ferme à travers ses gants.

Comme réveillée par ce contact, elle acheva d'enfoncer l'aiguille dans le chapeau.

— Ça va ? demanda-t-il avec tendresse.

Elle dissimula son regard derrière ses paupières.

— J'ai eu la visite de mon fils.

Il frémit.

— Est-il toujours ici ?

— Non.

Elle n'avait pas dit de quel fils il s'agissait, mais c'était forcément l'aîné, qui portait les prénoms de son père : David Matthew Hart, trente-trois ans, marié à une Margaret, née Blair. C'était maintenant lui le propriétaire de la maison et des terres. Le chef de famille. Il avait tous les droits, et tout l'argent.

— Était-il fâché de ce qu'il a lu dans le journal ? demanda James.

Le visage de Frances se figea, devint aussi pâle et inexpressif qu'un masque.

— Non. Je pense qu'il ne l'a même pas lu.

Mais son fils savait quelque chose. Quelque chose qu'elle n'avait pas envie de lui dire.

Frances rouvrit les yeux. Ils brillaient de larmes.

James aurait voulu la consoler, mais il ne savait pas comment. L'amour entre une mère et son fils lui était étranger, au moins autant que l'amour entre un homme et une femme.

Frances se retourna brusquement et se jeta dans ses bras. Elle lui tendit ses lèvres et, pendant qu'il l'embrassait, elle commença à déboutonner sa braguette. Lorsqu'il s'en rendit compte, elle était déjà bien avancée dans sa tâche.

James regarda derrière elle. La glace lui renvoya le reflet d'un beau monsieur et d'une belle dame – lui avec son chapeau, son écharpe blanche et son manteau gris, elle avec sa très décente robe et son chapeau à plume. Oui, au total, un couple éminemment respectable... mis à part que le sexe du monsieur était visible, encore flasque dans la main de la dame qui essayait de le faire durcir en le caressant.

— Je sais que vous souffrez, Frances, murmura James en voyant que ses joues commençaient à rougir. Je sais ce que vous voulez. Vous avez raison de le vouloir. C'est un bon moyen de souffrir moins. Faisons-le. Mais pas ici. Et surtout, pas comme ça, à la va-vite. Allons chez nous.

44

Debout devant le lavabo, Frances mouilla la petite serviette avant de la passer sur sa nuque. Au même moment, des bras musclés s'enroulèrent autour de sa taille.

James se colla contre elle – les poils de sa poitrine lui grattèrent le dos et les poils de son pubis lui chatouillèrent les fesses.

— Je suis désolée de vous avoir réveillé, dit-elle.

Il l'embrassa dans le cou.

— Je n'avais pas prévu de m'endormir.

Ils avaient été tous deux épuisés après avoir fait l'amour.

— J'espère que je n'ai pas pris toute la place dans le lit, ajouta-t-il.

— Vous m'avez même écrasée, murmura-t-elle. Mais ça ne m'a pas déplu.

Elle avait adoré sa chaleur et son odeur.

— Je ne savais pas qu'un homme pouvait éjaculer plusieurs fois le même soir, reprit-elle.

Il lui mordilla le lobe de l'oreille.

— Trois fois, confirma-t-il.

Elle passa la main dans son dos, chercha le pénis de James, le trouva et le pressa délicatement entre ses doigts : il était tiède et moelleux.

— Qu'est-ce que c'est que cette petite chose ? plaisanta-t-elle.

— Ça, madame, c'est une limace qui fait la sieste... et je ne sais pas quand elle va se réveiller.

— Avez-vous mal ?

Les hommes ressentaient-ils, comme les femmes, des picotements après l'amour ?

— Un petit peu. Et vous ?

— Moi aussi.

Mais ce n'était pas cher payer un plaisir qui avait réussi à lui faire oublier son chagrin.

Se retournant, elle se hissa sur la pointe des pieds et lui embrassa le bout du nez.

— Vous croyez que Dieu est fâché quand nous crions son nom pendant l'orgasme ? s'enquit-elle sur un ton mi-sérieux mi-plaisant.

Il la prit par le menton.

— Pourquoi devrait-il se fâcher ?

Si le plaisir n'était pas un péché...

— J'aime les bruits que vous faites quand vous jouissez, dit-elle.

— Comme une bête ? suggéra-t-il.

Frances craignit de l'avoir blessé ; les poils sur sa nuque se hérissèrent.

— Je vous assure, monsieur, dit-elle avec légèreté, que je me suis beaucoup occupée d'animaux dans ma vie et que jamais je n'ai été émue par les bruits qu'ils font.

Il sourit.

— Pas même le meuglement du taureau en mal d'amour ? répliqua-t-il sur le même ton.

— La seule fois où un taureau a réussi à me faire perdre mon sang-froid, c'est quand il m'a couru après dans un champ.

Soudain, James redevint grave.

— Je vous ai raconté que, lorsque j'avais dix-huit ans, mon père m'a emmené voir pendre un homme qu'il avait fait condamner...

— Oui, je m'en souviens.

— Vous souvenez-vous aussi de ce que vous avez dit ?

— Oui, je vous ai dit : « Pourquoi faisons-nous ça à nos enfants ? » Et vous m'avez répondu : « Parce que nous ne connaissons rien d'autre. »

— Eh bien, n'oubliez pas que l'inverse est vrai également : nos enfants non plus ne connaissent rien d'autre, et c'est précisément la raison pour laquelle ils nous traitent comme ça.

45

Margaret retenait ses larmes.

Pourtant, ce n'étaient pas les raisons de pleurer qui manquaient.

David le père était mort, et David le fils ne s'en consolait pas.

Sur une impulsion, il était allé voir Frances Hart à Londres. Depuis son retour, il broyait du noir. Margaret savait qu'il ne parlerait que lorsqu'il serait prêt, ce qui n'était pas le cas pour le moment.

Glissant la main sous le drap qui sentait bon le savon et le soleil, Margaret saisit la main calleuse de son mari et la plaça sur son gros ventre.

— Le bébé s'agite.

Il écarta ses doigts et resta immobile, jusqu'à ce qu'il sente quelque chose qui ressemblait à un petit pied contre sa paume.

— Ma mère devrait être là pour t'aider.

La voix de David était pleine de hargne. Ce n'était pas la voix de l'homme qu'elle avait juré d'aimer et de chérir.

— David, je vais très bien, et le bébé aussi. La sage-femme me l'a encore dit hier.

Il se rapprocha d'elle.

— Dans la vie, Margaret, il n'y a rien de plus important que la famille.

Elle tourna son regard vers la fenêtre : un rectangle de nuit noire délimité par des rideaux gris.

— Je suis ta femme, David.

— Et je suis ton mari, Margaret.

Mais il ne parlait pas comme un mari. Il parlait plutôt comme un gardien de prison.

— J'ai besoin de toi, David.

— Et je veille sur toi du mieux que je peux. Mais je ne peux pas tout faire tout seul.

— Tu n'es pas seul, protesta Margaret tandis qu'une larme perlait au coin de son œil, roulait sur sa joue et tombait sur l'oreiller.

La main de David se fit plus lourde sur le ventre de sa femme.

— Ce bébé est sous ma responsabilité. Vous êtes tous sous ma responsabilité.

— Ton père était un brave homme, dit prudemment Margaret.

— Mon père a su empêcher que la famille se disloque.

Margaret se rendit compte que son mari ignorait une chose essentielle : ce sont les femmes qui empêchent les familles de se disloquer, pas les hommes. Frances Hart avait été l'axe de la famille, pas David Hart son époux.

— Écoute, David. Ce n'est pas parce que Timothy a envie d'avoir sa ferme à lui que c'est la fin du monde.

— Il n'y a pas que ça ! éructa David. Abigail n'est même pas venue dîner dimanche !

— Elle est enceinte jusqu'aux yeux.

— Tu n'as jamais manqué le dîner du dimanche, toi !

— Je n'ai jamais eu vingt kilomètres à faire, objecta Margaret avec bon sens.

Elle avait toujours vécu dans la maison de Frances Hart, une maison dont elle était à présent la maîtresse.

— La famille dépend de moi, Margaret.

Il semblait harassé.

Une famille aurait dû être une source de joie, pas un fardeau.

— Ta famille t'aime, David, mais tu n'es pas ton père. Tu ne peux pas t'attendre à ce qu'ils se comportent comme si tu l'étais.

— Si je ne maintiens pas l'unité de la famille, qui le fera ?

Margaret posa la main sur celle de son mari et l'appuya contre son ventre.

— C'est l'amour qui soude une famille.

— L'amour ! s'exclama David avec dédain. Mon père disait que c'était l'honnêteté et le travail.

Jusqu'ici, Margaret s'était toujours fiée à son mari. Soudain, elle eut peur pour lui.

David leur tourna le dos, à elle et au petit être que leur amour avait créé.

— Demain, c'est Timothy qui te conduira à l'église. Moi, je vais partir de bonne heure. Il faut que je parle au vicaire.

Une question se forma dans l'esprit de Margaret : « Qu'est-ce que tu fabriques, David ? » Mais les mots ne franchirent pas ses lèvres.

Frances Hart avait édicté le premier principe de la famille : les femmes aiment inconditionnellement. Mais comment Margaret allait-elle s'y prendre pour aimer inconditionnellement son mari ? Elle avait déjà du mal à rester dans le même lit que lui.

46

Frances était assise à son bureau, plume en main. Les phrases qu'elle écrivait à David ne lui semblaient guère plus convaincantes que celles qu'elle lui avait dites.

Un coup frappé à la porte de la chambre précéda la voix du majordome.

— Madame Hart, des gens demandent à vous voir.

La visite de David remontait à cinq jours.

— Qui, monsieur Denton ?

— Un homme et une femme.

Une goutte d'encre noire tomba de la plume sur la feuille de papier. Mince !

— Que veulent-ils ?

— Ils ont dit que c'était à propos du club des Messieurs et des Dames.

Elle pivota sur sa chaise pour faire face au majordome.

— Qu'ils m'attendent dans le salon. J'arrive.

Elle se dépêcha de remettre un peu d'ordre dans ses cheveux. Quels que soient les membres du club qui lui faisaient cette surprise, elle aurait plaisir à les revoir.

Mais l'homme et la femme assis côte à côte sur le canapé du salon n'étaient pas des membres du club des Messieurs et des Dames.

Frances hésita sur le seuil.

— Je vous demande pardon, mais nous nous connaissons ?

L'homme, la soixantaine, impeccablement vêtu – costume noir et chemise d'un blanc immaculé – se leva.

— Madame Hart, je suppose ? Je suis M. Steward. Et voici Mlle Schell.

Mlle Schell devait avoir une trentaine d'années. Ses cheveux et son tailleur étaient du même gris terne.

— Mademoiselle, monsieur, murmura Frances.

Elle était déroutée. À part James et David, c'étaient ses premiers visiteurs londoniens. Machinalement, elle proposa une tasse de thé, qui fut cordialement acceptée.

Frances se retourna, à la recherche du majordome, mais il était à un pas derrière elle.

— Tout de suite, madame, dit-il sans attendre d'ordre.

— Merci, monsieur Denton.

Frances alla s'asseoir sur le fauteuil en face du canapé.

— Si j'en crois mon majordome, vous venez de la part du club des Messieurs et des Dames ?

— Oui, nous aimerions y adhérer, répondit l'homme. Et nous voudrions des renseignements.

— Je vois, dit Frances.

En fait, elle ne voyait pas du tout. Joseph Manning était le président, Marie Hoppleworth était la secrétaire. C'est à eux que ce monsieur et cette demoiselle auraient dû s'adresser, pas à elle.

— Pourquoi êtes-vous venus me voir, *moi,* et qui vous a procuré mon adresse ?

L'homme ne parut pas embarrassé par la question.

— M. Hamon, au musée, a pensé que vous seriez plus facile à joindre que les autres.

— Sans aucun doute, admit Frances.

Elle ne travaillait pas, ne faisait pas d'études et n'avait pas de mari – dans l'esprit des gens, elle était toujours disponible.

— Que voulez-vous savoir ? reprit-elle aimablement.

— Si j'ai bien compris, c'est un club mixte ?

Frances esquissa un sourire ironique.

— Comme son nom l'indique.

— Oui, oui, bien sûr, dit l'homme sans rien perdre de sa bonne humeur. Nous sommes curieux de savoir quels thèmes sont traités dans vos réunions.

— Il n'y a pas très longtemps que j'ai adhéré au club, monsieur Steward, répondit Frances. Pour ce genre de détails, il faudra vous adresser à un autre membre.

— Mais vous discutez de sujets qui ont à voir avec les relations entre les hommes et les femmes, n'est-ce pas ?

— Oui, bien sûr.

— Nous sommes très intéressés par ce qui concerne les relations entre les hommes et les femmes. N'est-ce pas, mademoiselle Schell ?

Il n'y avait pas beaucoup d'intérêt dans les yeux de la jeune femme, juste une infinie patience.

— Oh, oui, monsieur Steward, approuva-t-elle néanmoins. Nous sommes très intéressés.

— Pourriez-vous nous donner un ou deux exemples des discussions auxquelles vous avez pris part ? demanda l'homme.

Il avait une voix extraordinairement rassurante, pensa Frances.

— Nous avons discuté de l'utilisation des condoms.

La jeune femme devint écarlate.

— Approuvez-vous l'usage des préservatifs, madame Hart ? questionna M. Steward, imperturbable.

— Tout à fait, répondit Frances sans hésiter. Avez-vous entendu parler de Mary Bartle ? Elle serait encore en vie si son mari n'avait pas répugné à s'en servir.

M. Steward plissa les yeux.

— Vous pensez qu'elle avait de bonnes raisons de tuer son mari ?

Le majordome arriva sur ses entrefaites avec un plateau qu'il posa sur la table entre Frances et ses invités. Elle fit le service.

— Lait ou citron, mademoiselle Schell ?

— Ni l'un ni l'autre, merci.

— Et vous, monsieur Steward ?

— Un nuage de lait, s'il vous plaît.

Mlle Schell posa sa tasse sur la table sans y toucher – elle n'avait même pas ôté ses gants. M. Steward plaça la sienne en équilibre sur sa cuisse après y avoir trempé les lèvres.

— Vous disiez, madame…

Frances était occupée à remplir sa tasse.

— J'avoue que je ne m'en souviens plus.

— Vous disiez que Mary Bartle avait eu de bonnes raisons de tuer son mari.

Frances tressaillit.

— Non ! s'exclama-t-elle en reposant la théière. Je n'ai jamais dit cela.

— Si, madame Hart, persista l'homme. Vous avez dit que Mary Bartle serait encore en vie si son mari avait utilisé des condoms.

— Je vous ferais respectueusement remarquer que ce n'est pas tout à fait la même chose, rétorqua Frances d'un ton pincé. Et puis, n'oubliez pas que Mary Bartle a été innocentée.

Le dénommé Steward ne voulut pas en démordre.

— Vous ne croyez pas que les jurés ont pu se laisser berner par cet avocat… comment s'appelle-t-il déjà, mademoiselle Schell ?

La jeune femme regarda d'un air indifférent la tasse placée devant elle.

— Whitcox, monsieur.

— Oui, c'est ça, Whitcox.

Frances remarqua que le bonhomme avait de tout petits yeux – ce que son défunt mari appelait « des yeux en boutons de bottine ».

— Vous ne croyez pas que des hommes comme ce M. Whitcox sont capables de séduire et de dévoyer des femmes honnêtes et naïves ?

Frances était persuadée que James était capable de séduire qui il voulait, pourvu qu'il s'en donne la peine.

Elle se sentit mal à l'aise. Steward n'ignorait sans doute pas que l'avocat était membre du club des Messieurs et des Dames.

Elle rajouta du sucre et du lait dans sa tasse pour se donner une contenance.

— J'ai du mal à voir le rapport entre votre question et le club des Messieurs et des Dames.

Steward s'étonna.

— Ce n'est pas le genre de conversation que vous avez au club ?

Frances se souvint de leur dernière réunion : John Nickols disant qu'une femme éprouvait forcément du dégoût face à un homme qui vivait constamment dans la peur ; Esther Palmer admettant qu'elle se trouvait moche ; Thomas Pierce justifiant l'usage du condom.

— Non, monsieur Steward, dit-elle d'un ton ferme. Ce n'est pas le genre de conversation que nous avons.

L'homme porta sa tasse à ses lèvres et, après avoir bu une gorgée, la reposa sur la table.

— Je vois que vous n'êtes pas dupe, madame Hart. J'avoue que je vous ai fait des cachotteries...

Frances se crispa.

— Voyez-vous, poursuivit-il, Mlle Schell et moi n'avons pas l'intention d'adhérer à votre club. Nous avons l'intention d'en créer un sur le même modèle. Mais, comme vous pouvez le constater, nous n'avons pas la moindre idée de la manière de procéder. Cela vous dérangerait-il beaucoup si nous revenions tout à l'heure avec un ami ? Il est moins inexpérimenté que nous, il posera les bonnes questions.

— N'importe quel autre membre du club vous renseignerait mieux que moi.

— Mais nous avons hâte d'ouvrir notre club, insista-t-il avec douceur. Vous ne refuserez pas de nous aider ?

Frances hésita. Elle aurait dû refuser. Qu'avait-elle à leur apprendre ?

La politesse dicta son choix.

— C'est entendu, revenez tout à l'heure.

— Parfait ! Merci pour le thé. À présent, il ne nous reste plus qu'à nous en aller, n'est-ce pas, mademoiselle Schell ? Inutile de nous raccompagner, madame Hart. Finissez tranquillement votre thé. Nous trouverons le chemin tout seuls.

Après leur départ, elle entendit chuchoter dans le hall, puis la porte d'entrée se refermer.

— Ils sont bizarres, ces gens.

Frances tressaillit, car elle n'avait pas entendu le majordome entrer dans le salon.

— Ils vous ont troublée, dit-il en commençant à débarrasser la table. S'ils devaient revenir, je leur dirais que vous êtes sortie.

Cela aurait été la meilleure solution, en effet, mais Frances était contrainte de refuser.

— Non, murmura-t-elle. Ils vont bientôt revenir et j'ai promis de les recevoir.

Elle n'eut pas longtemps à attendre. Le temps de finir son thé et ils étaient là, avec leur « ami », un petit personnage à la nuque raide et la bouche dédaigneuse qui la regardait comme une bête curieuse. Il s'appelait Wedon.

— Donc, madame Hart, dans votre club, vous abordez les divers moyens de prévenir les maladies vénériennes, énonça M. Steward.

Frances se redressa sur son fauteuil.

— C'est en effet ce que j'ai dit, monsieur Steward.

— N'est-ce pas remarquable, monsieur Wedon, que des hommes et des femmes puissent discuter aussi librement ?

Le petit bonhomme hocha la tête.

— Tout à fait, monsieur Steward.

— Et les autres membres du club sont-ils favorables à l'usage du condom ?

D'une façon générale, Frances détestait parler à la place des autres.

— Pas tous. Seulement quelques-uns.

— De quoi d'autre discutez-vous ?

Frances se souvenait d'avoir reconnu devant les membres du club des Messieurs et des Dames qu'il lui arrivait de se masturber, mais elle ne pouvait pas aborder le sujet devant M. Steward et ses acolytes.

— Eh bien, il nous est arrivé de parler d'art érotique.

M. Steward parut ravi.

— Vraiment ! Et ça vous plaît, l'art érotique ?

Frances se mordilla la lèvre inférieure.

— Oui, reconnut-elle. Ça m'a semblé… intéressant.

Elle avait failli dire « excitant ».

— Une dame comme il faut ne peut qu'être choquée par des images trop crues, n'est-ce pas, madame Hart ?

Trois regards durs et scrutateurs se fixèrent sur elle.

Elle pointa fièrement le menton.

— Je ne vois pas pourquoi.

— Mais vous êtes veuve.

Le cœur de Frances fit un bond dans sa poitrine.

— Comment savez-vous ça ?

— C'est M. Hamon qui me l'a dit, repartit M. Steward sur un ton apaisant. Hamon est un ami. Il pense le plus grand bien de vous.

Frances prit une profonde inspiration. Ni la voix douce de M. Steward, ni l'allusion au conservateur du musée n'avaient réussi à la tranquilliser.

— Oui, je suis veuve.

— Vous vous intéressiez à l'art érotique avant votre veuvage ?

— Je ne savais même pas que ça existait.

Les mots avaient à peine franchi ses lèvres qu'elle les regretta. Soudain, elle ne supporta plus d'être dans la même pièce que ce trio : un petit personnage dédaigneux et prétentieux ; un homme avec un col dur et un costume noir qui lui donnaient l'air d'un entrepreneur des pompes funèbres ; une espèce de vieille fille aux yeux ahuris.

— J'ai un rendez-vous, monsieur Steward, prétendit-elle. Je vous prie de m'excuser. J'ai été ravie de faire votre connaissance, monsieur Wedon. Je vous souhaite une bonne fin de journée, mademoiselle Schell.

— Mais certainement, madame Hart, dit M. Steward. Vous avez été très obligeante et nous avons suffisamment abusé de votre temps. Mademoiselle Schell, monsieur Wedon, je crois que nous pouvons nous retirer, nous avons obtenu ce que nous étions venus chercher.

La porte d'entrée se referma. Ils étaient partis.

Frances n'était pas soulagée pour autant.

L'envie de voir James fut brutale – une douleur physique. C'était tentant de se tourner vers lui au moindre incident. Mais Frances connaissait les dangers de la dépendance.

Tout ce qu'il lui fallait, c'était une bouffée d'air frais. Londres avait encore beaucoup à offrir. Par exemple, elle n'avait pas visité les jardins botaniques de Kew. Ce serait sûrement reposant.

Elle n'avait plus qu'à aller chercher son manteau et son sac.

Un coup frappé à la porte l'arrêta au pied de l'escalier. Frances ne sut si elle devait se réjouir ou s'inquiéter : ce pouvait être James, mais ce pouvait aussi être son fils.

Le majordome arriva en courant.

— Laissez, madame Hart ! Je m'en occupe.

Sur le seuil, il n'y avait ni James ni David, mais M. Wedon. Il était accompagné de deux femmes que Frances ne connaissait pas. Elles étaient grandes, larges, et pas du tout souriantes.

— Ah, Dieu merci, vous êtes toujours là, madame Hart ! s'exclama Wedon. Si vous consentez à nous suivre sans faire d'histoires, tout se passera bien.

Frances écarquilla les yeux. Le majordome était aussi sidéré qu'elle.

Sans crier gare, les deux femmes contournèrent M. Denton et attrapèrent Frances, chacune par un bras.

Elle était trop surprise pour prendre peur.

— Lâchez-moi immédiatement.

Les deux femmes étaient plus grandes et plus fortes que Frances. Elles n'obéirent pas.

Le dénommé Wedon balança une feuille de papier sous le nez du majordome, comme si c'était un mandat d'arrêt.

Frances se souvint de son expédition dans la librairie Bailey.

— *S'il y avait une descente de police dans la boutique, nous irions tous en prison,* avait dit Joseph Manning.

Mais il n'y avait pas eu de descente de police.

— Lâchez-moi ! insista-t-elle en se débattant.

— Vous ne faites qu'aggraver les choses, madame Hart, dit Wedon tandis que les deux ogresses l'entraînaient vers la porte. Suivez-nous bien sagement, c'est le mieux que vous avez à faire. J'ai un ordre officiel.

Les jambes de Frances devinrent aussi molles que du beurre.

— Vous allez me faire le plaisir de lâcher Mme Hart immédiatement !

Frances reconnut Mme Jenkins. La voix de la gouvernante était d'un calme et d'une autorité extraordinaires.

— Lâchez-la ! répéta-t-elle. Ou bien elle va porter plainte pour agression.

Les deux méchantes bonnes femmes puaient la sueur et le graillon. D'un coup sec, Frances finit par se libérer.

Aussitôt, la gouvernante s'interposa entre elle et les deux femmes. Elle brandissait un balai comme si c'était une arme.

— Et ne vous avisez pas de me toucher, précisa-t-elle, si vous ne voulez pas que je porte plainte, moi aussi.

— Vous entravez la justice, lui lança Wedon sur un ton indigné.

— Ce sera à la police d'en décider, rétorqua la gouvernante. Allez vous enfermer dans le salon, madame Hart, et n'en sortez pas tant que Mme Ellis ne sera pas revenue avec le commissaire.

Mais Frances ne réagit pas. Tout cela n'était qu'une erreur. Une énorme erreur. Une abominable erreur. Mais une erreur qui serait facilement corrigée.

— C'est ridicule, je n'ai rien fait de mal, dit-elle.

Mais Mary Bartle avait failli se balancer au bout d'une corde pour une bouteille de chloroforme. Si la police perquisitionnait sa maison, ils y trouveraient une bouteille d'huile de Margot.

Les deux femmes revinrent à la charge.

— Vite, madame Hart, allez vous enfermer dans le salon, répéta la gouvernante en lui lançant un trousseau de clés.

Frances avait l'impression d'être dans un cauchemar. Qu'avait-elle besoin de se barricader dans le salon ? Elle n'avait qu'à attendre de se réveiller.

James était un avocat célèbre. Il allait la sortir de là.

Mais peut-être qu'on était en train de l'arrêter, lui aussi...

Peut-être qu'on était en train d'arrêter *tous* les membres du club des Messieurs et des Dames.

— Non, madame Jenkins, je n'irai pas me cacher.

Elle avait enfreint la loi ; elle était prête à en payer les conséquences.

— Tout ce que je demande, c'est qu'on me dise pourquoi l'on vient m'arrêter.

47

La porte s'ouvrit sans bruit.

Les yeux de Frances, en voyant paraître James, exprimèrent d'abord la surprise puis le soulagement.

— C'est *vous* ! souffla-t-elle.

S'avançant, il la prit dans ses bras.

— Eh oui, c'est bien moi.

Frances tremblait comme une feuille.

S'ils l'avaient surprise hors de la maison, ils l'auraient emmenée sans coup férir. Elle n'aurait rien pu faire pour les en empêcher.

— Comment se fait-il que vous soyez là ? murmura-t-elle en lui enlaçant la taille.

— Denton.

— C'est M. Denton qui vous a prévenu ?

— Oui.

— Comment savait-il où vous joindre ?

— Il avait ma carte.

Frances fut tellement sidérée qu'elle en oublia sa peur.

— Mais comment pouvez-vous être déjà là ?

— Il m'a télégraphié.

— Nous n'avons pas de télégraphe.

— Le voisin en a un.

Dans le regard de Frances, la peur reprit le dessus.

— Sont-ils encore dehors ?

James la serra dans ses bras.

— Un policier les a chassés.

Elle leva les bras pour s'accrocher à son cou ; ses seins s'écrasèrent contre la poitrine de James.

— Alors, il s'agissait bien d'une erreur.

— Non, dit James, trop expérimenté pour trahir la moindre émotion. Il ne s'agissait pas d'une erreur.

— Je ne comprends pas, murmura Frances. Un juge a signé un ordre d'internement parce que j'ai été dans une boutique d'érotisme ?

James secoua la tête.

— C'est ce que vous avez cru ? Que vous faisiez l'objet d'un internement d'office parce que vous êtes allée à la librairie Bailey ?

— Ça ne peut être que ça, non ?

James détourna les yeux un bref instant. Frances s'était remise de la visite de son fils. Se remettrait-elle jamais de la nouvelle qu'il était sur le point de lui apprendre ?

— Frances, les internements d'office ne dépendent pas des juges.

— Ils dépendent de qui ?

— Du chef de famille.

Frances commença à comprendre : le chef de la famille Hart, cela avait été son mari, mais maintenant son mari était mort et...

— Non, dit-elle en secouant la tête. Non, non, non...

Ses bras s'étaient crispés autour du cou de James ; ils mollirent.

— Mais enfin, ce n'est pas possible ! s'exclama-t-elle.

En même temps, elle le suppliait du regard. Mais James ne lui avait jamais menti, et ce n'était pas maintenant qu'il allait commencer.

Il répondit par un silence qui en disait long.

— Je ne vous crois pas, s'entêta Frances en laissant retomber les bras le long de son corps.

James était arrivé juste avant que le policier n'envoie paître le directeur de l'asile, et il avait vu l'ordre d'internement.

— C'est pourtant vrai.

— Mais enfin, je ne suis pas folle ! affirma-t-elle avec force.

— Je le sais bien, mais en Angleterre, il n'y a rien de plus facile que de faire enfermer une personne saine d'esprit.

Frances persista à nier l'évidence.

— Vous ne me ferez jamais croire ça.

James répliqua brutalement.

— Si vous ne le croyez pas maintenant, vous le croirez plus tard, quand ils vous passeront la camisole de force.

Le policier qui avait barré le passage au directeur de l'asile aurait pu tout aussi bien lui prêter main-forte.

— Mon fils ne ferait jamais ça.

Des fils faisaient cela tous les jours. Et des pères. Et des maris.

— J'ai vu sa signature au bas du document, Frances, déclara James en la prenant par les bras.

Elle se débattit. Pour lui échapper – ou pour échapper à la vérité.

— Non ! hurla-t-elle.

— Oui, assena James.

Elle le repoussa de toutes ses forces. Il la retint de toutes les siennes. Et il était le plus fort des deux.

— Vous mentez !

— Hélas ! non.

— Alors, ce n'était pas sa signature.

— Celle de qui, alors ?

— Vous vous trompez, James. Je ne peux pas le croire. Mon fils m'aime. Il ne ferait jamais ça.

Mais il y avait dans son regard une douleur insondable.

— Il va bien falloir me croire.

— Pourquoi ?

Oui, pourquoi devrait-elle le croire, lui, plutôt que son fils ?

— Parce que l'ordre d'internement est valable pendant une semaine, précisa James.

Frances ouvrit des yeux ronds d'horreur.

— Ils peuvent revenir ?

— Ils *vont* revenir.

— Ils auront le droit de m'emmener ?

— Oui.

Et il ne pourrait rien faire pour les en empêcher.

— La loi anglaise permet à mon fils de m'enfermer dans un asile de fous ?

James ne pouvait pas changer la loi, mais il pouvait la contourner.

— Pour vous emmener, il faudra d'abord qu'ils vous trouvent.

Une lueur d'espoir brilla dans les yeux de Frances.

— Personne ne connaît l'existence de notre maison, ajouta James.

— Donc, j'ai le choix entre être enfermée dans un asile et être enfermée dans votre maison.

— Pendant une semaine seulement.

— Et que se passera-t-il ensuite ?

Cela dépendait de son fils. Et de la loi.

James ne connaissait pas la loi sur les internements. Mais il se promettait de combler bientôt cette lacune.

— Ensuite, l'ordre d'internement sera caduc, répondit-il froidement.

De nouveau, Frances reprit espoir.

— Et je serai tranquille ?

James aurait voulu mentir ; le mensonge lui resta dans la gorge.

— Non.

48

Frances regardait par la fenêtre de la chambre, promenant sur la rue un regard indifférent. Elle avait cru devenir une femme. Elle avait découvert à ses dépens que les mères ne sont pas des femmes. Sinon, la loi permettrait-elle à leurs fils de les faire enfermer ?

— Les ouvriers sont là pour installer la nouvelle douche, madame Hart.

— Dites-leur de monter, monsieur Peasebody.

Les plombiers n'étaient pas aussi discrets que le majordome ; ils avaient le pas lourd et le verbe haut. Ils se mirent à donner des coups de marteau dans la salle de bains.

— Monsieur Peasebody ?

— Madame ?

— Voulez-vous surveiller l'installation tandis que je... que je descends un moment ?

— Certainement, madame.

Pendant quelques secondes encore, Frances contempla son image sur la vitre constellée de gouttes de pluie. Puis, se retournant, elle prit son sac et sortit de la chambre.

À la patère dans l'entrée, elle décrocha un manteau de laine et un bibi en feutrine. Une fois dans la rue, elle marcha au hasard. Elle n'avait pas fait cent mètres qu'elle était trempée et transie.

Un fiacre ralentit à sa hauteur.

— J'vous conduis où vous voulez, m'dame, lui lança le cocher.

Elle s'arrêta ; le fiacre aussi.

Elle monta et referma la portière, mais le fiacre resta sur place. Et pour cause, puisqu'elle n'avait pas donné d'adresse au cocher. Se levant, elle souleva la trappe.

— Gare Victoria, ordonna-t-elle.

La gare était pleine de bruits et de courants d'air. Le train était enveloppé de vapeur. Il s'ébranla alors qu'elle venait juste d'y monter.

À la banlieue succéda bientôt la campagne. Il ne pleuvait pas dans le Sussex. Les champs de blé étincelaient dans le soleil de midi.

Devant la gare de Kerring, à l'ombre d'un hêtre, il y avait un fiacre. Le cocher attendait en somnolant. Frances le réveilla.

Bientôt, la grande maison se profila à l'horizon, avec ses murs de brique rouge et ses encadrements de fenêtres d'un blanc éclatant. Des chênes feuillus ombrageaient des herbages broutés par des moutons.

Ses enfants avaient escaladé les arbres et couru après les moutons. En tendant l'oreille, elle aurait presque pu entendre encore leurs rires.

Elle paya le cocher et lui dit de revenir dans deux heures.

— Grand-mère ! Grand-mère ! s'écria la petite Megan en courant se jeter dans ses bras. Enfin, te voilà ! C'est papa qui va être content !

Frances s'agenouilla pour embrasser la belle enfant. Sa queue-de-cheval lui descendait jusqu'au milieu du dos. Sa frimousse était sale, et son tablier aussi.

Le cœur de Frances se serra : la gamine avait grandi depuis la dernière fois qu'elle l'avait vue.

— Dans ta lettre, tu me disais que tu avais attrapé un gros poisson, rappela-t-elle. Vous l'avez mangé ?

— Non, j'ai pris un saladier, je l'ai rempli d'eau et j'ai mis le poisson dedans, repartit la petite fille avec une pointe de dépit dans la voix. Mais maman n'a pas voulu que je le garde comme ça.

En d'autres temps, Frances aurait peut-être ri. Ou peut-être pas. Les grandes personnes sont parfois injustes.

— Belle-maman !

Il y avait de la surprise et de la joie dans la voix de la jeune femme. Frances se redressa en souriant.

— Bonjour, Margaret.

Margaret était une belle blonde, et sa robe de mousseline blanche lui allait à ravir. David l'avait connue en allant acheter des semences chez son père, grainetier dans un village voisin. Son charme et sa douceur séduisaient d'emblée.

Frances savait que sa belle-fille l'aimait. Elle n'avait pas envie que la jeune femme soit prise entre la mère et le fils – mais c'était peut-être inévitable.

— Oh, belle-maman, c'est bon de vous revoir !

Margaret, un peu plus petite que Frances, la serra dans ses bras... autant que sa grossesse le permettait. Frances l'embrassa sur les deux joues.

— Tu as une mine superbe, dit-elle.

Ce n'était pas vrai : Margaret avait l'air las.

— Toi aussi, grand-mère, intervint Megan. Regarde ses cheveux, maman ! Ils sont devenus aussi roux que les miens !

Se glissant entre sa mère et sa grand-mère, Megan prit Frances par la main et l'entraîna vers la maison.

— Viens voir ce que maman a fait !

— Quelle joie de vous revoir ! s'exclama à son tour Mme Pippins, la femme de ménage qui était dans la maison depuis un demi-siècle. Voulez-vous que mon mari aille chercher vos bagages à la gare ?

Cette innocente question fut accueillie par un silence embarrassé. La femme de ménage cessa de sourire.

— Ma belle-mère doit être fatiguée par son voyage, madame Pippins, dit Margaret. Allez demander à la cuisinière de préparer le thé. Entrez donc, belle-maman, c'est vraiment un bonheur de vous avoir ici.

En franchissant le seuil de la maison dans laquelle elle avait vécu trente-quatre ans, elle fut assaillie par les souvenirs. La première fois qu'elle était passée par cette porte, elle avait porté une robe blanche. C'était dans ce salon qu'avait eu lieu la veillée funèbre de son mari.

Mais la maison avait changé depuis six semaines qu'elle était partie. Des rideaux de soie rouge avaient remplacé ceux de velours vert ; les fauteuils de cuir marron avaient cédé la place à des fauteuils en tapisserie aux riches couleurs.

Frances n'était plus chez elle ici.

— C'est joli, dit-elle sincèrement.

Margaret la regarda d'un air presque suppliant.

— Ça ne vous dérange pas ?

— Tu es chez toi, Margaret.

— Et vous, belle-maman, avez-vous trouvé à Londres un endroit où vous vous sentiez chez vous ?

La réponse aurait été : « Je suis chez moi dans les bras de James. »

— Est-ce vrai, grand-mère, que Londres est sale et bruyant ? demanda Megan.

Oui, la capitale était sale et bruyante – mais pas seulement.

— Londres palpite comme un cœur, Megan. Quelquefois, il y a tant de fumée et de brouillard qu'on a du mal à respirer et puis, l'instant d'après, tout brille comme un sou neuf. Il y a des restaurants, des parcs, des musées, des jardins... Il y a aussi le Crystal Palace, un immense bâtiment tout en verre entouré d'un parc dans lequel on a fabriqué des dinosaures autour d'un plan d'eau. Il y en a même un qui essaie de vous cracher dessus si vous approchez trop près.

Megan écarquilla ses beaux grands yeux – des yeux verts comme ceux de Frances.

— Sans rire, grand-mère ?

— Sans rire.

Frances se souvint de la main de James au creux de ses reins et de leurs rires. Sa gorge se serra.

— Au fait, reprit-elle, où sont Matthew et la petite Peggy ?

— Ils dorment, répondit Margaret. Megan chérie, veux-tu aller jeter un coup d'œil sur ton petit frère et ta petite sœur ?

Megan ne parut pas enchantée.

— Maman, tu sais très bien que je n'aime pas faire ça, répliqua-t-elle. Vas-y, toi, pendant que je tiens compagnie à grand-mère.

Frances se mordit les lèvres pour ne pas sourire.

— Megan, dit-elle, je t'ai apporté une surprise, mais je ne pourrai pas te la donner si tu ne fais pas ce que ta mère te demande.

Megan avait de l'aplomb, mais elle n'était pas butée. Elle fila aussitôt, sa queue-de-cheval cuivrée flottant derrière comme une oriflamme.

— Je ne vous ai jamais vue comme ça, belle-maman, déclara Margaret dès qu'elles furent seules. Vous êtes rayonnante.

En souriant modestement, Frances porta la main à son chapeau pour s'assurer qu'il n'avait pas bougé.

— Je suis trempée comme une soupe, dit-elle. Quand j'ai quitté Londres, il pleuvait à verse.

— Non, murmura Margaret. Vous êtes radieuse… vous avez un teint superbe… vous êtes tout bonnement magnifique.

James avait dit à peu près la même chose un certain soir… Frances battit des paupières, car sa vue fut soudain embuée de larmes.

— Où est David ?

— Dans le champ du côté de la rivière.

Promptement, Frances tira de son sac trois boîtes de chocolats qu'elle avait achetées dans le train.

— Tu donneras ça aux enfants, s'il te plaît.

Frances ne pensait pas qu'elle aurait le courage de les revoir, après la confrontation avec son fils.

— Merci, dit Margaret en acceptant les chocolats.

Ses mains étaient petites. Elles auraient dû être blanches et lisses, mais elles étaient rougies et abîmées par les lessives.

— Cet avocat, M. Whitcox, reprit-elle, est-ce un brave homme ?

Frances se crispa. Elle n'avait pas parlé de James à David. Il avait dû apprendre son existence par Wedon.

— Oui, répondit-elle, M. Whitcox est un brave homme.

Même si les bonnes gens de Kerring dans le Sussex seraient sans doute d'un autre avis…

— Tant mieux ! Je suis contente pour vous ! s'exclama Margaret en prenant Frances par le cou et en l'embrassant sur les joues. Que Dieu vous garde.

La maison avait changé, mais pas les champs. La terre dégageait toujours la même odeur âcre. Une légère brise faisait frissonner les haies. David, adossé à un érable, mangeait un énorme sandwich tandis que son regard planait sur les champs de blé.

Le cœur de Frances s'emplit de tendresse à sa vue. Il était son fils, et elle l'aimerait toujours.

Il dut l'entendre venir car il tourna la tête et se figea, le sandwich devant la bouche.

Elle le rejoignit à l'ombre de l'arbre.

— Bonjour, David.
Il laissa retomber son bras.
— Que fais-tu ici ?
— Tu veux dire : « au lieu d'être enfermée à double tour dans un asile de fous » ? répliqua-t-elle calmement, malgré son chagrin.
— Ce n'est pas un asile de fous, se défendit-il. C'est une sorte de maison de repos... enfin, un sanatorium... un sanatorium réservé aux femmes.
Son regard était exempt de remords ; il n'avait pas l'air de se douter du mal qu'il avait fait.
— Quand je t'ai parlé du club des Messieurs et des Dames, j'espérais que tu comprendrais.
— Que voulais-tu que je comprenne, maman ? Que l'amour de papa, notre amour à nous tous, ne te suffisait pas ? éructa-t-il. C'est ça que tu voulais que je comprenne ?
Une abeille passa tout près en bourdonnant ; elle vaquait à ses occupations d'abeille, indifférente aux souffrances qu'une mère et son fils étaient en train de s'infliger.
— Ou bien, ajouta rageusement David, voulais-tu que je comprenne que l'amour de ta famille t'encombrait, que c'était un fardeau qui t'empêchait d'être une *femme ?*
— Je n'ai jamais dit ça, protesta Frances tandis que ses yeux s'emplissaient de larmes. Je n'ai jamais dit que l'amour de ma famille ne me suffisait pas. Je n'ai jamais dit que c'était un fardeau.
— Alors, s'il te plaît, maman, qu'est-ce que tu as dit ?
Elle avait du mal à s'en souvenir – depuis qu'elle avait prononcé ces paroles, il s'était passé tant de choses.
— Je t'ai dit que j'avais aimé ton père, mais que ton père était mort à présent et que j'avais besoin de quelque chose de plus.

Grands dieux, elle avait effectivement dit : « quelque chose de plus » ! De quoi donner à penser que l'amour de sa famille ne suffisait pas... Ce qui était vrai ; ça ne suffisait pas. Mais ce n'était pas la peine de le leur dire. Et puis, ce n'était pas leur faute.

— J'ai besoin de combler le vide que la mort de ton père a créé, dit-elle encore.

David parut se radoucir.

— Les membres de la famille sont là pour ça, maman.

Entre membres d'une même famille, on ne se fait pas ce que David lui avait fait.

Frances regarda le jeune homme qui ressemblait trait pour trait à son père : mêmes yeux noisette, mêmes cheveux blond clair. Mais son mari n'aurait jamais agi comme lui... Ou peut-être que oui. Frances n'arrivait plus à distinguer entre la vérité et ce qu'elle avait cru vrai.

— David, dit-elle avec une tendresse mêlée d'amertume, un homme et deux femmes ont essayé de m'emmener dans un asile de fous.

Sans l'intervention des domestiques, ils auraient réussi.

— Tu n'y resteras que quelques jours, répliqua David. Quelques semaines au pire. Le temps que tu reviennes à la raison.

Frances chercha sur les traits de son fils les vestiges de son visage d'enfant, lorsqu'il n'avait pas encore de secrets pour elle.

— Dis-moi que tu n'as pas fait ça tout seul ? implora-t-elle.

Comment aurait-il connu l'existence des internements d'office et des sanatoriums pour femmes ?

David détourna les yeux. Il regarda son sandwich d'un air maussade, une tranche de bœuf entre deux tranches de pain ; de la moutarde coulait sur les côtés.

— Tu es sous ma responsabilité, maman.

— Et je n'ai pas le droit de me reposer un peu, de me changer les idées ?

— Tu as une famille à t'occuper.

— Et quand est-ce que je me suis mal occupée de ma famille ?

Elle avait été une gentille fille pour ses parents, une gentille épouse pour son mari, une gentille maman pour ses enfants.

— Le cadavre de mon père n'est pas encore froid ! grinça David. Regarde-toi ! Je croyais que tu nous aimais, et je suis obligé de constater que tu n'as pas de chagrin de la mort de mon père. Tu ne portes pas le deuil. Tu as retiré ton alliance. Comment peux-tu te conduire ainsi ? Comment peux-tu avoir aussi peu de respect pour sa mémoire ?

Frances ne savait que trop à quoi elle ressemblait, avec son chapeau trempé, son manteau taché de pluie et ses cheveux aplatis à cause de l'averse sous laquelle elle s'était trouvée prise à Londres.

Elle savait aussi que ce n'était pas la peine de s'expliquer. David n'avait pas compris la première fois ; il n'y avait aucune raison d'espérer qu'il comprenne mieux cette fois-ci.

Au lieu de cela, elle dit :

— J'aimais ton père.

David afficha un air dégoûté.

— Tu l'aimais tellement que tu t'es dépêchée de l'enterrer pour pouvoir aller à Londres dépenser son argent.

— *Les gens se font du mal sans même s'en apercevoir, parfois,* avait dit James.

Frances n'était pas assez naïve pour penser que David ne faisait pas exprès de la blesser. Elle préférait croire que c'était le chagrin qui le faisait parler, plutôt que la méchanceté.

— *Le mal qui n'est pas fait exprès ne dure pas,* avait-elle répondu à James.

Mais, en attendant, c'était douloureux.

— Tu sais très bien que j'ai aimé ton père, repartit-elle posément. Tu le sais.

— Si tu l'aimais, maman, tu vas m'expliquer pourquoi tu es partie à Londres aussitôt après sa mort ?

— Non, David, pas *aussitôt,* corrigea Frances d'une voix timide. Il s'est écoulé trois mois avant que...

Mais il l'interrompit.

— C'est bien ce que je disais : aussitôt ! Et, tant que tu y seras, tu m'expliqueras pourquoi tu t'es teint les cheveux comme une moins-que-rien ? Et pourquoi tu t'habilles comme une jeune fille qui se cherche un galant ? Il y a cinq mois, tu te préparais à t'occuper de mon prochain bébé, et maintenant que ma femme approche du terme, tu traînes dans Londres avec de drôles de gens qui parlent de choses dont on ne devrait pas parler. Explique-moi ça, maman, parce que je ne te reconnais pas.

Frances se campa sur ses jambes pour ne pas flancher.

— Margaret se porte comme un charme, et il n'y a pas lieu de s'inquiéter pour son bébé.

— Nous avons besoin de toi, or tu nous abandonnes.

— Margaret va très bien et son bébé aussi, persista Frances.

— Si ma femme et mon bébé comptaient pour toi, tu reviendrais vivre ici.

— Si Margaret et le bébé avaient besoin de moi, rétorqua Frances d'un ton cassant, c'est exactement ce que je ferais. Mais vous n'avez pas besoin de moi.

— Margaret dit que son gros ventre commence à la gêner. Elle n'est plus capable de courir après ses trois autres mômes.

— Embauche quelqu'un.

— C'est aux membres de la famille de s'en occuper.

— C'est comme ça que tu me vois, David ? Comme une bonne d'enfants ? Afin de te simplifier la vie et celle de ta femme ?

— Tu sais très bien que ce n'est pas vrai.

— Alors, pourquoi tiens-tu tant à ce que je revienne à Kerring ?

— La gouvernante d'Abigail est partie. Elle a besoin d'un coup de main en attendant d'en trouver une autre.

— Bonne d'enfants ! Gouvernante ! Et puis quoi encore ?

— Tu es une mère et une grand-mère, répondit David avec colère.

— Je suis surtout une femme, David.

Pendant de longues secondes, il resta muet. Il commença par devenir livide et puis, d'un seul coup, tout rouge.

— Je n'ai pas envie de t'entendre salir la mémoire de mon père, dit-il d'une voix sourde et tremblante.

— C'est M. Whitcox, n'est-ce pas ? demanda Frances. C'est à cause de lui que tu as voulu me faire enfermer dans un... sanatorium pour femmes.

— C'est répugnant ! s'écria David.

La vilaine couleur de ses joues ne trahissait pas seulement sa colère, mais son embarras.

— Une femme de ton âge ! ajouta-t-il.

— Ton père n'était pas de première jeunesse non plus quand il m'a épousée, rappela Frances.

— Un homme, ce n'est pas pareil.

— Il n'y a pas que les hommes qui ont des besoins.

David devint cramoisi.

— Ça ne te ressemble pas.

— C'est pourtant moi.

— Tu n'étais pas comme ça avant d'aller à Londres.

Frances se souvint de la question de Steward :

— *Vous vous intéressiez à l'art érotique avant votre veuvage ?*

— *Je ne savais même pas que ça existait,* avait-elle répondu.

Elle avait donné des verges pour se faire battre.

— Je t'aime, David.

David serait toujours son petit garçon. Elle l'avait eu tellement jeune qu'il avait plutôt été un camarade de jeu qu'un fils.

Il soupira.

— Je vous aime tous, reprit-elle, mais je ne renoncerai pas à mes espoirs de bonheur juste pour vous simplifier la vie.

David eut un mouvement de recul.

— Tu ne parlerais pas comme ça si tu n'étais pas sous l'influence de cet homme !

Cela fut difficile à entendre. Frances méritait peut-être les reproches de son fils, mais elle ne lui permettrait pas de dire du mal d'un homme dont le seul crime était de lui vouloir du bien.

— David, je ne connaissais même pas James Whitcox lorsque je suis partie à Londres.

— Alors, dit-il d'un ton implacable, tu as couché avec le premier venu… comme une putain.

— C'est ce que tu penses de moi, David ? demanda-t-elle. Que je suis une putain ?

David jeta son sandwich dans le champ.

— J'ai ordonné à notre notaire de cesser de virer de l'argent sur ton compte.

C'était le coup de grâce !

— Ton père a demandé dans son testament qu'on m'accorde une rente mensuelle.

À la seconde où les mots franchirent ses lèvres, elle se rendit compte de la vérité. Son mari n'avait fait que « demander » une rente. Ce n'était pas nécessaire d'être un grand juriste pour comprendre qu'aucune loi ne pouvait contraindre son fils de la lui *accorder*.

yeux : ce jour-là déjà, elle avait failli surprendre la gouvernante et le majordome en pleine action.

Elle trempa ses lèvres dans sa tasse – le thé était faible et tiédasse – puis la reposa sur la table.

Relevant la tête, elle regarda attentivement la gouvernante. Les yeux verts pétillaient d'intelligence. Les cheveux noirs étaient drus et brillaient ; à peine y distinguait-on quelques cheveux gris. Les joues avaient cette saine couleur rose qui succède au plaisir.

Mme Jenkins n'était pas qu'une gouvernante de soixante-six ans : c'était une femme. Jusqu'ici, Frances l'avait considérée comme son fils l'avait considérée, elle : une vieille femme destinée à servir les autres.

— Vous n'avez pas à vous excuser, madame Jenkins, dit Frances. Je dirais même : au contraire.

La gouvernante eut un mouvement de surprise.

— Que voulez-vous dire ?

— Parce que j'avais besoin de voir qu'une femme d'un certain âge... enfin, que les gens, quel que soit leur âge, peuvent encore aimer... ça.

La gouvernante plissa les yeux.

— Vous pensiez quoi, avant ?

— Rien de particulier, répondit-elle honnêtement.

Les femmes discutent du ménage et des enfants. Elles ne discutent pas de leurs désirs.

Pas une seule fois dans sa vie, Frances n'avait pensé que sa mère ou sa grand-mère puissent avoir désiré autre chose qu'un foyer et des enfants.

— Et maintenant ?

Une seule chose était claire dans l'esprit de Frances.

— Je pourrais vous faire mettre à la porte.

Un seul mot au loueur et il renverrait la gouvernante et le majordome sans une seconde d'hésitation.

— Pour ça, oui, madame Hart, vous pourriez, admit Mme Jenkins après quelques secondes de réflexion.

— Et ça ne vous fait pas peur ?

— Tu dis que tu ne me reconnais pas, David, murmura Frances en retenant les larmes qui lui brûlaient les paupières. Moi non plus, je ne te reconnais pas.

— Le docteur m'a expliqué que tu passais par certains changements, dit David d'un ton condescendant. Des changements *physiques*... qui modifient le caractère. Les femmes de ton âge ont envie de se sentir jeunes de nouveau - ça n'a rien d'exceptionnel, paraît-il. Mais, si tu le laisses t'aider, en un rien de temps tu redeviendras celle que tu étais avant d'aller à Londres.

— Et si je n'avais pas envie de redevenir comme avant ?

— Le docteur a dit que c'est un autre symptôme de ce genre de maladie, expliqua David. Si tu n'étais pas malade, tu t'apercevrais toute seule qu'il y a quelque chose qui cloche dans ta conduite. Je t'en prie, fais-toi soigner.

— Elle s'appelle comment, cette maladie ?

David ne répondit pas. Frances se rendit compte qu'il ne le savait pas. Il n'avait pas fait ça tout seul, mais il était persuadé d'agir pour le mieux.

— Pourquoi ton médecin pense-t-il que je suis malade ? demanda Frances, qui cherchait à comprendre. Est-ce parce que je suis trop vieille pour avoir des enfants, ou parce que je me plais en la compagnie d'un homme ? Et toi, mon fils, qu'en penses-tu ?

David répliqua ceci, qui la stupéfia :

— J'ai juré à papa de prendre soin de toi, et c'est ce que je vais faire.

49

Le soleil avait brillé à Kerring. Il pleuvait toujours à Londres. Frances se dépêcha de se mettre à l'abri dans sa maison.

Il n'y avait de lumière nulle part.

Elle avait dit à ses domestiques qu'elle ne rentrerait pas tant que l'ordre d'internement serait en vigueur. Il n'y avait personne pour l'attendre.

Un liquide glacé ruisselait sur ses joues, mélange de pluie et de larmes, au goût de suie et de sel.

Frances était obligée de se rendre à l'évidence : son fils avait effectivement voulu la faire enfermer dans un asile de fous. Les dégâts étaient sans doute irréparables.

Derrière elle, la pluie fouettait la porte. Au loin, Big Ben sonna cinq heures.

Les serviteurs avaient sûrement profité de son absence pour s'offrir quelques jours de vacances. Elle ne pouvait pas leur en vouloir.

À tâtons, elle trouva la table. Elle posa ses gants et son sac sur le plateau d'étain, ouvrit un tiroir, prit la boîte d'allumettes qui s'y trouvait.

Une flamme bleue permit de distinguer deux lampes de bronze. Elle les alluma. L'obscurité céda la place à une lumière dorée qui se reflétait sur les boiseries. Frances souffla sur l'allumette pour l'éteindre et, ne sachant où la jeter, la posa sur le plateau d'étain, à côté de ses gants.

Le loyer était payé jusqu'à la fin de la saison, ma elle n'avait plus d'argent pour ses dépenses quot diennes. Son fils y avait veillé. Mais elle n'avait p envie de penser à cela maintenant.

Elle avait juste envie de crier.

Elle monta l'escalier jusqu'au premier étage.

C'est alors qu'elle découvrit qu'elle n'était pas seul

Dans la lueur vacillante d'une lampe, elle aperçu au bout du couloir, un homme. Il était un peu pencl en avant. Il ne portait pas de veste. Son pantalon éta sur ses chevilles et sa chemise blanche était retrou sée sur ses reins. Cette masse blanchâtre qui s'agita furieusement, c'était une paire de fesses. Et ces drôl de bruits, c'étaient deux amants gémissant de plaisi

Frances redescendit l'escalier à reculons, le plu silencieusement possible.

Elle s'engagea dans l'escalier de service, dont l marches étaient raides et étroites. La cuisine éta vide. Une lampe à gaz sifflait. Une bouilloire trôna au milieu de la table.

Elle se prépara une tasse de thé.

— Je suis navrée que vous ayez été témoin de ç madame Hart.

La voix de la gouvernante était curieusemer fraîche.

Frances se souvint qu'un jour en rentrant – pr cisément le jour où un jeune couple avait fait d coquineries derrière elle dans l'omnibus – elle ava cru entendre un rire juvénile quelque part dans maison. Sur le coup, elle s'était demandé si l'une ses petites-filles ne lui avait pas rendu visite. Elle ava appelé, mais ni M. Denton ni Mme Jenkins n'avaie répondu. Et puis, il y avait eu du bruit dans le salo Elle y avait trouvé M. Denton, à genoux devant cheminée, une petite pelle à la main, et Mme Jenkir debout derrière lui. Soudain, tout devint clair à s

Elle pouvait chasser la gouvernante, comme son fils pouvait la faire enfermer.

— Je n'ai pas peur d'aimer, madame Hart, répondit la gouvernante, son visage empreint de douceur. C'est une triste vie qu'une vie sans amour.

— Vous avez des enfants, madame Jenkins ?

— Pour ça, oui, répliqua fièrement la gouvernante. J'ai deux filles... et elles n'ont pas chômé : j'ai six petits-enfants et déjà trois arrière-petits-enfants.

— Et vous n'avez pas l'impression que votre place est auprès d'eux, plutôt que...

— Plutôt que de me vautrer dans le péché avec M. Denton ? acheva Mme Jenkins avec un sourire goguenard.

Frances haussa une épaule.

— La jeunesse est une drôle de chose, reprit la gouvernante sur un ton plus grave. Quand vous l'avez, vous ne l'appréciez pas. Moi, par exemple, j'étais d'une nature envieuse. Telle fille avait une plus jolie robe, une autre avait beaucoup de soupirants. Et quand vous ne l'avez plus, la jeunesse, vous avez des regrets. Vous pensez à toutes les fois où vous auriez pu aller danser, à tous les garçons que vous auriez pu embrasser. Et puis, un beau jour, vous vous apercevez que vous êtes seule. Une ribambelle de petits-enfants et d'arrière-petits-enfants, ça ne remplace pas un homme, madame Hart. Il n'y a qu'un homme pour vous réchauffer dans ses bras, pour vous faire battre le cœur. On n'a qu'une vie. Il ne faut pas laisser passer sa chance quand elle se présente, sinon on se retrouve à grelotter toute seule dans un grand lit.

Un sourire malin éclaira le visage de la gouvernante.

— Depuis combien de temps êtes-vous veuve ? questionna Frances.

— Lorsque mon mari est mort, j'avais soixante ans. Je m'en souviens très bien. Il était en retard pour souper. Et puis, finalement, un chariot s'est arrêté devant la maison. Un voisin l'avait trouvé sur le bord de la route. C'était trop tard. Il était mort. Le cœur avait lâché, sans doute. Travailler la terre, ça use les hommes.

Ainsi, le mari de Mme Jenkins avait été fermier.

— Avez-vous porté le deuil longtemps ?

— À quoi bon ? répondit la gouvernante d'un air détaché. Une bonne veillée funèbre, un bon coup de whisky, et vous vous apercevez que le deuil, c'est dans le cœur que ça se passe. Le reste, c'est du chiqué. La mort n'est pas une raison pour arrêter de vivre.

Mais la mort était-elle une raison de *commencer* à vivre ?

— Au fait, dit Frances, je ne vous ai pas encore remerciée pour m'avoir sauvée.

Lorsqu'elle lui avait dit d'aller s'enfermer dans le salon, Frances était restée figée comme une statue. Il avait fallu que Mme Jenkins la pousse dans le salon et se charge elle-même de refermer la porte à clé.

— Entre femmes, il faut bien s'entraider, pas vrai, madame Hart ? dit simplement Mme Jenkins.

L'homme de l'asile avait brandi le papier sous le nez du majordome.

— Est-ce que M. Denton a vu la signature au bas de l'ordre d'internement ? demanda Frances.

— Pour ça, oui qu'il l'a vu.

— Mon fils m'aime, madame Jenkins, vous savez ?

— Et vous aimez votre fils, acquiesça la gouvernante. Mais n'oubliez jamais ça : être une mère, c'est bien beau, mais ce n'est pas tout. Au bout du compte, nous sommes surtout des hommes et des femmes. Les enfants, les petits-enfants, ils ont leur vie à vivre. Chacun son destin. Être un homme, ce n'est peut-être pas facile, mais être une femme, c'est encore plus dur.

Frances hocha pensivement la tête.

— Mais, enchaîna Mme Jenkins en reprenant sa voix de gouvernante, vous êtes trempée jusqu'aux os. M. Denton va vous faire couler un bain. Moi, je vais faire du thé. Ensuite, M. Denton vous mettra dans un fiacre et il vous renverra chez M. Whitcox.

50

Arrivée devant le bureau de James, Frances s'immobilisa, indécise. Elle entendit des bruits et des voix de l'autre côté de la lourde porte. Rassemblant son courage, elle saisit la poignée de cuivre. La porte n'était pas verrouillée. Elle tourna silencieusement sur ses gonds.

La pièce baignait dans une lumière chaude et vacillante. Avery Tristan, penché sur une petite table, le visage illuminé par une lampe d'opaline verte, tapotait sur le bouton d'une petite machine. James Whitcox était assis à son bureau, l'écouteur d'un téléphone collé à l'oreille.

C'est le secrétaire qui la vit en premier.

Le *clac-clac* s'arrêta. Il la regarda durant une longue seconde avant de se remettre à tapoter. Frances se rendit compte que la petite machine sur laquelle il s'activait était un télégraphe – sans aucun doute l'appareil sur lequel James avait reçu le message de M. Denton.

Le secrétaire cessa de taper, attrapa son manteau à la patère, contourna Frances et partit vers la porte.

— J'ai fini, monsieur Whitcox, annonça-t-il. Je vous laisse.

James releva les yeux, et c'est alors qu'il la vit.

— Monsieur l'inspecteur, je vous remercie de votre obligeance, dit-il dans le téléphone, mais vous pouvez arrêter les recherches. Mme Hart vient d'entrer dans mon bureau.

Il raccrocha l'écouteur sur son socle.

— Qu'est-ce qui vous a pris de disparaître comme ça toute une journée, sans prévenir personne... sans même laisser un mot ? demanda-t-il d'une voix entrecoupée. Je me suis fait un sang d'encre.

— Il fallait que je voie mon fils, répondit-elle, penaude.

— Je vous y aurais conduite.

La lèvre inférieure de Frances trembla. Le mépris de son fils l'avait blessée, mais moins que la colère de James.

— Je me suis mariée à quinze ans, dit-elle tout à trac.

Ça, James le savait déjà.

— Mon mari avait quarante-quatre ans.

À peu près le même âge que moi aujourd'hui, pensa James. Il n'en fut pas autrement étonné : les hommes mûrs épousent quelquefois des gamines.

— Il avait près de quatre-vingts ans quand il est mort, enchaîna Frances. Cela faisait déjà quelque temps qu'il était malade. Je l'ai veillé jour et nuit. Il est mort paisiblement dans son sommeil. Je l'avais aimé, mais je ne peux pas dire que sa mort m'ait beaucoup touchée. Je l'ai enterré, j'ai fait semblant d'être dévastée alors que je n'étais même pas triste. Et puis, au bout de trois mois, j'en ai eu assez de jouer la comédie et je me suis enfuie.

James fronça les sourcils.

— Pourquoi ne m'avez-vous pas dit cela plus tôt ? s'enquit-il.

— J'avais peur que vous ne me jugiez mal.

— Il n'y avait pourtant pas de danger.

— Mon fils ne s'en prive pas.

— Il ne voit pas plus loin que le bout de son nez.

— Depuis combien de temps êtes-vous veuf ? demanda Frances.

— Sept mois.

— Vos enfants verraient cela d'un mauvais œil s'ils étaient au courant à propos de... à propos de nous ?

Il réfléchit un instant.

— Ni ma femme ni moi n'étions des parents très attentionnés.

— Si je vous comprends bien, il n'y a que les parents aimants qui s'exposent à subir les reproches de leurs enfants ?

— Oui, répliqua James d'une voix sourde. On a commis beaucoup plus d'atrocités au nom de l'amour que de n'importe quoi d'autre, vous savez.

Soudain, il lui tendit les bras.

— Venez, Frances.

Elle contourna le bureau pour le rejoindre. Il la débarrassa de son manteau et de son chapeau, avant de la faire asseoir sur ses genoux. La tournure de Frances pivota sur le côté. Il l'étreignit si fort qu'elle en eut le souffle coupé.

Il tremblait.

— Je vous demande pardon, murmura-t-elle en passant la main dans ses cheveux.

— J'étais persuadé qu'ils avaient réussi à vous attraper, expliqua-t-il d'une voix éraillée. Je ne pouvais pas croire que vous étiez partie de votre plein gré.

Elle se blottit contre lui, un peu par remords et beaucoup par tendresse.

— Racontez-moi ce qui s'est passé, dit-il.

Frances rassembla ses souvenirs.

— Eh bien, tout a commencé samedi dernier. Je m'apprêtais à vous rejoindre au musée. David m'attendait au pied de l'escalier, à moitié caché par le pilastre de la rampe – comme un chasseur à l'affût. J'ai l'impression qu'il a eu du mal à me reconnaître. Vous auriez vu sa tête ! Au départ, il n'a rien dit. Il m'a juste regardée comme s'il n'en croyait pas ses yeux. Je l'ai fait entrer dans le salon et j'ai essayé de m'expliquer.

Dehors, la nuit tombait. La pluie mitraillait toujours les fenêtres. Une énorme quantité d'eau, rabattue par le vent, claqua contre la vitre. Frances tressaillit. James attendait la suite.

— Les gens de l'asile de fous, reprit-elle, David leur a répété tout ce que je lui ai dit. Et, hier matin, alors que j'étais justement en train de lui écrire une lettre, M. Denton est venu m'annoncer qu'un couple demandait à me voir à propos du club des Messieurs et des Dames. Mais ils n'en faisaient pas partie.

— Pourquoi les avez-vous reçus quand même ? demanda James. Vous auriez pu les mettre dehors.

Sa voix n'exprimait aucun reproche. Il cherchait juste à comprendre.

— C'est ce que j'aurais dû faire. Mais ils ont dit qu'ils voulaient adhérer au club. J'ai été naïve... Et ensuite, ils ont dit qu'ils avaient menti pour se faire ouvrir ma porte et qu'en fait ils voulaient créer leur propre club. Du coup, j'ai accepté de recevoir un de leurs amis, pour lui donner des détails sur nos discussions. Comment ai-je pu être aussi bête ?

— C'est comme ça qu'ils procèdent, Frances. En général, ils sont très malins.

— Mon fils n'a pas fait ça tout seul, j'en suis certaine.

— C'est vrai, dit James. Il y avait une seconde signature au bas du papier.

— Qui ?

— Celle d'un certain révérend Samuel Petty.

Frances tressaillit.

— Notre vicaire, murmura-t-elle sur un ton d'incrédulité.

Elle avait toujours été une paroissienne assidue ; pourquoi le révérend se retournait-il subitement contre elle ?

— On n'est jamais trahi que par les siens, commenta James.

La pluie continuait de frapper contre les vitres comme des pelletées de gravier.

— David m'a dit que j'étais malade et que le médecin de l'asile pourrait m'aider. M'aider, c'est-à-dire faire en sorte que je redevienne comme avant. Mais je ne veux pas redevenir comme avant, moi !

En caressant les cheveux de James, elle ajouta tendrement :

— Je suis très bien comme je suis !

Le baiser voulait dire : « Grâce à vous. »

— Quand je lui ai dit que je n'étais pas prête à me sacrifier, il s'est emporté. D'après lui, tout ça, c'est parce que je suis sous votre influence. J'ai eu le malheur de lui dire que je ne vous connaissais même pas lorsque je suis venue à Londres. Ça n'a servi qu'à aggraver les choses. « Alors, tu as couché avec le premier venu ! » s'est-il écrié. Et il m'a traitée de putain.

Au souvenir de l'insulte, Frances se mit à pleurer. James la consola comme il put ; il lui murmura des mots doux, l'embrassa, but les larmes sur ses joues.

— En attendant, reprit-elle entre deux sanglots, David m'a coupé les vivres. Mais ce n'est pas le plus grave.

Peu à peu, elle se ressaisissait.

— Le plus grave, continua-t-elle, c'est que je ne vais pas pouvoir vivre comme ça indéfiniment, en sachant qu'à tout moment mon fils peut signer un autre ordre d'internement et me faire enfermer dans un asile, pour la seule et unique raison qu'il pense que c'est le mieux pour moi.

Les mains de James diffusaient leur chaleur dans son ventre.

— Épousez-moi.

La proposition était aussi inattendue qu'inespérée. Frances aurait dû sauter de joie et s'empresser d'accepter.

— C'est impossible, dit-elle.

— C'est pourtant la solution. Votre fils ne pourra plus vous faire enfermer si vous êtes ma femme.

— Mais, du coup, c'est *vous* qui le pourriez.

— Vous savez bien que je ne ferais jamais une chose pareille.

— Mais vous pourriez. Et après ce que m'a fait mon fils, j'aurai toujours à l'esprit l'idée qu'une femme n'est jamais à l'abri de se retrouver enfermée sur la simple demande d'un homme qu'elle aime et dont elle se croit aimée. Je ne pourrai pas vivre comme ça, James, assura-t-elle, sa voix se mêlant au crépitement des braises dans l'âtre et au martèlement de la pluie contre les vitres. Je n'accepte pas l'idée qu'on peut me sacrifier simplement parce que je suis une femme. Je refuse d'être une victime. Je ne comprends pas que la loi permette que ça m'arrive. Cela me révolte. Il y a forcément un moyen d'éviter ça. Sinon, je ferais aussi bien de me présenter à la porte de l'asile pour qu'ils n'aient plus qu'à m'enfermer à double tour et jeter la clé – ça vaudrait mieux que d'être sans cesse sur le qui-vive.

— Vous disiez que votre fils vous avait coupé les vivres ?

— Oui. Mon mari a demandé dans son testament que David me verse une pension mensuelle. Mais David a ordonné à son notaire d'arrêter les virements.

— Vous pourriez l'attaquer en justice, suggéra James.

— Ce n'est pas l'argent qui m'intéresse.

— Vous pourriez requérir votre émancipation.

Pour être libérée de la tutelle d'un fils qu'elle avait nourri et soigné, il faudrait passer devant un tribunal ? C'était obscène !

— Mais si vous faites ça, Frances, poursuivit James, votre nom se retrouvera dans les journaux. Tout ce que vous aurez dit ou fait sera retenu contre vous, dans la presse comme au tribunal. Lorsque votre fils se rendra compte que vous êtes prête à vous battre, il cédera peut-être. Ou alors, il deviendra deux fois plus combatif. Un procès n'est pas une partie de campagne. Il aura des répercussions, non seulement sur vous mais sur votre famille. Le club des Messieurs et des Dames sera cité comme l'une des causes de votre folie. Marie Hoppleworth établit des comptes rendus détaillés de nos réunions. Ceux-ci seront saisis ; ils serviront de pièces à conviction. Les membres du club seront appelés à témoigner. À témoigner *contre vous*. On interrogera vos domestiques, qui révéleront que vous aviez un amant, parce qu'ils y seront obligés sous peine d'amende et de prison.

« Êtes-vous prête à assigner votre fils devant un tribunal ? Vous gagnerez peut-être, mais il n'est pas impossible que vous perdiez. Êtes-vous prête à vous en remettre à la décision d'un juge – qui sera un homme – et d'un jury – qui sera composé de douze hommes qui ont tous une mère et des idées préconçues sur la manière dont elle devrait se conduire ? Il y va de votre avenir. Êtes-vous prête à prendre le risque ?

51

James avait devant lui la longue table d'acajou, et derrière lui la porte par laquelle six femmes et cinq hommes entraient tour à tour. Les poignées de bois des parapluies claquaient contre les crochets de cuivre des portemanteaux.

Aujourd'hui, il allait savoir ce que les membres du club des Messieurs et des Dames pensaient vraiment de Frances Hart.

Les chaises couinèrent. John Nickols fit rouler son fauteuil jusqu'à la table. Une salve de « Bonjour, monsieur Whitcox » retentit.

Jane Fredericks, la tête dans les épaules, le regarda comme un petit animal apeuré qui passe son museau par le trou de son terrier.

Elle se disait féministe fervente. James se demanda si les droits des femmes lui étaient si précieux que cela.

Au premier coup de cloche qui retentit au loin, Joseph Manning tendit la main vers son maillet.

James intervint, d'une voix sonore, comme s'il était devant un tribunal – ce qui était le cas, en un sens.

— Si vous le permettez, j'aimerais dire quelques mots avant que la séance soit ouverte.

Toutes les têtes se tournèrent vers lui. Un second coup de cloche annonça deux heures, l'heure à laquelle la réunion était censée débuter.

Joseph Manning, son maillet à la main, s'impatienta.

— De quoi s'agit-il, monsieur Whitcox ?

— Est-ce à propos de Mme Hart ? demanda anxieusement Rose Clarring.

— Lui est-il arrivé quelque chose de fâcheux ? questionna Sarah Burns.

— Mme Hart est-elle empêchée d'assister à nos réunions ? fit Esther Palmer.

— Nous vous écoutons, monsieur Whitcox, dit Marie Hoppleworth sur un ton de fermeté.

Louis Stiles coula un regard vers James par-dessus son carnet à dessin. Thomas Pierce et John Nickols se penchèrent en avant, attentifs.

— Ce que j'ai à vous apprendre sera bientôt de notoriété publique, commença James. Je ne trahis donc aucun secret. Mercredi dernier, Mme Hart a fait l'objet d'un ordre d'internement. Le club des Messieurs et des Dames a été cité comme facteur déterminant dans sa « folie ».

— Hein ? Quoi ? s'exclama John Nickols.

— Mme Hart est-elle internée ? demanda Sarah Burns d'une voix blanche.

Joseph Manning se mit en colère.

— Pourquoi notre club aurait-il quelque chose à voir avec sa folie ? lança-t-il.

— Mme Hart est tout sauf folle, monsieur Manning, voyons ! dit Marie Hoppleworth d'un ton mordant. Expliquez-nous ça, monsieur Whitcox, s'il vous plaît.

James observa attentivement la réaction de chaque membre.

— Mme Hart est en lieu sûr, docteur Burns, rassurez-vous.

— Qui irait demander un internement d'office pour Mme Hart ? s'enquit Thomas Pierce.

James le regarda dans les yeux.

— Son fils, monsieur Pierce.

Des voitures passaient dans la rue. Au-dessus des têtes, les lampes à gaz sifflaient.

Personne ne parlait ; personne ne bougeait.

— Certains faits seront fatalement évoqués lors du procès, continua James.

— Il y sera question de ce club ? s'exclama Ardelle Dennison.

— Oui, mademoiselle Dennison, répondit James. Si cette affaire va en justice – et il y a de grandes chances que ce soit le cas – ce club fera l'objet d'une enquête.

— Et pourquoi faudrait-il que cette affaire aille en justice ? jeta Joseph Manning avec des accents de colère.

— Parce que la loi reconnaît aux hommes le droit de faire enfermer une femme de leur famille quand ça leur plaît, monsieur Manning, répliqua posément James. Mme Hart refuse de se plier à des lois qui n'ont été édictées que pour le confort des hommes.

Jane Fredericks resta bouche bée.

— J'éprouve le besoin de vous dire cela, poursuivit James, parce que ce procès aura des répercussions sur chacun de vous.

— Ce procès n'a rien à voir avec moi, protesta Ardelle Dennison.

Il y avait de la peur dans ses yeux.

— Hélas, fit James, aucune des personnes ici présentes n'en sortira indemne. Sachez que votre père, chère mademoiselle Dennison, ou le vôtre, mademoiselle Fredericks, ou le vôtre, mademoiselle Palmer, ou encore votre mari, madame Clarring, ont le droit de vous faire enfermer.

James promena son regard sur les hommes assis autour de la table.

— Nous voudrions que les femmes nous fassent confiance, n'est-ce pas, messieurs ? Mais comment le pourraient-elles quand nous avons la possibilité de les faire emprisonner au moindre déplaisir qu'elles nous causent ? Oui, enchaîna-t-il en s'adressant cette fois à toute l'assemblée, pendant ce procès, vos noms vont s'étaler dans les journaux, et pas seulement celui de Mme Hart. Vous serez appelés à témoigner, que ça vous plaise ou non. Les comptes rendus de nos réunions seront utilisés pour corroborer vos dires. Vos existences sont en jeu. À vous de les défendre. Vous pouvez le faire en soutenant Mme Hart et en vous revendiquant fièrement comme membres de ce club. Par contre, si vous vous comportez comme si vous aviez honte de Mme Hart – et de ce club – cela voudra dire que ce que nous faisions ici était immoral, et vous y perdrez votre travail et votre réputation.

Certains, autour de la table, étaient blancs de peur. Joseph Manning, lui, était vert de rage.

— Et vous, monsieur Whitcox, demanda-t-il, que risquez-vous de perdre ?

— Frances Hart, répondit-il simplement.

S'il n'obtenait pas gain de cause, il perdrait la seule femme qui ait jamais compté pour lui.

— Vous pouvez être certains que la décision n'a pas été prise à la légère, reprit-il. Mme Hart regrette les inconvénients qui vont en résulter pour vous. Elle a besoin de votre soutien. Maintenant, ajouta-t-il en se levant et en attrapant sa sacoche, je vous laisse. Vous avez beaucoup de choses à discuter entre vous. Attendez-vous à recevoir prochainement une citation à comparaître.

James faisait déjà des projets pour la soirée – d'abord, acheter des huîtres et du champagne, ensuite, s'employer à faire briller une étincelle de joie dans les yeux de Frances.

Il allait passer la porte lorsqu'une voix le rappela.

— Monsieur Whitcox ?

— Oui, mademoiselle Fredericks.

— Pourquoi Mme Hart fait-elle ça ?

La vaillante féministe avait encore beaucoup de choses à apprendre sur l'injustice.

— Que feriez-vous, mademoiselle Fredericks, si un homme que vous aimez et en qui vous avez confiance décidait de vous faire enfermer dans un asile de fous simplement parce que ça l'arrange ? Que feriez-vous si la police refusait de vous aider puisque tout est légal ? Que feriez-vous si vous vous rendiez compte que vous ne serez jamais tranquille, à moins de lui faire un procès ?

— Vous êtes sûr, monsieur Whitcox, que ce n'est pas une question d'argent ? demanda Ardelle Dennison d'un ton railleur.

— Tout à fait sûr, mademoiselle Dennison, répliqua sèchement James. Si Mme Hart entame cette procédure, c'est pour être libérée de la dangereuse tutelle de son fils bien-aimé, afin de pouvoir vivre comme elle l'entend.

52

— Si on interne une femme, c'est qu'elle est folle ! déclara Ardelle Dennison aussitôt après le départ de James.

— Ne croyez pas ça, dit Sarah Burns dans un filet de voix.

John Nickols intervint pour donner raison à la doctoresse.

— Des femmes saines d'esprit qu'on jette dans des asiles de fous comme on les jetterait aux oubliettes, cela arrive tous les jours, mademoiselle Dennison.

— Qu'est-ce que vous en savez, monsieur Nickols ?

— Je suis journaliste, mademoiselle.

— Alors, pourquoi ne faites-vous pas des articles là-dessus, au lieu de vos sempiternelles histoires de prostituées et de maquerelles ? rétorqua Mlle Fredericks.

— Et vous autres, les féministes, pourquoi ne partez-vous pas en guerre contre les internements arbitraires, au lieu de faire campagne contre l'usage des condoms ? lança Thomas Pierce.

— Si les femmes n'étaient pas en butte à vos grossiers appétits, messieurs, il n'y aurait pas besoin de les enfermer.

— Mademoiselle Fredericks, intervint Sarah Burns, je vous rappelle que c'est son fils qui a signé l'ordre d'internement de Mme Hart. Pas un mari. J'en ai moi-même signé un pour un père qui voulait apprendre l'obéissance à sa fille, qui avait fait des bêtises.

Tous les yeux se tournèrent vers la doctoresse. Aucun des membres du club n'avait songé que quelqu'un parmi eux avait l'autorité pour signer un ordre d'internement.

— J'écris sur les vices et les crimes, mademoiselle Fredericks, dit soudain John Nickols, parce que c'est ce qui intéresse les gens. Tout le monde se moque des femmes qui sont enfermées dans les asiles de fous.

— Les femmes ne s'en moquent pas, protesta Rose Clarring de sa voix douce.

— Les femmes ne s'en moquent pas, c'est vrai, admit John Nickols.

Esther Palmer leva le doigt comme à l'école.

— M. Whitcox a dit que Mme Hart était en lieu sûr, rappela-t-elle. Dans ces conditions, pourquoi faut-il qu'elle aille en justice ?

— C'est ça ou vivre toute sa vie comme une bête traquée, répondit Marie Hoppleworth.

— En fait, un ordre d'internement est valable sept jours, expliqua Sarah Burns.

— Et, au bout de sept jours, elle est tranquille ? demanda Rose Clarring.

— Non, répliqua la doctoresse, parce que son fils peut renouveler l'ordre d'internement aussi souvent qu'il le voudra.

— Pour l'emmener dans un asile, commenta Esther Palmer, encore faut-il qu'ils sachent où elle est.

— Je suis certain qu'il la cache chez lui, grogna Joseph Manning avec un dégoût non dissimulé.

— Vous ne préféreriez quand même pas qu'elle soit enfermée, monsieur Manning ? demanda Rose Clarring, consternée.

— Nous allons tous y laisser des plumes, madame Clarring, répliqua Joseph Manning d'un ton acerbe. Qui sa carrière, qui sa réputation, qui les deux. Tout ça parce que M. Whitcox et Mme Hart ont transformé un honnête club de discussion en une société d'encouragement à la débauche.

— La tendresse entre un veuf et une veuve, personnellement, je n'appelle pas ça de la débauche, rétorqua Rose Clarring sur un ton glacial.

— Ah bon ! Et que croyez-vous qu'il arrivera lorsque votre mari lira votre nom dans les journaux ?

— Whitcox a dit que les comptes rendus de nos réunions seront saisis, intervint George Addimore, le visage rouge comme une crête de coq. Ils sauront que nous sommes allés à la librairie Bailey.

Esther Palmer devint carrément violette.

— Ils sauront ce que nous avons acheté.

Marie Hoppleworth intervint.

— Je n'ai pas consigné ce genre de détails, rassurez-vous.

— C'est pourtant votre rôle, mademoiselle Hoppleworth, de tenir un registre précis ! glapit Joseph Manning.

John Nickols éclata de rire.

— Il faudrait savoir ce que vous voulez, dit-il. Vous, monsieur Manning, vous commencez par vous plaindre que M. Whitcox et Mme Hart ont transformé notre petite académie en lupanar, puis vous grondez Mlle Hoppleworth parce qu'elle n'a pas pris soin de noter tous les détails. Vous, mademoiselle Dennison, vous prétendez que les hommes ne peuvent pas faire enfermer les femmes sans raison parce que, si c'était le cas, vous seriez obligée d'admettre que tout n'est pas pour le mieux dans le meilleur des mondes possibles. Quant à vous, mademoiselle Fredericks, vous arracheriez les yeux de quiconque n'est pas prêt à se sacrifier pour libérer le sexe faible, mais on ne peut pas dire que vous fassiez grand-chose pour faire progresser votre cause.

« Oui, poursuivit-il après un intervalle, lorsque nous avons parlé de visiter une librairie érotique, M. Manning nous a bien dit que c'était risqué. Cependant, nous avons tous voté en faveur de l'expédition. Et la décision que nous devons prendre aujourd'hui n'a rien à voir avec M. Whitcox ni avec Mme Hart, et tout à voir avec nous. Croyons-nous que les hommes et les femmes sont égaux ? Aurons-nous le courage d'affirmer nos convictions ? Quant à moi, je vous l'avoue, j'ai hâte de voir ce que nous avons dans le ventre.

53

— Docteur Burns !

Sarah finit par se rendre compte que les pas derrière elle étaient ceux de George Addimore.

Depuis deux ans qu'ils étaient membres du club des Messieurs et des Dames, il n'avait jamais cherché à lui parler en tête à tête.

Le cœur battant, elle ralentit le pas pour lui permettre de la rattraper.

— Docteur Burns, dit le comptable d'une voix essoufflée, vous permettez que je fasse quelques pas avec vous ?

— Pourquoi ? demanda-t-elle brutalement.

Elle lui jeta un regard en coin et constata que, sous le bord de son chapeau melon, son visage était toujours écarlate. Derrière eux, Marie Hoppleworth, Ardelle Dennison, Thomas Pierce, Joseph Manning, Esther Palmer, Jane Fredericks, Louis Stiles, John Nickols et Rose Clarring s'en allaient isolément.

Le claquement de la grille de l'ascenseur se répercuta dans le couloir.

— Eh bien, monsieur Addimore ? dit-elle, aussi bourrue qu'un homme mais incapable de faire autrement : c'était comme ça qu'elle avait réussi à devenir médecin.

— Je voulais expliquer ma remarque de tout à l'heure.

— Quelle remarque ?

— À propos des comptes rendus de nos réunions que je n'avais pas envie qu'on lise... Je ne tiens pas à ce que certaines choses soient rendues publiques...

— Quelles choses, monsieur Addimore ?

— Par exemple, que nous sommes allés à la librairie Bailey et que j'y ai moi-même acheté un objet particulier.

La doctoresse s'en souvenait : un anneau d'ivoire – trop grand pour être une bague, trop petit pour un bracelet.

— À votre place, ce n'est pas pour ça que je m'inquiéterais, dit-elle. Vous avez entendu comme moi Mlle Hoppleworth : elle n'a noté ça nulle part.

— Si je vous comprends bien, je devrais m'inquiéter pour autre chose ?

— Oui, répondit-elle sans ambages.

James Whitcox ne leur avait pas caché que le fait d'être membres du club des Messieurs et des Dames aurait des répercussions sur leurs existences.

George Addimore resta bouche bée.

— Vous avez défendu les thèses de Malthus sur le contrôle des naissances, monsieur, expliqua-t-elle.

Le couloir obscur déboucha sur l'escalier bien éclairé. Sarah contourna le pilastre et commença à descendre, sa jupe et son manteau virevoltant autour de ses chevilles. Soudain, elle se sentit curieusement féminine.

George Addimore se retrouva plusieurs pas derrière elle, car il avait les jambes plus courtes.

La girafe empaillée les attendait au bas de l'escalier.

— Vous n'ignorez pas, dit Sarah par-dessus son épaule, que la loi condamne l'incitation à la contraception.

— Non, je ne l'ignore pas, bougonna-t-il.

Sarah arriva au bas de l'escalier.

— Dans mon cabinet, j'ai des livres sur le contrôle des naissances que je prête à mes patientes.

Le comptable pressa le pas pour la rattraper.

— Vous n'avez pas peur qu'il y en ait une qui vous dénonce ?

Sarah avait trop vu de morts, de vies détruites – des femmes affaiblies par les grossesses et que la moindre maladie emportait ; des enfants trop nombreux, mal nourris, rachitiques...

— Je suis prête à prendre le risque.

George Addimore réussit, Dieu sait comment, à dépasser Sarah et à lui ouvrir la porte. Elle en conçut du plaisir – un plaisir tempéré par l'embarras : ils étaient tellement mal assortis.

— C'est une belle journée, madame, n'est-ce pas ? dit timidement le comptable. Puis-je vous offrir une tasse de thé ?

Des pas résonnèrent derrière eux sur le marbre du hall.

— Avez-vous invité les autres membres du club à se joindre à nous ?

Il aurait rougi, sans doute, s'il n'avait pas déjà été cramoisi.

— Non, madame.

— Alors, invitons-les.

Le comptable battit nerveusement des paupières.

— C'est que... j'aimerais mieux être un peu seul avec vous... pour faire connaissance, vous comprenez ?

Sarah en perdit sa langue un instant.

Dans la rue, il lui offrit son bras. Des femmes passaient, accrochées au bras de leurs cavaliers – mais elles étaient mignonnes.

— Monsieur Addimore, murmura Sarah en rougissant, j'ai dix centimètres de plus que vous et des épaules de portefaix. Nous serions ridicules si nous nous promenions dans la rue bras dessus bras dessous.

— Ça n'a pas eu l'air de vous déranger au Crystal Palace.

— Nous n'étions pas seuls.

— Mais c'était agréable.

Sarah se souvint des fontaines et de la bonne ambiance. Elle s'était sentie jeune et légère, indifférente à sa grande carcasse et à son manque de féminité.

— C'est vrai que c'était agréable, reconnut-elle.

Joseph Manning, tête baissée, sans regarder ni à droite ni à gauche, passa près d'eux.

— Je n'aurais jamais cru qu'un homme puisse faire interner une femme sur simple demande, dit abruptement George Addimore.

Sarah, après avoir hésité, lui prit le bras.

— Y a-t-il une femme dans votre entourage dont vous aimeriez vous débarrasser ?

— Bien sûr que non ! répondit-il sur un ton indigné.

— Alors, qu'auriez-vous gagné à le savoir ?

Ils contournèrent une demi-douzaine de personnes qui attendaient pour acheter des petits pains à un vendeur ambulant.

— Votre parole aura du poids lorsqu'il s'agira de convaincre un jury que Mme Hart n'est pas folle, déclara-t-il.

Sarah n'en était pas aussi sûre. Elle n'était qu'un simple médecin – et une femme, par-dessus le marché.

— Espérons-le.

— Si je comprends bien, votre décision est prise ?

— Il n'y a jamais eu le moindre doute dans mon esprit. Et vous ?

— J'ai un peu hésité, admit le comptable. Elle est choquante, parfois.

— Moi aussi, je vous ai choqué, monsieur Addimore, dit Sarah en l'observant du coin de l'œil. Vous vous souvenez, quand j'ai proposé que les femmes aillent chez l'apothicaire acheter des condoms ? Vous vous êtes exclamé : « Et pourquoi ne nous demandez-vous pas d'ouvrir nos braguettes, pendant que vous y êtes ? »

L'enseigne d'un café se profilait à l'horizon.

— Et moi, madame, répliqua George Addimore en souriant, vous ai-je choquée avec ce que j'ai rapporté de la librairie ?

Sarah Burns se rendit compte qu'elle avait les joues en feu.

— Je suis médecin, monsieur Addimore. Je n'ignore pas que, pour qu'un homme maintienne une érection, il faut que le sang soit piégé dans le pénis.

Levant la tête, il chercha son regard.

— Et ça ne vous gêne pas qu'un homme... puisse avoir des difficultés ?

Le cœur de Sarah se mit à battre à coups redoublés.

— Quand on connaît la complexité du système, dit-elle, l'impuissance n'est pas un mystère. C'est plutôt l'érection qui semble un miracle.

Ils arrivèrent devant le café.

— Et vous, monsieur Addimore, reprit Sarah, avez-vous été choqué par mon achat ?

Le comptable se souvint des lacets de cuir noir qu'elle avait étalés sur la table, en expliquant qu'elle aimerait bien être dominée de temps en temps.

« Dominée ? Dans quel sens ? » avait demandé Rose Clarring.

« Dans le sens de "ligotée" », avait-elle répondu.

— Je n'ai jamais pensé que vous n'étiez pas féminine, dit-il.

Sarah ne put retenir un petit reniflement de dédain.

— C'est parce que vous n'avez jamais pensé à moi du tout, monsieur Addimore.

Il ouvrit la porte du café.

— Alors là, vous faites erreur, docteur Burns...

Frances était en train de gratter les coquilles.
— Vous ont-ils demandé où j'étais ?
— Ils savaient bien que je n'aurais pas répondu, dit James. Mais ils étaient tous très inquiets.
— Même M. Manning ? s'enquit-elle d'un ton sarcastique.
— Lui, vous le connaissez, il a une façon bien à lui de manifester son inquiétude.
Frances le regarda. Une serviette sur l'épaule, il coupait les citrons. Tout à l'heure, il ouvrirait les huîtres. Il savait se rendre utile dans une cuisine.
— Qu'est-ce que vous leur avez dit, exactement ?
— La vérité.
Elle essaya d'imaginer la mine qu'ils avaient faite.
— Ils auraient fini par la savoir, d'une façon ou d'une autre, souligna-t-elle avec un petit haussement d'épaules résigné.
James lui souleva d'un doigt le menton.
— Vous n'avez pas à avoir honte, Frances.
Elle acquiesça.
— Si l'affaire va en justice, mon fils prendra un avocat ?
De son doigt mouillé de jus de citron, James lui caressa les lèvres.
— Oui.
La saveur acide la fit grimacer.
— Et il parlera de moi comme le procureur général a parlé de Mary Bartle ?
James cueillit ses joues entre ses paumes. Avec leurs pupilles dilatées, ses yeux paraissaient noirs.
— Oui.
Frances avala une grande goulée d'air.
— Faudra-t-il que je m'assoie sur le même banc qu'elle ?

54

La femme en tailleur gris, penchée au bord de l'estrade, parlait d'une voix forte. Ses phrases étaient bien rythmées. L'aigrette de son petit chapeau semblait battre la mesure.

— Certaines personnes affirment que les qualités propres au beau sexe seraient gâtées si nous devions nous égarer dans le labyrinthe de la vie politique. En nous consacrant au bien public, nous y perdrions notre… *féminité* ! Il y a même des gens qui prétendent que l'inégalité des sexes est naturelle.

L'assistance était presque entièrement composée de femmes qui buvaient littéralement les paroles de l'oratrice.

Thomas Pierce se glissa dans une rangée jusqu'à la chaise libre qui l'intéressait et regarda sa voisine. Son profil était pâle et flou dans la faible lueur des lampes.

— Ce n'est pas tout, poursuivit l'oratrice. Au lieu de nous encourager à remettre en cause la séparation entre hommes et femmes, on nous recommande de la préserver. Nos adversaires ironisent : d'après eux, ce sont les sottes qui réclament l'égalité ; les femmes intelligentes s'en gardent bien. Qu'avons-nous besoin de voter ? nous dit-on. Nos pères, nos maris, nos fils s'en chargent pour nous. Contentons-nous d'être belles – nos appas, c'est là que réside le vrai pouvoir !

— Bonsoir, mademoiselle, dit Thomas Pierce à sa voisine.

Jane Fredericks tourna brusquement la tête vers lui. Elle portait la même toilette austère que l'oratrice et presque toutes les autres femmes de l'assistance : robe noire, manteau noir sans ornement, petit chapeau sur lequel tournoyait une aigrette blanche. En le reconnaissant, elle écarquilla les yeux.

— Monsieur Pierce !

— Nous sommes cernées, mes sœurs, continuait l'oratrice. Nos adversaires ont des alliés outre-Atlantique. Écoutez ce que disait le sénateur américain George H. Williams il y a quelques années : « Lorsque les femmes de ce pays seront marins ou soldats, lorsqu'elles chasseront la baleine ou pousseront la charrue, lorsqu'elles préféreront les hasards du champ de bataille à la tranquillité de leurs foyers, alors il sera peut-être temps de leur donner le droit de vote... »

Thomas n'était pas persuadé que le dénommé George H. Williams ait jamais poussé la charrue : la politique n'est pas faite pour les pauvres. Le sénateur était comme beaucoup de gens, prêchant des vertus qu'il ne pratiquait pas lui-même.

— Que venez-vous faire ici, monsieur Pierce ? lui demanda Jane Fredericks sans le regarder.

En effet, que venait faire un jeune employé de banque dans une salle humide et froide, au milieu de celles que les bonnes gens appelaient des « excitées » et des « gueulardes » ?

— J'avais envie de savoir ce qui vous passionne.

Jane Fredericks se crispa.

— Au risque de vous décevoir, monsieur Pierce, vous n'entendrez pas de propos salaces ici.

La femme assise juste devant eux se retourna et leur lança un regard désapprobateur.

— Je crois que vous feriez mieux de partir, monsieur Pierce, dit Jane Fredericks tout bas.

Thomas ne bougea pas.

— Persuadez-moi que les femmes devraient avoir le droit de vote.

— Si c'est ce que vous souhaitez, répondit Jane Fredericks en regardant obstinément devant elle, je vous suggère d'écouter la conférencière.

— Depuis deux ans, vous n'avez fait que réciter ce que vous aviez lu dans vos brochures et entendu dans vos meetings. Vous n'avez fait qu'émettre des opinions qui traînent partout. J'aimerais savoir ce que vous pensez, *vous,* personnellement.

Plusieurs personnes firent *Chut !*

Les joues de Jane Fredericks devinrent rouge foncé.

— Venez manger une glace avec moi, dit Thomas, ou alors je me conduis comme un malappris jusqu'à ce qu'on nous expulse.

Plusieurs rangées de têtes se tournèrent vers eux.

L'argument était imparable. Sans plus de protestations, Jane Fredericks se leva. L'espace d'une seconde, le visage de Thomas se trouva à la hauteur de sa hanche. À la seconde suivante, elle passa devant lui en trombe. Thomas se rendit compte alors d'une chose surprenante : Jane Fredericks ne portait pas de tournure. Il la suivit. Derrière lui, la voix de l'oratrice tonnait.

— Non ! Le droit naturel ne commande pas que nous vivions sous le joug de nos pères, de nos maris et de nos fils ! C'est un droit *contre-nature* qui commande de telles insanités ! Lorsque nous sommes jeunes…

La porte de la salle se referma derrière Thomas.

Des attelages passaient dans la rue, leurs roues grinçant, leurs chevaux puant, leurs lanternes laissant dégouliner une lumière d'un jaune sale. Une femme était adossée à un lampadaire, son manteau ouvert sur un corps à moitié nu : une prostituée.

— Je n'ai nullement envie de manger une glace avec vous, monsieur Pierce, dit Jane Fredericks en se retournant.

Elle était beaucoup plus petite que lui. Les cheveux qui débordaient de son chapeau paraissaient cuivrés.

— Pourquoi ?

— Parce que.

Thomas serra les dents.

— Pourquoi ? répéta-t-il d'un ton qui appelait une vraie réponse.

Jane Fredericks leva les yeux au ciel.

— Je n'ai pas adhéré au club des Messieurs et des Dames pour forniquer, *moi* !

— C'est Mme Hart que vous visez en disant cela ?

— Oui, reconnut-elle.

Thomas fit la grimace.

— Ce n'est pas la peine de prendre ce petit air supérieur, lui lança-t-elle. Vous êtes du même avis que moi sur Mme Hart.

En effet, Thomas n'avait pas oublié le jour où il lui avait demandé si elle faisait partie du club des Messieurs et des Dames dans l'espoir de se dévergonder. Il se souvenait aussi de la réponse qu'elle lui avait faite, spirituelle et cinglante : « J'ai passé l'âge des fariboles, jeune homme. »

En y repensant, Thomas se sentit coupable.

— Elle est grand-mère, reprit Jane Fredericks, et elle parle de masturbation comme si c'était normal que les femmes se livrent à ce genre de saletés. Et, après ça, elle prétend défendre les droits des femmes ! Et M. Whitcox qui ose me dire que je n'ai pas fait grand-chose pour la cause des femmes ! Mais nous ne serons jamais libres si nous ne contrôlons pas nos bas instincts. Les femmes doivent être au-dessus de tout soupçon.

Cette dernière remarque intrigua Thomas.

— Êtes-vous vierge, mademoiselle Fredericks ?

Elle eut un haut-le-corps.

— Je vous demande pardon ?

— Utilisez-vous des bougies ou autre chose en imaginant que c'est un homme ?

— Vous me confondez avec Mlle Palmer ou Mlle Hoppleworth.

Jane Fredericks était plus jeune et plus jolie qu'Esther Palmer ou Marie Hoppleworth. Malgré cela, soudain, il la trouva antipathique.

— Qu'est-ce qui vous fait penser que vous valez mieux qu'elles ?

— Et vous, qu'est-ce qui vous autorise à me poser ces questions ? répliqua-t-elle. Vous aussi, vous êtes puceau, que je sache, et je ne vous demande pas comment vous vous en accommodez.

Thomas Pierce rougit jusqu'à la pointe des oreilles. Pourtant, il soutint son regard.

— J'espère rencontrer un jour une femme qui m'aidera à franchir cet obstacle.

— Vous n'appréciez pas particulièrement la compagnie des femmes, vous l'avez dit vous-même.

— Si, j'aime leur compagnie... tant qu'elles ne disent pas de mal des autres.

— Et vous pensez que les féministes dénigrent les hommes ? lança Jane Fredericks avec du dédain dans la voix et de la colère dans les yeux.

Thomas regarda ses pieds. Il ne savait pas s'il tenait à Jane Fredericks, ou même s'il pourrait jamais tenir à une femme. Il n'était pas sûr que Jane tienne à lui ou qu'elle puisse tenir à un homme. Mais il avait le droit d'espérer. Espérer que la colère de la jeune femme n'empêche pas l'amour. Et, quant à lui, que la passion le guérisse un jour de sa froideur.

Il glissa la main dans la poche de son manteau et en tira deux objets en métal doré, qui ressemblaient à de grosses boucles d'oreilles. C'était les pinces à tétons qu'il avait achetées à la librairie Bailey.

— Tenez, mademoiselle Fredericks, dit-il en les lui glissant dans la main.

— Que voulez-vous que j'en fasse ?

Elle était étonnée, curieuse, mais pas choquée.

— Avec les épreuves qui nous attendent, expliqua Thomas, vous allez avoir besoin de stimulation. Et puis, ajouta-t-il sur un ton de complicité, ce serait tellement charmant que vous les portiez sous vos vêtements et que je sois le seul à le savoir.

55

— Vous êtes sûre d'avoir envie d'essayer, Frances ? demanda James, à genoux devant elle sur le marbre.

Des cris aigus se mêlaient à des grincements de roues sur fond de musique d'orgue.

Sous le bord de son chapeau, les yeux clairs de Frances étaient solennels.

— Et vous, James ?

Il était prêt à tout pour lui rendre sa joie de vivre.

— Les patins à glace ont des lames au lieu de roulettes, mais autrement c'est le même principe.

Frances n'avait jamais fait de patin à glace non plus.

— Avez-vous peur de tomber ? demanda-t-elle doucement.

James s'assit à côté d'elle sur le banc et commença à lacer ses propres patins.

— Pas du tout. Si je dérape, je m'arrangerai pour atterrir sur vous, afin que vous amortissiez le choc.

— Rien que pour cela, je crois que je vais prendre un autre professeur, lança-t-elle.

James se leva et lui tendit la main.

— Trop tard. Vous m'avez embauché.

— Je suppose que vous m'attaqueriez en justice pour rupture de contrat ?

— Et je gagnerais.

Il l'aida à se relever.

— Voilà, continua-t-il en essayant de ne pas tomber lui-même. Pas mal, pas mal.

Elle fit un pas et partit la tête la première. Il la rattrapa, et ensemble ils se mirent à tournoyer.

Une toute jeune fille avec un joli minois et de longs cheveux blonds dépassant d'un bonnet en cachemire passa en trombe à côté d'eux.

— James ? dit Frances, tout étourdie.

— Quoi ?

— Vous êtes sûr de savoir faire du patin à roulettes ?

Il se rendit compte de l'absurdité de la situation et rit doucement. Elle faisait l'objet d'un ordre d'internement. Il était membre du conseil de la reine, entouré de gens dont quelques-uns risquaient de le reconnaître.

— Votre scepticisme me fait de la peine.

— Si vous savez faire du patin à roulettes, prouvez-le, dit Frances sur un ton taquin.

— Je ne peux pas ! Vous êtes accrochée à moi comme une moule à son rocher.

Aussitôt, elle le lâcha. Elle vacilla un peu, avant de rétablir son équilibre.

James n'avait pas fait de patin depuis ses années d'université à Cambridge. Raide comme un passe-lacet, il s'éloigna du bord de la piste.

Les patins à roulettes étaient un passe-temps dominical très apprécié dans toutes les classes de la société. Des bonnets, des chapeaux melon, des chapeaux ronds, des canotiers et des casquettes de toutes tailles et de toutes couleurs virevoltaient.

James réussit vaille que vaille à atteindre le bord opposé de la piste. Il se retourna, l'air triomphant. Les yeux de Frances brillaient de fierté.

Sans la quitter des yeux, il revint vers elle.

Ses pieds profitèrent de son inattention pour se dérober sous lui. Il tomba sur les fesses. Le marbre était dur.

— Bon sang ! s'exclama-t-il.

Et puis, il se pétrifia à la vue de Frances.

Elle souriait.

Alors, il s'apaisa. La bonne humeur de Frances compensait largement un petit bobo et une humiliation.

Il ramassa son beau chapeau, qui portait désormais l'empreinte d'une petite roue.

James avait dit à Frances que les patins à roulettes fonctionnaient comme les patins à glace. Ce n'était pas vrai. Les lames s'enfoncent dans la glace, les roulettes glissent sur le marbre ; la glace ralentit les patins, le marbre les propulse.

— Tu veux que je t'aide à te relever, grand-père ? lui proposa un gamin effronté.

James fronça les sourcils.

— Je vais y arriver tout seul, merci, bougonna-t-il.

Mais, deux ou trois minutes plus tard, il ne s'était toujours pas remis debout. À genoux sur l'implacable surface, il vit Frances, son manteau en poil de chameau et sa jupe de soie verte lui battant les mollets. Des hommes, des femmes, des enfants la frôlaient, seuls ou en couple. Elle avançait vers lui en vacillant, les bras écartés pour s'équilibrer.

Si elle tombe, je ne pourrai pas la rattraper, pensa-t-il.

Mais elle finit par le rejoindre sans encombre.

— James, dit-elle sur un ton pince-sans-rire, comment ai-je pu douter de vos talents de patineur ?

— Je ne savais pas que vous étiez moqueuse, répondit-il en l'agrippant à la taille pour se lever.

Lorsqu'il se retrouva en face d'elle, il eut envie de la prendre dans ses bras pour la protéger contre le mal que les hommes font aux femmes simplement parce qu'ils en ont la possibilité. Il l'aurait peut-être fait, s'ils ne s'étaient soudain retrouvés entourés par une demi-douzaine de jeunes gens qui patinaient en se tenant par la main.

— C'est moins facile de se moquer d'un homme lorsqu'il est debout, hein ? plaisanta-t-il.

Mais il n'était toujours pas très stable sur ses jambes.

— Vous avez raison, admit-elle avec gravité, c'est *très* difficile de se moquer d'un homme quand il est entièrement… dressé.

Et elle partit d'un rire sonore. Indifférent aux nombreux regards qui se portèrent sur eux, James la serra dans ses bras.

— Vous riez, Frances, dit-il sur un ton émerveillé, comme si ce rire était un don du Ciel.

56

Rose, debout près du bureau, regardait son mari en train de somnoler dans le grand fauteuil à oreilles. Avec ses cheveux en désordre, elle ne put s'empêcher de le trouver touchant. Il ressemblait encore un peu à l'homme qu'elle avait épousé.

Elle lui ôta le verre qu'il tenait mollement dans sa main. Un cigare achevait de se consumer dans un cendrier. Il restait un peu de cognac au fond du verre. Sans réfléchir, elle porta le verre à ses lèvres et but cul sec. L'alcool provoqua une délicieuse sensation de chaleur dans sa gorge, puis dans sa poitrine.

Une carafe de cristal attira son regard. Son mari n'en avait bu que les deux tiers. Elle se reversa un peu de cognac et s'assit dans un fauteuil en face de lui. Elle eut besoin de quelques secondes pour s'adapter au froid et à la dureté du cuir.

Elle sirota en silence.

Le bureau était au fond de la maison. La grande fenêtre donnait sur un jardin. Des poussières dansaient dans les rayons de soleil. Elle ne s'était jamais rendu compte à quel point cette pièce était paisible, avec ses meubles richement ouvragés et ses grands fauteuils de cuir.

— Nous ne parlons jamais, Jonathan, dit-elle.

Elle éprouva une étrange impression d'intimité, seule avec lui dans son bureau, en train de boire son cognac. Elle aurait presque pu croire qu'ici, dans son repaire, il l'écoutait.

— Nous nous promettons de parler, mais nous ne le faisons jamais, reprit-elle.

Une brume bleutée s'élevait du cendrier. Il avait toujours aimé le cigare.

— Je me souviens du soir de nos noces. Ma mère m'avait dit que tu allais sûrement me faire mal, mais j'étais sûre que ce n'était pas vrai. Et tu ne m'as pas fait mal. Tu m'as embrassée, embrassée, embrassée... jusqu'à ce que je me sente fondre.

Rose ferma les yeux. Il avait été si tendre.

— Je ne savais pas que c'était du désir que j'éprouvais, poursuivit-elle en réchauffant son verre sur son ventre. Toi non plus, sans doute. Nous étions si jeunes tous les deux. Chaque soir, tu disais que tu allais me faire un fils.

Mais la graine n'avait jamais germé.

— J'étais si ignorante que je ne savais pas que ce que tu faisais à la fin s'appelait une éjaculation.

Elle prit une petite gorgée de cognac, et elle éprouva de nouveau une sensation de bien-être.

— Les filles sont tenues dans l'ignorance. Chez les gens bien, cela veut dire « les éduquer ». Je sentais les jets de liquide et je me figurais que c'était ton amour que tu répandais en moi. Je croyais que c'était l'amour qui faisait les bébés, Jonathan. Je n'avais pas la moindre idée de ce qu'était la semence.

Dehors, un pigeon roucoula ; cela ressemblait davantage à un chant funèbre qu'à un chant d'amour. Rose rouvrit les yeux : des volutes de fumée s'envolaient vers le plafond. Un rire monta de la cuisine. Le dîner serait bientôt servi et elle mangerait seule. Quand Jonathan se réveillerait, il irait s'enfermer dans sa chambre.

— Ce que je sais, en revanche, c'est qu'il va falloir que je prenne une décision. Et je m'aperçois que ce n'est pas si facile...

Elle prit une nouvelle gorgée de cognac et la fit tournoyer dans sa bouche avant de l'avaler. Il y avait de délicieuses saveurs sous la brûlure.

— Je fais partie d'un club, vois-tu. J'y ai adhéré parce que je me sentais seule.

Les paupières de Jonathan frémirent. Ou alors c'était elle qui n'y voyait plus très clair, à cause du cognac.

— Dans nos réunions, nous parlons des relations entre les hommes et les femmes. Enfin, nous faisons semblant. Le club, c'est un peu comme notre mariage. Du trompe-l'œil. Nous prétendons partager nos pensées, mais ce n'est pas le cas.

James Whitcox avait dit qu'elle était une peintre qui savait dissimuler des allusions érotiques dans les plus innocentes natures mortes. Mais, en vérité, Rose était aussi innocente que ses peintures. Et que savait-elle de la stérilité et de la souffrance qu'elle provoque ? Rien non plus.

— Un jour, une femme a interrompu l'une de nos réunions et quelque chose de formidable s'est passé.

Elle repensa à Frances Hart, à ses incroyables cheveux roux – et à James Whitcox, qui s'était mis à la dévorer des yeux.

— L'un d'entre nous lui a posé une question. Une question qu'en deux ans nous ne nous étions jamais posée : « Qu'est-ce que les femmes désirent vraiment ? » Question absurde, n'est-ce pas ? Qui donc se préoccupe de ce que les femmes désirent ?

Le soleil couchant illuminait le jardin. C'était comme si de l'or liquide dégoulinait le long des murs. Des papillons bleus voletaient.

— Et tu sais ce qu'elle a fait, Jonathan ? Au lieu de s'en aller en criant « Au fou ! », elle a répondu. Elle a répondu comme si les désirs des femmes avaient de l'importance. Et nous les autres femmes, pendant ce temps-là, nous sommes restées avec nos derrières sur nos chaises, trop choquées, trop effrayées pour répondre à cet homme que nous pensions connaître alors qu'en fait nous ne le connaissions pas du tout.

Elle regarda sa main ; son alliance étincelait dans la lumière.

— Nous avions parlé de toutes les causes de l'inégalité entre hommes et femmes, mais nous ne nous étions jamais demandé si, en dépit de nos différences, nous avions les mêmes besoins.

Elle but une nouvelle gorgée de cognac pour faire passer ses regrets.

— Mais il a eu l'aplomb de poser la question, et elle a eu l'aplomb d'y répondre. Et alors, elle a dit quelque chose que je n'oublierai jamais, dussé-je vivre cent ans.

Rose ferma les yeux pour mieux savourer les souvenirs aigres-doux.

— Elle a dit : « Je crois qu'il y a beaucoup de maris qui sont incapables de se contenter de ce que leur femme leur apporte, qu'il y a également beaucoup de femmes qui désireraient davantage que ce que leur mari est capable de leur donner. C'est la vie ; personne n'est coupable. » Imagines-tu mon soulagement en entendant cela ?

Rose rouvrit les yeux et regarda le jardin.

— Pendant des années, je m'étais convaincue que l'échec de notre mariage était ma faute. Ou bien la tienne. Ou celle du médecin. J'avais besoin d'un coupable. Alors qu'au fond, ça n'avait pas d'importance.

En essuyant ses larmes avec le dos de la main, elle contempla son mari. Ses cheveux châtain clair étaient fins comme ceux d'un bébé. Ses joues étaient pâles. L'expression de son visage était désespérée, même endormi.

— Voilà où nous en sommes, Jonathan. Et j'ai une décision à prendre.

Cela faisait douze ans que son mari – un riche agent de change – ne faisait plus que se soûler lorsqu'il était chez eux.

— Je dois me faire à l'idée que j'attends davantage que ça de la vie.

Elle se mit à pleurer. Elle eut l'impression que Jonathan pleurait aussi. Mais c'était un mirage, comme en provoque quelquefois le cognac. Jonathan était-il encore capable de pleurer ?

— Je t'aime infiniment, mais je dois te quitter.

Les cendres du cigare allaient tomber sur le bureau. Rose posa son verre, se leva, prit le mégot – délicatement pour ne pas se brûler – et l'éteignit dans le cendrier.

— Cela fait trop de souffrances, Jonathan, conclut-elle. Pour notre bien à tous les deux, finissons-en.

57

— Il y a trois ans, une Georgina Weldon a poursuivi en justice le médecin qui avait signé son ordre d'internement, et elle a gagné... Vous êtes sûr que tout va bien, monsieur ?

James releva les yeux.

— Pourquoi demandez-vous ça, monsieur Tristan ?

— Vous n'arrêtez pas de vous trémousser sur votre fauteuil, comme si vous aviez mal quelque part.

Une lueur amusée passa dans les yeux de James. Il avait les fesses couvertes de bleus.

— Mme Hart m'a emmené faire du patin à roulettes.

Avery Tristan ouvrit des yeux ronds d'incrédulité.

— Sans blague ?

James se rendit compte que c'était la première fois qu'il voyait autre chose que de la courtoisie ou du respect dans le regard de son secrétaire.

— Oui, confirma-t-il. Et je crois que je me suis plutôt bien débrouillé.

— Et Mme Hart ?

— Oh, elle ! Elle est née avec des roulettes sous les pieds ! répondit James avec une pointe d'ironie. Votre Georgina Weldon, reprit-il après une courte pause, a-t-elle aussi attaqué son mari pour avoir demandé son internement ?

Avery Tristan feuilleta ses notes.

— Apparemment non. Par contre, elle a quand même gagné un procès contre lui, mais c'était pour non-accomplissement du devoir conjugal. Je vais voir dans les archives si je trouve d'autres cas qui pourraient faire jurisprudence...

Avery Tristan fut contraint de s'interrompre, car une voix d'homme vint brutalement se mêler à la conversation.

— Pourquoi faites-vous ça ?

Ils se tournèrent vers la porte, qui aurait dû être fermée et qui était ouverte. Un homme se tenait dans l'embrasure ; il avait des cheveux très blonds et des yeux très bruns.

— Pardon, mais vous n'avez pas le droit d'entrer ici, monsieur, dit sèchement Avery Tristan. C'est privé. Si vous avez des questions à poser à Me Whitcox, passez par son secrétariat, on vous fixera un rendez-vous.

L'intrus ne tint aucun compte de la remarque. Son regard était fixé sur James.

— Qu'avez-vous fait à ma mère ?

James se figea. Le secrétaire se figea. Ils avaient compris.

Dans la voix du jeune homme, il y avait autant de colère que de douleur.

— Est-ce qu'elle sait que vous faites ça ? demanda-t-il encore.

James observa l'homme sur le seuil, immobile et menaçant. Il ne ressemblait pas à Frances. Ce devait être le portrait de son mari tel qu'il avait été à trente-trois ans – une dizaine d'années avant de l'épouser.

— Préparez un plateau, monsieur Tristan. M. Hart et moi, nous allons prendre le thé dans la salle de conférences.

Le visage du jeune homme s'empourpra.

— Si j'étais un porc, je ne mangerais pas dans la même auge que vous.

James se leva et déclara tranquillement :

— Vous allez prendre le thé avec moi et tâcher de ne pas oublier que vous êtes le fils de Frances Hart, et non le mien. Si vous êtes incapable de vous comporter comme un homme bien élevé, M. Tristan vous montrera le chemin de la sortie.

L'humiliation l'emportant sur la colère, David Hart acquiesça d'un mouvement de tête.

James ouvrit une porte latérale et lui fit signe de le suivre. La salle de conférences était au bout du couloir. Une lumière grise tombait des fenêtres sans rideaux. La table, d'une dizaine de mètres, était à moitié éclairée. Seuls deux tableaux rompaient la monotonie des murs crème.

James referma la porte.

— Asseyez-vous.

Le jeune homme ôta son chapeau de cuir et s'assit, le dos raide. James prit place de l'autre côté de la table, face à lui.

— Oui, commença-t-il, votre mère sait ce que je fais, pour la bonne raison qu'elle s'est adressée à moi pour représenter ses intérêts.

David Hart parut incrédule.

— Qu'est-ce qu'elle connaît au fonctionnement des tribunaux ?

— Autant que vous au fonctionnement des asiles de fous, rétorqua posément James.

Humiliation. Colère. Remords. Les trois émotions se disputaient la suprématie sur les traits du jeune homme.

— Ma mère ne ferait jamais un procès à son fils.

— Figurez-vous, David, que c'est exactement ce qu'elle a dit de vous à propos de votre demande d'internement : « Jamais mon fils ne ferait ça. »

Cette fois, la colère l'emporta.

— Appelez-moi *M. Hart.*

— Quand vous vous comporterez comme un adulte, je vous ferai la faveur de vous traiter comme tel.

— Que lui avez-vous fait ? gronda David Hart.

— Je la protège simplement contre les gens qui veulent l'enfermer.

Demain, l'ordre d'internement expirerait. Demain, David pourrait en obtenir un autre.

— De quel droit vous mêlez-vous des affaires de ma famille ?

James scruta le jeune homme pendant de longues secondes.

— Vous rendez-vous compte du mal que vous avez fait à votre mère ?

Il n'y eut pas le moindre regret dans les yeux de David. Au lieu de cela, il redoubla de fureur.

— J'exige de savoir où vous la cachez !

James songea à l'amour que Frances avait prodigué à ses enfants.

— Vous rendez-vous compte que vous lui avez causé des blessures irréparables ?

Apparemment, c'était le cadet de ses soucis.

— Dites-moi où elle est, sinon j'irai vous dénoncer à la police, je leur dirai que vous avez enlevé ma mère et que vous la séquestrez quelque part.

— David, repartit James avec une douceur exagérée, vous avez lu les journaux. Vous n'ignorez pas l'influence que j'ai dans Londres.

— Pouah ! Une ville de païens ! Une ville de dépravés !

Il était tellement prévisible que James en fut gêné pour lui. Frances avait dit que les hommes de la campagne étaient différents de ceux de la ville, mais ce n'était pas vrai.

— Ma mère ne serait pas comme ça si elle était restée avec nous.

C'était vrai : ni elle ni James n'auraient été les mêmes aujourd'hui si elle était sagement restée à Kerring, dans le Sussex.

— Votre mère mérite d'être heureuse, David.

— Qu'est-ce que vous savez de ma mère, vous ? rétorqua le jeune homme avec dédain. Elle a pleuré de joie à la naissance de mes trois enfants. Chaque dimanche, nous allions adorer Dieu – nous, je veux dire : sa famille – puis nous nous mettions autour de la table et nous partagions le repas. Vous voyez l'argent que mon père lui a laissé mais vous ne la connaissez pas, elle.

James comprit que David Hart refusait de considérer sa mère comme une femme parce que, en un certain sens, il était encore un enfant qui ne pouvait pas se passer de sa maman.

— La solution est entre vos mains, David, dit doucement James.

— Comment ?

— Vous n'avez qu'à signer un document stipulant que vous renoncez à vos droits sur votre mère et que vous lui paierez la pension prévue dans le testament de votre père.

David resta muet un instant.

— Ça vous plairait, n'est-ce pas ? dit-il d'un ton aigre.

— Oui, ça me plairait beaucoup, reconnut James. Frances avait assez souffert.

— Ça vous plairait parce que ça vous permettrait de mettre la main sur l'argent de ma mère.

En d'autres circonstances, James aurait ri. Il gagnait plus de vingt mille livres par an, tandis que les terres des Hart en rapportaient tout au plus douze cents, et Frances recevait vingt livres par mois. Seulement, la souffrance de David Hart n'avait rien de drôle, et encore moins celle qu'il pouvait encore infliger à Frances.

— Tout ce que je vous demande, c'est une petite signature au bas d'un morceau de papier, insista James. Soyez raisonnable, signez et qu'on en finisse !

Sinon, votre mère n'aura d'autre choix que de vous traîner en justice et, avec mon aide, elle gagnera.

Un coup frappé à la porte se répercuta dans la grande pièce : Avery Tristan arrivait avec le thé.

— Entrez ! dit James.

Le secrétaire entra. David Hart écarquilla les yeux en voyant le lourd plateau d'argent et le service de porcelaine. Avery Tristan posa le plateau sur la table. Une vapeur délicieusement parfumée s'échappait de la théière.

— Merci, monsieur Tristan.

La porte se referma sans bruit derrière le secrétaire.

— Vous le prenez comment ? demanda James. Lait ou citron ?

— Lait.

— Sucre roux ou sucre blond ?

— Ni l'un ni l'autre.

— Un sablé à la cannelle ?

Si James avait cherché à agacer David Hart, il réussit.

— Je ne suis pas là pour parler de mes préférences en matière de thé et de gâteaux, merci bien. Je veux voir ma mère.

— Je ferai passer le message, répondit James, l'avocat et l'homme parlant pour une fois d'une seule voix. Si elle est d'accord, j'arrangerai une rencontre.

— Entre elle et moi.

— Entre elle, vous et moi.

— Hé ! s'exclama David Hart. Je n'ai pas besoin de vous pour lui embrouiller l'esprit.

— Vous ne la croyez pas capable de se faire une opinion toute seule ?

— C'est une femme, répliqua le jeune homme. Les femmes sont influençables.

James mit un sucre dans sa tasse.

— Nous progressons, dit-il pensivement.

— Je vous demande pardon ?

— Vous venez de reconnaître que votre mère est une femme.

David rougit sous son bronzage d'homme habitué au grand air.

— Comment osez-vous ?

— Quoi ?

— Comment osez-vous parler ainsi de ma mère, alors que la dépouille de mon père est encore tiède ?

James fit claquer sa cuiller contre le bord de sa soucoupe – un seul coup, très sec.

— Qu'est-ce qui vous peine le plus, David ? demanda-t-il. Que votre mère vole de ses propres ailes, ou bien qu'elle ne soit plus là-bas pour torcher vos gosses ?

David se leva, bousculant la table. Les tasses tremblèrent. Le thé déborda dans les soucoupes.

— Rien ne peut m'obliger à écouter ça.

— Vous serez obligé d'en écouter de pires, si nous allons en justice.

— Je veux voir ma mère.

— Je vous ai déjà dit que je ferai passer le message.

— Je veux la voir *maintenant*.

— Les autres membres de la famille Hart, que pensent-ils de votre décision de la faire interner ? Croient-ils comme vous que sa place soit dans un asile de fous ?

David était trop furieux pour entendre le moindre argument.

— Ce qu'ils pensent, je m'en fiche, rétorqua-t-il. Je suis l'aîné. C'est moi, le chef de famille.

— Vous vous apercevrez que ce qu'ils pensent n'est pas sans importance devant un tribunal.

— Je veux voir ma mère, répéta le jeune homme sur un ton buté. Et je veux la voir *seule*.

— Hors de question ! Je n'ai pas confiance en vous.

— Pas confiance ? s'indigna David Hart.

— Non, confirma James. Et j'ai de bonnes raisons pour ça.

Il se souvenait que David avait été capable de traiter sa mère de putain. Quelle était l'étape suivante ? Des coups ?

— Vous la verrez donc en ma présence, reprit-il, ou vous ne la verrez pas du tout.

David Hart capitula.

— Soit, dit-il. Mais je veux la voir aujourd'hui.

58

Frances s'appuya sur la main d'Avery Tristan pour descendre du fiacre.

— Vous n'auriez pas dû vous déranger, il fait un froid de tous les diables. J'aurais été capable de trouver mon chemin toute seule.

Le secrétaire lui lâcha la main.

— Une bouffée d'air frais ne peut pas faire de mal, dit-il. Et puis, M. Whitcox se préoccupe de votre sécurité.

Frances s'en voulait encore de l'inquiétude qu'elle lui avait causée en quittant la ville sans prévenir personne.

— Pardon pour le surcroît de travail.

— Au contraire, madame, dit le jeune homme en la prenant familièrement par le bras pour la guider à travers la foule qui encombrait le hall du palais de justice. Je n'ai jamais eu aussi peu de travail.

Frances se mordit la lèvre.

— J'espère que ce n'est pas moi qui l'empêche de travailler ?

— Dieu merci, si.

Ils s'engagèrent dans le couloir qui menait au bureau de James.

— Je ne comprends pas, dit-elle.

— Livré à lui-même, il n'arrête pas. Heureusement que vous êtes là pour l'inciter à prendre des loisirs. Les procès criminels sont très éprouvants.

Frances posa timidement la question qui lui brûlait la langue.

— Vous avez vu mon fils ?

— Très brièvement, madame.

D'après le son de sa voix, il n'y avait pas moyen de savoir si la rencontre s'était bien ou mal passée. Il ne fallait pas compter sur Avery Tristan pour trahir la moindre émotion.

— Vous êtes bien comme M. Whitcox, commenta-t-elle.

La porte du bureau de James n'était plus qu'à quelques pas.

— Je prends ça pour un compliment, madame Hart.

— C'est aussi comme ça que je l'entendais, monsieur Tristan.

Le secrétaire ouvrit la lourde porte.

Frances avait la gorge serrée. Les choses étaient encore plus délicates, maintenant que David et James s'étaient trouvés face à face.

James se leva de son fauteuil et vint à sa rencontre. Comme elle s'y attendait, il avait l'air impassible.

— Où est mon fils ? demanda-t-elle.

— Dans la salle de conférences, répondit-il en la débarrassant de son manteau.

Les gants et le sac suivirent.

— Il veut toujours me voir ?

— Venez, Frances.

Le couloir mal éclairé était encore plus sombre à cause des boiseries qui absorbaient la plus grande part de la lumière. La porte au bout du couloir était impressionnante. La salle de conférences se trouvait forcément derrière.

Frances se tourna vers James.

— Ai-je l'air d'une femme respectable ?

— Frances, répliqua-t-il gravement, vous *êtes* une femme respectable.

Elle lissa sa veste grise, comme si elle cherchait à effacer sa poitrine.

— Mais ce n'est pas comme ça qu'il voudrait que je sois.

James posa les mains sur ses joues.

— La seule question qui compte, c'est : est-ce comme ça que vous avez envie d'être, *vous* ?

Elle baissa les yeux.

— Oui, admit-elle dans un souffle.

— Tant mieux, dit James.

Ses traits s'adoucirent. Inclinant légèrement la tête, il lui effleura les lèvres avec les siennes – son haleine sentait bon le caramel.

— Allons voir votre fils.

— Oui.

David voulait la rencontrer. C'était bon signe, sans doute. Il l'aimait. Elle l'aimait. Ensemble, ils trouveraient une solution.

Les offenses seraient pardonnées.

Les blessures seraient pansées.

Mais la soudaine raideur de James aurait dû l'alerter…

59

— Je ne voulais pas le croire, maman ! s'exclama David dès qu'il la vit. Lorsque j'ai lu dans les journaux que tu fricotais avec ce type, je n'en suis pas revenu. Tu avais donc perdu toute dignité ! Pendant un temps, je me suis demandé si je n'avais pas agi un peu vite. Mais je vois que le médecin avait raison. Tu as besoin d'aide. En attendant, je t'interdis de remettre les pieds à la maison. Aussi longtemps que tu ne te seras pas fait soigner, il n'est pas question que tu t'approches de ma femme et de mes enfants. Tu risquerais de les pervertir. Quant à vous, monsieur Whitcox, continua-t-il avec un dédaigneux mouvement de menton dans sa direction, nous nous reverrons au tribunal, même si j'ai du mal à concevoir que vous puissiez représenter ma mère alors que c'est vous qui en avez fait une putain.

David Hart lui donna un coup d'épaule en passant. Instinctivement, James rapprocha Frances du mur pour qu'elle ne soit pas bousculée à son tour.

Elle aurait voulu le rattraper.

— David…

James la saisit par la taille.

— Laissez-le partir, Frances.

— Ce n'est pas mon fils, articula-t-elle. Ce n'est pas ce qu'il…

Il l'empêcha d'achever son pieux mensonge.

— Si, c'est exactement ce qu'il voulait dire, Frances.

Un peu groggy, elle s'assit sur la chaise la plus proche. James s'agenouilla près d'elle.

— Votre fils vous aime, Frances, cela ne fait aucun doute.

Elle se tourna vers lui. Son visage était livide.

— Je sais, James.

Mais ça n'empêchait pas la souffrance.

Frances avait dit que, lorsque le mal n'était pas fait exprès, il ne durait pas. James espéra qu'elle avait raison.

— Il a le sentiment d'agir pour le mieux, dit-il, même si ça lui fait mal. De votre côté, vous faites ce qui vous semble juste, quoi qu'il en coûte. Tout compte fait, vous vous ressemblez beaucoup.

Il fit pivoter la chaise de Frances pour mieux la voir.

— Ce qui me peine, c'est ce qu'il a dit de vous, murmura-t-elle.

— Moi, ce qui me peine, rétorqua-t-il, c'est ce qu'il a dit de vous. Si j'ai bien compté, ça fait deux fois qu'il vous traite de putain.

Sauf que cette fois, Frances, au lieu de pleurer, encaissait bravement l'affront.

— Il y a quelque chose que je ne comprends pas, reprit James. Pourquoi votre fils tient-il tant à ce que vous vous fassiez soigner ?

Les épaules de Frances s'affaissèrent légèrement.

— Son père n'est mort que depuis quatre mois et demi.

— Quoi d'autre ?

— Je ne porte pas le deuil.

— Quoi d'autre ?

— Je ne m'habillais pas comme ça avant de venir à Londres.

Un coup fut frappé à la porte – très discret.

— Entrez, monsieur Tristan.

Le secrétaire poussa la porte pour découvrir un tableau insolite : son patron aux genoux de sa maîtresse. Il en aurait fallu davantage pour troubler James Whitcox, mais Frances rougit.

— Qu'y a-t-il ? demanda James.

— J'ai vu sortir M. Hart, expliqua la secrétaire. Il avait l'air furieux. Je venais voir comment ça s'était passé.

— Eh bien, ce fut bref et à sens unique, répondit James.

Avery Tristan sourit.

— Je vois.

— Vous annulerez tous mes rendez-vous.

— Bien, monsieur.

Mais Avery Tristan ne semblait pas disposé à se retirer.

— Quelque chose d'autre, monsieur Tristan ?

— J'ai vu le greffier. Il va faire son possible pour nous trouver une date.

— Très bien, dit James. Quand vous aurez annulé mes rendez-vous, vous pourrez disposer. Je n'aurai plus besoin de vous aujourd'hui.

— Merci, monsieur.

La porte se referma sans bruit derrière le secrétaire.

— M. Tristan parlait-il de trouver une date, euh... pour mon affaire ?

— Oui.

James n'avait pas perdu le fil de la conversation.

— Vous étiez en train de dire que vous aviez changé la façon de vous habiller ?

Frances se mordilla les lèvres. Elle craignait d'avouer quelque chose qui la ferait chuter dans son estime.

— Disons que je m'habillais d'une manière un peu plus... tristounette.

James repensa à la robe de chambre et à la chemise de nuit de flanelle grise qu'elle portait le soir où il lui avait rendu visite à l'improviste.

— Vous n'avez rien de tristounet, si ça peut vous rassurer.

— J'avais *tout* de tristounet, James, croyez-moi. Mon fils m'a dit qu'il ne me reconnaissait pas. Je ne me reconnais pas moi-même. Je ne suis pas la même femme que lorsque j'ai quitté Kerring.

Nul doute que l'avocat de David Hart en tirerait argument.

— Votre fils a-t-il d'autres raisons de penser que vous avez besoin de vous faire soigner ?

Elle détourna la tête. Sa respiration devint haletante.

— Frances, fit James en lui caressant la joue, rien de ce que vous pourrez dire ne changera mes sentiments pour vous.

Elle se retourna vers lui, quelque chose de dur dans le regard.

— Quels sont-ils, vos sentiments pour moi ?

Il répondit en regardant plutôt ses lèvres que ses yeux.

— Je vous ai proposé de m'épouser.

— Pour me protéger, s'empressa-t-elle de préciser.

— Oui. Et vous avez refusé.

Frances ferma les paupières. Le problème, c'était qu'elle n'avait pas confiance en son fils et qu'elle n'avait pas non plus confiance en James. Pour la bonne raison que c'était un homme.

Il lui caressait toujours la joue.

— Votre fils a-t-il d'autres raisons de penser que vous avez besoin de vous faire soigner ? répéta James. Allons, ne me cachez rien.

— Eh bien, balbutia Frances, j'ai teint mes cheveux.

Visiblement, l'aveu lui coûtait davantage qu'à certains l'aveu d'un crime. James trouva cette petite coquetterie adorable.

— Cela me plaît, assura-t-il en jouant avec une boucle sur sa nuque. Et ça vous va bien.

Le compliment la flatta, mais sans rien changer à la tristesse de ses yeux.

— J'ai besoin que vous me racontiez le plus fidèlement possible ce qui s'est passé entre votre fils et vous, reprit James.

— Il n'y a pas grand-chose d'autre. À part que je lui ai dit que...

Elle hésita de longues secondes avant d'achever.

— À part que je lui ai dit que j'avais aimé son père.

James ne put s'empêcher d'éprouver un pincement de jalousie en l'entendant évoquer l'amour qu'elle avait éprouvé pour un autre homme.

— Et ? insista-t-il.

— David a dit que j'avais tellement aimé son père que je n'avais rien eu de plus pressé que de courir à Londres dépenser son argent.

James enregistrait mentalement tous les détails aussi sûrement que s'il les avait notés sur une feuille de papier. Apparemment, la question financière préoccupait David Hart. N'avait-il pas laissé entendre que lui, James, était intéressé ?

— A-t-il dit quelque chose à propos de notre relation ?

— Il a dit que c'était répugnant. Il a ajouté : « Une femme de ton âge ! » Alors je lui ai demandé s'il trouvait répugnant que son père m'ait épousée.

Bien joué ! pensa James avec une pointe d'admiration.

— Quoi d'autre ?

— Le docteur l'a persuadé que j'étais malade parce qu'à mon âge, le corps des femmes change.

James n'était pas surpris.

— Quel genre de vie aviez-vous avant de venir à Londres ? Décrivez-la-moi.

Il avait vu les mauvais côtés de David. Frances lui en montra les bons : bon fils, bon mari, bon père.

Bon fils ? Cependant, il n'hésitait pas à traiter sa mère – une femme qui l'avait allaité, qui avait soigné son père, dorloté ses enfants – de putain !

— Vos autres enfants, que pensent-ils de la conduite de David ?

— Je n'en sais rien.

— Avez-vous vu quelqu'un là-bas, à part lui ?

— Ma belle-fille Margaret. Et ma petite-fille Megan.

— Margaret a dit quoi ?

— Que j'étais magnifique.

James tressaillit.

— Elle aime votre nouvelle apparence ?

— En tout cas, c'est ce qu'elle a dit.

— Vous avait-elle déjà dit que vous étiez magnifique ?

— Non.

— Pourquoi vous a-t-elle complimentée ?

— Je n'en sais rien. Tout ce que je sais, c'est qu'elle m'a dit : « Je ne vous ai jamais vue comme ça, belle-maman. » Il me semble même qu'elle a ajouté que j'étais rayonnante.

Belle-maman. Quelle curieuse façon d'appeler Frances !

— Donc, Margaret a dit que vous étiez plus belle que lorsque vous avez quitté le Sussex, récapitula James. Ensuite ?

— Je lui ai répondu que je ne devais pas être si belle que ça, vu que j'étais trempée comme une soupe.

Donc, songea James, elle a autant de mal à accepter les compliments de ses proches que les miens.

— Ensuite ?

— Margaret a insisté : « Mais non, vous êtes radieuse. » Elle a encore dit que j'avais un teint superbe et je ne sais plus quoi.

— Margaret est observatrice, commenta James. Vous avez effectivement un teint superbe.

De nouveau, le compliment la laissa froide.

— En temps utile, je lui ferai parvenir un exploit d'huissier, ajouta James.

Frances écarquilla les yeux.

— Je ne comprends pas.

Marie Hoppleworth avait dit que, grâce à eux, les membres du club des Messieurs et des Dames avaient appris le langage du désir. Sous peu, à cause d'eux, ils allaient apprendre le langage de la loi.

— Un exploit d'huissier, cela sert à citer les gens à comparaître.

Dans les yeux de Frances, l'embarras fut remplacé par l'incrédulité.

— Voulez-vous dire que ça les oblige à venir devant le tribunal, que ça leur plaise ou non ?

— C'est exactement ça, répondit-il en observant sa réaction.

Les beaux yeux verts de Frances trahirent cette fois la stupeur.

— Quoi ? Vous allez *contraindre* Margaret à témoigner en ma faveur ?

60

— Monsieur Nickols ? Monsieur Nickols ? Attendez-moi, s'il vous plaît !

John s'arrêta.

Un pigeon s'envola dans de grands claquements d'ailes.

Une femme, drapée dans un beau manteau gris, les mains enfouies dans un manchon jusqu'aux coudes, passa sur le côté droit du fauteuil roulant. Au même moment, un homme passa sur le côté gauche.

Qui l'appelait ? John Nickols fit pivoter son fauteuil. Le soleil bas dans le ciel – c'était la fin de l'après-midi – l'éblouit.

— Mademoiselle Hoppleworth ? Que venez-vous faire par ici ? s'exclama-t-il. Vous êtes perdue ?

Marie Hoppleworth porta la main à sa gorge. John Nickols suivit son geste des yeux et se retrouva en train de contempler les palpitations des deux petits seins qui se laissaient deviner sous l'étoffe.

Sa main le démangea. Cela faisait six ans qu'il n'avait pas caressé la poitrine d'une femme. Six ans qu'il n'avait pas senti battre un cœur de femme sous sa paume.

— Non, monsieur Nickols, répondit Marie Hoppleworth, je ne suis pas perdue.

— Ne me dites pas que vous me cherchiez.

— Vous n'avez quand même pas peur que *moi,* je vous frappe ?

Les doigts de John Nickols se resserrèrent autour de la roue de sa chaise.

— Vous croyez vraiment qu'une femme peut frapper un homme ?

— Je crois qu'une femme peut faire tout ce qu'un homme fait, monsieur Nickols.

— Si c'était le cas, Mme Hart ne serait pas obligée de se cacher pour ne pas finir enfermée dans un asile.

— J'ai dit qu'une femme en a la *possibilité,* je n'ai pas dit qu'elle en a le *droit*. Nuance !

Une saute de vent fit frémir les jupes de Marie Hoppleworth et sema le désordre dans les cheveux de John Nickols.

— Risquez-vous de perdre votre emploi lorsque cette affaire sera rendue publique ? demanda-t-il soudain.

— Je donne des cours particuliers, répondit-elle. Mes élèves sont des cancres qui ne lisent pas les journaux. Et vous, est-ce que ça ne risque pas de vous nuire à la *Gazette* ?

John leva les yeux vers elle. Le soleil lui faisait une auréole. L'aigrette de son chapeau tournoyait dans le vent. Il était loin, le temps où il n'avait pas besoin de lever la tête pour regarder une femme.

— Me nuire ? Au contraire, le rédacteur en chef sera sûrement ravi. Ça attirera l'attention sur nous.

Les journaux ne se préoccupaient pas de morale ; ils se préoccupaient seulement de leurs tirages.

— Tout cela ne me dit pas ce que vous faites ici, mademoiselle Hoppleworth.

Il lui avait permis de s'asseoir entre ses pauvres jambes, elle les avait senties contre ses épaules, flasques comme un châle – et puis elle l'avait quitté sans un mot, sans même un merci.

— Je suis venue vous présenter mes excuses.

Tout à coup, John Nickols eut l'impression que ses yeux le picotaient.

— Je n'ai que faire de votre pitié, gronda-t-il. Je vous ai importunée avec mes témoignages d'attention, l'autre jour au Crystal Palace. Vous étiez manifestement dégoûtée par ma petite personne. Il n'y a rien de plus à ajouter.

— C'est faux, vous ne me dégoûtez pas, monsieur Nickols.

— C'est sans doute pourquoi, subjuguée par mon charme, vous n'aviez qu'une hâte : me quitter.

— C'est exact.

— Que vous aviez hâte de me quitter ?

— Non. Que j'étais séduite. Ce n'est pas vous qui me faisiez fuir.

L'espace d'une seconde, John faillit la croire.

— Expliquez-moi ça, mademoiselle Hoppleworth, je vous prie, demanda-t-il sur un ton moqueur.

— Ce n'est pas en grandissant dans un orphelinat qu'on apprend la confiance, dit-elle tandis que son aigrette tournoyait au-dessus de sa tête comme une girouette. Des gosses meurent. D'autres s'évadent. Quelquefois, il y en a qui disparaissent comme par enchantement.

— C'est pourquoi vous avez peur de vous fier à un homme ? s'enquit-il en changeant d'intonation.

— Comme je viens de vous le dire, monsieur Nickols, les orphelins trop confiants ne font pas de vieux os.

John avait cru que les hommes en fauteuil roulant ne pouvaient se permettre de faire confiance à quiconque. Et puis, un avocat lui avait offert son aide. Il avait été touché lorsque James Whitcox et George Addimore l'avaient aidé à descendre du train.

— Et maintenant que vous vous êtes excusée, mademoiselle Hoppleworth, nous voilà bien avancés.

Marie Hoppleworth porta de nouveau la main à sa gorge.

Elle avait des seins appétissants sous son chemisier : petits, ronds et haut perchés.

La colère, le chagrin et le désir s'engouffrèrent ensemble dans le cœur de John Nickols.

Les seins étaient la première chose qu'un homme en fauteuil roulant voyait chez une femme. Tous les jours, il regardait des poitrines de femmes. Tous les jours, des femmes se détournaient de lui.

Et tous les jours, il se sentait mourir un peu plus.

— Si mes excuses sont acceptées, dit-elle, j'ai une faveur à vous demander.

John Nickols plissa les yeux.

— Quel genre de faveur ?

— Eh bien, répondit Marie Hoppleworth avec un adorable sourire, j'ai un peu trop serré mes lacets : il va me falloir un siège...

61

Frances s'en allait seule. Ses talons claquaient. Elle marchait à grands pas, le dos raide et le menton levé, défilant devant deux rangées de portes closes.

Les talons de James résonnèrent derrière elle.

— Frances ? dit-il en la rattrapant. Je vous ai prévenue qu'un procès n'est pas une partie de campagne. D'autres personnes en seront affectées, c'est inévitable.

Frances était calme et sereine – de ce calme et de cette sérénité qui accompagnent la certitude de bien faire.

— Je ne forcerai jamais personne à témoigner en ma faveur, James.

Il la prit par les épaules.

— Allons, un exploit d'huissier, c'est la procédure normale pour convoquer un témoin.

Le visage de Frances prit une expression résolue.

— Non !

Les mains de James se resserrèrent sur ses épaules, presque douloureusement.

— Vous croyez que Margaret a envie qu'on vous enferme dans un asile de fous ?

Elle ne répondit pas directement à la question.

— Margaret aime son mari et son mari l'aime. Je n'enfoncerai jamais un coin entre mon fils et ma belle-fille.

— Et vous, Frances ? demanda James d'un ton âpre. Ne méritez-vous pas d'être aimée, vous aussi ?

L'amour.

David avait prétendu que c'était l'amour qui l'avait incité à signer la demande d'internement, mais ce n'était pas vrai. Le vicaire avait prétendu que c'était l'amour qui cimentait les familles, mais l'amour ne suffisait pas.

— James, dit-elle en jouant machinalement avec les bouts de son écharpe. C'est entre mon fils et moi.

Il hocha la tête.

— Je n'appellerai Margaret à la barre que si je ne peux pas faire autrement, concéda-t-il. Mais je serai obligé d'envoyer des exploits d'huissier à tous les membres du club des Messieurs et des Dames.

Frances se souvint des moments passés à la librairie Bailey. Elle se souvint des confidences qu'ils avaient échangées lors de leurs réunions dans la grande salle du musée. Elle se souvint de leur journée de complicité au Crystal Palace.

Elle les avait trahis.

— Je ne peux pas vous laisser faire ça non plus, James.

— Frances ! s'exclama-t-il en contenant son impatience. Écoutez, si ce n'est pas moi qui les convoque, comptez sur l'avocat de la défense pour s'en charger.

— Je ne suis pas responsable de ce que fera l'avocat de mon fils.

— Mais moi, je suis responsable de *vous*.

— Ah oui ? fit-elle en tirant sur les franges de son écharpe.

— Oui, Frances. La situation est grave. Vous risquez de vous retrouver enfermée. Alors, vos scrupules…

— Tout ce qui arrive, c'est ma faute, déclara-t-elle après avoir pris une profonde inspiration.

Lâchant l'écharpe de James, elle glissa la main sous sa veste et l'appliqua sur sa poitrine.

— C'est à cause de moi que mon fils a fait ce qu'il a fait. C'est à moi d'arranger ça.

— Frances... commença-t-il.

— Non, James, l'interrompit-elle avec douceur. Je n'ai pas besoin de Margaret ni des membres du club pour soutenir ma cause. Je sais ce que j'ai à dire, je ne vois pas ce qu'ils pourraient dire de mieux.

Il y avait dans les yeux de James un mélange indéfinissable de souffrance, de regret et... de quelque chose d'autre.

— La loi ne s'occupe pas de ce qui est juste ou injuste.

— Bien sûr que si ! protesta-t-elle. À quoi serviraient les tribunaux, si ce n'était pour faire la différence entre ce qui est juste et ce qui ne l'est pas ?

James fit entendre un clappement de langue agacé.

— Laissez-moi vous expliquer : il y a d'une part ce qui est juste et, d'autre part, ce qui est légal. Dans les prétoires, quitte à vous décevoir, ce qui compte n'est pas la justice : c'est la *loi* – toute la loi, rien que la loi, comprenez-vous ? D'ailleurs, on recommande bien aux jurés d'oublier leur morale personnelle et de fonder leur verdict sur la loi seule.

— Ils ont acquitté Mary Bartle, dit Frances.

James esquissa un sourire sardonique.

— Ils l'ont acquittée parce que, dans le rôle de la victime, elle était plus crédible que son mari.

Faudrait-il qu'elle joue les victimes pour obtenir ce qu'elle voulait ?

— Cela se peut, James, admit-elle posément. Mais les jurés ne sont pas aussi cyniques que les hommes de loi.

James se rembrunit.

— Si je vous cite à la barre, l'avocat de la défense aura le droit de vous interroger aussi.

— Eh bien, qu'il m'interroge !

— C'est hors de question.

Leurs cœurs battaient à l'unisson.

Il n'y avait pas un centimètre carré du corps de James qu'elle ignorait. Il n'y avait pas un centimètre carré de son corps à elle qu'il ignorait.

James, désormais, était une part d'elle-même. Mais elle ne pouvait pas le laisser déchirer des êtres chers.

— C'est ma vie qui est en jeu, affirma-t-elle bravement. C'est moi qu'on va juger. Vous l'avez dit vous-même : tout ce que j'aurai dit ou fait sera retenu contre moi. J'ai bien le droit de me défendre, non ? Le docteur a persuadé mon fils que le retour d'âge et la folie, c'est du pareil au même. Non, je ne croirai jamais que ces hommes-là, les jurés, après m'avoir vue, se diront que mon bonheur est la preuve de ma folie. Parce que je suis heureuse avec vous, James, heureuse comme je ne l'aurais jamais cru possible. Lorsque mon fils m'entendra, ajouta-t-elle après un intervalle, peut-être sera-t-il prêt à accepter le fait que je peux continuer à vivre sans pour autant trahir la mémoire de son père.

James, perdant pour une fois son impassibilité, montra de l'anxiété.

— Car enfin, ajouta-t-elle, une veuve peut encore avoir envie d'être heureuse sans être une dénaturée !

— Et si vous perdez, Frances ?

— Perdre ? s'exclama-t-elle entre le rire et les larmes. Ça ne se peut pas. Vous êtes mon avocat et vous ne perdez jamais.

James ferma les yeux. Son cœur battait toujours contre la paume de Frances. Elle eut l'impression qu'il ralentissait.

Rouvrant les yeux, il dit :

— Rentrons chez nous.

Une image de la grande maison de Kerring passa devant ses yeux. Son passé. Pas son avenir.

Ce soir, pensa-t-elle, l'ordre d'internement allait expirer. Son fils en signerait-il un autre ? Elle ne le saurait pas jusqu'à ce que le médecin revienne toquer à sa porte.

— Allons dîner, décida-t-elle subitement.

Le visage de James s'illumina.

— Où ?

— Choisissez, dit-elle avec magnanimité.

— Vous êtes sûre de ne pas avoir de préférence ?

— Je veux juste me divertir et ne pas penser à demain.

62

— J'ai préparé les convocations, monsieur, murmura Avery Tristan.

— Déchirez-les.

— Je vous demande pardon ?

— Mme Hart refuse de citer des témoins.

Le secrétaire battit des paupières.

— Pourquoi ?

— Elle pense que la morale l'emporte sur la loi.

— Mme Hart est une femme charmante.

— Êtes-vous l'un de ses admirateurs ?

La rudesse de sa voix fit tiquer le jeune secrétaire.

— Je le reconnais.

James se carra dans son fauteuil.

— Je n'aimerais pas qu'elle souffre.

— À mon avis, elle est plus forte que vous ne le croyez, monsieur.

James était bien placé pour savoir que Frances était forte. Elle avait affronté sa mauvaise humeur sans broncher.

Il avait été furieux parce qu'il avait peur. Il n'avait jamais perdu une affaire. Mais il en avait toujours accepté le principe.

Cette fois, il ne pouvait pas se permettre de perdre.

— Jusqu'ici, j'ai toujours été avocat de la défense, dit-il. C'est la première fois que je ne représente pas un accusé, mais une plaignante.

Il parlerait le premier, au lieu de calquer son discours sur celui de son adversaire. Et, pour finir, ce serait encore lui qui plaiderait en premier, et l'avocat de la défense n'aurait qu'à réfuter un à un ses arguments. Aux échecs, c'est un grand avantage de jouer le premier coup – pas dans un procès.

Pour la première fois en deux ans, le secrétaire vit le doute dans les yeux de son patron.

— Je suis sûr que tout se passera bien, dit-il pour l'encourager.

Que verraient les douze jurés lorsqu'ils regarderaient Frances ? Une veuve indigne ? Une quinquagénaire troublée par la ménopause qui avait « besoin d'aide » ?

— Il faut à tout prix gagner ce procès, monsieur Tristan.

— Je ne vois pas comment vous pourriez perdre, monsieur.

— J'ai entendu dire qu'on n'entend jamais venir la balle qui va vous tuer.

— Mon frère, qui est lieutenant dans l'armée, n'est pas de cet avis.

— Qu'est-ce que ça prouve ? ricana James. Votre frère est encore en vie.

Le secrétaire ne partagea pas son hilarité.

— Mais beaucoup de ses camarades sont morts.

Le sourire de James s'effaça d'un coup.

— Elle ne veut faire du tort à personne, monsieur Tristan.

Tout ce que Frances voulait, c'était que douze messieurs – tous dotés d'une mère qui, très vraisemblablement, n'habitait pas chez eux pour leur servir de bonne – l'écoutent et lui permettent de vivre à sa guise.

— Alors, il va falloir trouver autre chose, monsieur.

63

— Vous avez une lettre de l'avocat de David Hart.

— Qui ? demanda James en passant mentalement en revue les avocats qui s'occupaient ordinairement de ce genre d'affaires.

— Jack Lodoun, monsieur.

James faillit tomber de sa chaise.

Une image se forma dans son esprit. Celle de Lodoun, les yeux fixés sur Frances, dans le restaurant.

Frances lui avait demandé si elle serait obligée de s'asseoir sur le même banc que Mary Bartle.

Comment lui expliquer que c'était Jack Lodoun qui allait représenter les intérêts de son fils ? Comment lui annoncer qu'elle se retrouverait face à un homme qu'elle avait vu essayer de faire pendre une mourante ?

Lorsque James rentra à la maison, Frances vint à sa rencontre.

— Regardez, James, ce que M. Peasebody a déniché chez un bouquiniste ! annonça-t-elle joyeusement. Un livre sur le Crystal Palace.

James jeta un rapide coup d'œil sur la trouvaille en question.

— Y a-t-il des images des dinosaures ?

Frances feuilleta le livre jusqu'aux pages illustrées.

— Oui, regardez.

Les dinosaures étaient vraiment terribles, avec de grosses dents et de grosses griffes. Ils auraient sans doute intéressé Megan.

Mais James avait la tête ailleurs.

— Quelque chose ne va pas ? s'inquiéta-t-elle.

À l'idée que c'était peut-être à cause du procès, un frisson lui parcourut l'échine. James la prit par la main.

— Venez.

— Vous avez eu des nouvelles de mon fils ? s'enquit-elle anxieusement.

Au même moment, Peasebody émergea de la cuisine.

— Bonsoir, monsieur Whitcox.

— Bonsoir, Peasebody, répondit James. Vous direz à la cuisinière de laisser le dîner au chaud. Ensuite, vous pourrez tous disposer, je n'aurai plus besoin de vous. Mme Hart et moi, nous souperons plus tard.

— Très bien, monsieur.

Le sang de Frances se glaça dans ses veines : quelque chose de grave était arrivé.

— M. Tristan va bien ? demanda-t-elle tandis que James l'entraînait vers l'escalier.

— Avery se porte comme un charme, merci pour lui, répliqua James avec un sourire pincé. Vous saviez que c'était un de vos admirateurs ?

— Non. Pourquoi dites-vous cela ?

— Parce qu'il me l'a dit.

— Quand ?

— Hier.

Tout en parlant, ils étaient arrivés au sommet de l'escalier.

— Et aujourd'hui, il a dit quoi ? questionna-t-elle d'un ton faussement léger.

Ils entrèrent dans la chambre.

— Aujourd'hui, nous avons eu d'autres sujets de conversation, répondit gravement James en refermant la porte.

Soudain, Frances n'eut plus très envie de savoir de quoi ils avaient parlé. Elle posa le livre sur la commode.

— Pensez-vous à moi quelquefois, lorsque vous êtes occupé ailleurs ?

— Pas seulement quelquefois, Frances. Tout le temps.

Cet aveu lui procura un plaisir inouï.

— Et à quoi pensez-vous précisément ?

Il baissa les yeux.

— Je pense à ce que je ressens quand je vous embrasse dans le cou : votre peau n'est nulle part plus blanche ni plus douce, c'est un régal.

— Quoi d'autre ?

— Je pense à votre respiration haletante lorsque nous faisons l'amour, à vos petits cris quand vous n'allez pas tarder à jouir, à la manière dont vous psalmodiez mon nom lorsque vous jouissez.

Frances était au comble de l'émotion. James la surprit en ajoutant :

— Et puis, il m'arrive de vous imaginer, jeune mariée de quinze ans, couchée dans le noir, prête pour le sacrifice… et ça me donne envie de pleurer.

— Les avocats ne pleurent pas, dit-elle d'une voix entrecoupée.

— Vous avez raison. En principe, les avocats ne pleurent pas.

Elle vint se presser contre lui.

— Je vous en prie, n'y pensez plus. C'est loin, tout ça.

— Non, Frances, cette pauvre petite jeune fille, elle est au cœur de l'affaire.

La question n'était pas de savoir si Frances était folle ou pas, mais si une femme avait le droit de dire non – non à un mari, non à un fils.

Il lui prit le menton et l'incita à le regarder.

— L'avocat de David m'a contacté aujourd'hui.

— Il est bon ?
— Oui.
— Qui est-ce ?
— Jack Lodoun.

Frances resta bouche bée un moment.

— Comment est-ce possible ?
— Il n'est plus procureur général.
— Depuis quand ?
— Il a démissionné après le procès de Mary Bartle.

Frances avait imaginé que celle-ci s'était pendue parce qu'elle avait eu des remords. Ou pour mettre fin aux tourments de la syphilis. Jusqu'ici, elle n'avait pas envisagé la possibilité que Mary Bartle se soit tuée parce qu'elle n'avait pas supporté d'être exhibée.

— Avez-vous peur, James ?
— Oh, oui !
— Pourquoi ?
— Parce que, si nous perdons, vous allez vous retrouver encore une fois toute seule dans le noir.
— Alors, nous n'avons pas le droit de perdre, n'est-ce pas ?

64

« Vous êtes rentré tard, hier soir, mon cher maître. Auriez-vous rencontré une femme capable de vous éloigner de votre travail ?

— Et vous ?

— Oui, j'ai rencontré une telle femme.

— Tous mes vœux de bonheur.

— C'est un peu tard pour ça. Elle est morte. »

James se réveilla en sursaut. Et soudain, tout devint clair à ses yeux.

Son ventre était collé contre les fesses de Frances. Le carillon de Westminster retentit trois fois. Chaque clameur des grosses cloches était accompagnée du gazouillement des petites. Il était trois heures du matin.

Il ferma les yeux et huma un parfum de vanille et l'odeur musquée du sexe. Frances se blottit contre lui, douce, tiède, alanguie.

— Ne bougez pas, murmura-t-il. Je dois y aller.

Il avait besoin de faire la paix avec le passé.

Doucement, pour ne pas la réveiller, il sortit du lit. Ramassant ses vêtements, il passa dans la salle de bains et referma la porte sans bruit. Dans la lumière éblouissante, il s'aspergea le visage, se passa un peigne dans les cheveux et s'habilla.

Frances serait seule à son réveil.

Après avoir éteint la lumière, il ressortit de la salle de bains. Frances soupira dans son sommeil.

Il sortit de la chambre sur la pointe des pieds. Dans le bureau, il écrivit un mot pour le majordome, qu'il laissa dans l'entrée.

Il marcha longtemps avant de trouver un fiacre. Big Ben sonna la demie de trois heures. Déjà, de rares passants, têtes basses, dos voûtés – des ouvriers et des ouvrières – se hâtaient dans l'obscurité.

Le fiacre s'ébranla, le grelot des harnais et les grincements des essieux se répercutant dans les rues vides et silencieuses.

Arrivé à destination, James resta un instant à contempler la façade de la maison, dont aucune fenêtre n'était éclairée.

Finalement, il descendit du fiacre.

— Ça fera trois shillings et demi, m'sieur, dit le cocher à travers son énorme écharpe.

— Je vous donne cinq livres si vous m'attendez. J'en ai bien pour une demi-heure, peut-être plus.

Le cocher acquiesça d'un signe de tête.

Au-dessus des toits, le ciel commençait à rosir – l'aube d'un nouveau jour.

James empoigna le heurtoir. Il dut cogner six ou sept fois avant que la porte s'ouvre.

— Qu'est-ce que vous voulez ? grogna le majordome, à moitié endormi et à moitié rhabillé.

— Jack Lodoun.

— Il dort, comme toutes les honnêtes gens à cette heure-ci.

— Réveillez-le.

Le majordome fronça les sourcils.

— Revenez à une heure chrétienne.

James lui tendit sa carte.

— M. Lodoun ne refusera pas de me recevoir.

À contrecœur, le majordome prit la carte.

— M. Lodoun me mettra dehors sans préavis ni indemnités si je le réveille à cette heure-ci.

— M. Lodoun vous mettra dehors sans préavis ni indemnités si vous ne le réveillez pas immédiatement, rétorqua James.

Le majordome jeta un coup d'œil à la carte de visite. Le nom acheva de le convaincre.

— Veuillez entrer. Si vous voulez bien attendre ici.

— Certainement.

La vérité avait attendu jusqu'ici ; elle attendrait bien quelques minutes de plus.

Le majordome revint bientôt, plus digne.

— Je vous débarrasse de votre manteau, monsieur ?

— Pas la peine.

— Si vous voulez bien vous donner la peine de me suivre…

James le suivit jusqu'à un bureau.

— M. Lodoun va vous rejoindre, annonça le majordome avant de se retirer.

James s'approcha de la table sur laquelle étaient alignés des carafes et des verres, et versa deux cognacs.

— Vous avez finalement écouté la rumeur, Whitcox ?

James prit les deux verres et se retourna.

— Non.

Jack Lodoun, drapé dans une robe de chambre richement brodée, accepta le verre que lui tendait James.

— Alors, comment l'avez-vous su ?

— Je me suis soudain souvenu de la conversation que nous avons eue au vestiaire du palais.

Lodoun leva son verre.

— Quand je vous ai répondu « Elle est morte », je pensais que vous comprendriez tout de suite.

— Bah ! fit James avec un sourire grimaçant. Vous savez ce qu'on dit : tout cocu est toujours le dernier prévenu.

Il porta son verre à ses lèvres. Le cognac était excellent.

— Pourquoi n'a-t-elle pas demandé le divorce ? reprit-il après être resté pensif un instant.

— Vous le lui auriez accordé ?

— Je n'en sais rien.

— Voilà ce qui s'appelle parler comme un membre du conseil de la reine, ironisa Jack Lodoun.

— Je n'en sais rien, répéta James. Mais j'aime à penser que oui.

Lodoun se mit à aller et venir, verre en main.

— Dites-moi, Whitcox, si Frances Hart n'était pas veuve, demanderiez-vous à son mari de lui accorder le divorce ?

— Question sans intérêt, Lodoun. Totalement sans intérêt.

Jack Lodoun s'arrêta de marcher et se retourna :

— Je l'aimais, Whitcox. Je l'aimais, et c'est vous qui avez reçu les condoléances. Je pense à elle à chaque seconde. Mon chagrin ne passe pas. Vous souvenez-vous seulement de la couleur de ses yeux ?

James hésita.

— Gris, dit-il. Elle avait les yeux gris.

— Chapeau, vieux frère !

Lodoun vida son verre d'un trait.

— Vous aimait-elle ? questionna James.

— Et vous ? rétorqua Lodoun avec une pointe de mépris dans la voix. L'aimiez-vous ?

James s'interdit de mentir.

— Non, je ne l'aimais pas.

— Et Frances Hart, vous l'aimez ?

Comment répondre ? Comment se dispenser de répondre ?

— J'ignore ce qu'est l'amour. Mais si cela veut dire être prêt à mourir pour quelqu'un, alors oui, j'aime Frances Hart.

Les yeux de Jack Lodoun étaient brûlants de colère.

— Le problème, Whitcox, quand on souffre à en mourir, c'est qu'on n'en meurt pas.

— Parlez-moi de Cynthia.

Les narines de Lodoun se dilatèrent, comme celles d'un animal qui flaire un piège.

— Que voulez-vous savoir, monsieur le conseiller ?

James ignora le sarcasme.

— Je veux savoir si elle a été heureuse avec vous.

— Pourquoi demandez-vous ça ?

— Parce qu'elle ne l'a pas été avec moi.

— Oui, dit Jack Lodoun. Oui, elle a été heureuse avec moi.

James poussa un soupir de soulagement.

Des bruits commencèrent à se faire entendre dans la maison : les domestiques se levaient.

James pensa à Frances. Était-elle encore au lit ? Il avait écrit au majordome de la laisser dormir et de lui dire à son réveil qu'il était parti travailler de bonne heure.

— J'ai vu Frances Hart au musée, lança soudain Lodoun.

James le regarda curieusement.

— Elle ne m'a pas dit qu'elle vous avait rencontré.

— Nous ne nous sommes pas rencontrés. Elle regardait sous la girafe.

James se souvint de la déception de Frances lorsqu'elle avait émergé de dessous le dinosaure, et il sourit.

— Elle n'a pas de sexe.

— Ainsi que peuvent en témoigner tous les garçons qui ont visité le musée, dit Lodoun.

Des objets de métal s'entrechoquèrent dans le sous-sol de la maison : la cuisinière était en train d'allumer le feu.

— Vous avez convoqué les membres du club des Messieurs et des Dames ? questionna Lodoun tout à coup.

— Non.

James interrogerait les témoins convoqués par Lodoun. Et Lodoun interrogerait Frances.

— Les affaires de famille sont toujours délicates, n'est-ce pas ? fit Jack Lodoun.

James acquiesça d'un hochement de tête.

— Si vous hésitiez à convoquer quelqu'un, demanda encore Lodoun, ce serait qui ?

65

— Monsieur Tristan ! Quelle agréable surprise !

Frances accepta la main du secrétaire et descendit gracieusement du fiacre.

— Je croyais vous avoir dit au téléphone que je viendrais vous accueillir, madame Hart.

— C'est vrai, confirma-t-elle en lui prenant le bras. Mais j'ai pensé que c'était une façon de parler.

Le sourire de Frances se figea en voyant les lumières allumées dans la salle du tribunal.

— Ne vous inquiétez pas, fit Avery Tristan qui avait suivi son regard. Tout se passera bien. M. Whitcox vous expliquera la marche à suivre.

— Et que prévoit le protocole dans le cas où une plaignante s'évanouit de frayeur sur les genoux du juge ?

Une lueur d'amusement passa dans le regard du secrétaire.

— Vous ne serez jamais assez proche de lui pour l'outrager de la sorte, madame.

— Je suis terrifiée, monsieur Tristan.

Fallait-il qu'elle le soit pour en faire ainsi l'aveu au secrétaire de James !

— Le procès n'est pas pour ce soir, madame Hart, dit-il en lui tapotant la main. Concentrez-vous sur l'instant présent. Pour le reste, il sera toujours temps de s'inquiéter quand on y sera.

Facile à dire. Ce n'était pas lui qui allait comparaître devant la terre entière. Ce n'était pas lui qui allait être interrogé par Jack Lodoun, selon qui les femmes ne rêvaient que de « donner libre cours à leur lubricité » et étaient prêtes à tout pour « rassasier d'illicites désirs charnels » ! Ce n'était pas lui qui allait être confronté à son propre fils dans une salle d'audience.

Frances se sentait atrocement inquiète.

— Si j'en crois M. Whitcox, fit Avery Tristan pour la détourner de ses soucis, vous êtes excellente sur des patins à roulettes. Bien meilleure que lui.

— Il est trop modeste. Je crois que les femmes gardent plus facilement l'équilibre grâce au poids de leurs jupes.

— Là, je crois que c'est vous qui êtes trop modeste, madame Hart.

— M. Whitcox et moi, nous avons fait la course.

— Qui a gagné ?

Frances enfonça les doigts dans le bras du secrétaire.

— La question ne se pose pas, voyons !

Avery Tristan éclata de rire.

Frances n'en crut pas ses oreilles. Avery Tristan *riait.* L'austère secrétaire se trouvait métamorphosé en un charmant jeune homme.

Elle se détendit. À sa grande surprise, le secrétaire passa devant le bureau de James sans s'arrêter et la conduisit jusqu'à la salle de conférences. Elle le regarda d'un air interrogateur. Il y avait encore des vestiges de son rire dans ses yeux. Il haussa les épaules. Après avoir pris une profonde inspiration, elle poussa la lourde porte.

Il y avait déjà des gens dans la salle : trois femmes et un homme. Ils avaient tous des cheveux très blonds et des yeux très bruns.

66

Louis Stiles trouva enfin le courage d'actionner le heurtoir – un peu trop fort, car le coup résonna dans toute la bâtisse.

Sur le seuil d'une institution de jeunes filles, comment n'aurait-il pas été intimidé ?

La porte s'entrouvrit. Une blondinette aux yeux bleus apparut dans l'entrebâillement. Elle posa sur lui un regard ouvertement dédaigneux. Louis Stiles rougit.

— J'aimerais voir Mlle Palmer, si c'est possible.

La jeune fille écarquilla les yeux. Puis elle éclata de rire.

Louis se crispa.

— Hé, vous ! gronda quelqu'un. Combien de fois vous ai-je défendu d'ouvrir cette porte ?

— Le portier n'était pas là, madame la surveillante, se défendit la jeune fille en se retournant. Vous n'allez pas le croire ! Mlle Palmer a de la visite !

Et la jeune fille s'esclaffa de plus belle. L'embarras de Louis céda la place à de la colère.

— Filez dans votre chambre immédiatement, mademoiselle, ordonna l'autre voix féminine. Et arrêtez de rire comme une bécasse ! Vous n'avez rien de mieux à faire dans l'existence que de vous moquer du monde ? J'ai bien envie de vous signaler à la directrice.

La jeune fille perdit un peu de sa superbe. Sa nuque devint rouge et elle fila sans un mot de plus.

Une seconde plus tard, la porte s'ouvrit en grand.

— Que puis-je faire pour vous ?

Louis Stiles se trouva mille fois plus embarrassé devant cette grande et belle brune que devant la petite pimbêche. Son inséparable carnet à dessin serré contre sa poitrine, il regarda ses chaussures.

— J'aimerais voir Mlle Esther Palmer, s'il vous plaît.

— À qui ai-je l'honneur ?

— Stiles, madame, répondit-il en relevant brièvement les yeux. Louis Stiles.

— C'est que nous n'avons pas l'habitude de recevoir des visiteurs si tard le soir, monsieur Stiles. Est-ce que Mlle Palmer vous attend ?

— Non, madame. Mais je suppose qu'elle a le droit de recevoir des visites ?

— Bien sûr.

La femme hésita. Louis chercha les mots pour la convaincre de le laisser entrer – mais il n'avait jamais été très éloquent.

— C'est bon, dit-elle finalement. Suivez-moi, monsieur.

La bâtisse était superbe – Louis admira le talent de celui qui avait conçu le dôme et le grand escalier.

— Entrez ici, fit la femme en poussant la porte d'un salon. Je vais chercher Mlle Palmer.

— Merci, marmonna-t-il avec un sourire crispé.

Aux murs du salon, il y avait des tableaux, qu'il ne put s'empêcher de regarder. Bientôt, Esther Palmer vint l'arracher à sa contemplation.

— Monsieur Stiles ! Quelle surprise !

Elle resta un instant sur le seuil, comme si elle ne savait pas si elle devait entrer.

Il songea au rire moqueur de la pimbêche, et sa colère se ranima. Esther Palmer avait une petite silhouette et un visage très fin. Le problème, c'était son teint. Elle rougissait facilement. Son nez pouvait devenir non pas « pourpre », ce qui recouvrait mille nuances différentes, mais plutôt aubergine.

— J'ai reçu ma convocation, dit Louis, et en pensant à Mme Hart, j'ai pensé à vous.

Il gardait les yeux baissés, non pas sur ses chaussures mais sur celles d'Esther Palmer. Elle portait des espèces de croquenots, solides, raisonnables, mais qui ne rendaient pas justice à ses petits pieds.

— Moi aussi, j'ai reçu une convocation, répondit-elle en passant d'un pied sur l'autre. Pourquoi avez-vous pensé à moi ?

— Eh bien... eh bien, balbutia-t-il, vous vous souvenez peut-être de ce qu'a dit Mme Hart en voyant la gravure que j'ai achetée à la librairie Bailey ?

Esther Palmer s'en souvenait fort bien : un couple d'amants après le plaisir, elle sur lui, l'homme tenant tendrement la femme par les hanches, son sexe à lui au repos, son sexe à elle légèrement entrouvert...

— Elle a dit qu'elle était sûre qu'un jour, je serais capable d'en faire autant, continua Louis, que j'avais la sensibilité qu'il faut pour ça. Vous vous souvenez ?

Esther Palmer acquiesça.

— Eh bien, voyez-vous, il me semble que j'ai une occasion de saisir un tel moment de grâce. Mademoiselle Palmer, se dépêcha-t-il d'achever avant de perdre tout courage, me feriez-vous l'honneur de poser pour moi ?

Dans le silence qui suivit, on entendit l'écho de conversations dans le lointain.

— Est-ce une plaisanterie, monsieur Stiles ?

Le visage d'Esther Palmer pâlit, rougit, devint gris selon les endroits. Mais il n'avait pas eu l'intention de la blesser ni de la mettre en colère.

— Je prends l'art très au sérieux, mademoiselle.

— Alors, je ne vois pas ce que vous avez l'intention de capturer chez quelqu'un comme moi.

Semaine après semaine, il avait fait les portraits des membres du club, en revenant toujours à Esther Palmer.

— Vous avez un tempérament passionné, mademoiselle Palmer. C'est ce tempérament que je voudrais chercher à attraper.

Elle devint livide.

— Je ne peux pas poser ici.

— J'ai un atelier.

Un rire suraigu perça le plafond.

Pendant une seconde – la plus atroce seconde de sa vie – il pensa qu'elle allait refuser.

Au lieu de cela, elle dit :

— Attendez-moi ici, je vais chercher mon manteau.

— Apportez aussi ce que vous avez acheté ce jour-là.

La pâleur de son visage disparut sous une saine nuance de rose.

Pour une fois, Louis n'eut pas à se forcer pour regarder une femme dans les yeux.

— S'il vous plaît, ajouta-t-il. Apportez-le.

Esther partit en sautillant et revint au bout d'une seconde, enveloppée dans un manteau noir, un chapeau sur la tête, le visage diversement coloré.

— On y va, monsieur Stiles ?

Ils sortirent dans le brouillard et le froid. Louis la prit par le bras. Il ne se sentait plus ni gauche ni timide.

Un omnibus s'arrêta le long du trottoir. Des gens en descendirent. Ils y montèrent. Esther trouva deux sièges libres au fond. Louis s'assit près d'elle et regarda avec des yeux de peintre les ombres qui s'accrochaient à son cou et sa nuque. Les ombres ne sont pas noires, contrairement à ce que les gens pensent : elles sont bleues, violettes, terre de Sienne, tout ce qu'on voudra – mais pas noires.

— Avez-vous peur du procès, monsieur Stiles ?

— Oui, admit-il simplement.

— Pourquoi ?

— Les hommes deviennent facilement des monstres lorsque la loi le leur permet.

— Vous pensez que Mme Hart a raison de traîner son fils en justice ?

— Que pourrait-elle faire d'autre ?

Esther Palmer détourna la tête.

— Je vais perdre mon emploi.

Louis se souvint de ce qu'elle avait dit un jour au club.

— Ça vous plairait d'enseigner jusqu'à ce que vous soyez trop vieille pour ça ? demanda-t-il en s'adressant à son reflet dans la vitre.

Le trajet fut court. Les mains de Louis tremblaient – d'excitation ou de peur – lorsqu'il ouvrit la porte de son petit atelier. Il se dépêcha d'allumer les lumières et un feu dans l'âtre.

— Quelle pose voulez-vous que je prenne, monsieur Stiles ?

Louis attrapa son carnet et un morceau de fusain.

— Je pense que vous le savez.

Il commença à la croquer pendant qu'elle ôtait son manteau. Il la croqua pendant qu'elle ôtait son corsage. Il la croqua pendant qu'elle ôtait son corset.

Il multiplia les esquisses, jusqu'à ce qu'elle se retrouve nue devant lui.

Alors il s'immobilisa, fasciné, tandis que les ombres et la lumière la sculptaient.

— Vous êtes belle, mademoiselle Palmer.

Elle détourna les yeux, incapable de le croire.

— Puis-je vous aider à prendre la pose ? demanda-t-il.

Elle se laissa faire docilement. Sa peau était chaude et souple. Il la fit asseoir sur le bord d'un tabouret, une fesse sur le velours, le reste dans le vide.

— Où est le godemiché ?

Son visage devint de la même nuance rose pâle qui colorait ses petits seins en forme de poire et ses hanches délicatement arrondies.

Il alla chercher le godemiché et revint s'agenouiller devant elle.

— Il va rentrer facilement ?

Elle baissa les yeux.

— Oui.

Elle écarta les cuisses. Elle sentait la lavande. L'embout arrondi disparut doucement dans la fente entre les poils. Sans hésiter, Louis écarta les petites lèvres rose foncé.

Esther se pétrifia, elle qu'aucun homme n'avait jamais touchée – une vierge sur le point de faire de grandes découvertes.

Il regarda l'anneau de chair rose qui étreignait le cylindre de cuir noir.

Esther renversa la tête en arrière, dans une pose extatique.

Louis prit une mine de plomb – plus fine que le fusain –, un peu de térébenthine dans une soucoupe et son carnet à dessin.

67

Frances appuya la tête contre le dossier du fauteuil ; au-dessus d'elle, la lampe à gaz éclairait moins qu'elle ne crachotait.

La porte de la salle de conférences s'ouvrit.

— Tout va bien, madame Hart ?

Frances essaya de retenir ses larmes.

— Il m'a amené mes enfants, vous vous rendez compte, monsieur Tristan ?

— Oui. Il a pensé que ça vous aiderait.

— Quelle heure est-il ?

— Neuf heures moins le quart.

James et son secrétaire avaient-ils travaillé sur son affaire pendant qu'elle recevait ses enfants ?

— Où est-il ?

— Il vous attend.

Finalement, une larme qu'elle ne put retenir coula sur sa joue. Elle se dépêcha de l'essuyer.

— Par ici, madame Hart.

Frances ne put que le suivre. Elle était consciente que ce n'était pas n'importe quel couloir. Combien de malheureux étaient passés par là avant elle ? Les murs étaient imprégnés de leurs angoisses et de leurs souffrances. Combien étaient sortis libres ? Combien avaient marché vers la potence ?

Le secrétaire ouvrit une porte – beaucoup plus petite que les autres – et Frances se retrouva soudain dans la salle d'audience. Son cœur se serra.

James était assis à une table, une perruque grise sur la tête, le corps enveloppé dans une robe de soie noire. Il était en train d'écrire. Il était assis à l'endroit où s'était tenu Jack Lodoun pendant le procès de Mary Bartle.

Doucement, il releva la tête.

— Merci, monsieur Tristan, ce sera tout.

— Très bien, maître Whitcox, répondit le secrétaire avant de les laisser seuls.

— Bienvenue dans mon antre, Frances, dit James.

Elle n'aurait su dire s'il plaisantait ou s'il parlait sérieusement. Le souffle haletant, elle referma la porte derrière elle et s'avança dans la salle. Il se leva, vint à sa rencontre et lui prit la main.

— C'est la place des avocats, expliqua-t-il en montrant la table qu'il venait de quitter. Lodoun s'installera là.

— À l'endroit où vous étiez assis pendant le procès de Mary Bartle.

— Oui. À l'endroit où j'étais assis en tant que défenseur.

Elle libéra sa main avant de faire quelque chose de tout à fait inacceptable, comme de pleurer ou, pire, crier. Elle alla s'asseoir dans le box des jurés.

— Merci d'avoir fait venir mes enfants à Londres. C'était très gentil de votre part.

— Ils vous aiment, Frances, répondit-il simplement.

Ses deux plus jeunes enfants l'approuvaient du fond du cœur. Les deux aînés étaient plus réservés : ils étaient d'avis que, quoi qu'il arrive, on n'attaque pas en justice un membre de sa famille.

— Venez dans mes bras, fit James.

Elle retourna vers lui en hésitant.

— Allons, dit-il, je suis votre amant, ce n'est pas une perruque ou une robe d'avocat qui change quelque chose.

Elle prit la main qu'il lui tendait.

— C'est... C'est juste que... que j'ai peur, balbutia-t-elle.

— Je vais arranger ça.

— Oh oui, je vous en prie...

En souriant, il la prit par la main et la fit passer derrière un rideau. Ils se retrouvèrent dans un couloir qui aboutissait à un autre box.

Frances esquissa un mouvement de recul en constatant qu'elle venait de déboucher dans le box des témoins.

James plaça sa main au creux de ses reins.

— Écoutez-moi bien, Frances : demain, quand vous serez dans ce box, je veux que vous me regardiez. Que vous vous concentriez sur moi. Et sur rien d'autre. Mes questions seront calculées de façon à orienter vos réponses.

— D'accord.

— Attention, vous n'aurez pas beaucoup le temps de souffler. Lodoun vous interrogera juste après moi.

— Je devrai me concentrer sur lui aussi ?

— Non, sur les jurés. Méfiez-vous. Si vous mentez, ils le sentiront. Ce sont des hommes ordinaires, mais ils n'auront aucun mal à distinguer ce qui sonne vrai de ce qui sonne faux. Alors, ne mentez jamais. Tout ce qu'ils veulent, c'est être émus. Parlez-leur comme vous me parlez, à moi. Faites-leur des confidences. Partagez avec eux vos joies, vos peines. Parlez de l'amour que vous portez à vos enfants. Montrez-leur le fond de votre cœur, Frances, et alors il y a de grandes chances pour qu'ils vous aiment comme moi je vous aime.

68

— Messieurs, dit James aux douze jurés, pour nous autres Anglais, la liberté est le bien le plus précieux. C'est le fondement de nos lois. Si nous sommes ici aujourd'hui, c'est à cause de notre amour de la liberté. Et à cause d'une femme qui partage notre amour de la liberté.

Montrant du doigt Frances, il ajouta :

— Permettez-moi de vous présenter Mme Frances Hart.

Elle était habillée comme la première fois qu'il l'avait vue : un manteau à carreaux rouges et verts, une longue jupe unie et une écharpe à pois. Elle était belle. Elle était féminine. Elle était toute sa vie.

James devait faire en sorte qu'elle devienne aussi importante pour les jurés qu'elle l'était pour lui.

— Regardez-la bien, messieurs, dit-il. Regardez ses vêtements. Regardez ses cheveux. Regardez son visage.

Les douze hommes la scrutèrent. Frances les salua d'un hochement de tête. Certains tombèrent sous le charme, certains furent surpris, certains restèrent froids.

James esquissa un sourire. La victoire ou la défaite dépendait de Frances, et de personne d'autre.

— Si je vous demande de regarder attentivement ses vêtements et ses cheveux, reprit-il, c'est parce que la loi nous accorde, à nous autres hommes, en tant que chefs de famille, certains privilèges. Si la coiffure d'une femme nous déplaît, que ce soit notre épouse, notre mère ou toute autre femme que les circonstances ont fait tomber sous notre coupe, nous pouvons la désigner comme folle et la faire interner dans un asile. Si nous n'aimons pas sa toilette, idem : un bout de papier, une signature et elle se retrouve enfermée à double tour.

Plusieurs jurés affichèrent leur scepticisme.

— Cela vous semble absurde, n'est-ce pas ? continua James en s'adressant spécifiquement aux jurés les plus jeunes, qui avaient femme et enfants. Cela vous semble absurde, et c'est la moindre des choses. Les hommes raisonnables ne jettent pas aux oubliettes les femmes de leur parenté simplement parce qu'ils n'apprécient pas la manière dont elles s'habillent ou se coiffent.

Du coin de l'œil, James observa David Hart : il écumait de rage. À l'opposé, Frances paraissait calme, même si elle était sur des charbons ardents.

— Or, messieurs, enchaîna James, il se trouve que le fils aîné de Mme Hart vient justement de signer l'une de ces extravagantes demandes d'internement. Il n'aime pas ses cheveux et ses habits, et il souhaite qu'on l'enferme dans un asile où d'excellents médecins lui apprendront à se coiffer et à s'habiller d'une manière qui lui plaira davantage.

« Mon estimé confrère, continua-t-il après un coup d'œil à Jack Lodoun, va vous expliquer que ni les cheveux ni la garde-robe de Mme Hart ne sont en cause. Il va vous expliquer que ce qui est en cause, ce sont ses fréquentations. Ou alors, il va vous dire que c'est parce que, trois mois après la mort de son mari, elle est venue à Londres. À moins que M. Lodoun n'essaie de vous convaincre que le fils de Mme Hart a signé cet ordre d'internement parce que sa mère a quarante-neuf ans et que les bouffées de chaleur qui accompagnent le retour d'âge ont un effet fâcheux sur son tempérament.

Jack Lodoun lui avait fait la faveur de convoquer les témoins que lui-même ne pouvait pas se permettre de convoquer. Mais cela ne voulait pas dire que Lodoun ne lutterait pas bec et ongles pour gagner ce procès.

— Quelle que soit la raison pour laquelle M. David Matthew Hart a signé cet ordre, poursuivit James après avoir repris haleine, que ce soit parce qu'il n'aime pas sa coiffure, ou parce qu'il n'aime pas les gens qu'elle fréquente, ou parce qu'il n'aime pas la manière dont elle a manifesté son chagrin à la mort de son mari, ou parce que Frances Hart a des bouffées de chaleur, le fait est qu'il a signé cet ordre. David Hart, en tant que chef de famille, a la mission de protéger sa mère. Mais il ne la protège pas. Il la trahit. Le but de ce procès est de déterminer si Frances Hart doit être affranchie de la tutelle de son fils. J'ai dit que David Hart a demandé officiellement que sa mère soit enfermée dans un asile de fous. Mais nous ne sommes pas ici pour statuer sur la santé mentale de Mme Hart. Dans ce procès, il est question de liberté, ce trésor que nous autres Anglais chérissons par-dessus tout. David Hart a privé sa mère de sa liberté. Tout ce que je vous demande, messieurs, conclut James en regardant les douze jurés l'un après l'autre, c'est de la lui restituer.

Le cœur battant, James se rassit.

L'huissier appela la plaignante. Frances alla prendre place dans le box des témoins. Elle jouait gros, mais elle restait calme. James fut fier d'elle.

— Madame Hart, dit-il, aimez-vous vos enfants ?

— J'aime infiniment mes enfants.

La voix de Frances était claire mais froide. Elle avait du mal à exprimer ses sentiments.

Certains jurés parurent déçus.

James insista.

— Aimez-vous votre fils, madame Hart ?

— Oh, oui !

Cette fois, la voix était émouvante.

— Lorsqu'il est né, j'ai compté ses orteils et ses doigts, et j'ai pleuré de joie et remercié mon mari pour ce beau cadeau. Dans ma famille, on n'était pas très expansifs. L'amour que j'éprouvais pour mon fils, c'était la plus belle chose que j'avais jamais éprouvée.

L'émotion était palpable. James lui laissa le temps de se propager jusqu'aux jurés avant de demander :

— Un médecin et des infirmières sont venus chez vous. Sans vos domestiques, ils vous auraient emmenée dans un asile de fous. Ça s'est passé comment, madame Hart ?

La lèvre inférieure de Frances trembla.

Tous les visages des jurés se tendirent vers elle.

— Je n'ai rien compris. Je me préparais à sortir… j'avais envie d'aller visiter les jardins botaniques de Kew… C'est alors que quelqu'un a frappé à ma porte. M. Denton, mon majordome, a ouvert. Deux femmes sont entrées – des femmes hommasses, si vous voyez ce que je veux dire : grandes et fortes. Elles ont contourné M. Denton, se sont ruées sur moi et m'ont attrapée chacune par un bras. J'étais trop sidérée pour avoir peur… Pendant ce temps-là, un homme balançait une feuille de papier sous le nez du majordome en disant que c'était un ordre officiel et que je n'avais plus qu'à les suivre bien sagement. J'ai cru que j'étais arrêtée.

— Quand vous avez constaté que le document qui autorisait ces gens à vous enfermer dans un asile de fous portait la signature de votre fils, qu'avez-vous ressenti ? demanda James.

Frances baissa la tête.

— Je ne sais pas s'il existe des mots pour décrire ça, répondit-elle d'une voix altérée. Je crois que j'aurais été moins accablée si mon fils m'avait enfoncé un poignard dans le cœur, parce que la douleur aurait fini par passer. Je repensais sans cesse au joli petit bébé qu'il était. Et c'était un bambin très confiant. Il montait sur une chaise, puis il m'appelait et quand j'arrivais il criait « Attrape-moi, maman ! » et il se jetait la tête la première en riant. Et j'aimais sa confiance et son rire. Quand j'ai découvert que c'était lui qui avait signé le papier pour me faire interner dans un asile, c'était comme si j'étais montée sur une chaise, que j'avais sauté et qu'il avait mis les mains derrière son dos.

Pour James, c'était une découverte ; il ne s'était pas douté qu'elle avait souffert à ce point.

Mais il ne pouvait se permettre de céder à l'émotion.

— Lorsque vous vous êtes mariée, vous aviez quinze ans et votre mari quarante-quatre. Étiez-vous amoureuse ?

Le regard de Frances exprima de la tendresse.

— David était un brave homme. Non, je ne crois pas que j'étais amoureuse au début...

Plusieurs jurés tressaillirent.

— Je ne suis pas sûre qu'une jeune fille de quinze ans soit capable d'amour, poursuivit-elle. J'étais une enfant, et il voulait des enfants. J'ai été flattée et même honorée qu'il me choisisse, mais je n'ai pas compris le sens du mot amour jusqu'à ce que j'aie mon premier fils. Mon mari a pleuré lorsqu'il a pris son bébé dans les bras. Je ne savais pas qu'un homme pouvait pleurer de bonheur. C'est là que j'ai vraiment commencé à m'attacher à mon mari. Mes sentiments se sont approfondis avec les années. Alors, oui, j'aimais mon mari.

James jeta un coup d'œil à ses notes. Frances avait fait partager son amour et ses chagrins aux jurés. Il estima que le moment était venu de leur faire partager ses joies.

— Étiez-vous heureuse à Kerring, dans le Sussex, madame Hart ?

— Oui.

— Mais vous êtes venue à Londres après la mort de votre mari. Pourquoi ?

— À cause des dinosaures.

Il y eut des rires dans le public. James se contenta d'un demi-sourire. Du coin de l'œil, il repéra plusieurs dessinateurs en plein travail. Demain, tout Londres connaîtrait le visage de Frances.

— À cause des dinosaures, madame Hart, vraiment ?

— Lorsque mon mari est mort, une part de moi-même est morte aussi, dit-elle. Je leur avais voué ma vie, à lui, à mes enfants, à mes petits-enfants. Sans mon mari, je ne savais plus comment me comporter avec ma famille. Il avait toujours tout réglé pour moi, et soudain il n'était plus là. Alors, je suis allée à Londres pour voir... les dinosaures.

— Et vous les avez trouvés ?

Une lueur malicieuse passa dans les yeux de James. Il lui avait dit de montrer le fond de son cœur aux jurés. Elle les fit sourire lorsqu'elle leur parla de son émerveillement en découvrant la lumière électrique. Elle les fit même rire avec le dinosaure qui avait donné l'impression de vouloir lui cracher dessus.

Elle les avait amenés à la considérer comme une personne à part entière.

James avait obtenu ce qu'il voulait.

— Merci, madame Hart, dit-il. Je n'ai plus de question.

Jack Lodoun ne lui accorda pas même une seconde pour se réjouir.

— Madame Hart, attaqua-t-il avec brusquerie, vous cherchez à vous faire émanciper. Pourquoi ?

— Euh, je vous demande pardon ? balbutia Frances, sincèrement déroutée.

— Pourquoi faites-vous ce procès à votre fils ? Mon estimé confrère, Me Whitcox, vous a habilement amenée à nous décrire vos tourments en découvrant l'existence de cet ordre d'internement. Cependant, vous n'avez pas fini dans un asile d'aliénés. D'où vient que vous en ayez été aussi profondément affectée ?

James attendit la réponse en retenant son souffle.

— Ce n'est pas l'existence de cet ordre d'internement qui m'a blessée, monsieur, mais le fait qu'il porte la signature de mon fils. Je ne vais pas vous décrire la nature du lien qui unit la mère à son enfant, c'est inutile : les mères le savent déjà, et les autres ne peuvent pas comprendre. Une mère s'occupe de son enfant, même lorsqu'elle est trop fatiguée pour songer à se nourrir ; elle le soigne quand il est malade, et elle le soignerait encore si elle-même était mourante. L'enfant se fie à sa mère, mais la mère aussi doit pouvoir se fier à son enfant. J'ai été obligée de me cacher pendant sept jours comme une criminelle en fuite. Je ne pouvais plus habiter chez moi. Même lorsque le premier ordre d'internement a été périmé, je n'osais pas sortir dans la rue, de peur que mon fils n'en ait signé un autre. Je vous assure, monsieur, qu'il n'est pas agréable d'avoir peur de son propre fils. Je l'aime, mais je n'ai plus confiance en lui.

— Vous avez rendu visite à votre fils, n'est-ce pas, madame Hart, durant la période où vous vous cachiez des médecins de l'asile ?

— Oui.

— Il aurait pu en profiter pour appeler la police et vous faire conduire de force à l'asile, oui ou non ?

Frances donna l'impression de perdre pied.

— Je suppose que oui.

— Mais ce n'est pas ce qu'il a fait ?

— Non. Mais il aurait pu.

— Et c'est pour cela que vous traînez le nom de votre fils dans la boue – le sien et celui d'une famille honorable ? À cause de quelque chose qui *aurait pu* se passer ?

James vit la nécessité d'intervenir.

— Objection, Votre Honneur ! Il est clair que Mme Hart risquait vraiment de perdre sa liberté.

— Objection rejetée, maître Whitcox, répliqua le juge en se penchant en avant. Répondez à la question, madame Hart.

— Eh bien, dit Frances qui avait profité de l'intermède pour se reprendre un peu, je suis allée voir mon fils dans l'espoir qu'il s'agissait d'une erreur. Mon fils m'a confirmé qu'il avait lui-même signé cet ordre. Prétendument parce qu'il m'aimait. Il m'a dit que les médecins m'aideraient à redevenir comme avant.

— Vous reconnaissez donc que votre fils avait des raisons de craindre pour votre santé mentale ?

— Quand m'avez-vous entendue dire que je reconnaissais cela, monsieur ? rétorqua Frances, complètement ressaisie.

— Votre fils a-t-il dit qu'il signerait un autre ordre lorsque le premier expirerait ? questionna Jack Lodoun.

— Mon fils a dit que j'étais sous sa responsabilité.

— Veuillez répondre par oui ou par non, madame Hart, insista Jack Lodoun, qui cherchait à la déstabiliser. Votre fils a-t-il dit qu'il signerait un autre ordre lorsque le premier expirerait, ou l'a-t-il seulement laissé entendre ?

— Mon fils a dit qu'il avait juré à son père de prendre soin de moi et que...

Jack Lodoun ne la laissa pas finir.

— Monsieur le juge, s'exclama-t-il, je vous prie de rappeler à Mme Hart qu'elle doit répondre à la question.

— Dans votre intérêt, madame, dit le juge, répondez à la question de Me Lodoun.

Frances chercha James du regard. D'un hochement de tête imperceptible, il acquiesça.

— Non, monsieur, répliqua-t-elle.

— Non, votre fils n'a pas dit qu'il signerait un autre ordre lorsque le premier expirerait ? insista Jack Lodoun. Non, il ne l'a pas non plus laissé entendre ? C'est bien ce que je dois comprendre ?

— Oui, monsieur.

— Dans ces conditions, je vous le redemande, madame Hart : pourquoi ce procès contre votre fils ?

— Monsieur le juge, intervint James, mon estimé confrère…

— C'est bon, c'est bon ! Je retire ma question, fit Jack Lodoun en levant les mains. J'en ai fini avec le témoin, monsieur le juge.

— Vous pouvez disposer, madame Hart, déclara le juge en abattant son maillet. L'audience reprendra après déjeuner.

69

— Madame Hart, venez, dit Avery Tristan. Il y a de quoi déjeuner dans le bureau de M. Whitcox.

Frances lâcha la rambarde à laquelle elle s'était agrippée comme à une bouée.

— Ça s'est plutôt mal passé, n'est-ce pas, monsieur Tristan ?

— Au contraire, madame Hart, vous vous en êtes très bien sortie.

Aussitôt arrivé dans le bureau, James ôta sa perruque et sa robe et les jeta sur un fauteuil.

— Je suis désolée, hoqueta Frances en se retenant de pleurer.

— Mais non, vous avez été magnifique, assura James en la prenant dans ses bras.

— Je ne m'attendais pas à ce que Lodoun soit aussi méchant avec moi. Il a pris un malin plaisir à remuer le couteau dans la plaie.

James l'embrassa sur la joue.

— Lodoun ne fait que son métier. Et il le fait plutôt bien. Il ne reculera devant rien pour mettre les jurés dans sa poche. C'est pour ça que votre fils le paie. Mais vous avez les jurés de votre côté. L'avez-vous senti ? Vous les avez émus, vous les avez fait rire. Ça s'est mieux passé que je ne l'espérais.

Le cœur de Frances se serra.

— Alors, vous étiez prêt à vous contenter de peu.

Il voulut l'aider à ôter son manteau, mais elle préféra le garder car elle était frigorifiée.

— Mes enfants sont dans la salle, James.

— Cela vous gêne-t-il ?

La réponse était oui.

— Je peux leur demander de partir, si vous le souhaitez ? proposa Avery Tristan.

— Non, merci.

James lui prit le menton et la força à se retourner vers lui.

— Faites-moi confiance, Frances.

— J'avais confiance en mon fils, répondit-elle.

— Je ne vois pas le rapport…

Au moment où l'audience reprit, Frances regretta d'avoir mangé – elle se sentait nauséeuse.

Jack Lodoun se leva pour prononcer son discours préliminaire. Comme prévu, au lieu de développer ses propres arguments, il se contenta de réfuter point par point ceux de James.

— Selon mon estimé confrère, commença-t-il, nous ne serions pas ici pour statuer sur la santé mentale de Mme Hart. Je ne suis pas d'accord. La santé mentale de Mme Hart est au cœur de ce procès. David Hart, un fils aimant, est allé voir sa mère à Londres parce qu'il était inquiet. Et qu'a-t-il découvert ? Que ce n'était plus la femme qui avait quitté Kerring un mois et demi plus tôt. Me Whitcox a dit qu'un homme raisonnable ne ferait pas interner sa mère simplement parce qu'il n'aime pas la manière dont elle s'habille ou se coiffe – et c'est vrai, un homme raisonnable ne ferait pas cela –, mais David Hart n'agissait pas en homme déraisonnable lorsqu'il a signé l'ordre d'internement de Frances Hart.

« Mme Hart a quitté sa famille trois mois après la mort de son mari. Je vous le demande, messieurs :

que feriez-vous si votre mère soi-disant éplorée se teignait les cheveux ? Que feriez-vous si votre mère soi-disant éplorée remplaçait ses habits de deuil par des vêtements chatoyants comme ceux que Mme Hart porte aujourd'hui, peut-être coquets mais tout à fait inconvenants ? David Hart a promis à son père de veiller sur sa mère. David Hart mérite des éloges, pas des reproches. Me Whitcox prétend que l'objet de ce procès, c'est la liberté d'une femme. Me Whitcox confond liberté et licence. Me Whitcox confond liberté et indiscipline. Me Whitcox confond liberté et anarchie.

« J'ai là le rapport du Dr Wedon, le médecin qui a contresigné l'ordre d'internement de Mme Hart, poursuivit Jack Lodoun après une courte pause en brandissant un papier. Selon lui, une femme qui s'affranchit de l'autorité, qui rejette les usages les mieux admis, qui se comporte de façon extravagante – une telle femme peut être à bon droit considérée comme folle. Non, messieurs, il n'est pas question de liberté dans cette affaire, il est question d'honneur. David Hart a fait ce que tout homme d'honneur aurait fait à sa place. Il assume ses responsabilités vis-à-vis de sa mère. Je vous assure que vous aussi, messieurs, seriez inquiets si votre mère fréquentait les gens que Mme Hart a fréquentés depuis qu'elle a posé ses pénates à Londres. Je les ai convoqués. Ils défileront sur ce fauteuil demain, vous jugerez sur pièces.

Jack Lodoun montrait du doigt le box des témoins.

— Mme Hart prétend que son fils lui a causé des torts irréparables. Les torts qu'elle a causés à son fils sont-ils réparables, eux ? En vérité, ce procès est une farce – une farce dont la seule vraie cause est que son fils ne lui verse plus la pension mensuelle que son père l'a sollicité de verser. Je dis bien *sollicité,* messieurs. Si M. Hart avait eu confiance en sa femme, il aurait *stipulé,* pas sollicité. Mais M. Hart, sur son lit de mort, a préféré s'en remettre au discernement de son fils, afin que celui-ci s'assure que sa mère ferait un bon usage de l'argent.

« Et ce n'est pas ce qu'elle a fait, messieurs. Elle a abandonné ses enfants au moment où ils avaient le plus besoin d'elle. Elle a loué une maison à Londres, loin de cette famille qu'elle prétend aimer. Elle a quitté le deuil trois mois après la mort de son mari et elle a dépensé son argent en frivolités chez des couturières et des modistes. Frances Hart se comporte de façon totalement irresponsable. Elle a besoin d'un pilote. La libérer de la tutelle de son fils, ce serait lui faire du tort. C'est pourquoi, conclut Jack Lodoun, je vous encourage à rejeter sa demande.

70

James, ne sentant plus la présence de Frances à son côté, se réveilla. Une lumière rose commençait à filtrer entre les doubles rideaux. Frances n'était nulle part.

Le drap était froid à l'endroit où elle avait dormi, signe qu'elle était levée depuis longtemps. Il prit peur. Elle n'avait pas été très bavarde hier soir. Comment savoir ce qu'elle avait en tête ?

Se levant, il vérifia qu'elle n'était pas dans la salle de bains, puis il sortit dans le couloir.

La porte du boudoir juste en face de la chambre était entrouverte. Il y avait de la lumière. James entra. Frances était là, assise dans un fauteuil, un livre sur les genoux. Il s'accroupit devant elle. Le livre, c'était celui que lui avait offert M. Peasebody, ouvert à la page des dinosaures.

— Il y a quelque chose que je ne comprends pas, murmura-t-elle. Pourquoi Lodoun n'a-t-il pas dit que j'avais un amant ? Il avait tout à y gagner, pourtant.

James était d'un naturel discret, voire même secret – mais Frances méritait sa franchise.

— Lodoun a été l'amant de ma femme.

Elle resta bouche bée.

— Il a eu une liaison avec votre femme ?

— Oui.

— Depuis combien de temps le savez-vous ?

— Quelques jours.

— Comment l'avez-vous appris ?

— Tout a commencé par une brève conversation que j'ai eue avec lui au vestiaire du palais. Il nous avait vus ensemble au restaurant le dimanche précédent. Il m'a demandé si j'avais trouvé une femme capable de m'éloigner de mon travail. Je lui aï retourné la question. Je lui ai demandé si lui, il en avait trouvé une. Il m'a répondu que oui, mais qu'elle était morte.

Frances attendit sagement la suite.

— Une nuit, j'ai rêvé de cette conversation. Je me suis réveillé en sursaut : je venais de comprendre que la malheureuse dont avait parlé Jack Lodoun, c'était ma femme.

— C'est cette nuit-là que vous êtes parti plus tôt que d'habitude ?

— Oui.

— Vous êtes allé lui demander des explications ?

— Oui.

— Étiez-vous en colère ?

— Non, répondit James. J'aurais pu faire semblant pour la forme, mais je n'en ai même pas éprouvé le besoin.

— Auriez-vous été en colère si vous l'aviez su... avant ?

Voulait-elle dire : avant la mort de sa femme ? Ou : avant de le connaître ?

— Je n'en sais rien, répliqua-t-il sincèrement.

Il ne savait pas s'il aurait accordé le divorce à sa femme. Mais à quoi bon remuer le passé, alors que l'avenir avait encore tant de bonnes choses en réserve ?

— En voyant M. Lodoun au procès de Mary Bartle, j'ai eu l'impression de le connaître, dit-elle. Cet après-midi, ça m'est revenu : c'est au musée que je l'ai vu.

— Oui, il me l'a dit.

— Il a dû me trouver ridicule.

— Je ne vois pas pourquoi, répondit James. Il est passé sous la girafe, lui aussi.

Frances le regarda dans les yeux.

— Et vous ?

— Je pense que tous les garçons qui ont visité le musée y ont jeté un coup d'œil.

— Et quelques filles aussi, je suppose.

— Sans aucun doute.

Frances lui caressa la joue. Elle avait les doigts glacés.

— Je vous aime, James.

L'amour ne devrait pas faire mal, et pourtant c'était le cas.

— Je sais, Frances.

— Vous pensez que c'est un symptôme de ma folie ?

James lui retira le livre et le posa sur une table. Puis il la saisit par les avant-bras et l'aida à se relever. Elle avait les yeux cernés.

— Est-ce trop tard pour arrêter la procédure ? demanda-t-elle.

— Quoi, vous accepteriez la défaite ? Vous seriez prête à capituler en rase campagne ?

— C'est dur d'être sur la sellette.

— N'ayez pas peur d'eux, Frances. Ils vous aiment bien.

Elle passa les bras autour de son cou.

— Vous ai-je dit que je vous admirais ? reprit-il.

— Non, maître Whitcox.

— Eh bien, maintenant que c'est fait, allons nous préparer.

— Bonjour madame Hart, bonjour monsieur Whitcox, dit le majordome en s'inclinant, les mains derrière le dos. Je vous sers le petit déjeuner ?

— Oui, s'il vous plaît, monsieur Peasebody.

Sans un mot, Frances s'assit à la table. Une tasse de café odorante et fumante apparut devant elle comme par enchantement. James s'assit en face d'elle.

— Qu'est-ce que c'est que ça, monsieur Peasebody ?

— Un journal, monsieur.

— Je le vois bien. Mais qu'est-ce qu'il fait là ?

— C'est Mme Hart, monsieur.

Frances se figea.

— Je suis dans le journal ?

James lui avait prédit que cela arriverait, mais elle avait espéré que pour une fois il se serait trompé.

— Oui, madame Hart, répondit le majordome en se fendant d'un sourire. Ici.

Le journal était ouvert à la bonne page – vers le milieu. Au moins, ils ne m'ont pas mise en une, pensa-t-elle avec un soupir de soulagement.

Son portrait surmontait un article intitulé : *Hart contre Hart. Une femme du Sussex veut pouvoir admirer les dinosaures. Son fils assigné en justice.*

— Oh, fit Frances en écarquillant les yeux. Le dessinateur m'a flattée.

— Pourquoi dites-vous ça ? demanda James.

— Regardez vous-même ! Il m'a rajeunie de vingt ans.

— En tout cas, vous êtes splendide, si je puis me permettre, commenta le majordome.

— Merci, monsieur Peasebody, murmura Frances d'une voix émue.

— Lisez l'article, Frances, suggéra James.

Prenant son souffle, elle lut :

Frances Hart, une veuve de quarante-neuf ans originaire de Kerring dans le Sussex, a assigné en justice son fils David Hart, trente-trois ans. Elle demande à la justice de l'émanciper. De son côté, le fils accuse la mère de maladie mentale à cause de son âge. Mme Hart, qui a semblé lucide pendant les débats, est représentée par le célèbre James Whitcox, membre du conseil de la reine, qui a récemment obtenu l'acquittement de Mary Bartle.

Ensuite, l'article donnait les détails de la loi qui permettait aux hommes de faire interner des femmes saines d'esprit et rappelait le cas d'une femme qui, sept ans plus tôt, avait obtenu la condamnation du médecin qui l'avait déclarée folle.

— Je suis contente qu'il renseigne sur la loi, dit Frances en repoussant le journal. C'est une mauvaise loi.

— Le journaliste vous soutient, souligna James.

— C'est pourtant la *Pall Mall Gazette,* le même journal qui a écrit ce méchant article sur vous.

— C'est aussi le journal dans lequel écrit M. Nickols, rappela James.

71

La salle et la galerie étaient remplies de spectateurs qui ne tenaient pas en place.

John Nickols, dans son fauteuil roulant, fut le premier à être appelé à témoigner.

— Monsieur Nickols, commença Jack Lodoun, êtes-vous membre du club des Messieurs et des Dames ?

— Oui.

— Vous écrivez dans la *Pall Mall Gazette* ?

— Oui.

— Vous écrivez des articles que beaucoup de gens considèrent comme indignes d'être publiés.

— Beaucoup de gens considèrent qu'à part les Saintes Écritures, rien n'est digne de paraître, monsieur.

Visiblement, le journaliste n'était pas impressionné par Jack Lodoun.

— De quoi parliez-vous dans vos réunions, monsieur Nickols ?

— De beaucoup de choses. Par exemple, nous avons discuté de la théorie de la sélection naturelle de M. Darwin.

— Quoi d'autre ?

— Nous avons discuté de l'*Essai sur le principe de population* de Thomas Robert Malthus.

— Je suppose que vous avez évoqué ce que Malthus et les malthusiens nomment les « obstacles préventifs » ?

— Oui, monsieur, nous avons évoqué les obstacles préventifs.

— Auriez-vous l'obligeance de rappeler à messieurs les jurés, qui ne les ont peut-être pas présents à l'esprit, ce que sont, dans la doctrine malthusienne, lesdits obstacles préventifs ?

— Eh bien, répondit John Nickols sans se troubler, ce sont les moyens conscients de limiter l'accroissement des populations.

— Tels que ?

— Tels que l'avortement, le contrôle des naissances, le célibat, entre autres.

Dans le public, on retenait son souffle.

— Ce n'est pas très ragoûtant, convenez-en, monsieur Nickols, dit Jack Lodoun.

— Ça vaut toujours mieux que les famines et les épidémies, répliqua John Nickols du tac au tac.

— Est-ce que Mme Hart a participé à ces rafraîchissantes discussions ?

— Oui.

— Merci, monsieur Nickols, ce sera tout.

Frances se souvint des commentaires ineptes de Wedon et de ses acolytes :

« N'est-ce pas remarquable, monsieur Wedon, que des hommes et des femmes puissent discuter aussi librement ?

— Tout à fait, monsieur Steward. »

James se leva pour interroger à son tour le journaliste.

— Monsieur Nickols, si j'ai bien compté, il y a six femmes – en plus de Mme Hart – qui sont membres du club des Messieurs et des Dames, me trompé-je ?

— Non, monsieur, vous ne vous trompez pas.

Il n'y avait aucun signe de connivence dans les yeux des deux hommes, comme si l'un n'avait jamais aidé l'autre à descendre d'un train.

— Pensez-vous que ces six femmes soient folles ? demanda James.

Une lueur d'amusement passa dans les yeux de John Nickols.

— Objection, Votre Honneur ! s'écria Jack Lodoun.

— C'est Me Lodoun qui a cité les membres du club des Messieurs et des Dames, insista James. Il devait avoir ses raisons. Mais puisque, grâce à mon estimé collègue, je les ai sous la main, verriez-vous un inconvénient, Votre Honneur, à ce que je leur demande pourquoi ils ont accepté Mme Hart parmi eux ?

— Aucun inconvénient, maître Whitcox, dit le juge. Vous pouvez répondre, monsieur Nickols.

— Eh bien, la première fois que j'ai été en présence de Mme Hart, je n'ai pas distingué la moindre pitié dans son regard – la pitié, c'est quelque chose à quoi nous autres infirmes sommes accoutumés. Alors, j'ai soupçonné chez elle de la froideur. Voulant en avoir le cœur net, je lui ai posé la question franchement. Et vous savez ce qu'elle m'a répondu ? Elle m'a répondu qu'il existait des gens pour qui une femme de son âge était une infirme. Selon moi, Mme Hart est une femme intelligente et généreuse, qui fait beaucoup de choses pour les autres.

Frances ravala sa salive.

— Merci, monsieur Nickols, ce sera tout, fit James.

Les autres membres du club se succédèrent dans le box des témoins. Louis Stiles fut étrangement calme : il rougit bien un peu, mais ne détourna pas les yeux lorsque les deux avocats le mirent sur le gril. Jane Fredericks contrôla tant bien que mal sa colère. George Addimore réussit à dire à quel point il avait été choqué par l'ordre d'internement. Après quoi, Jack Lodoun s'acharna sur la jolie Rose Clarring, la seule femme mariée du club, mais elle se tira d'affaire avec panache.

Ensuite, ce fut Sarah Burns.

— Docteur Burns, lui dit James, vous êtes docteur en médecine ?

— Oui, monsieur.

— À ce titre, vous êtes compétente pour signer des ordres d'internement.

— Oui.

— En avez-vous déjà signé ?

— Oui.

— Dans quelles circonstances ?

— Un père trouvait sa fille indocile et il voulait lui apprendre l'obéissance.

— Et vous avez signé cet ordre ?

— Oui, monsieur, et je le regrette.

— Pourquoi ?

— Parce que j'ai fait interner une fille qui était saine d'esprit.

— Mais vous avez dit que cette fille était indocile ?

— C'est en tout cas ce que disait son père.

— Hier, Me Lodoun a évoqué un certain Dr Wedon, le praticien qui a contresigné l'ordre d'internement de Mme Hart. Selon ce médecin, une femme qui rejette l'autorité, qui se conduit de façon excentrique, serait *par nature* folle. Est-ce aussi votre avis, docteur Burns ?

— Certainement pas.

— Pourquoi donc ?

— Parce que, à ce compte-là, toutes les femmes qui se trouvent dans cette enceinte sont bonnes à enfermer.

L'assistance éclata de rire.

— Objection, Votre Honneur ! s'écria Jack Lodoun d'une voix stridente.

— Votre Honneur, fit James, le Dr Burns est un médecin diplômé qui est *a priori* aussi compétente que ce Dr Wedon pour dire qui est fou et qui ne l'est pas. À moins, bien sûr, que l'objection de Me Lodoun tienne au fait que le Dr Burns soit une femme.

— J'autorise le Dr Burns à poursuivre son témoignage, maître Lodoun, dit sèchement le juge.

James sourit.

— Merci, docteur Burns, ce sera tout, déclara-t-il.

Joseph Manning fut le dernier membre du club à être appelé. Il défendit ardemment son club et fit l'éloge de Mme Hart.

C'était fini. Frances poussa un soupir de soulagement.

Trop tôt ! Le greffier, de sa voix de stentor, appela encore quelqu'un.

— Madame Margaret Hart !

Frances regarda James. Il affichait un air impassible. Elle se douta que c'était à cause de lui que sa belle-fille allait se retrouver dans le box des témoins. Ses soupçons furent confirmés quand Jack Lodoun ne trouva à poser à la jeune femme que deux ou trois questions sans intérêt.

Puis James s'approcha d'elle à son tour. Après un coup d'œil à Frances et un coup d'œil à ses notes, il commença le contre-interrogatoire avec toute la délicatesse due à une jolie jeune femme, enceinte de surcroît.

— Il y a combien de temps que vous êtes l'épouse de David Hart, madame ?

— Un peu plus de douze ans.

— Et vous attendez un heureux événement ?

— Le quatrième.

— Avez-vous beaucoup fréquenté votre belle-mère ?

— C'est peu dire ! J'ai vécu dans la même maison qu'elle depuis mon mariage.

— Diriez-vous que c'est une bonne mère ?

— Oh, oui, monsieur.

— Diriez-vous que c'est une bonne grand-mère ?

— Elle adore ses petits-enfants.

— Comment la décririez-vous à quelqu'un qui ne la connaîtrait pas ?

— Je dirais qu'elle a beaucoup d'amour à donner, monsieur. Depuis que je la connais, je l'ai toujours vue sacrifier son bonheur pour le bonheur des autres.

— S'il vous plaît, madame, regardez votre belle-mère.

Frances croisa un instant le doux regard de sa belle-fille.

— Que voyez-vous, madame Hart ? demanda James.

— Je vois une femme qui resplendit de bonheur et de bonne santé.

— Vous pensez qu'elle est heureuse ?

— Il fallait voir comme elle était radieuse lorsqu'elle parlait de Londres.

— Vous voulez dire, lors de la visite qu'elle vous a rendue après que votre mari a signé l'ordre d'internement ?

Margaret parut aussi coupable que si c'était elle qui l'avait signé.

— Oui, monsieur.

— La chevelure de Frances ou ses vêtements ne vous ont pas paru indécents ?

— Non, monsieur, au contraire, répondit sérieusement Margaret. J'ai eu l'impression qu'elle vivait une seconde jeunesse. Pour tout avouer, elle m'a fait envie.

— Vous n'avez pas estimé qu'elle manquait de respect à la mémoire de son mari ?

— Mon beau-père était un brave homme. Il est resté cloué au lit pendant deux ans avant de mourir. Ma belle-mère a veillé sur lui jour et nuit. Son départ a été une triste nouvelle, mais nous nous y attendions. Il est mort paisiblement, entouré de l'affection des siens. Que demander de plus ?

— Selon vous, Mme Hart a-t-elle négligé sa famille pendant qu'elle était à Londres ?

Margaret baissa les yeux.

— J'aime ma belle-mère, mais franchement, monsieur, j'ai été contente d'avoir un peu ma famille pour moi toute seule. Ma belle-mère ne se mêlait pas de mes affaires, bien sûr, elle était discrète, aussi légère que possible – mais c'est difficile de lui succéder.

— Que voulez-vous dire ?

— Elle était tellement généreuse, elle faisait preuve de tellement d'abnégation, que j'avais pris l'habitude de me reposer sur elle. On devient égoïste à force de vivre avec quelqu'un qui ne l'est pas du tout. Alors, quand une femme qui s'est toujours occupée des autres commence à s'occuper un peu d'elle-même, les autres sont perdus. Et ils font des choses déraisonnables. Comme de la traiter de folle. Voilà, monsieur, conclut Margaret en relevant les yeux. Cela répond-il à votre question ?

— Tout à fait, madame Hart, acquiesça James sur un ton d'une extraordinaire douceur. Merci. Vous pouvez disposer.

Frances fixa ses mains. Sa belle-fille avait compris des choses bien avant elle : qu'en se sacrifiant pour les gens de sa famille, on ne leur fait pas que du bien. On leur met dans l'esprit des idées fausses. Son fils avait été incapable de voir qu'elle avait des besoins – mais c'était aussi parce qu'elle ne les avait jamais exprimés.

Elle avait montré trop d'abnégation.

Les conclusions de James, puis celles de Jack Lodoun, lui semblèrent des bruits lointains et confus.

— Madame Hart, lui dit Avery Tristan, les jurés se retirent pour délibérer. Venez. Allons attendre le verdict dans le bureau de M. Whitcox.

72

— Je vais prendre soin de Mme Hart, monsieur Tristan, merci.

James saisit Frances par le coude, et ensemble ils entrèrent dans le bureau.

— M. Lodoun a convoqué Margaret à votre instigation, n'est-ce pas ? demanda Frances dès qu'ils furent seuls.

— Oui, reconnut James sans réticence.

— Était-ce légal ?

— Il y a des gens qui penseraient que non. Mais, en tout cas, c'était une bonne idée. Margaret a bien parlé.

Après une pause, il ajouta :

— Vous avez vraiment l'impression de vivre une seconde jeunesse ?

Pour toute réponse, elle le prit par la taille et se blottit contre lui. James leva la main vers sa perruque.

— Non, gardez-la, dit-elle.

Il s'immobilisa.

— Pourquoi ?

— Ça me montre à quoi vous ressemblerez un jour, avec des cheveux blancs.

— Tandis que vous aurez toujours vos cheveux roux, répondit-il d'un ton taquin.

— Ma petite-fille a vraiment cru qu'ils avaient pris tout seuls cette couleur en quelques semaines.

— L'air de Londres est excellent pour les rousses, plaisanta James.

— Et que faisons-nous maintenant ?

— Nous attendons.

Elle se pressa davantage contre lui.

— Pouah ! fit-elle soudain. Je ne l'avais encore jamais remarqué, mais votre perruque pue.

— C'est normal, elle a au moins cent ans.

Frances promena le bout de son doigt sur les boucles.

— Vous ne pouvez pas vous en payer une neuve ?

— Madame, déclara James sur un ton faussement solennel, apprenez que les perruques qui ont appartenu à un avocat célèbre sont très estimées.

Elle le considéra bien en face.

— Cette perruque a appartenu à un avocat célèbre ?

— Nul autre que mon arrière-arrière-grand-père. Il a été l'avocat de George III.

Frances sourit : pour tous les petits écoliers anglais, George III était « le roi fou qui avait perdu l'Amérique ».

— Qu'y a-t-il de drôle ? s'étonna-t-il.

— Décidément, c'est une tradition dans votre famille de défendre les déments !

— Vous avez du cran de plaisanter dans un moment pareil, dit James avant de l'embrasser sur le bout du nez.

On vint frapper à la porte – un coup discret. Pourtant, elle sursauta. Avery Tristan entra. Elle rajusta son chapeau tandis que James échangeait quelques mots avec son secrétaire. Ils retournèrent dans la salle d'audience. Frances attendit sur le banc, agrippée à son sac.

Soudain, le juge proclama quelque chose, et il y eut du remue-ménage. Frances se rendit compte qu'elle n'avait pas entendu le verdict. Mais le visage de James lui dit tout ce qu'elle avait besoin de savoir : il arborait un air de triomphe.

Des bravos, des vivats et des hourras retentirent – et pas de sifflets, pas de huées. Les enfants de Frances se groupèrent autour d'elle : Helen, Prudence, Timothy – et même David, l'air honteux. Dans le public, alignés sur un seul rang, épaule contre épaule, les membres du club des Messieurs et des Dames applaudissaient.

James avait gagné.

Elle était libre.

11489

Composition
FACOMPO

Achevé d'imprimer en Italie
par GRAFICA VENETA
le 8 décembre 2024

Dépôt légal : janvier 2025
EAN 9782290408636
OTP L21EPSN002651-636783

ÉDITIONS J'AI LU
82, rue Saint-Lazare, 75009 Paris

Diffusion France et étranger : Flammarion